대입-편입 논술 합격 답안 작성

핵심 요령 150

대입-편입 논술 합격 답안 작성

핵심 요령 150

김태희 지음

지상사 Jisangsa

논술 합격을 위한 **공부 방법 설명서**

맹인모상(盲人模像)이란 고사성어가 있다. 장님이 코끼리를 만진다는 뜻으로, 자기가 알고 있는 부분을 가지고 전체인 양 고집하거나, 자신에게 유리한 정보만을 선택적으로 받아들이는 확증 편향된 사고를 꼬집는 말이다.

많은 학생이 논술을 바라보는 시각을 일컫는다. 학생들이 논술 공부와 관련한 지식과 정보를 얻을 수 있는 출처는 그리 많지 않다. 논술 공부란 것이 학생들에게는 무척 어렵고 또 어디서부터 어떻게 시작해야 할지 막막한 탓에 이들이 믿고 기댈 곳은 딱히 없다. 그렇게 해서 많은 학생이 무작정 논술학원으로 달려간다. 학원의 말을 철석같이 믿으면서, 닥치고 글만 쓰는 바보가 된다.

하지만 이런 믿음이 잘못됐음을 깨닫기까지는 오랜 시간이 걸린다. 시험에서 떨어지고 난 후에도 왜, 무엇 때문에 그러한 결과를 초래했는지 사리 분별이 안 된다. 공부에 대한 잘못된 통념을 무분별하게 받아들인 결과는 쓰디쓰다. 도대체 무엇이, 어떻게 잘못된 걸까?

논술 공부와 관련한 잘못된 통념에서 벗어나라. 논술 실력은 학생의 수준별로 크게 차이나며, 많은 학생의 경우에는 열심히 공부해도 실력은 좀처럼 늘지 않는다. 사정이 그런데도 학생들은 수능 국어 공부하듯, 또는 토익 공부하듯 접근한다. 그저 열심히 문제를 풀고 첨삭을 받으면 실력은 부쩍부쩍 향상할 것이라고 확신한다. 유명 학원 강사에게서 배우는 것이니 실력이 오를 것으로 생각하면, 이 역시 착각이다. 논술처럼 자신이 머리 싸매 가면서 글을 읽고 써야 하는 공부는 남들이 떠먹여 준다고 해결될 성질의 것이 아니다. 오롯이 스스로 밀고 나가야만 하는 고된 공부다. 게다가 논술 강사의 수준도 학생들이 생각한 것처럼 높지 않다. 물론 개인적인 생각이니 시비 걸지 말기 바란다.

그렇더라도 분명히 알고 있어야 할 것이 있다. 논술은 공부이기 이전에 시험이다. 어떤 식으로든 자격을 가르는 것이 시험의 주된 목적이기 때문에 시험을 치르는 다른 학생들보다 조금 더 경쟁력을 갖추면 된다. 그 경쟁력은 논술의 기본을 다지는 공부에서 나온다. 학원에서 가르치는 족집게 강의는 적어도 논술에서는 통하지 않는다. 글을 읽고 쓰는 능력은 남의 힘을 빌릴 수 있는 성질의 것이 아니다. 어쩔 수 없이 학원의 힘을 빌리더라도, 공부의 주체는 전적으로 학생 자신이어야 한다.

이렇게 말하면 많은 학생들은 첨삭 때문에라도 어쩔 수 없이 학원의 힘을 빌려야 하지 않느냐고 푸념할 것이다. 하지만 이 역시 잘못된 통념에서 비롯된 치우친 생각이다. 논술학원에서 수십 명을 모아 놓고서 고작 몇 분 동안, 그것도 두루뭉수리 지적만 하는 첨삭은 받지 않은 만 못하다. 게다가 첨삭 수준도 믿을 게 못된다. 알고 있어야 할 것은, 첨삭은 어디까지나 학원의 상술에 불과하단 사실이다. 만약 첨삭마저 별 볼일이 없다면, 굳이 논술학원에 갈 필요가 있을까? 학원에서 기를 쓰고 첨삭 수업을 강조하는 것도 따지고 보면 이와 무관하지 않다. 학원의 첨삭 수업에 기대기보다는, 자신이 쓴 글은 자기 힘으로 밀고 나가면서 거듭해서 고치고 다듬기를 반복해야 한다. 처음에는 힘들겠지만, 글을 거듭 쓰다 보면 을을 읽고 쓰는 눈을 틀 것이다. 그때부터 논술 실력은 부쩍 향상한다.

논술은 거칠게 비유하면, 내가 잘해서라기보다 경쟁자들이 못나서 붙는 그런 시험이다. 무슨 뜻인가 하면, 논술을 공부하는 거의 모든 학생은 싸잡아서 수준 이하란 얘기다. 그만큼 글쓰기는 재능이 된 지 오래다. 물론 논술에 특별한 재능을 보이는 학생들도 간혹 눈에 띄기는 하지만, 가뭄에 콩 나듯 한 것이 지금의 현실이다.

이렇게 놓고 보면, 이렇듯 어려운 시험에서 합격하는 비결은 생각 밖으로 단순하다. 못난이들의 경합에서 이기려면, 시험의 본질을 잘 알고서 그것에 맞게 올곧게 공부하는 것이다. 그러려면 평가자인 대학의 말을 귀담아들을 필요가 있다. 대학이 정부의 압력에도 불구하고 논술 시험을 고수하는 이유, 글쓰기를 일종의 소명의식처럼 생각하기 때문이다. 대학에서 공을 들여 〈논술 가이드북〉을 만들고, 예시 답안과 해설을 제시하는 이유도 이와 무관하지 않다.

거듭 강조하지만, 논술로 대학에 합격하고 싶으면 출제자의 말에 귀를 기울여라. 그리고 그들이 알려주는 대로 공부하라. 글 읽기와 쓰기의 기본에 충실해야 한다. 그것이 맹인모상의 편협한 생각에서 벗어나, 열심히 공부하여 그토록 바라는 대학에 합격하는 지름길이자 사실상의 유일한 방법이다.

이 책은 이렇듯 오롯이 혼자 공부하는 학생들에게 조금이나마 도움이 되었으면 하는 바람을 담아 썼다. 단언컨대 논술 공부와 관련한 모든 것을 꾹꾹 눌러 담았다. 그것도 핵심 요령별로 구분하여 짧게, 명확히, 압축하여 쓰려고 노력했다. 대학에서 강조하는 내용을 전부 반영하여 글 내용을 구성하였다. 다만 한 가지 아쉬운 것은, 글 내용을 최대한 압축한 터라 예시 문제에 대한 해설과 답안을 자세히 기술하지 못한 점이다.

하여, 필자의 '논술카페' 한 꼭지에다가 책에서 사례로 든 문제에 대한 해설과 예시 답안을 올려놓을 테니, 그것을 살펴 공부하기 바란다. 먼저 문제와 제시문을 읽고 직접 답안을 작성하려고 노력해라. 무엇을 어떻게 써야 할지 머리가 아찔할 것이다. 그래도 이 과정은 오롯이 그리고 올곧게 혼자 밀고 나가야 한다. 그런 다음 자신이 쓴 글과 필자의 예시 답안을 비교하면서 무엇이 차이를 보이고 또 어떤 부분을 고쳐 바로 잡아야 하는지를 궁리하기 바란다. 대학에서 제시하는 해설과 예시 답안도 찾아 살펴보기 바란다. 그런 과정을 거치면서 글을 다시 쓰고 고쳐 쓰기를 반복하라. 그 과정에서 실력은 몰라보게 향상할 것이다.

이때 학생들은 이 책을 항상 옆에 끼고 그때그때 찾아가면서 공부하기 바란다. 더불어 필자의 또 다른 졸저 《편입–대입 논술에 꼭 나오는 핵심 개념어 110》을 함께 두고 공부한다면, 학습 효과를 한층 끌어올릴 수 있을 것이다. 모쪼록 이 책으로 공부하는 학생들의 건승을 기원한다.

김태희

Contents

Part 04 논증 글쓰기의 기술

Contents

Part 05 제시문 독해의 기본 요령

Part 06 제시문의 논증 구조를 파악하여 체계적으로 요약하는 요령

Part 07 논증 지시어별 답안 작성 핵심 요령

Contents

Part 08 문장 표현 요령

Contents

Part 09 글 고치기의 기술

Part 10 답안을 체계적으로 작성하는 요령

Part 1

잘 쓴 논술 답안, 부실한 논술 답안

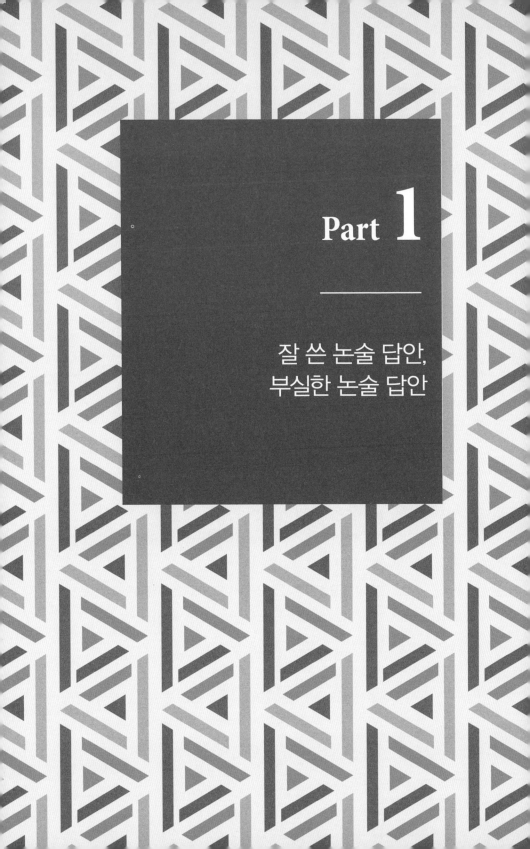

001
평가자가 싫어하는 답안①:
출제 의도를 무시한 채 자기 멋대로 쓴 글

논술은 '글쓰기' 이전에 '시험'이란 사실을 명심할 필요가 있다. 시험은 응시자에게 특정 자격을 부여하기 위해 실시하는 실력 테스트로, 여기에는 '평가'가 중요한 요소로 작용한다. 시험 평가에는 다음 두 가지가 중요하다. 먼저 평가는 '객관성'과 '공정성'을 지향한다. 출제자는 평가에 따른 시비 여지를 없애기 위해 가능한 객관적이면서도 공정한 문제를 만들어 출제한다. 그리고 출제자는 논술 답안의 평가 기준과 채점 요소를 정하고, 수험생 그 누구라도 수긍할 수 있게끔 이를 객관화한다. 그것이 곧 '출제 의도'로, 논술 시험에 합격하려면 무엇보다 문제의 요구, 곧 출제 의도를 정확히 파악할 수 있어야 한다.

다음으로 평가에는 명확한 '기준'과 '원칙'이 있다. 그것은 곧 출제자의 물음에 대한 '대답'이라 할 수 있다. 출제자가 제기하는 질문과 그 대답의 핵심을 빠뜨린 답안은 아무리 글을 잘 써도 좋게 평가를 받을 수 없다. 그 질문의 요점은 문제에 들어있고, 대답의 근거는 제시문에 들어있다.

따라서 논술 답안 작성 초기 단계부터 학생들이 수행해야 할 가장 중요한 작업은 **발문의 물음을 꼼꼼히 읽고 출제자의 의도를 정확하게 파악하는** 것이다. 그런 다음, 문제와 제시문을 거듭 읽으면서 출제 의도를 담은 논제의 요구가 무엇이고 또 제시문별 논지의 핵심은 무엇인지를 정확히 파악한 후, 출제자의 의도에 최대한 부합하는 답안을 작성해야 한다.

논술자인 학생이 평가의 불이익을 자초하는 글을 쓸 이유는 하등 없다. 단순한 암기 위주의 단편 지식을 답안 여기저기에 쓸데없이 쏟아낸다거나, 들어맞지도 않는 이론·공식을 적용하면서 글 내용을 정형화하여 작성한 답안으로는 결코 합격을 기대할 수 없다. 제시문 내용을 이해하려 들지 않은 채, 그리고 논제의 물음 및 출제자의 의도를 파악하려 들지 않은 채, 학생들은 어설픈 자기 지식을 활용하여 멋대로 답안을 기술하는 경우가 많다. 이런 경우 글을 아무리 잘 써도 좋게 평가받지 못한다.

글의 이해력이 부족하다고 평가를 받을 뿐이다. 제시문 내용을 확실히 이해한 후, 이를 논제의 물음에 맞게 적용하면서 답안을 작성해야 한다.

논술을 공부하는 학생들은 읽기와 쓰기의 기본부터 다져야 한다. 문제와 제시문을 읽으면서 출제자의 의도를 정확히 파악하고, 그것에 맞게 제시문을 살피면서 논리적·체계적으로 답안을 작성할 수 있도록 힘써야 한다. 하지만 이런 간단한 이치를 따르면서 공부하는 학생들은 그리 많지 않다. 대학의 논술 채점 후기에서 말하기를 출제 의도에 맞게 답안을 작성한 학생은 생각보다 많지 않다고 한다. 오히려 문제의 물음과는 관계없이 또는 제시문 내용과는 관련 없는 자기 생각을 논거로 제시하면서 자의적으로 답안을 구성하는 학생이 많다고 한다. 수험생 자신의 주장을 답안에 담아내는 것도 중요하지만, 발문의 물음에 대한 대답을 **제시문에 근거하여 어떻게 논리적으로 답안에 기술하고** 있는지에 평가자는 더 관심이 있다.

이런 이유로 문제의 질문과는 관계없이 그리고 제시문 내용을 이해하지 못한 상태에서 머릿속 어쭙잖은 지식을 속절없이 드러내거나, 제시문 내용의 어느 한 부분을 갖고 이것이 전체인 양 확대 해석하면서 답안을 작성해서는 안 된다. 출제자의 의도를 정확히 이해하지 못한 채 자신의 주장만 앞세우는 답안으로 취급되고, 결국 학생 스스로 독해력 부족을 드러낼 뿐이다. 논술 시험 평가자가 첫 번째로 확인하는 것이 바로 '출제 의도'를 정확히 알고 그것에 맞게 작성한 답안인지 아닌지 여부라는 사실을 학생들은 반드시 알고 있어야 한다.

002
싫어하는 답안②: 문장력과 표현력이 딸려 내용 이해가 어려운 글

생각과 사고를 글로 표현할 수 있는 능력인 올바른 '문장력'은 좋은 글을 쓰기 위한 가장 기본적인 요소로, 이것을 제대로 갖추지 못한 학생들이 작성한 답안은 결코 좋은 평가를 받을 수 없다.

따라서 출제자로부터 좋은 평가를 받으려면, 먼저 문장력부터 끌어올려야 한다. 이를 위해서는 **문장을 난해하게 만드는 요인부터 없애야** 한다. 쓸데없이 긴 글, 한 문장에 여러 개념을 담은 글, 문장 구조가 복잡한 글, 문장 필수 성분이 생략된 글, 문장의 호응 관계가 깨진 글, 부적절한 어순의 글, 문장 구조가 복잡한 글은 문장(글 내용)을 이해하기 어렵게 만드는 요인이다. 무엇보다, 답안에서는 글의 뼈대를 이루는 성분, 즉 주어와 서술어, 목적어가 분명하게 드러나야 그 뜻이 명확히 이해된다.

다음으로 **비논리적인 문장을 기술하지 않아야** 한다. 비논리적인 문장은 글쓴이의 생각이 통일되지 않거나 표현력이 부족할 때 나타난다. 부적절한 접속 관계를 이루는 글, 지나치게 복잡하고 긴 글, 주절 앞에 놓인 종속절이 지나치게 긴 글, 문장 성분 간의 부적절한 호응을 이루는 글, 시제가 불일치하는 글, 문장 안에서 주어나 화제가 바뀐 글, 부적절한 단어나 어구를 사용한 글에서 문장은 논리성을 잃는다. 따라서 이 모든 것들을 적극적으로 고쳐 바로잡아야 한다.

글이 좋고 나쁨은 상당 부분 어휘력에 의해 좌우된다. 글을 쓸 때 생각의 흐름이 자주 끊기거나 생각이 막히는 것은 어휘력 부족에서 비롯되는 경우가 많다. 단어를 많이 아는 것도 어휘력이지만, 단어를 정확하게 사용하는 것 또한 어휘력이다. 논술문에서 자신의 견해와 주장을 올바로 전달하기 위해서도 적절한 어휘나 개념어 사용은 필수적이다. 따라서 문장을 바르게 하려면 그것을 구성하는 기본 단위인 단어를 적절히 선택해야 한다. 어순을 틀리게 해도 문법적으로 옳지 않은 문장이 되고, 단어 하나를 잘못 써도 글 전체가 부적절한 문장이 될 수 있다.

어떤 단어가 문장 안의 어떤 다른 요소(단어 및 어구)와 어울릴 때, 그 단어는 선택의 제약을 받는다. 이때 단어를 잘못 선택하여 좋지 못한 문장을 만드는데, 한편의 빼어난 글을 쓰기 위해서는 무엇보다도 어휘와 용어 선택에 힘을 쏟아야 한다.

적절한 단어 하나하나가 결국 좋은 문장을 만들고 좋은 글을 이룬다는 사실을 반드시 알고 있어야 한다.

글을 쓸 때, 머릿속 생각의 흐름에만 지나치게 의존한 나머지 정작 **글에 반드시 들어가야 할 문장 필수 성분을 빠뜨리는** 경우가 많다. 하지만 문장을 구성하는 데 꼭 필요한 단어를 생략하면, 이것이 글의 자연스러운 흐름을 가로막음으로써 글을 이해하기 어렵게 만든다. 꼭 있어야 할 문장 성분을 생략하면 뜻이 불분명하고 이해하기 어려운 문장이 된다. 글을 짧게 써야 한다는 강박 관념이 지나치면 문장 성분을 무분별하게 생략하려 들고, 이것이 결과적으로 문장 구조를 어색하게 만든다.

반대로 어떻게든 글자 수를 채워야 한다는 일념으로 글을 질질 늘려가며 쓰는 것 또한 문장의 정확한 이해를 가로막는다. 문장에 필요한 곁가지를 빠뜨린다거나, 또는 불필요한 군더더기를 덧붙인다면, 결코 온전한 문장이 되지 못한다. 문장 성분의 무분별한 생략이나 지나친 중복으로 문장 구조를 어색하게 만들어서는 안 된다. 글을 쓸 때 문장에서 필요한 성분은 반드시 드러내고, 그것도 정 위치에 배열하되, 글의 곁가지를 잘 정리하면서 글을 쓸 수 있도록 힘을 쏟아라.

003
싫어하는 답안③: 논증 능력 부족으로 글 내용이 체계적·논리적이지 못한 글

잘 쓴 논술 답안은 그 내용이 뛰어날 뿐만 아니라 그것이 올바르게 전달될 수 있도록 훌륭한 형식까지 함께 갖추고 있다. 내용이 참신하고 깊이가 있어도 형식을 제대로 갖추지 못했다면 글로서의 가치는 떨어진다. 형식은 잘 갖췄음에도 내용이 부실한 것 또한 마찬가지다. **형식과 내용을 모두, 제대로 갖춘 글이** 잘 쓴 글, 좋은 글이다. 논증 지시어의 요구에 맞게 '주장–근거', '결론–전제'의 글 묶음을 체계적으로 잘 기술해야 잘 쓴 논증 글로 평가받는다.

실제, 합격 답안과 그렇지 못한 답안은 논증 능력에서 갈린다. 잘 쓴 답안은 무엇보다 논증 능력이 돋보인다. 잘 쓴 답안은 글에서 주장하려는 내용이 명확히 드러나고 또 **글의 흐름이 체계적이다.** 주장을 뒷받침하는 근거는 구체적이고 확실하며 설득력 있다. 또 앞뒤 문장이 물 흐르듯 통하면서 글 전체는 유기적으로 긴밀하게 관계 맺는다. 무엇보다, 주제 개념을 활용하여 글의 핵심 논지를 분명히 드러낸다. 글의 중심 내용을 젖혀 놓고 다른 부분이 강조되는 법이 없다.

좋은 논술 답안을 쓴 학생들은 논제의 물음과 관련한 부분만을 체계적으로 정리하여 기술하고, 그 외의 군더더기는 가차 없이 제거한다. 논의의 핵심과는 무관한 정보를 두서없이 나열하면, 평가자는 그 글을 수준 낮게 볼 것이다. 논증 능력이 돋보이려면 군더더기 없이 핵심만을 담아 체계적으로 글 내용을 기술해야 한다.

그와 달리, 논증 능력이 부족한 학생들의 글은 다음 두 가지 방향으로 치닫는다. 첫째, **글 내용이 뒤죽박죽 전개되면서 글의 흐름이 어지럽고** 또 자주 끊긴다. 주장(결론)과 그 뒷받침 근거(전제) 간의 글의 논리 구조가 엉망이다. 이는 글로 자기 생각을 표현하는 능력이 미흡하고, 논리적인 사고 구조가 부족하며, 지문 독해력이 떨어지는 학생에게서 나타나는 전형적인 특징이기도 하다. 무엇을 어떻게 써야 할지를 모르는 데다 글 내용의 핵심을 정확히 읽어낼 수 있는 역량이 부족한 탓에, 체계적으로 논의를 전개하지 못하는 것이다. 당연히 글을 읽어도 무슨 말을 하는지 도무지 이해되지 않는다. 둘째, 글(답안)에 쓸데없는 진술이 너무 많다. 학생들이 답안에 불필요한 정보를 담는 가장 큰 이유는 **글(제시문)의 중요한 부분과 중요하지 않은 부분을 구별할 수 있는 능력이 떨어지기** 때문이다. 이는 많은 경우 독해력 부족에서 비롯된다. 논의의 핵심만을 답안에 담으려면, 글의 중요한 부분과 그렇지 않은 부분을 구분하여 읽으면서 중심 문장에 정신을 집중하고, 그와 동시에 글의 '부분–전체' 구조의 짜임을 살펴 읽으면서 중심 단락과 중심 문장을 정확히 찾아야 한다.

하지만 많은 학생은 그렇지 못하다. 글(제시문)의 불필요한 부분을 답안에 그대로 담거나, 글 내용의 핵심을 이해하지 못하는 탓에, 글의 중심 생각을 논제의 물음에 맞게 효과적으로 재구성하지 못한다.

그렇게 해서 논의는 핵심에서 벗어나고, 글의 중요한 부분을 찾지 못한다. 이런 학생들은 요약 또는 강조하면서 반드시 답안에 담아야 할 부분과 그렇지 않은 부분을 구분하는 데 실패한다. 게다가 **요약으로 간단하게 넘어가도 되는 부분과 충분히 설명해야 하는 부분을 구분하지 못하면서** 글 전체의 맥락을 고려하지 못한 채 답안을 채운다. 그렇게 해서 학생들은 '용두사미', '두루뭉수리', '횡설수설', '애매모호', '중언부언', '동문서답' 하는 글을 작성한다. 이 모든 것들이 논술 답안 평가에 부정적인 요소로 작용한다는 사실을 깨닫고, 논증 능력이 뛰어난 글을 쓰기 위해 노력해야 한다.

004
싫어하는 답안④: 모르는데 아는 척하거나, 쓸데없이 멋 부리며 쓴 글

수준에 맞지 않거나 문맥에 어울리지 않는 단어를 억지로 사용하는 학생들이 생각보다 많다. 답안의 여기저기에 어려운 단어를 쓰면서 글 내용을 좀더 그럴듯하게 꾸미려고 들지만, 이것이 오히려 좋은 글을 망치고 만다. 문장이 어려워지는 것은 다음 셋 가운데 어느 하나에서 비롯된다. **자신도 잘 모르는 것을 쓰고 있거나, 알고 있어도 그것을 적절한 용어로 설명하는 데 어려움을 겪거나, 한 번에 많은 내용을 담으려는 생각에 단어 욕심을 부리는** 경우다.

알기 쉬운 문장, 이해하기 쉬운 문장을 써라. 글을 쓰다 보면 글 뜻이 머리에 잘 들어오지 않을 때가 있다. 그럴 때는 대부분 자신도 잘 모르는 내용의 글을 쓰고 있는 경우다. 자신도 내용을 잘 모르면서 글을 쓴다는 사실을 스스로 잘 알고 있기에, 학생들은 이것을 감추려는 마음에서 어려운 글, 현학적인 글을 쓰면서 자신의 부족한 부분을 채우려 든다.

이는 옳지 않다. 글에 관한 한 전문가인 대학교수들이 이를 모를 리 없다. 자기가 확실히 안다고 생각하는(확신하는) 단어를 구사해야 한다. 문장의 의미가 머리에 잘 들어오지 않을 때는 차라리 그 부분을 삭제하거나, 무슨 말을 하고 싶은지를 좀더 깊게 생각한 뒤에, 적절한 용어를 구사하면서 글을 써야 한다. 글은 무엇보다 자연스러워야 한다. 논리적인 글일수록 멋 부리면서 쓰려 들어서는 안 된다. 논리적인 글은 생각나는 대로 자유롭게 쓰는 글은 결코 아니다. 논리적으로 쓰되, 학생답게, 수준에 맞게, 쉬운 글로 써라.

모르는데 아는 척하며 쓰는 글 역시 평가자의 눈 밖에 날 뿐이다. 답안 평가자인 교수들은 답안을 읽고 학생들이 무언가를 알고 쓰는 것인지, 아니면 뭘 모르면서 이를 감추고자 얼버무리면서 쓰는 것인지를 단박에 포착한다. 학생들이 모르는데 아는 척하며 글을 쓰려 드는 이유는 다음 셋 가운데 어느 하나이다. **논제의 물음이 무엇인지 도무지 모르겠다거나, 제시문이 어려워 글 내용을 이해하지 못했다거나, 용어의 의미를 제대로 이해하지 못했기 때문**이다.

많은 경우, 학생들은 자신의 이러한 결점을 감추고자 쉽게 써도 될 것을 일부러 어렵게 쓰는 경향을 보이는데, 이는 자신의 설부른 지식을 자랑하려는 가벼운 짓이다. 글에서 그럴 분위기가 아닌데도 불구하고 일부분만 어렵게 쓴다면, 글의 전반적인 흐름이 틀어져 그 부분이 짐짓 어색해진다.

논술 답안을 쓸 때, 제시된 글감의 여기저기를 무분별하게 발췌하여 두서없이 나열하려 드는 것 역시 모르는 것을 아는 체하는 속 보이는 행동에 지나지 않는다. 글이 표면적으로는 그럴듯해 보이지만, 제시된 글감의 내용적인 의미를 이해하지 못한 채 글 내용의 일부를 그대로 따와 답안에 단순 나열하는 것이기에 논제의 물음을 벗어난 왜곡된 서술에 불과할 뿐이다. 게다가 평가자는 이를 '표절'로 간주하면서 절대 금하고 있다.

제시문에 실린 용어의 의미가 어려울수록 학생들은 추상적이고 관념적인 어휘를 남발하면서 글을 쓴다. 표현이 추상적이라는 것은 논리성이 부족하다는 말과 상응한다. 추상적이고 관념적인 표현일수록 글의 의미가 머릿속에 잡히지 않고, 모호하며, 과장되고, 구름 잡는 식의 표현으로 치닫는다. 글의 의미가 이해되지 않을수록 학생들은 어휘의 뜻이 모호하고, 대상이 분명치 않으며, 부적절한 용어를 사용하게 된다. 그래서는 안 된다. 구체적인 어휘를 골라 사전적인 의미를 살핀 후, 글을 통해 자신이 전달하려는 생각을 분명히 밝혀야 한다. 글 내용이 어려울수록 어휘 선택에 신중하고, 필요한 어휘와 용어를 적재적소에 사용할 수 있어야 한다.

005 싫어하는 답안⑤: 학원의 유형 학습을 답습하여 정형화한 글

평가자인 대학교수들이 가장 수준 낮게 보는 것의 하나가 바로 논술학원의 가르침만 믿고서 '닥치고 글만 썼던' 학생의 글이다. 이들의 답안은 하나 같이 닮은 꼴이다. 글 내용이 모두 판에 박은 듯이 똑같아 개성이 없고, 출제자의 의도를 무시하고 자기 멋대로 썼다. 자기 멋대로 썼다기보다는 학원의 가르침을 충실히 수용하면서 글을 썼다는 것이 더 적절할 듯하다.

논술 강사에게 전적으로 의존하려 들어서는 안 된다. 그들의 가르침을 따라 열심히 공부하면 반드시 논술 시험에서 합격할 수 있을 것이란 편향된 사고에서 벗어나라. 논술학원의 유형 학습을 답습한 정형화된 답안은 평가자로부터 절대 높게 평가받을 수 없다. 그런 답안일수록 마치 몸에 맞지 않은 옷을 걸친 듯 답답함을 느끼게 한다. **글의 논리적 흐름과 글 체계가 엉망일뿐더러, 글 내용 또한 획일적이며, 게다가 적절치 못한 단어나 문구가 글 곳곳에** 드러난다. 많은 학생이 학원에서 가르치는 기술과 공식, 비법을 들먹이는 사탕발림에 빠져 생각 없이 글을 쓴다. 이것이 말이 된다고 생각하는가? 그렇다면 한 번 생각해보라.

예를 들어 다른 논술학원에서는 절대 가르쳐 주지 않는다는 자신만의 '비법'이란 것에 대해 생각해보자. 비법이 세상에 알려지면, 그때부터는 절대 비법이 될 수 없다. 누구나 다 알고 있는 게 어떻게 비법이 된단 것이고, 더군다나 같은 장소에서 함께 공부하는 많은 다른 학생과 비법을 공유하면 그것이 내게 무슨 신통력을 발휘한단 말인가? 남들과는 차별화할 수 있는 답안을 작성할 수 있게 만드는 '적용 공식'이란 것도 그렇다. 예를 들어

'비교하라'는 논증 지시어를 해결하는 그 어떤 방법적 틀을 담은 공식이라면서 학원에서 기껏 가르치는 것은, 이를테면 '긍정적 vs. 부정적', '주관적 vs. 객관적' 하는 식의 개념적으로 범주화한 용어를 갖고서 이것들을 공식인 양 떠벌리는 기만행위에 불과하다. 공식이란 모름지기 검증을 거치면서 확정한 보편지식이어야 할 터인데, 논제의 물음과 제시문 내용이 제각각 내용과 방향을 달리하는 상황에서 그 개념들을 어떻게 확정할 수 있단 말인가?

설령 그런 '전가의 보도'와도 같은 기술과 비법이 있다손 치더라도, 그리고 이를 제아무리 열심히 배운다고 하더라도, 논술의 기본조차 갖추지 못한 학생들에게는 장자의 말마따나 '무딘 식칼을 들고 소 한 마리를 해체'하려 드는 것과 다를 바 없다. 글에 대한 이해 없이 그 어떤 요령만을 믿고서 작성한 논술 답안은 무의미하다.

글쓰기의 기본조차 갖추지 못한 학생들은 수준에 맞게 기초부터 차근차근 배우는 게 순서다. 근거도 없고 실효성도 없는 황당한 기술과 비법을 알려주겠다면서 현혹하는 학원 공부에 매달려서는 안 된다. 학생들이 논술 강사가 가르치는 공식이나 비법에 빠져 글을 쓰면 쓸수록, 점점 더 많은 학생의 글은 **똑같은 형식**, **똑같은 내용**으로 획일적으로 변모한다. 논제의 물음과 제시문 내용이 어려울수록 그런 현상은 더하다. 이때 심각한 문제가 발생한다. 학생들이 그 어떤 패턴이나 공식에 빠져 답안을 작성할수록, 그런 식으로 작성한 답안은 평가자의 눈에 금방 익숙해지고, 마침내 전부 추려 쓰레기통으로 버려지고 만다. 평가자인 교수들은 이런 답안을 끔찍이도 싫어한다. 다른 이유 없다. 사고력이라고는 눈을 씻고도 찾아볼 수 없는 이런 답안을 굳이 평가할 필요성을 못 느끼는 것이다. 공부한 결과가 이렇듯 허망해서는 안 된다. 대학에서 정성을 다해 만든 '논술가이드북'을 열심히 살피고, 그것이 알려주는 대로 공부하라. 논술로 그토록 바라는 대학에 들어가고자 한다면, 대학의 출제 지침을 따라 공부하라. 그것이 최선이다.

006
싫어하는 답안⑥: 제시문의 문구를 그대로 옮겨 적은 글

대학에서 이구동성으로 강조하는 것이 있다. 논술 답안 평가에서 의외로 상당한 감점 요인으로 작용하는 것이 있는데, 그것은 바로 **제시문의 문구를 그대로 옮겨 적는** 경우다. 대학은 이를 '표절'이라고 인식하면서, 제시문의 문장을 그대로 답안에 옮기는 것을 금지한다. 이런 식으로 작성한 답안은 좋은 평가를 받을 수 없다. 다음은 숙명여대 〈논술가이드북〉에 실린 글이다.

> 의외로 상당한 감점 요인이 되는 것이 바로 제시문의 문구를 그대로 옮겨 놓은 경우이다. 결코 좋은 답안이 아니다. '표절'이기 때문이다. 물론 제시문의 내용을 활용해야 하니까 제시문과 '같은 내용'을 써야 할 것이다. 하지만 내용이 같아야 하는 거지, '문장'이 같으면 안 된다. 논술의 모든 문장은 '자기 문장'으로 써야 한다. 제시문 인용이 필요하면 아예 '직접 인용'(큰 따옴표로 표시)을 해야 한다. 같은 내용을 다른 문장으로 표현하는 것을 '환문'(paraphrasing)이라고 하는데, 글쓰기에서 아주 중요한 능력이다. 그래서 논술 채점할 때도 당연히 환문 능력을 본다. 평가자는 제시문을 수십 번 읽어보면서 채점하기 때문에, 답안에 환문이 잘 되었는지 아니면 그대로 베껴 썼는지는 쉽게 찾아낼 수 있음을 반드시 명심해야 한다. 물론 한 단어 한 단어를 모두 환문하는 것은 불가능하며, 주요 개념어의 경우에는 오히려 그대로 옮겨주는 것이 바람직하다. 다소 산술적인 기준을 제시하자면, 제시문에 나와 있는 서너 개 이상의 단어를 순서대로 그대로 베껴 쓰는 것은 웬만하면 피해야 한다. 반드시 환문을 하라.

특히 제시문 내용을 '요약'하여 서술해야 하는 경우, 학생들은 너무도 쉽게 글 내용 가운데 **'어쩐지' 중요하다고 생각하는 부분**을 콕 집어 그대로 옮겨 적는다. 요약은 글의 중심 생각을 압축하여 이를 자신의 언어로 '재구성'하면서 진술하는 것인데, 이 재구성의 의미가 곧 '환문(換文)'이다. 환문은 글 속의 어구를 다른 말로 바꾸어서 알기 쉽게 풀이한 것을 일컫는데, '재진술'이라고 하는 것이 좀더 이해하기 쉬울 듯하다.

글 내용의 핵심을 찾아 이를 **자신의 언어로 재진술**하는 능력은 언어력과 어휘력이 뛰어나야 가능하다. 논술 실력이 부족한 많은 학생은 어휘를 사용하는 방식에 대해 그다지 관심을 두지 않는다. 요컨대 그들은 제시문에 사용된 단어들을 아주 쉽게, 그리고 별다른 고민 없이 반복적으로 사용하는 경향을 보인다.

학생들이 어떤 특정한 단어를 다른 어휘로 바꾸지 못하는 이유는 그 용어의 정확한 의미를 이해하지 못하기 때문이다. 용어를 제대로 이해하지 못하기 때문에 그것을 대체할 다른 말도 찾지 못하는 것이다.

평가자의 입장으로 보았을 때, 학생이 주어진 질문에 대해 제대로 답안을 쓰는지를 확인하는 가장 쉬운 방법의 하나는 **얼마만큼 학생 자신의 어휘를 구사할 수 있는지**를 살피는 일이다. 자기 생각을 표현할 수 있는 어휘가 풍성하면, 그 학생이 생각하는 방식은 그만큼 섬세하고 정교하게 나타날 수 있기 때문이다.

이를 뒤집어서 생각할 필요가 있다. 제시문의 문장을 그대로 옮겨 적지 말고, 제시문의 핵심 내용을 자신의 글로 표현할 수 있도록 최선의 노력을 기울여야 한다. 그것만으로도 평가자로부터 높은 점수를 받을 수 있다. 평가자가 하지 말라면 묻지도 따지지도 말고 따르라. 그것이 시험의 규칙을 따르는 것이다.

007

평가자로부터 좋은 평가를 받는 답안①: 문제의 요구에 맞게 글 내용을 기술한 답안

출제자로부터 좋은 평가를 받으려면, 문제의 물음부터 정확히 파악한 후 그것에 맞게 답안을 작성해야 한다. 발문의 물음을 답안의 요구에 맞게 재구성한 진술을 '논제'라고 하는데, 논술 문제 풀이의 시작은 문제의 물음을 논제의 진술로 재구성하는 것에서부터 출발한다. 이를 위해서는 먼저 출제 의도부터 정확히 파악한 후, 제시문에 실린 다양한 지식과 정보를 문제의 요구에 맞게 유기적으로 연계하면서 살펴야 한다. 발문의 물음을 제시문과 견주어 살피면서 구체화하면, 결국 **'주제 개념–관점[논점(들)–세부 논점(들)]–논증 지시어(들)'**가 논제의 핵심 구성 요소를 이루고 있음을 확인할 수 있다. 다음은 〈연세대 2020 인문 편입 논술〉 문제로, '민족', '상이한 점', '비교·분석'이란 지시어가 발문의 물음을 이루고 있다.

> **[문제]** 제시문 (가), (나), (다)는 **민족**에 대해 **다양한 의견**을 보이고 있다. 각 입장의 **상이한 점을 비교·분석**하시오.

문제 안의 지시어는 각각 ①주제 개념(주제어·핵심어: 민족), ②관점(다양한 의견), ③논증 지시어(상이한 점을 비교·분석하라)임을 알 수 있다. 이것이 곧 '논제'의 요구이자 답안 작성 시의 해결 과제인데, 그 핵심은 제시문을 읽고 **관점[논점 및(또는) 세부 논점]을 확정한 후 이를 적절한 개념어로 찾아 정리하는** 것이다. 제시문을 꼼꼼히 읽으면서 발문의 물음인 민족에 대한 '다양한 의견'을 민족의 '의미, 성격, 역할' 등으로 세부 논점을 확정하여 재구성하는 작업이 이에 해당한다. 이것이 해결되면, 다음과 같이 문제의 요구에 맞게 기술할 답안 내용의 골격이 만들어진다. 이후부터는 논증 지시어에 맞추어 글 내용을 체계적으로 기술하는 일만 남는다.

(1)의미: '혈연 공동체(가), 의지 공동체(나), 상상 공동체(다)'-제시문별 세부 진술(논지)
(2)성격: 독립적·영속적·배타적 결사체(가), 정신적·의지적·비영속적 결사체(나), 제한적·주권적·공동체적 결사체(다)-제시문별 세부 진술(논지)
(3)역할: 내적 결속(가), 공동체 가치의 계승·발전(나), 국가 통합(다)-제시문별 세부 진술(논지)

여기서 논술 답안은 답(필요한 내용)이 있는 글쓰기란 점, 문제를 잘 읽고 문제가 요구하는 사항이 무엇인지 정확하게 파악한 후 이것에 맞춰서 답을 써야 한다는 의미를 다시 떠올릴 필요가 있다. 즉, 발문의 물음을 읽고, 이것을 제시문들과 견주어 살피면서 논제의 요구로 재구성하고, 그렇게 해서 논제의 요구를 **'주제 개념-관점[논점(들)-세부 논점(들)]-논증 지시어(들)'**로 확정한 다음, 그것에 맞게 답안을 작성하는 것, 바로 그것이 출제자의 의도를 올바르게 파악하는 것이자 논제를 정확하게 분석한 것임을 잘 알고서 이를 실행에 옮겨야 한다.

정리하면, 논술 문제를 풀 때 가장 먼저 해야 할 중요한 과정은 문제와 제시문을 읽고 논제의 물음을 명확히 규정하는 것이다. 그것은 발문의 물음을 논제로 재구성하는 작업을 통해 '주제 개념(주제어·핵심어)'을 찾아 밝히고, 그 주제를 따라 특정 대답을 유도하게끔 연계한 하위 개념으로써의 논의의 대상과 판단의 기준인 '관점'들을 바르게 설정하고, 이어서 '논증평가 항목'을 담아 제시한 논증 지시어의 의미와 진술 범위를 명확히 규정하는 일련의 판단 과정이다. 이를 따라서 잘 쓴 한편의 논술 답안을 만들려면, 발문의 물음을 해체하고 재구성하면서 출제자가 요구하는 의도를 파악하고, 그것에 맞게 글 내용을 효과적으로 기술해야 한다.

008
좋은 평가를 받는 답안②: '관점'을 명확하고 적절한 언어로 기술한 답안

논술 문제 풀이에서의 첫 번째 해결 과제는 '주제'를 확정하는 것이다. 주제는 발문 물음에서 직접 드러나는 경우가 일반적이지만, 만약 그렇지 않다면 제시문들을 읽고 글 전체를 관통하는 핵심 개념을 찾아 밝혀야 한다. 그것이 곧 주제 개념으로, 이것을 찾는 것은 그리 어렵지 않다. 관건은 '관점'을 파악하는 것으로, 논술 문제 풀이에서의 두 번째 해결 과제다. 이것은 온전히 논술자인 학생 몫이다. 논술 문제 풀이에서 가장 중요한 것은 논점(관점, 논의점, 쟁점)의 파악과 이것의 적절한 언어화(개념화)다. 출제 의도의 핵심인 관점 파악과 적확한 언어화는 제시문의 정확한 독해가 따라야 가능하다. 평가자는 답안에 실린 관점을 보고 학생의 독해력 수준을 가늠한다.

대입 논술에서 제시문 및 주어진 자료와의 연관성을 토대로 이를 발문의 물음에 맞게 분석하면서 파악한 핵심 주제의 하위 개념이 곧 '관점(view point)'이다. 즉 '무엇(즉, 논제의 물음)'을 '어떻게 해결(논증)'할 것인가를 연결하는 개념적 층위가 관점(논점)으로, **주제 개념과 논증 지시어 사이를 매개하는 개념어(및 개념적으로 축약한 서술)라** 할 수 있다. 따라서 잘 쓴 논술 답안에는 '주제 개념(어)–관점을 드러내는 하위 개념(어)–논증 지시어의 대답인 제시문별 핵심 논지의 서술'이 개념적 위계와 범주적 속성에 따라 명확히 기술되어 있어야 한다. 관점의 확정과 개념적 언어화는 출제 의도를 담은 가장 중요한 물음이자 반드시 해결해야 할 과제라 할 수 있다.

논점(쟁점·관점) 파악이 중요한 이유는 이것이 논제의 핵심 개념(주제 개념)을 상세함으로써, 제시문의 중심 생각과 좀더 구체적으로 연결될 수 있도록 만드는 연결 고리 역할을 담당하고, 논증을 강화하는 기능을 떠맡고 있기 때문이다. 무엇보다 발문에는 관점을 드러내는 개념이나 관련한 핵심어가 실리지 않기에 제시문을 읽고 이를 직접 찾아 밝혀야 하기 때문이다. 실제 논제 분석력은 정확한 '관점 파악'과 그 관점별로 제시문별 핵심 개념을 분류하고 제시문 내용을 비교·분석하여 글 내용의 핵심을 기술할 수 있는 능력이라고 해도 과언은 아닐 것이다. 만약 이것에 실패한다면, 논증은 깨지고 논리는 제자리를 찾지 못한다.

제시문은 아무 이유 없이 선정되지 않는다. **출제 의도에 적합한 제시문을 목적에 맞게 적절히** 배치한다. 따라서 출제자가 왜 특정 제시문들을 골라 배치했는지 눈치챌 수 있다면, 제시문의 핵심 내용을 잘 파악할 수 있고 또 이것을 반영하면서 효과적으로 답안을 작성할 수 있을 것이다. 관점을 담은 개념들은 인류가 그동안 쉽게 풀기 어려웠던 숙제들이라 할 수 있다. 예를 들어, '분배 vs. 성장', '공공성 vs. 효율성', '환경 vs. 개발'처럼 근본 물음을 담은 핵심 개념이 그것이다. 물론 이러한 관점들은 큰 논점이고, 세부 쟁점들이 또 있다. '시장주의 vs. 케인스주의'란 개념만 해도, 복지국가, 규제, 생산성, 민영화, 시장 개방, 작은 정부론, 재벌 문제, 조세 정책 등 다양한 세부 논점들이 있다. 출제할 때는 큰 논점을 큰 줄기로 잡되, 세부 쟁점들을 정교하게 배치하여 문제의 난이도를 끌어올린다. 평소에 **이런 관점(논점)들에 익숙한 학생들이어야 빠르고 정확하게 답안을 작성할 수** 있다.

이와 관련하여 고려대는 "요구되는 항목에 대하여 분명한 답을 주는 것이 필요하다. 공통 주제와의 연관 관계를 무시한 채 자기 생각의 논술을 뒤섞어서 서술하는 것보다는 각각에 대해서 명확하게 서술하는 것이 더 좋은 평가를 받을 수 있다"라고 밝히고 있다. 이는 문제와 제시문을 읽고 '관점'을 명확하게 추출한 후, 그것에 근거하여 답안을 명확히 체계적으로 서술할 것을 강조하고 있음을 뜻한다.

009
좋은 평가를 받는 답안③: 제시문의 핵심 논지를 축약하여 간결하게 작성한 답안

잘 쓴 논술 답안을 작성하려면 논제의 요구와 지시를 모두 충족해야 한다. 평가자가 이해하기 쉽게 글을 쓰려면 논제의 물음과 관련한 부분만을 체계적으로 정리하여 기술하고, 그 외의 군더더기는 가차 없이 제거해야 한다. 논의의 핵심과는 무관한 정보를 답안에 나열하면, 평가자는 글 내용을 이해하는데 답답함을 느낀다.

학생들이 불필요한 정보를 답안에 담는 가장 큰 이유는 **글(제시문)의 중요한 부분과 중요하지 않은 부분을 구별할 수 있는 능력이 떨어지기** 때문이다. 이는 많은 경우 지문 독해 능력 부족에서 비롯된다.

논의의 핵심만을 답안에 담으려면, 글의 중요한 부분과 그렇지 않은 부분을 구분하여 읽으면서 중심 내용에 집중하고, 글의 '부분–전체' 구조의 짜임을 살피면서 중심 단락과 중심 문장을 정확히 찾아내야 한다.

따라서 논술에서 가장 중요한 것은 정확한 독해력이다. 다양한 주제의 글을 읽고 그 안에 들어있는 핵심 논지를 파악할 수 있도록 훈련할 필요가 있다. 이때 논술 시험에서 활용하는 개별 제시문은 기본적으로 **'하나의 생각 단위' 또는 '대비되는 생각 단위들'을 담은 글들로 구성한다는** 점에 유의할 필요가 있다.(그 생각 단위의 집약이 곧 '관점'이다.) 교과서와 수능 국어 비문학 비문 등 잘 짜인 텍스트를 선택하여 짧은 시간 안에 핵심 논지를 파악하는 연습은 논술 공부에서 큰 효과를 발휘한다. 이런 유형의 텍스트를 갖고서 하나의 생각 단위를 담은 부분에 집중하면서 글을 읽으면 독해력은 크게 향상한다.

이때 제시문의 핵심 논지를 간결하게 요약하는 연습을 병행할 필요가 있다.

논술 답안은 제시문의 중심 생각을 찾은 후 그 핵심만을 추려 짧게 요약한 글이라는 점을 숙지할 필요가 있다. 핵심 논지를 파악할 수 있는 능력으로써의 독해력은 그 자체로도 중요하지만, 궁극적으로 제시문의 핵심 논지를 압축하여 답안을 간결하게 작성하는 데 필요하단 측면에서도 중요하다.

발문의 물음을 따라 기계적으로 단락을 구성하면서 단순 나열식으로 서술한 글, 하나의 통일된 글이 아닌 개별 단락을 작위적으로 결합하여 서술한 글은 절대 좋은 평가를 받지 못한다. 논제의 물음에 대한 대답과 발문의 물음을 나열한 순서가 일치 또는 불일치하는가에 대한 고민 없이, 그리고 제시된 각 지문이 글 전체 또는 논제의 물음에 대한 대답에서 어떤 역할을 담당하는지에 대한 고민 없이, 학생들이 문제의 질문을 따라 생각 없이 그리고 습관적으로 답안을 작성할 경우, 단락과 단락 또는 같은 단락 내의 각 문장은 유기적으로 연결되지 못하면서 제각각 따로 놀게 된다.

단순한 분량 늘리기 식의 수사적 서술 역시 좋은 평가를 받을 수 없다. 글 내용을 단순명료하게, 그것도 문제 해결 과정에 맞게 꼭 필요한 것만을 기술해야 하는데도 불구하고, 학생들은 지정 답안 분량을 채워야 한다는 심적 강박과 부담감이 지나친 나머지, 분량을 질질 늘려가며 답안을 작성하려 든다.

하지만 그런 식의 글쓰기는 단순히 사족을 덧붙이는 것이라서 논의의 핵심을 흐트러뜨리는 우를 범할뿐더러, 결국에는 논제의 요구와 지시를 충족하지 못하고 변죽만 울리는 답안으로 치닫게 된다. 이런 나쁜 습관은 결국 논술 평가에서 감점으로 이어지고 만다는 사실을 깨닫고, 이를 고쳐 바로잡을 수 있도록 부단히 노력해야 한다.

010 좋은 평가를 받는 답안④: 제시문 내용을 충실히 반영하면서 작성한 답안

출제자는 논술 주제와 논제, 그리고 논제가 묻고자 하는 관점·논점·쟁점을 담은 각각의 제시문을 어떤 의도와 목적을 갖고 발문의 물음으로 구조화하여 출제한다. 이는 중요한 의미가 있다.

그 이유는 **문제와 제시문에 답안 작성을 위한 모든 것들이 들어있으며,** 게다가 수험생들이 답안을 논리적으로 쓸 수 있도록 일련의 형식적인 틀까지도 배려하고 있음을 암시하기 때문이다.

답이 있는 논술 시험에서 그것도 문제와 제시문에 답안 작성을 위한 내용적·형식적인 면에서의 방법적 힌트까지도 친절하게 밝히는 등으로 멍석을 잔뜩 깔아놓았음에도 불구하고 학생들이 이것을 받아먹지 못한다면, 이를 어떻게 받아들여야 할까?

그것은 출제자의 배려를 무시하면서 헛되이 논술 공부를 하고 있음을 학생 스스로 드러내는 것과 다름없다.

한데, 그런데도 왜 학생들은 논술을 어렵다고만 할까? 출제 의도를 담은 대답, 다시 말해 논술 답안 작성에 필요한 내용이 확실히 설정되어 있고, 그 대답의 진술을 제시문에서 찾아 밝히면 된다고 친절하게 설명하는 논술 시험에서 학생들이 쉽게 답을 못 찾는 이유는 뭘까?

이는 다음 두 가지 이유 때문이다.

첫째는 **지문 독해력이 딸려** 제시문을 읽어도 무슨 뜻인지 도통 알아듣지 못하기 때문이다. 그리고 논제의 지시 및 요구에 맞게 제시문의 핵심 내용(글의 요지)을 찾아서 이를 적절히 요약하지 못하기 때문이다.

둘째는 주제 개념을 정확히 이해한 후 이를 '정의'의 진술 방식을 사용하여 **체계적으로 정리하는 능력이 부족한** 때문이다. 이는 다른 무엇보다 관련한 배경 지식이 딸린 데서 비롯되며, 이미 알고 있는 지식과 정보를 주어진 논제의 물음에 맞게 효과적으로 활용하지 못한 결과다. 이때의 배경 지식이란 학교에서 배우는 여러 교과목의 기본 개념과 근본 원리를 말하는 것이고, 지식의 활용은 논제의 물음에 체계적으로 접근할 수 있는 지적 역량의 발현을 뜻한다.

배경 지식이 딸려 제시문의 핵심 내용을 효과적으로 요약하지 못하면, 그것에 비례하여 논증을 구성하는 능력(글의 중심 생각을 밝히는 능력)은 크게 떨어지고, 답안 내용의 질적 수준 또한 형편없이 낮아진다.

이런 문제점을 해결하기 위해 학생들은 제시문의 핵심 논지를 간결하게 요약하는 연습에 힘을 쏟을 필요가 있다. 기본적으로 논술 답안은 글 내용의 핵심에 자기 생각을 보태면서 축약한 요약 글이라는 점을 잘 알고 있어야 한다.

핵심 논지에 대한 독해력은 그 자체로도 중요하지만, 궁극적으로 **제시문의 핵심 논지를 압축하여 답안을 간결하게 작성하는** 데 필요하단 점에서도 중요하다.

그와 더불어, 답안 구성에서의 형식적 측면을 충분히 사전에 숙지할 필요가 있다.

학생들은 제시문별 핵심 논지 파악, 제시문의 차이 분석, 문제 해결을 위한 논점의 재구성 등 논제의 다양한 지시와 요구에 대응하여 효과적으로 답안을 구성하는데 적합한 글쓰기 능력을 갖추어야 한다. 특히 여러 교과목의 제시문을 함께 엮어 출제하는 통합 논술에서는 제시문별 핵심어를 잘 활용하면서 제한된 분량의 답안을 논리적·체계적으로 작성해야 하므로, 논증 글쓰기 연습은 무척 중요하다.

011
좋은 평가를 받는 답안⑤: 논증 능력이 돋보이는 논리적이고 체계적인 답안

논술은 논리적 사고력을 측정하는 시험이다. 논리적 사고는 주장에 대한 근거를 찾는 과정이자 그 주장에 대해 적절한 이유를 찾고 되물어보는 '생각하는 힘'이다.

'논리적 사고'란 결론에 해당하는 어떠한 주장을 받아들이거나 또는 거부할만한 충분한 이유와 근거가 있는지를 신중하게 생각하여 판단하는 것이다. 논리적 사고를 깨우치기 위해서는 논증의 타당성, 즉 '결론(주장)'과 그 '결론을 뒷받침하는 전제(근거·이유)'의 올바른 관계를 정확히 이해할 필요가 있다.

'논리적으로 타당하다'는 것은 곧 **결론의 타당함과 더불어 그 결론의 뒷받침 근거인 전제가 충실함을** 뜻한다.

대입 논술은 논증의 타당성을 뒷받침하는 근거, 다시 말해 논거를 얼마만큼 충실하고 적절하고 설득력 있게 제시할 수 있는가에 대한 지적 역량을 묻는다. 논술 평가 항목의 하나인 독창성이란 것도 따지고 보면, 사례, 반증, 유추 등을 통해 논거를 충실하게 뒷받침함으로써 논증을 한층 도드라지게 구성하는 것에서 비롯된다.

논거의 충실성은 논술 답안에서 단박에 드러난다. 만약 전제로부터 결론으로 나가는 과정까지의 논리의 일관성에 어딘가 모르게 허점이 드러나고, 게다가 결론과 전제가 서로 이치에 들어맞지 않는다면, 그것은 틀림없이 논거가 잘못됐거나 부실한 때문이다.

최상위권 대학 논술에서 합격하기 위한 가장 큰 관건은 **빈틈없는 논**

거 제시 능력에 달렸다고 보면 틀림없다.

논술은 논리적 글쓰기가 아니라 논증 글쓰기라는 점을 잊지 말자. 논증 글쓰기의 핵심은 논증 지시어의 의미와 진술 범위를 명확히 규정하면서, **'주장과 근거' 또는 '전제와 결론'으로 이루어진 일련의 글 묶음을 체계적으로 기술하는** 데 있다.

논술 답안 작성은 단순히 자기 생각을 표현하는 게 아니라 논제의 요구와 지시를 따라 글 내용을 구성하는 것이다. 물론 평소에 글을 많이 써보는 것이 중요하지만 논증을 갖춘 글을 쓰기 위해서는 특별한 훈련이 필요하다. 이를테면 논술 문제를 풀면서 글을 쓸 때, 세 가지 논제로 세 편의 답안을 작성하는 것보다는 하나의 논제로 세 번을 고쳐 써보는 훈련을 하는 것이 더 효과적이다.

학생들은 글을 잘 쓰든 못 쓰든 간에 자신의 글은 논리적이라고 생각한다. 완성된 글을 다시 읽어봐도 자신의 글에서는 논리적 허점을 잘 찾아내지 못한다. 글을 쓸 때의 생각으로 그 글을 다시 읽기 때문이다. 자신이 쓴 글을 한 문장 한 문장 꼼꼼히 생각하면서 다시 쓰고 고쳐 쓰는 훈련을 되풀이하자.

논제의 요구와 지시에 맞게 단락을 구분하고, 단락별 논리 관계와 논증 체계를 생각하면서 글을 쓰는 연습을 하자.

만약 다섯 단락으로 이루어진 글을 썼을 경우, 그 가운데 어느 한 단락의 순서를 바꾸었는데도 그 글의 내용에 있어 변함이 없다면 그 글은 결코 잘된 글이라 할 수 없다.

글은 **처음 문장부터 마지막 문장까지 서로 긴밀하고 유기적으로 관계해야** 한다. 그 경우 한 단락이라도 순서가 바뀐다면 전혀 다른 글이 될 것이다. 특히 논증할 내용을 쓸 때는 '제시문'에서 제시한 중심 문장들을 찾아 자신의 어휘와 문장으로 재구성하는 훈련을 하자.

012
좋은 평가를 받는 답안⑥: 언어 사용이 명확하고, 자신의 언어로 잘 표현한 답안

좋은 글, 잘 쓴 글이란 무엇이고 또 어떤 것일까? 좋은 글의 출발점은 정확한 용어를 구사하는 것에서부터 시작된다. 문장을 바르게 쓰기 위해서는 개념을 명확히 규정하는 용어, 이해하기 쉬운 용어, 혼동하거나 오해할 소지가 적은 용어, 어문 규범에 맞는 용어를 적절히 효과적으로 잘 구사할 수 있어야 한다. 무엇보다 단어와 용어의 사전(事典)적 의미를 잘 알고서 쉽고, 간결하고, 짜임새 있고, 확실하고, 솔직하게 글을 써야 한다.

문장을 바르게 써야 글의 의미를 독자에게 정확히 전달할 수 있다. 올바른 문장이란 문장 필수 성분을 갖춘 글, 문장 성분 간의 호응이 제대로 된 글, 앞뒤 문장 사이의 논리적 관계가 명확하게 드러나는 글을 일컫는다. 좋은 문장이 되려면, 글에서 주장하려는 내용이 명확히 드러나야 하며, 이를 뒷받침하는 근거가 구체적이고 확실하며 설득력 있어야 한다. 또 앞뒤 문장의 흐름이 논리적이며 통일성을 이뤄야 하고, 글 전체와 각 단락이 유기적으로 긴밀하게 관계 맺어야 한다. 무엇보다 전달하려는 핵심 논지를 주제 개념을 활용하여 분명히 드러낼 수 있어야 한다. 글의 중심 내용을 젖혀 놓고 다른 부분이 강조되어서는 안 된다. 결국 명확한 주제, 논리 구성, 전체와 부분의 논리의 짜임새, 단락의 설정, 표현력, 논증력, 주·술 관계의 호응, 용어의 정확성 등 좋은 글을 쓰기 위한 기본 조건을 갖추어야 잘 쓴 논술문이다. 이러한 조건을 충족하려면 되도록 문장을 쉽고, 짧게 써야 한다.

논술 평가자들이 학생이 작성한 답안에 주의를 기울일 수 있도록 노력하라. 작성한 답안 내용에 논술 평가자가 집중할 수 있도록 글을 써라. 이것의 실천 방법은 의외로 간단하다. **용어 사용에 있어서 좀더 신중을 기울이면** 된다. 용어를 사용할 때, 그 언어가 가진 의미와 맥락을 고려하지 않은 채 별다른 고민 없이 단어를 사용하는 학생들이 의외로 많다. 제시문에 들어있는 중요한 용어로써 전체 맥락에서의 해석이 필요한 어휘는 반드시 밝히고 넘어가는 한편, 그 해석된 결과를 적절한 언어로 재구성할 필요가 있다.

학생들이 작성한 답안 가운데, 글(답안)을 읽어 무슨 뜻인지(논술자인 학생이 무얼 말하려고 하는지)를 잘 이해할 수 없거나, 글의 흐름이 자꾸 끊기는 탓에 답안의 앞부분으로 돌아가 내용을 다시 살펴 확인해야 한다거나, 어디까지가 제시문 내용이고 또 어디까지가 학생의 생각인지 도무지 가늠이 안 되거나, 어디에선가 읽어본 듯 익숙하고 게다가 여러 학생에게서 엇비슷한 유형으로 드러나는 판에 박힌 답안이라든가, 글을 읽을 수 없을 정도로 글씨체가 나빠 글 내용에 신경 쓸 겨를조차 없다면, 평가자들은 그런 식으로 작성한 일체의 답안을 빠짐없이 거르고자 할 것이다. 이 모든 것들은 모두 **언어 구사 능력 부족에서** 비롯됐기 때문이라고 생각하면서, 평가할 필요조차 없다고 느끼는 것이다.

학생들은 답안 분량을 채우려는 욕심에 논제의 물음과는 동떨어진 글을 쓸데없이 장황하게 서술하는 경우가 많다. 또 앞글에서 서술한 내용을 살짝 말만 바꿔 다른 글에 다시 끼워 넣거나, 심지어는 같은 내용의 문장을 답안 뒷부분에 그대로 다시 진술하곤 한다.

하지만 이런 식으로 작성한 답안은 비록 분량을 다 채웠다 하더라도 내용 면에서는 여전히 부실함을 드러내는 것이기에, 채점자로부터 결코 좋은 평가를 받을 수 없다. 학생들이 하지 말아야 할 행동의 하나가 바로 이것이다. 지식 과시 또는 지식 부족을 감추려는 행위에서 비롯된 부적절하고 맥락에 맞지 않는 언어 사용, 의미 없는 동어반복, 누구나 아는 일반적인 진술과 문구는 삼가라.

논술 Tip 1

논술로 대학에 합격하고 싶으면 출제자의 말을 귀담아 들어라!

좋은 논술 답안의 특징

- 짧고 간결한 문장이 강한 인상을 남긴다.
- 주어와 서술어가 일치하도록 한다.
- '번역투'의 문장은 피한다.
- 통일성과 완결성을 갖추어라.
- 논제의 핵심에서 벗어나면 안 된다.
- 제시문의 문장을 그대로 옮기는 것은 금물이다. (특히 요약의 경우)
- 부적절하고 맥락에 맞지 않는 '지식 과시용 인용'은 역효과로 작용한다.
- 천편일률적인 대안 제시는 좋은 평가를 받지 못한다.
- 동어반복, 누구나 아는 일반적인 진술과 문구는 삼간다.
- 과격하고 지나친 단정은 위험하다.
- 가급적 깨끗하고 단정한 필체로 작성한다.

(출처: 동국대 2021 논술가이드북)

합격생이 들려주는 가장 핫한 논술 준비 Tip: 비문학 지문 활용하기

논술 시험은 출제자가 원하는 방향의 논리 구조를 짜는 것이 핵심인데, 비문학 지문은 논리구조가 체계적으로 만들어져 있기 때문에 제시문 독해와 논리 구조에 대한 개념을 공부하기에 최적화되어 있다. 수능 기출 문제나 평가원 모의고사, EBS 교재 등에 있는 비문학 지문을 많이 활용하고, 학교 수업 시간에 배우는 모든 교과목의 비문학 지문과 거기에 나오는 핵심 개념들을 도출하는 연습도 도움이 된다.

(서강대 2021 논술가이드북)

Part 2

논술 답안 작성 포인트

013
핵심① [논제 분석]: 출제 의도를 정확히 파악하라

출제자가 요구하는 사항이 무엇인지 정확하게 파악한 후, 그것이 묻는 '답'을 찾는다.

▶ 논제 분석 과정 1: **출제 의도 파악**

논술 출제자는 발문의 물음과 제시문을 만들 때 수고를 아끼지 않는다. 특히 발문의 물음에 맞게 제시문 내용을 구조화하여 출제한다. 이는 중요한 의미가 있다. 그 이유는 **문제와 제시문에 답안 작성을 위한 모든 것들을 담아서 출제하고**, 학생들이 답안을 논리적·체계적으로 기술할 수 있게끔 유도하는 일련의 형식적인 틀까지도 배려하고 있음을 암시하기 때문이다.

따라서 문제와 제시문을 견주어 읽으면서 발문의 물음과 제시문들의 관계를 확정하고, 이를 논제의 물음으로 재구성할 수 있으면, 그것만으로도 답안 작성을 위한 기초 작업은 얼추 끝난다. 논제는 쉽게 말해, 발문의 물음을 재해석하여 논술 답안 작성에 맞게 재구성한 진술문이라고 보면 된다. 발문의 물음을 논제의 요구로 재구성하는 과정을 '논제 분석'이라고 하는데, 그 핵심은 발문의 물음별로 출제한 제시문들이 어떤 관계를 맺고 있는가를 확인하고 확정하는 것이다. 따라서 논제 분석은 곧 발문 물음의 해제와 다를 바 없다. 논제 분석을 잘하면 별도의 개요 짜기 과정을 거칠 필요 없이 곧바로 답안을 작성할 수 있다. 논제 분석과 개요 짜기는 동시에 한꺼번에 수행하는 것이 더 효과적이다.

문제의 질문을 파악하여 이를 논제의 요구로 재구성하는 작업은 동시 진행형이다. 발문의 물음을 올바르게 파악했다는 것은 곧 논제 분석을 제대로 끝마쳤다는 의미와 같다. 먼저 발문의 물음에 들어있는 요구와 지시가 정확히 무얼 뜻하는지를 파악하고, 그런 다음 각각의 요구와 지시를 논제의 해결 과제로 구조화하여 일치시킨다. 그렇게 되면 대답(글쓰기)해야 하는 논제의 해결 과제이자 논술에서 따져 밝혀야 할 근본 물음은 확인된다. 그 **해결 과제이자 근본 물음이 바로 '출제 의도'라고** 보면 된다.

결국 **'출제 의도 파악=문제 분석=논제 분석=개요 짜기'**는 등가의 관계를 이루는데, 각각은 같은 의미이자 함께 수행할 과정이다. 이때 각각의 과정을 수행하는 데 있어서, 정작에 학생들이 힘들어하는 것이 제시문의 독해와 요약이다. 제시문의 독해와 요약에 막힘이 없으면 발문의 물음과 제시문들 사이의 **내적 연결 고리를 발견하는** 것도, 제시문들끼리의 **연관 관계를 살피는** 것도 그다지 어렵지 않다. 답안 작성에서 지문 독해력은 절대적이다.

논술 답안 평가의 중요한 척도이자 답안에서 반드시 확인코자 하는 출제자의 의도는 다음 네 가지로 집약된다. 첫째, 논술 답안 작성에서 가장 중요하달 수 있는 '관점'의 확인으로 대학은 주제 개념과 논증 지시어를 이어주는 내적 연결 고리를 찾아 이를 **적절한 개념어로 밝히고** 있는지를 평가한다.(언어 능력) 둘째, 제시문별 핵심 '논지'를 담은 요약 글의 확인으로 대학은 이를 통해 **제시문 속 정보와 지식을 정확히 이해하고 있는지를** 평가한다.(독해력) 셋째, 답안의 논리 체계의 확인으로 대학은 학생들이 발문의 물음을 따라 제시문들의 연관 관계를 살피면서 **논리적인 구조로 답안을 작성했는지를** 평가한다.(논증력) 넷째, 논거 제시 능력의 확인으로 대학은 학생들이 '논증 지시어'를 해결할 때 제시문 내용에 **자기 생각을 보태면서 체계적으로 뒷받침 근거를 제시하고** 있는지를 평가한다.(사고력)

학생들이 논술 답안 작성 초기 단계에서 해야 할 중요한 작업은 발문의 물음을 꼼꼼히 읽고, 그 문제의 요구, 즉 출제자의 의도를 정확히 파악한 후, 그것에 맞는 답안을 작성할 수 있도록 준비를 철저히 하는 것이다. 이를 위해서는 먼저 독해력과 요약 능력부터 길러야 한다.

014
핵심② [논제 분석]: 발문의 토씨 하나하나까지 꼼꼼히 살펴라

문제에는 출제 의도가 반드시 담겨 있게 마련이기에, 문제에 실린 조사 하나까지 정밀하게 분석한다.
▶ 논제 분석 과정 2: **발문 물음**에 대한 이해

학생들은 먼저 발문의 물음부터 꼼꼼하게 읽으면서 출제 의도를 파악해야 한다. 만약 그렇지 않고 제시문에 먼저 눈길을 주다가는 논제 분석에 실패할 수 있다. 이때 **문제 안에 들어있는 조사 한 개, 토시(자구) 하나까지도 소홀히 하지 않으면서,** 발문의 물음을 꼼꼼히 읽어야 한다. 논술 평가자는 출제 의도와는 다르게 해석될 여지를 없애기 위해 문제에 실리는 문구 하나하나를 신중하게 선택하며, 문제의 조건과 지시에 맞게 제시문을 의도적으로 배치한다. 그런 과정에서 발문의 물음을 더욱 정교하게 다듬고, 발문의 물음과 제시문 내용 사이의 논리적 연관 관계를 더욱 긴밀하게 만든다.

이런 이유로 학생들은 문제에 실린 문구를 대충 읽어서는 안 된다. 그 중요성을 아래의 대학 설명을 통해 확인할 수 있을 것이다.

실제로 논술 출제위원들은 문제를 구상할 때 문제에 어떤 단어나 표현을 쓸 것인지 이를 문장으로 어떻게 구현해 낼 것인지에 관해 상당한 시간과 노력을 기울인다. 이는 출제위원들에게는 문제에 사용하는 낱말, 표현 등이 출제위원들과 수험생 간의 유일한 소통 매체이기 때문에 그러하다. **문제에 기술된 낱말, 표현 하나하나를 아주 꼼꼼히 따져봐야** 하는 이유가 여기 있다.
예를 들어, "제시문 (가), (나)의 논지를 각각 고려하여, 제시문 (다)에서 언급된 '선택'을 할 때 나타날 수 있는 한계를 추론하여 기술하라"는 문제와 "제시문 (가),

(나)의 논지를 고려하여, 제시문 (다)에 언급된 '선택'을 할 때 나타날 수 있는 한계를 기술하라"라는 문제는 '각각'이라는 낱말과 '추론'이라는 낱말에서 차이가 있다. '각각'이라는 낱말은 말 그대로 제시문 (가)와 (나)의 논지를 둘 다 병렬적으로 이용하라는 것이고, '추론'이라는 낱말은 현상에 기초를 두고 이를 기반으로 가상적으로 나타날 수 있는 한계에 더 집중하여 기술하라는 것이다. 이를 고려하지 않은 답안은 문제의 낱말 하나하나를 고려한 답안보다 더 좋은 점수를 받을 수 없다. (중앙대 2020 논술 가이드북)

논술 문제를 풀 때 학생들은 먼저 **발문의 물음부터 꼼꼼히 살핀 다음에 제시문에 눈을 돌려야** 한다.

출제자는 문제의 방향부터 정한 다음에 이것을 토대로 제시문들을 선별하고 구성한다. 출제 의도는 발문의 물음에서 명시적 또는 암묵적으로 드러나게 마련이기에, 먼저 이것부터 꼼꼼히 살핀 다음, 발문 물음의 정확한 지시와 요구를 따라 제시문들을 읽어야 한다. 만약 이런 과정을 소홀히 하면, 제시문의 이해와 제시문 해석은 생각 이상으로 훨씬 어려울뿐더러, 발문의 물음을 잘못 파악하면서 논점을 이탈하는 오류를 범할 수 있다.

따라서 학생들은 먼저 문제부터 주의 깊게 살피면서 출제 의도와 출제 방향을 가늠한 후,(그 핵심은 '주제 개념'을 찾는 데 있다.) 그 주제 개념을 따라 제시문들을 개략적으로 읽으면서 중심 생각이자 '하나의 생각 단위'를 찾기 위해 노력해야 한다. 그런 과정에서 논술 문제 해결의 열쇠를 쥐고 있는 '관점'은 명확히 드러난다. (관점의 파악과 언어적 서술) 여기까지가 순조롭게 이뤄졌다면, 논제 분석의 얼개는 얼추 만들어진 셈이다. 이후부터는 다시 문제와 제시문을 번갈아 살피면서, 분석한 논제의 물음을 따라 제시문들의 연관 관계에 초점을 맞추고서 읽는다면, 제시문별 핵심 논지는 좀더 명확히 드러날 것이다.

015
핵심③ [논제 분석]: 제시문들의 연관 관계를 살펴라

제시문들을 견주어 살피면서, 발문의 물음을 주관하는 주제 개념을 찾아 확정하고, 이어서 제시문별 중심 생각을 파악하면서, 주제 개념과 논증 지시어를 이어주는 내적 연결 고리인 '관점·논점·쟁점·지향점'을 찾아 각각을 세부 개념어로 정리한다. ▶ 논제 분석 과정 3: **관점 파악**

말했듯, 대입 논술에서 문제의 물음을 면밀하게 분석해야 하는 가장 큰 이유는 출제 의도를 정확히 파악하기 위해서다. 논술 출제자는 먼저 출제 의도와 출제 방향부터 설정한 후 그것에 맞게 발문의 물음을 구성한다. 제시문 역시 출제 의도에 맞게 선정하며, 문제의 지시와 요구를 따라 차례로 배열한다. 문제와 출제 의도는 서로 밀접하게 관계하기에, 논술 시험을 치르는 학생들은 당연히 출제 의도를 따라 답안을 작성해야 한다. 출제 의도는 문제의 방향성과 답안의 수준을 가늠하는 준거로, 학생들은 반드시 출제 의도에 맞게 답안을 작성해야 한다.

논술 출제 의도를 정확히 파악하기 위해서는 다음 순서를 따라 문제와 제시문을 거듭 읽어야 한다. 먼저 문제부터 꼼꼼히 살피고, (발문의 물음에 대한 이해: 문제 분석) 이어서 발문의 물음을 따라 **제시문들의 연관 관계를 면밀하게 분석하면서** 논제의 해결 과제를 확정하며, (제시문별 핵심 논·쟁점의 개념화: 논제 분석) 이후 논증 지시어의 해결을 위해 제시문에서 논증할 내용(논지와 논거)을 찾아 구체화한다. (논제 서술 과제의 구체적 진술: 논증 구성)

발문의 물음, 즉 논제에는 학생들이 작성해야 할 답안의 내용과 방향이 들어있다. 따라서 논제를 잘 분석한다는 것은 곧 좋은 답안을 쓰기 위한 가장 중요한 조건이다. 긴 문장 혹은 여러 문장으로 이루어진 발문의 물음은 궁극적으로는 논제 분석 과정에서 **'주제 개념–관점(및 세부 논점)–논증 지시어'**라는 답안 작성을 위한 필수 구성 요소로 간략히 재편된다.

여기서 중요한 것이 '관점(논점)'의 파악으로, 논술에서 '답'이 있다는 말은 이를 두고서 하는 것이다. '관점·논점·쟁점·지향점'은 주제 개념과 논증 지시어를 이어주는 내적 연결 고리로, 제시문들의 연관 관계를 살펴 이를 세부 개념어로 구분·확정하는 작업이 논술 문제 풀이에서 가장 중요하다. 아래 사례의 밑줄 친 부분이 문제에서 제시한 관점(및 세부 논점)과 관련한 부분이며, 이를 제시문을 읽고 견주어서 파악한 후 이를 **적절한 용어(세부 개념어)로 정리한** 것이 굵은 글씨체 부분이다. 이것을 정확히 밝히지 않으면, 이어지는 논증 지시어의 물음에 대한 대답은 그야말로 요원하다. 논술 답안을 작성하려면, 먼저 이것부터 해결해야 한다. 참고로 '세부 논점'은 연세대의 '비교하라' 논증 지시어처럼 제시문 내용을 보다 심층적으로 논증할 때 밝혀야 할 과제로, 뒤에 자세히 설명한다.

사례1 제시문①에 나타난 세 가지 인본주의의 입장에서 ②의 '은'의 생각을 평가하고, ②의 은의 관점에서 ①의 진화론적 인본주의를 비판하시오. (고려대 2020 사회 편입 논술)

▶ [인본주의(주제 개념)–인본주의 세 입장: **자유주의적 인본주의, 사회주의적 인본주의**–진화론적 인본주의(관점)–평가하고(논증 지시어)]+[은의 관점: **사회주의적 인본주의**(관점)–비판하라(논증 지시어)]

사례2 제시문 (가), (나), (다)는 민족에 대해 다양한 의견을 보이고 있다. 각 입장의 상이한 점을 비교·분석하시오. (연세대 2020 인문 대입 논술)

▶ 민족(주제 개념)–다양한 의견(관점): **혈연공동체(가), 의지 공동체(나), 상상 공동체(다)**–각 인장의 상이한 점(세부 논점): **의미, 성격, 역할**… 등등의 차이–비교·분석하라(논증 지시어)

016
핵심④ [논제 분석]: 발문의 요구를 논제의 물음으로 재구성하라

제시문 간 내적 연결 고리의 핵심인 '관점·논점·쟁점·지향점'을 담은 개념어(및 관련 상당 어구) 간의 논리적 관계를 '분류·비교·분석'의 방법으로 살피면서, 문제와 제시문의 관계 및 제시문과 제시문의 관계를 확정한다.

▶ 논제 분석 과정 4: 논제의 핵심인 **'주제–관점–논증 지시어'**별 개념적 위계와 논리 관계 확정

출제 의도의 파악은 '주제 개념'과 '관점', 즉 문제에서 다루는 중심 주제(논의해야 할 공통 주제)와 세부 주제(논의되어야 할 요점 또는 논의점을 담은 관점·논점·쟁점)를 문제와 제시문을 읽고 찾아 밝히는 것만으로도 충분하다. 주제 개념(주제어 또는 제재를 담은 핵심어)은 문제에서 직접 드러나는 것도 있지만, 학생들이 제시문을 읽고 이를 직접 찾아 밝혀야 하는 것도 있다. 만약 후자의 경우라면, 제시문을 꼼꼼히 읽으면서 빨리 찾아야 한다.

논제는 제시문을 통틀어 하나의 공통되고 일관된 주제를 지향함을 원칙으로 한다. 하지만 관점은 다르다. 관점은 논제 안에 하나 들어있을 수도, (주제를 묻고 답할 경우이다.) 둘이 들어있을 수도, (일반적이다.) 여럿이 들어있을 수도 있는데, (세부 논점을 묻는다.) 각각은 제시문과 대응하면서 결정된다.

만약 제시문을 읽고 관점을 여럿 찾아 답할 때는, 각각의 관점에 맞춰서 제시문을 1:1로 대응하면서 논증을 구성해야 하기에, 그만큼 논술 답안 작성은 복잡하고 어려워진다. 연세대 '비교하라'는 논증 지시어에 답하기 어려운 이유가 이 때문인데, 어느 것이든 문제와 제시문 내용에 근거하여 파악해야 함은 물론이다.

거듭 강조하지만, 논제 분석의 핵심은 **'관점' 파악과 이것의 명확한 언어적 서술에** 있다. 논술에서 반드시 찾아 밝혀야 하는 관점의 유형은 다음과 같다.

■ **논술에서 반드시 찾아 밝혀야 하는 '관점'의 세분**

(1)교과 과정에서 중요하게 다루는 핵심 개념: **이항 대립**의 관계

▶ 인간 행동의 근원,(자유의지와 결정론) 도덕 판단의 근거(의무론적 윤리설과 목적론적 윤리설) 등

(2)형이상학적 물음: 존재론적·인식론적·가치론적·미학적 근본 물음에 대한 **세부 논점**

▶ 죽음, 명예, 공감, 사랑, 시간, 고통, 권위, 아름다움 등의 주제어와 관련하여 제시문들이 함의하는 공통된 '의미, 성격, 역할, 문제점, 해결 과제' 등등을 파악하여 이를 논점으로 세분화

(3)주제 개념에 대해 제시문들이 내포한 **지향성·방향성·적절성**

▶ 긍정적 vs. 부정적, 순기능 vs. 역기능, 개인적 vs. 사회적 등

(4)숨은 주제: 제재(중심 소재)와 주제어(주제 개념)가 다를 때, 그 제재 이면에 담긴 속 주제

▶ 연세대 2011 인문 수시[죽음(제재)–죽음에 대한 인식(주제)–인간 행동의 비합리성(숨은 주제)]

여기까지를 거듭 정리하면 다음과 같다. 논술 문제를 풀 때 가장 먼저 해야 할 중요한 과정은, 문제와 제시문을 읽고 논제의 요구를 명확히 하는 것이다. 즉, 발문의 물음을 논제로 재구성하는 작업을 통해 '주제'를 찾아 밝히고, 하위 주제로써의 논의의 대상과 판단의 기준이 되는 '관점'들을 올바르게 설정하고, 이어서 논제 서술 과제를 담은 논증 지시어의 의미와 진술 범위를 명확히 규정하는 일련의 판단 과정이 그것이다. 실제 이 과정만 잘 이행하여도 논술 답안은 막힘없이 풀린다.

017

핵심⑤ [독해와 요약]: 제시문에 집중하고 또 집중하라

출제 의도 및 논제의 물음과 관련한 모든 판단 근거를 제시문 안에서 찾아 밝힐 수 있도록, 글 내용의 핵심을 거듭 정확하게 읽어야 한다.

▶ 독해와 요약 과정 1: 제시문의 정확한 **독해**

논술 답안을 바르게 작성하기 위해서는 제시문의 성격을 정확히 이해할 필요가 있다. 출제자는 문제와 더불어 여러 지문을 제시하고, 그것들의 연관 관계를 살피면서 발문의 물음에 답할 것을 요구한다. 이때 출제자는 다음 조건에 맞춰서 지문 난이도를 조절한다. 무엇보다 발문의 물음을 살펴 이를 논제 물음의 핵심인 '개념–관점–논증' 형식으로 재구성할 수 있도록 제시문 내용을 구상하고 설계한다.

이와 함께 '분석적 이해, 비판적 평가, 창의적 적용'이라는 대입 논술 평가 기준에 맞춰서 문제와 문항, 제시문들을 배열함으로써, 출제자의 의도를 명시적 또는 암묵적으로 드러낸다. 그리고 고전·명저·영어 지문 등의 비문학은 물론 시·소설·희곡 등의 문학 작품을 담은 제시문과 도표·그림 등의 자료를 출전함으로써 출제의 난이도를 조정한다. 이렇듯 논술에서 제시하는 지문은 합목적성을 지향한다.

논술 제시문들은 다양한 교과 과목에서 출제되기 때문에 여러 제재(주제 개념을 드러내는 중심 소재)를 다루고 있으나, 기본적으로 개별 제시문은 '하나의 생각 단위'를 담은 글을 이룬다. **그 하나의 생각 단위가 제시문의 '논지(또는 논점)'로** 개별 제시문에서 글 전체를 관통하는 핵심 메시지라 할 수 있다. 그 핵심 메시지를 개별 제시문에서 찾아 이를 '논증 지시어'의 요구에 맞게 유기적으로 연계하면서 생각을 집중하면, 논증은 내용과 형식 측면 모두에서 확실한 체계를 갖출 수 있다.

이때 '하나의 생각 단위'로 요약·정리되는 제시문별 핵심 논지를 **다시 그 어떤 '대비되는 생각 단위'의 묶음들로 나누고 합칠 수** 있는데, 이를 개념적으로 언어화하여 축약한 것이 곧 출제 의도 파악에서의 첫 번째 해결 과제인 '관점'의 설정(및 언어적 범주화)이다.

주제 개념을 따라 발문의 물음이 요구하는 방향대로 개별 제시문 내용을 꼼꼼히 읽으면, 논제 물음의 핵심 구성 요소인 '주제–관점(논점)–논증 지시어'에 들어갈 내용의 뼈대가 세워지면서 작성할 답안 내용의 전체 윤곽이 드러난다.

논술 과제 해결에서의 두 번째 관건은 출제된 제시문별로 하나의 생각 단위를 담고 있는 핵심 논지를 명확하게 파악하는 것으로, 이때 제시문들을 일련의 대비되는 생각 단위들로 묶어 파악함으로써 관점 파악까지 동시에, 한꺼번에 해결할 수 있도록 제시문 독해에 집중해야 한다.

이를 위해 학생들은 발문의 다양한 물음과 지시적 요구에 대응하여 효과적으로 답안을 구상할 수 있도록 글의 중심 생각에 집중하면서 제시문을 읽어야 한다. 그 과정에서 제시문별 핵심 논지를 하나의 생각 단위로 파악하고, 논지별 차이점을 분석하며, 분석한 논지를 논제의 물음에 맞게 재구성할 수 있을 것이다. 그러려면 제시문들의 구성 방식을 면밀하게 파악하면서 글을 읽어야 한다. 마치 수학에서 교집합과 합집합의 관계를 살피듯이 **제시문 전체를 하나의 생각 단위로 놓고서 각각을 서로 견주어가면서 치열하게 읽어야** 한다. 거듭 강조하지만, 출제 의도 및 논제의 물음과 관련한 모든 판단 근거는 제시문 안에 다 들어있으며, 그것도 발문의 물음을 따라 구조적으로 배치하였다는 사실을 깨닫고, 글 내용의 핵심을 거듭 살피면서 정확하게 읽어야 한다.

018
핵심⑥ [독해와 요약]: 제시문의 중심 생각을 간결하게 **요약·정리**한다

제시문별 중심 생각을 거듭 살핀 후 이를 간결하게 요약하면서, 각각을 '하나의 생각 단위(논점·논지)'로 정리한다.

▶ 독해와 요약 과정 2: 제시문별 핵심 내용 **요약**

논제의 요구에 들어맞는 답안을 작성하려면 제시문을 어떻게 읽어야 할까? 제시문 선정의 핵심은 저자의 사상과 지식을 밝히는 데 있기보다는, 글 내용의 핵심을 논술자인 학생이 얼마만큼 잘 이해하고 있는지를 확인하기 위해서다. 따라서 논술 합격 답안을 작성하기 위해서는 제시문 독해력부터 길러야 한다.

제시문을 읽으면서 중요한 내용을 단박에 파악하고, 그 파악한 내용을 체계적으로 정리할 수 있어야 한다. 글을 읽으면서 중요한(중요하다고 생각하는) 내용을 명제('p는 p이다' 식의 문장)로 진술하면서 계속 정리해 나간다. 그리고 이렇게 정리한 내용(명제 1, 2…)을 **내용 면에서의 우열을 따져 살피면서 다시 한두 개의 문장으로** 축약한다. 그렇게 해서 거듭 정리한 글 내용의 요점을 자신의 언어로 재구성한다.

이때, 글 내용을 효과적으로 요약하기 위해서는 먼저 **각 단락의 중심 문장(들)을 찾아 핵심어에 동그라미를 치고,** 그 문장에 밑줄을 긋고, 명제의 진술로 간략히 정리한다. 이 과정을 문장이 끝날 때까지 계속한다. 그런 다음 줄이 그어진 문장들을 연결하면서 집중해서 읽는다. 이때 글 내용이 매끄럽게 논리적으로 이어진다면 제시문의 핵심 내용을 잘 요약한 것이고, 그렇지 않다면 제대로 요약하지 못한 것이다.

논술에서 독해력이 중요한 이유는 궁극적으로 제시문의 핵심 논지를 압축하여 간결하게 표현하기 위해서다. 요약을 잘하면 글 전체의 핵심 논지는 쉽게 파악된다.

다음은 그 사례인데, 뒤 두 문장이 제시문의 중심 생각을 담은 글로, 핵심어가 전부 들어있음을 알 수 있다.

따라서 뒤 두 문장을 중심으로 글 내용을 정리하면 그것만으로도 잘 된 요약 글이 만들어진다.

사례 서강대 2020 경영경제 수시 출제 지문

인간은 사회생활에서 사회의 가치, 규범 등을 내면화하고 그 사회의 생활 방식을 따르게 된다. 이러한 측면에서 볼 때 개인은 그 사회의 영향으로부터 자유로울 수 없다. (…) 한편 개인이 사회적 영향에 전적으로 종속되지는 않는다. 자신의 외부에 있는 사회적인 영향을 때로는 거부하고, 때로는 적극적으로 수용한다. 즉 사람들은 자신의 **자유의지**에 따라 다른 선택을 할 수 있는 **능동적 주체**이다. 이러한 개인의 의지나 힘에 의해 **사회가 변화**하기도 한다.

■ **제시문의 핵심 내용을 명제의 진술로 구성하면…**

(1)인간 행동은 사회에 영향을 받는다.

(2)그렇다고 인간이 사회적 영향력에 의해 전적으로 지배받는 것은 아니다.

(3)인간은 자유의지에 따라 선택할 수 있는 능동적 주체이다.

(4)인간의 자유의지는 사회 변화의 동력으로 작용한다.

■ **핵심 요약:**

인간은 사회에 의해 영향을 받지만, 그와 동시에 자유의지로 사회 변화를 꾀하는 능동적 행위 주체이다.

▶ 인간은 **자유의지**로 **사회 변화**를 꾀하는 **능동적 행위 주체**이다. (핵심 논지)

019
핵심⑦ [독해와 요약]: 쉬운 지문부터 살펴라

제시문들은 어떤 식으로든 연관 관계를 맺고 있음을 깨닫고, 먼저 쉬운 지문부터 공략한 후 그 해석된 내용을 토대로 까다로운 지문과 '분류·비교·분석'의 방법으로 견줘 살피면서 글 내용의 핵심을 파악한다.

▶ 독해와 요약 과정 3: 제시문의 **구조 독해**

대입 논술은 여러 제시문을 주고 이를 견주면서 살피도록 한다. 대학은 고교 교과목에서 다루는 다양한 주제와 개념을 활용하여 제시문 내용을 구성한다. 덧붙여 영어 지문은 물론이고, 도표·수식과 같은 자료를 제시문과 함께 출제하는 경우가 일반적이다. 따라서 제시문들을 읽고 글 내용의 핵심을 논리적·체계적으로 연결하면서 발문의 물음(논제의 요구)을 해결하기 위해서는 제시문 독해 능력과 논리적 사고력이 뒷받침되어야 한다. 인문학, 사회과학, 자연과학, 예술 등 교과 과정에서 다루는 주제를 통합적으로 엮어서 사고할 수 있는 능력을 갖춰야 한다. 그럼에 불구하고 학생들은 제시문들을 어떻게 공략할지 몰라 우왕좌왕한다.

제시문을 이해하고 해석하는 데 있어서 좀더 효과적인 방법이 있을까? 물론 있다. 그 포인트는 **출제된 제시문들 전부를 하나의 글로 간주하면서 읽는** 것이다. 그러면서 먼저 **쉽고, 간단한 내용의 지문부터 읽으면서** 글 내용의 핵심을 파악하는 것이다. 제시문들은 공통된 주제 개념을 따라, 그리고 논제의 물음에 맞게 서로 유기적으로 긴밀하게 관계하고 있음을 이해한다면, 제시문들 사이에는 내용 면에서 그 어떤 공통분모가 들어있다는 사실을 깨달아야 한다. 제시문 독해를 위해서는 먼저 그 공통된 분모부터 찾아내야 한다.

이를 위해 먼저, 문제와 제시문을 읽고 **주제 개념부터 찾아 살펴야** 한다. 주제 개념을 염두에 두고 제시문 내용을 읽지 못하면, 그것은 마치 목적지를 정하지 않고서 길을 나선 것과 다를 바 없다.

다음으로 **'관점'들을 파악하면서 그것에 맞게 제시문들을 빠르게 '분류' 할 수** 있어야 한다. 출제자가 왜 이 제시문을 여기에 배치했는지 눈치챌 수 있다면, 제시문의 핵심 내용을 파악하고 이를 짧게 요약하기 한결 쉬울 것이다. 따라서 발문의 물음을 따라 제시문들을 견주면서 서로 대비되는 생각 단위인 '관점(논점·쟁점·논의점·지향점을 포괄하는 의미)'을 찾아 이를 개념적으로 분류하면, 제시문 내용 간에는 그 어떤 공통점과 차이점이 드러난다. 이때 그 해결의 실마리는 각각의 제시문에 실린 핵심어와 중심 문장으로, 이것들을 찾아 마치 퍼즐 조각 맞추듯이 연결하면서 글을 읽되, 쉬운 지문부터 공략한다. 그렇게 되면 복잡하고 난해한 지문이라도 글의 중심 생각을 찾고, 글 내용의 핵심을 파악하는 것은 그리 어렵지 않을 것이다.

이때 제시문의 구조 독해가 큰 힘을 발휘한다. 구조 독해란 글의 형식적인 짜임과 내용 면에서의 의미 구조를 파악하며 읽는 것을 말한다. 그 핵심은 다음 두 가지로 **글의 중요한 부분에 집중하면서** 읽는 것이다. 첫째, 다양한 설명의 진술 방식을 따라 글을 읽는다. 글에서 중요한 부분은 비교와 대조', '분류와 구분', '인과 분석' 그리고 '논증'에 집약된다. 둘째, 글의 위계를 따져 살피면서 읽는다. 글에서 상위 내용과 하위 내용을 결정짓는 '기술 관계(핵심–상술)'는 '나열 관계', '대응 관계', '인과 관계', '문제 해결 관계'로 글 내용을 구성한다.

제시문의 효과적인 독해를 위해서는, 제시문들은 주제 개념을 따라 하나의 큰 생각의 틀을 형성하고 있다고 생각하고, 먼저 쉬운 지문부터 공략하면서 제시문별 핵심 논지를 논제의 물음을 따라 꿰맞추면서 해석하되, 설명 글의 구조와 구성 관계를 살피면서 제시문을 읽는다.

020
핵심⑧ [독해와 요약]: **개념**을 적확한 언어로 거듭 정리하라

제시문별 핵심 개념(관점·논점·쟁점·지향점)을 담은 키워드(단어와 어휘)를 확정하고, 이를 논제의 물음에 맞게 정리하면서 답안 구성의 논리적 뼈대를 세운다.

▶ 독해와 요약 과정 4: 논제의 핵심인 '주제–관점–논증 지시어'별 **개념적 위계**와 **논리 관계** 재확인

논술 문제 풀이에는 논제 분석이 중요하다. 그 핵심은 발문의 물음을 따라 제시문들을 서로 견주면서 논제를 구성하는 핵심 요소를 파악한 후, 이것을 '개념–관점–논증 지시어'의 대답으로 재구성하는 것이다. 이때 관건은 올바른 독해를 통해 제시문들의 연관 관계를 정확히 파악한 후, 그 관계의 핵심을 이루는 제시문별 핵심 논지를 간략히 요약하는 능력이다.

제시문별 지식과 정보의 관련성을 추론하기 위한 일련의 사고의 틀은 지문 안에 다 들어있다. 그것은 주제 개념과 그 세부 개념을 담은 일련의 '개념어(키워드)'다.

대입 논술은 체계화된 지식의 결정체인 근본 개념과 핵심 이론을 공통된 주제로 삼아 이를 논제의 물음으로 엮어 출제한다.

따라서 학생들은 논술 답안을 작성할 때 항상 논제의 핵심 개념을 정확히 이해하고 파악한 후, 이를 **적절한 개념어로 규정하면서 글 내용의 핵심을 축약할 수** 있어야 하며, 그것도 **개념의 위계를 따라 체계적으로 기술해야** 한다. 그리고 논제의 흐름을 주도하는 핵심 개념(주제 및 관점)을 따라 논증 지시어의 대답을 **논리 관계를 따라 일관되게** 요약·서술해야 한다. 만약 논술자가 작성한 답안에서 개념이 위계를 따라 명확히 정의되고 질서 있게 배열되지 못하면, 평가자는 이를 두고서 개념을 정확히 이해하지 못하고, 논제

를 올바로 파악하지 못한 것으로 간주한다.

따라서 논제 분석에서 가장 중요한 것은, 논제의 물음을 이끄는 핵심 개념이나 기본 이론, 주제어에 대한 개념적 이해와 개념화의 능력 그리고 그것들을 적절한 단어나 어휘로 기술할 수 있는 지적 역량이다. 논제가 묻는 핵심 개념은 무엇이고, 그 개념들이 어떤 의미로 사용되고 또 어떤 관점을 지향하고 있는지를 이해하여 이를 명확히 밝힐 수 있어야 한다. 이런 과정은 제시문의 핵심 내용을 파악하기 위한 중요한 사전 작업이다.

개념(주제 개념과 세부 논점)을 잘못 이해한 상태에서 답안을 작성하면 논제의 물음과는 전혀 다른 내용의 답안으로 치달을 수 있는데, 이것이 곧 '논점 이탈'이다. 이를 피하기 위해서는 개념에 대한 정확한 이해를 토대로, 각각의 제시문이 어떤 관점에서 어떠한 사실적 정보와 개별적인 견해를 담고 있는지를 분석하고 또 이해한 후, 이것에 근거하여 글 내용의 핵심을 체계적으로 정리할 수 있어야 한다.

그래야만 제시문별 중심 생각을 보다 정확하고 구체적으로 파악할 수 있으며, 논점 이탈을 막을 수 있다. 논제의 개념적 이해와 개념 정의가 잘못되면, 이후의 이어지는 논증 역시 올바르게 그리고 체계적으로 기술할 수 없음을 명심하고, **논제 분석 과정에서 '주제–관점–논증 지시어'별 개념적 위계와 논리 관계를 거듭 재확인한다.**

논제 분석을 위해서는 논제의 물음과 관련한 핵심 개념을 정확히 이해한 후, 이를 적합하고 적절한 단어로 명확히 표현할 수 있어야 한다. 학생들은 핵심 개념을 자신의 주관적 사고에 의존하여 판단하려 들어서는 안 된다. 제시문에서 핵심 내용을 도출할 수 있도록 높은 수준의 독해 능력을 쌓아야 한다. 각 제시문을 포괄하는 공통된 핵심어를 찾고, 그 핵심어를 중심으로 제시문을 해체하고, 글 내용의 핵심을 축약하고, 제시문 간의 논지 차이를 논리적으로 비교하는 능력을 길러야 한다.

021
핵심⑨ [답안 작성]: 답안의 짜임과 논리 구조를 머릿속에서 구상한다

작성할 답안의 내용과 방향을 먼저 개략적으로 구상하고, 이어서 제시문별 핵심 논지를 주제 개념에 맞게 **재구성(통합·전이·적용)**한다.

논술 문제 풀이의 첫째 단계인 '논제 분석'은 다음 단계를 밟는다. 먼저 출제 의도부터 정확히 파악하면서, 발문의 물음을 논제의 요구로 재구성한다. 문제와 제시문을 거듭 읽으면서 출제자가 의도하는 답안의 방향성을 확인하고, 제시문별 핵심 논지를 간략히 요약한다. 그 과정에서 논제의 물음을 관통하는 '주제 개념', 대비되는 생각 단위의 집약인 '관점', 제시문별 핵심 '논지'를 확정한다. 이 작업이 끝나면, 이제부터는 본격적으로 답안을 작성할 차례다.

답안 작성 과정의 핵심은 '개요 짜기'로, 작성할 답안의 내용과 방향을 개략적으로 구상하는 것이다.

개요란 논술 답안을 쓰기 전에 글 전체의 윤곽을 머릿속에 그리면서, 그 내용을 도식화해 간략히 작성한 것을 말한다.

글의 중심 내용을 머릿속에서 생각한 후 그것을 어떻게 글로 기술할 것인지를 미리 간추려 그려보는 것이 곧 개요다. 집을 짓기 전에 설계도부터 그리는 것이 중요하듯이, 글을 쓸 때도 개요를 구상해야 답안을 체계적으로 작성할 수 있다. 그래야만 글의 전체 흐름을 유지할 수 있으며, 글의 체계와 균형을 잡아나갈 수 있다. 중요한 내용을 빠뜨리지 않고, 불필요한 내용의 중복을 막을 수 있다. 글쓰기 훈련이 부족한 학생이라면 개요 짜기로 글의 논리 체계를 도식화하는 과정을 밟는 것이 답안 작성에서 효과적이다.

대입 논술에서 개요 짜기는 논제 분석 과정만 잘 수행하면 그것으로 충분하다. 발문의 물음에는 이미 답안 작성을 위한 얼개와 그 작성 순서가 구조화되어 차례로 배열되어 있는데, 이를 체계적으로 정리한 것이 곧 논제의 물음에 대한 대답의 진술이다.

따라서 논제의 물음에 대한 핵심 진술 내용을 논의의 흐름에 맞게 체계적으로 정리하면, '개요 짜기'까지도 함께 끝내는 셈이다. 개요 짜기를 한답시고 공연히 많은 시간을 들여가며 힘을 들일 이유는 없다.

개요 짜기는 제시문의 독해와 요약에 달렸다. 제시문 내용만 제대로 해석하여 글 내용의 핵심(논지)을 찾아 밝힐 수 있다면, 이후의 모든 것들은 막힘없이 풀린다. 실제, 제시문은 논술 답안 작성에서 요구하는 모든 것들을 담고 있기에 제시문을 잘 분석하면 출제 의도를 짐작할 수 있는 실마리의 여분마저도 얻을 수 있다.

실제, 개요 짜기의 핵심은 작성할 답안의 내용과 방향이 논제 분석 결과와 맞는지를 거듭 확인하는 과정에서 **제시문별 핵심 논지를 주제 개념에 맞게 재구성하는** 것이다. 앞서 말했듯, 논술 답안 작성을 위해서는 인문학, 사회과학, 자연과학, 예술 등 교과 과정에서 다루는 주제를 통합적으로 엮어 일관되고 체계적으로 기술할 수 있어야 한다. 다양한 분야에서 뽑은 제시문의 핵심 내용을 **논술 주제에 맞게 한 방향으로 일관되게 '통합'하고 '적용'하고 '재구성'하면서** 답안을 작성할 수 있어야 한다.

이를 위해 발문의 물음이 요구하는 방향대로 각각의 제시문을 읽으면서 글의 중심 생각과 핵심 메시지를 파악한 후, 글 내용을 '주제–관점'을 담은 핵심 개념어에 호응하는 언어로 '통합–전이–적용'하면서 재구성한다. 결국 올바른 개요 짜기를 위해서는 뛰어난 언어 능력이 필요하단 사실을 깨닫고, 개념 이해를 바탕으로 언어적으로 통일성과 완결성을 갖추는 글을 쓸 수 있도록 노력할 필요가 있다.

022 핵심⑩ [답안 작성]: **설명**할 부분과 **논증**할 부분을 명확히 구분하면서 기술하라

설명할 부분은 **핵심**만 간결하게 요약하고, 논증할 부분은 **주장**과 **근거**를 명확히 기술한다.

논술은 설명하고 논증하는(설명할 부분은 설명하고, 논증할 부분은 논증하는) 글쓰기다. 논술은 '무엇'에 대해 이를 '어떻게' 해결할 것인가를 논리적·체계적으로 서술한 글 묶음이다. 이때 '무엇'에 해당하는 부분은 발문의 물음에서 주제와 관점을 '확장된 정의'의 진술로 설명한 글이며, '어떻게'에 해당하는 부분은 논증 지시어를 따라 체계적으로 기술한 논증 글이다.

논술은 제시문을 읽고 논제의 물음을 따라 있는 그대로의 사실을 기술하고, 그 사실의 의미나 원인을 설명하고, 그것에 대한 자기주장을 논리적으로 증명하는 것이다. 논제의 물음을 따라 차례로 답글을 작성하면 그것으로 한편의 체계적이고 완결적인 논술문은 완성된다. 이때 한편의 좋은 논술문을 쓰기 위해서는 다른 무엇보다 논리가 타당하고, 체계적이며, 설득력 있고, 완결성을 갖추어야 하는데, 그 구체적 구현 방법이 바로 설명과 논증의 진술 방식이다.

대입 논술에서 발문의 물음에서 자주 전제되는 다음과 같은 다양한 조건들이 설명적 글쓰기 부분으로 **제시문의 정확한 독해와 정제된 요약이** 관건이다. 논술 답안에 들어갈 내용 가운데 설명할 부분은 그 핵심만을 추려 짧게, 간결하게, 적확한 용어를 사용하여 기술해야 한다.

특정 제시문의 관점에서… / 제시문들을 종합하여… / 제시문에서 논거를 찾아… / 주어진 자료를 활용하여…

논술 주제가 밝혀지고 관점이 파악되었다면, 이어서 할 일은 논제의 요구와 지시를 따라 논증을 효과적으로 구성하면서, 답안을 논리적·체계적으로 서술하는 것이다. 발문의 물음에는 다음과 같은 다양한 논증 지시어가 제시되는데, 과제 해결의 핵심은 '논증 형식에 맞게 얼마만큼 **체계적이고, 충실하며, 일관되고, 설득력 있고, 완결성을 지닌 글을 기술할 수** 있는가'다.

요약하라(이것만, '설명글'을 기술하라는 발문 지시어다) / 설명하라 / 비교하라 / 비판하라 / 평가하라 / 견해를 제시하라

다음은 발문에서 설명할 부분(①)과 논증할 부분(②)을 구분하여 작성한 필자 예시 답안이다.

사례 [가]와 [나]에 나타난 핵심 개념을 **활용하여** [다]의 표를 **분석하시오.** (건국대 2018 인문 수시)

(가), (나)는 공통적으로 '공생'에 대해 말한다. (가)는 자연 생물체는 생존을 위해 끊임없이 '경쟁적 공생, 적대적 공생' 관계를 유지해야 한다고 주장한다. (나)는 현명한 인간이라면 타인과 경쟁하려 들기보다는 사회적·환경적 차원에서 '호혜적 공생·상리공생'을 도모해야 한다고 강조한다. … ①

(가), (나)의 '공생'의 두 개념에 근거하여 (다)의 표를 분석하면 다음과 같다. [표1]에 따르면, 외국인 유입에 대해, 문화적 다양성 증가, 노동시장 기여 항목에서 긍정적으로 응답한 비율이 높다. 이를 통해 내국인의 이주 외국인과의 '호혜적 공생'에 대한 기대치가 높음을 알 수 있다. 반면, 외국인 유입에 따른 사회적 비용 증가, 문화적 갈등 발생, 일자리 감소 및 범죄 증가 항목에서 긍정적 응답의 비율이 높다. 이는 내국인의 이주 외국인과의 '경쟁적 공생 관계'가 가져올 한계를 드러낸다. … ②

023 핵심⑪ [답안 작성]: 명제부터 써라

단락별 도입부에 논제의 물음별 **대답**이 명확히 드러나야 한다.

논술 답안은 글의 첫 부분에서부터 명제가 분명하게 드러나야 한다. 명제(판단의 진술)는 글(발문의 물음)의 핵심을 축약한 하나의 문장이다. 논술 답안을 작성할 때 글의 중심 생각이나 견해를 집약한 명제를 가장 먼저 내세운 뒤, 이를 뒷받침하는 글을 갖고 글 내용을 논리적으로 이끈다. 논술에서 명제를 밝혀 드러내는 작업은 글의 성패를 좌우할 만큼 중요하다.

논술문에서 명제는 전체 글의 '주제문'과 단락의 중심 생각을 이루는 '소주제문'이라 할 수 있다. 따라서 논술 답안에서 명제는 여러 개 있을 수 있다. 명제는 일반적으로 발문의 물음, 즉 논제의 요구를 내용과 형식에 맞게 분절하여 이끄는 것이기에, **각 단락의 첫머리에는 명제(즉, 글의 결론 또는 중심 주장)가 분명하게 드러나야** 한다. 당연히 글은 두괄식을 지향하며, 논증은 연역 추론의 형식을 띠는 것이 일반적이다.

이를 다음 [사례] 문제의 필자 예시 답안을 통해 확인할 수 있을 것이다. [사례]는 문제에서 '요약하라' 및 '비교하라는 논증 지시어를 주고 복합 논제를 해결하라는 과제를 제시하고 있다. 따라서 학생들은 발문의 물음을 ⓐ, ⓑ의 문항 순으로 구분한 후, 각각의 물음에 차례로 답하면서 논술 답안을 작성해야 한다. 일반적으로 ⓐ, ⓑ의 각 물음에 대한 대답은 단락을 구분하면서 기술하게 되는데, 아래 필자 예시 답안 각 단락의 밑줄 친 부분이 바로 명제에 해당한다. 이때 첫 단락의 명제는 답안 전체의 주제문이 되고, 이어지는 단락의 명제들은 단락별 소주제를 담는다.

사례 ⓐ (가)와 (나)의 **주장**을 각각 요약하고, ⓑ그 **공통점과 차이점**을 쓰시오. (한양대 2017 인문 수시)

(가), (나)는 경제적 관점에서의 '사회 정의'에 대해 묻는다. (가)는 전통적 자유주의 관점에서 '소유권적 정의'를 옹호한다. 자유 시장 경제에서 … 주장한다. 한편 (나)는 평등적 자유주의 관점에서 '분배 정의'를 주장한다. 사회 구조적으로 불평등은 … 주장한다. … ⓐ

(가), (나)는 경제적 불평등은 사회 구조상 불가피하다고 보는 점에서 공통된 관점을 지향하지만, 그럼에도 사회적 이익의 분배 방안을 놓고 다음과 같은 차이점을 드러낸다. 즉, (가)는 소유권적 자유권은 … 입장이다. 반면 (나)는 더 큰 자유, 즉 분배 정의 실현을 위해서는 … 본다. … ⓑ

만약 제시문을 읽고 이 명제들을 정확히 찾아 밝히지 못한다거나, 명제의 핵심만을 간추려 서술하지 못한다거나, 각각의 단락 첫머리에 명제가 분명하게 드러나지 않는다면 어떻게 될까? 평가자는 논제의 물음과 제시문을 제대로 이해하지 못했기 때문으로 간주하면서 낮게 평가한다.

잘 쓴 논술 답안을 위해서는 문장 첫머리에 반드시 명제부터 밝혀야 한다. 그리고 명제는 **간결하되, 구체적으로 진술해야** 한다. 명제 진술의 핵심은 '명료함'에 있다는 사실을 이해한다면, 논제 물음에 대한 대답의 결론 부분에 해당하는 글은 짧고, 간결하고, 명확해야 한다는 사실을 절대 명심할 필요가 있다.

024 핵심⑫ [답안 작성]: 논증 지시어의 의미를 명확히 하라

논증의 **규칙**과 **절차**를 따르되, 논증 지시어별 요구와 속성에 맞게 글 내용을 구체화하면서 서술한다.

대입 논술에서 발문의 물음, 곧 논제의 요구는 크게 '질문'과 그 '대답'의 유도로 나뉜다. 여기서 질문의 시작은 '주제 개념'과 '관점'을 밝히는 것에서부터 출발하고, 대답의 유도라고 할 수 있는 논증할 내용의 구체적 진술은 문제에서 제시한 '논증 지시어'의 요구를 수용하면서 답안을 기술하는 것이다. 논증 지시어는 논증 글쓰기의 요체인 '무엇에 대하여, 이를 어떻게 해결할 것인가'의 질문에서 그 '어떻게'에 해당하는 대답의 체계적인 진술을 유도하는 지시적 물음이다.

발문의 물음에는 '설명하라', '비교하라', '비판하라', '견해를 제시하라'와 같은 다양한 논증 지시어가 들어있는데, 이는 '분석적 이해–비판적 평가–창의적 적용'이라는 일련의 논증 평가 항목에 대한 해결 과제를 묻는 것이기도 하다. 중요한 것은 학생들은 반드시 논제의 물음에 대한 대답을 이끄는 논증 지시어에 맞게 논술 답안을 작성해야 한다. 만약 그렇지 않고 학생들이 자기 멋대로 답안을 작성하려들 경우, 그 답안은 출제 의도를 벗어나면서 급기야는 논점을 이탈하고 만다. 그 결과가 어떨지는 굳이 말하지 않아도 짐작할 수 있을 것이다.

여기서 주목할 것은 논증 지시어를 따라 그것에 합당한 답안을 작성하기까지의 과정이다. 논술 답안을 작성할 때, 논증 지시어가 묻는 과제를 해결(즉, 논증 글쓰기)하기 위해서는 철저히 발문의 물음, 다시 말해 논제의 해결 과제를 따라 그것에 부합하는 논증 글을 작성해야 한다. 그 해결 과제는 제시문 해석을 통해 드러난다. 대입 논술에서 특정 전제 조건을 담은 제시문, (주제 개념과 주제어가 들어있다.) 서로 견주는 대상의 제시문, (관점·논점을 담은 핵심어가 들어있다.) 등 문제와 함께 제시문이 여럿 주어지는 이유는 궁극적으로는 논증 지시어를 해결하기 위해서며, 이는 전적으로 텍스트(제시문)의 올바른 이해에 기초한다.

각각의 논증 지시어는 그것에 합당한 글쓰기의 기본 원칙과 지시적 속성이 있다. 논제 해결을 위해서는 제시문들의 논리적 연관 관계 파악과 함께, **논증 지시어의 기본 속성을 따라 논증할 내용을 채워 넣으면서** 답안을 작성해야 한다. 예를 들어 문제에서 '비교하라'는 논증 지시어가 제시된 경우, 이는 비교할 대상 간의 '공통점과 차이점'을 명확히 드러내면서 글 내용을 기술하란 지시임을 깨닫고, 그것에 맞게 제시문 내용을 꼼꼼히 읽고, 제시문들의 논리적 연관 관계를 주의 깊게 살펴야 한다.

다음으로 학생들은 논증 글쓰기의 기본 원칙, 즉 **논증 글쓰기의 규칙(논증 방법)과 절차(논리 전개 방식)를 따르면서** 논증 지시어의 물음에 답해야 한다. 논증 지시어별로 그것에 적합한 논증 방법과 논리 전개 방식이 있게 마련으로, 그 규칙과 절차를 충실히 따르면서 논증할 때 내용 면에서도 형식 면에서도 완결성이 높은 한편의 논술 답안을 작성할 수 있다. 이를테면 '설명하라'는 논증 지시어는 설명하라는 글쓰기의 기본 원칙이 있고 또 '비교하라'는 논증 지시어는 또 비교하라는 글쓰기의 기본 원칙이 있다. 그 규칙과 절차를 따라 체계적이고, 일관되고, 설득력 있으며, 완결성을 지닌 한 편의 논술 답안을 작성해야 한다.

이런 이유로 학생들은 논제의 물음을 따라 답안을 기술하되, 특히 논증 지시어를 따라 그것에 맞는 적합한 글을 써야 한다. 그래야만 논증은 바로 서고 논리는 체계가 잡히며, 잘 쓴 논술 답안으로 평가받는다. 논증 지시어를 해결하는 방법적 요령은 중요하기에, 뒤에 자세히 설명한다.

025
핵심⑬ [답안 작성]: 단락을 명확히 구분하라

논제의 물음별로 단락을 명확히 나누고, 단락별로 **적정 글자 수**를 배분한다.

잘 쓴 논술 답안은 단락 구분이 명확하고, 적절하다. 단락은 소주제를 담은 문장(결론)과 이것의 진위를 가리기 위해 차례로 나열하는 뒷받침 문장(전제)들로 구성된다. 단락을 구분하는 것은 그다지 어렵지 않다. 문제의 요구에 맞게, 논제의 물음에 맞게 단락을 구분하면 된다. 답안 작성 시에는 반드시 단락을 어떻게 구성하고 단락 안에 어떤 내용을 담을 것인지를 고민해야 한다. 다음은 '단락 구분'의 중요성을 강조한 서강대 설명이다.

> 논술 실력이 떨어지는 학생들의 답안에서 나타나는 특징은 단락 구성에 있다. 이 학생들의 답안 구성은 거의 예외 없이 문제에서 나열된 물음의 순서를 따르고 있다. 물론 이러한 단락 구성 자체는 전혀 잘못이 아니다. 그러나 학생들이 별다른 고민 없이 지나치게 기계적으로 단락을 구성하고 있다면, 그것은 심각한 문제가 될 수 있다. 출제자가 왜 이와 같은 순서로 문제의 물음을 구성했는지, 각 제시문이 전체 글에서 어떤 역할을 해야 하는지에 대한 고민 없이 습관적으로 문제의 조건에만 맞춰 답안을 쓴다면, 그런 답안 속에 나만의 깊은 사유가 담길 여유도 없기 때문이다. 이는 출제자의 의도를 정확히 파악하지 못하고, 제시문 전체를 관통하는 큰 주제를 찾지 못할 때, 흔히 학생들은 문제의 요구에 맞춰 답을 적어내는 것으로 해결하려 들기 때문이다. 건물을 올리는 일로 비유한다면, 이것은 교회를 짓는 것인지 아파트를 짓는 것인지 큰 설계를 그리지 않고, 무작정 층층이 쌓아 올리는 것이나 다름없다. 각 단락이 유기적으로 연결되지 못하고, 서로 다른 이야기만 열거하는 이상한 글이 나오는 것은 바로 이러한 이유 때문이다. (서강대 2017 인문 모의 해설)

단락 구성과 단락 배열 그리고 그것에 맞는 글의 흐름과 글의 짜임은 무척 중요하다. 하나의 단락에는 하나의 중심 생각만을 담아서 표현해야 한다. 한편의 글(논술 답안)이 하나의 주제로 집약되는 어떤 통일된 이야기 듯이, 단락도 어떤 통일된 이야기를 담은 문장들의 집합이다. 그러므로 **단락에는 그 전체를 꿰뚫는 중심 생각 또는 중심 개념이 있어야** 한다. 단락의 중심 생각은 글의 중심주제와 구별하여 흔히 소주제라고 한다. 소주제를 완결된 문장으로 진술할 때 이를 소주제문(일반적으로, '논증 지시어'의 대답을 기술한 문장의 집합)이라고 하며, 소주제문을 분명하게 드러내기 위하여 동원된 문장들을 뒷받침 문장이라고 한다.

하나의 단락 안에는 명확한 하나의 소주제(문)만을 가지고 있어야 함을 원칙으로 한다. 한 단락에 두 개 이상의 소주제가 들어있거나, 또는 소주제가 명확하지 않으면, 단락을 통한 의미 전달은 그만큼 효과가 떨어진다. 따라서 단락을 구성할 때에는 전달하고자 하는 바가 무엇인지를 분명히 결정하고, 그것에 초점을 맞추어 글 내용이 명확히 드러나도록 기술해야 한다. 중요한 것은 단락을 구성할 때는 **각 단락의 중심 내용이나 소주제를 뒷받침할 수 있는 합당한 '근거'를 제시할 수 있어야** 한다.

대입 논술에서는 **논제의 요구와 지시를 따라 단락을 나누면서 답안을 작성하는** 것이 가장 무난하다.

단락 구분과 함께 **단락들의 논리적 연관을 생각하면서 답안을 작성해야** 한다. 만약 다섯 단락으로 이루어진 글을 썼을 경우, 그중 한 단락의 순서를 바꾸었는데도 그 글의 내용에 있어 변함이 없다면 그 글은 결코 잘된 글이라고 할 수 없다. 단락이 뒤바뀌면 전혀 다른 글이 되고 만다.

또 단락 안의 글은 처음 문장부터 마지막 문장까지 서로 밀접하게 관계해야 한다. 만약 어느 한 문장이라도 순서가 바뀐다면 논증을 깨뜨리면서 논리력을 잃고 만다.

026
핵심⑭ [답안 작성]: 글 전개의 기본 원칙에 충실하라-(1)통일의 원칙

논술 답안을 작성하는 데는 통일의 원칙, 연결의 원칙, 강조의 원칙이란 글쓰기의 세 원칙이 적용된다. 무엇보다, 통일의 원칙을 따라 글 내용을 논리적으로 기술한다.

■ **통일성: 주제·소주제와 뒷받침 문장의 내용적인 일치**

통일성이란 하나의 주제(및 소주제: 결론과 주장) 아래에서 글 내용이 집약될 수 있도록, 주제(및 소주제: 주로 주제 개념을 따라 특정 대답을 유도하게끔 연계한 하위 개념인 '관점'이 이에 해당한다.) 문장과 뒷받침 문장이 내용적인 일치를 이루는 것을 말한다. 주제(및 소주제)의 의미와 그 뒷받침 설명은 내용 면에서 같아야 한다. 글에 쓰인 모든 재료(소재와 제재)는 내용 면에서 주제(및 소주제)를 떠받드는 것이어야 한다.

이를 위해 **'정의', '상세', '예시'와 같은 설명을 이루는 내용과 '주장', '뒷받침 근거'와 같은 논증을 구성하는 내용**은 주제(및 소주제) 개념과 일치하고 그것을 발전시키는 방향으로 선택해야 한다.

만약 이것이 어긋나면 글의 논리 구조와 글의 짜임새는 흐트러지고 만다.

글(과 단락)의 통일성을 이루기 위해서는 다음을 특히 염두에 두고 글 내용을 기술한다.

첫째, 주제(및 소주제)를 될수록 한정된 개념으로 그리고 **단일 개념으로 설정해야** 한다. 그래야만 글의 초점은 선명하게 드러나고, 글의 집약도는 훨씬 높아진다. 하나의 단락에 소주제가 둘 이상이면, 그 단락은 혼란스러울 수밖에 없다. 불가피하게 둘 이상의 화제를 한 단락에서 다루는 때는 둘 이상의 화제를 하나의 더 큰 주제로 통합해야 한다. 이러한 통합이 제대로 이루어지지 못하면 그 단락은 통일성을 확보하기 어렵다. 참고로 대입 논술에서 논증 지시어별로 단락을 구성하는 경우에는 소주제(관점)들을 묶어 한 단락으로 구성할 수도 있는데, 이런 경우에는 소주제(관점)별 논리 구조와 논증 형식을 분명하게 드러내면서 글 내용을 체계적으로 기술해야 한다.

둘째, 주제(및 소주제) 문장은 되도록 간결해야 한다. 이를 위해서는 **복잡한 수식어는 피하고 주제(및 소주제)만이 잘 드러나도록 해야 한다.** 소주제가 선명하지 않으면 여러 가지 잡다한 내용이 뒤섞일 가능성은 그만큼 크다. 또 소주제가 명확하지 않으면 그것을 설명하는데 사용될 구체적인 사례나 내용이 선명하게 떠오를 수도 없다. 이 역시 단락의 통일성을 어렵게 한다. 만약 주제(및 소주제) 문장이 길어지면, 주제(및 소주제) 문장을 먼저 간결하게 내세우고 그 밖에 덧붙이고자 하는 것들은 문장을 달리하여(즉, 부연, 상세, 예시의 방법으로 문장을 따로 떼어) 표현하는 것이 좋다.

셋째, 통일성을 이루려면 무엇보다 목표하는 주제(및 소주제)만을 집중적으로 뒷받침할 수 있도록 글 내용을 논리적으로 구성해야 한다. 곧 그 주제(및 소주제)를 펼치는데 관계하는 내용의 뒷받침 문장들만 펼쳐야 한다. 뒷받침 문장이 주제문(또는 소주제문)과는 다른 내용을 담고 있다면, 그것이 아무리 앞 문장과 논리적이고 체계적으로 잘 연결된다고 하더라도 한 단락 안에서 사용하면 안 된다. 한 단락 안의 모든 문장은 반드시 **주제문(또는 소주제문)과의 연관성을 우선하여 고려하고 채택해야** 한다. 주제(및 소주제) 문장을 간결하게 내세우고 그 밖의 내용은 뒷받침 문장으로 활용하여 주제(및 소주제)를 펼친다면, 초점이 선명하고 의미가 집약된 문장들로 글 내용을 전개할 수 있다.

027
핵심⑮ [답안 작성]: 글 전개의 기본 원칙에 충실하라–(2)연결의 원칙, 강조의 원칙

논술 답안을 작성하는 데는 통일의 원칙, 연결의 원칙, 강조의 원칙이란 글쓰기의 세 원칙이 적용된다. 이를 위해서는, **연결**의 원칙, **강조**의 원칙을 따라 글 내용을 체계적·합리적으로 기술한다.

■ 연결성: 뒷받침 문장들의 순차적인 배열

논술에서 말하는 연결성의 원칙은 주제(및 소주제) 문장에 이어지는 뒷받침 문장들을 차례로 배열하는 것이다. 즉 글과 글, 논리와 논리 사이의 관계를 자연스럽게 이어가며 문장을 연결함으로써 문맥을 매끄럽게 하는 것을 의미한다. 같은 주제(및 소주제)를 다루는 뒷받침 문장들이라도 그 배열 순서는 다를 수 있다. 그 가운데 가장 자연스럽고 가능한 합리적인 순서로 뒷받침 문장들을 질서 있게, 체계적으로 늘어놓아야, 그 뒷받침 효과는 높아진다.

이를 위해서는 글의 논리적인 순서에 따른 문장 배열에 특히 신경 써야 한다. '논리적 배열'이란 앞뒤 문장이 내용 면에서 서로 모순됨이 없이 순리적으로, 자연스럽게, 체계적으로, 질서 있게 이어지는 것을 말한다. 문장의 논리적 배열 관계는 '원인–결과', '현상–이유', '문제–해답', '원리–적용', '추리–결론', '강조–예시', '설명–보충'과 같은 글 묶음을 포함한다.

문장의 논리적 배열을 위해서는 단락의 맨 앞에 제시된 주제(및 소주제) 문장을 중심으로 모든 뒷받침 문장들이 내용 면에서 무리 없어야 한다. 그렇게 해서 서로 이어지는 앞뒤 문장들이 내용 면에서 서로 관련을 맺으면서 하나의 초점(결론)을 부각할 수 있어야 한다. 이때 꼭 필요한 곳에 적절한 접속 표현을 사용하면, 그것이 접착제와 같은 구실을 하면서 문장과 문장 간의 논리적인 연결 고리는 더욱 강화된다. 글(논증) 내용의 논리적인 배열은 **기본적으로 '일반화(연역추론)', '구체화(귀납추론)', '반박재우기(반론-재반론)'의 세 가지 기술 방식으로** 실행된다. 단락의 주제(및 소주제) 문장을 떠받드는 기술 방식은 두 가지로 나뉜다. 하나는 각 뒷받침 문장이 주제(및 소주제)의 내용을 직접 펼치면서 병렬적으로 기술하는 것이고, 다른 하나는 뒷받침 문장을 큰 뒷받침 문장과 작은 뒷받침 문장으로 단계적으로 나누어 펼치는 것이다. 어느 것이든, 글의 논리적인 순서에 따른 체계적인 배열이 중요하다.

■ **강조성: 주제·소주제를 떠받드는 충분한 뒷받침 근거 제시**

논술에서 말하는 강조성의 원칙은, 주제(및 소주제)를 독자에게 충분히 설명하면서 그들을 설득할 수 있도록, 그 뒷받침 근거를 충분하고 타당하며 일관되게 설명하는 것을 말한다. 이때 독자가 글의 요점을 충분히 이해하고 받아들일 수 있도록 만들기 위해서는 주제·소주제를 떠받드는 충분한 뒷받침 근거를 제시할 수 있어야 한다. 논술에서 특히 논증을 구성할 때 논거 제시 능력이 강조되는 이유가 여기 있다.

강조성 원칙을 따라 탄탄한 논거를 제시하려면 다음을 염두에 두어야 한다. 첫째, 결론을 지지하는 뒷받침 근거를 머릿속 생각의 흐름을 따라 자연스럽게 연결하면서 글을 써야 한다. 이를 위해서는 글에서 불필요한 내용이나 글의 흐름을 깨뜨리는 **일체의 불필요한 진술을 과감히 제거하면서** 글 내용의 핵심을 명확히 드러내야 한다. 둘째, 하나의 단락 또는 한 문장에 너무 많은 내용을 담아서는 안 된다. 이는 **단락에서 다루어야 할 소주제가 명확하지 않을 때, 그러면서도 밝혀야 할 내용이 많다고 생각할 때** 발생하는 문제의 하나다. 하지만 그럴수록 문장은 모호하고 글 내용은 불분명한 것이기에, 핵심만을 추려 명료하고 간결하게 기술해야 한다. 결국 글의 내용 및 형식 면에서의 강조는 문장의 질서를 바로잡는 것에서 나온다.

028
핵심⑯ [답안 검토]: 답안을 다듬는다

답안 전체의 문장을 거듭 가다듬되, 특히 접속 표현과 조사 사용에 신경 쓰면서 문장과 문장의 흐름을 매끄럽게 만든다.

제시문을 정확하게 읽었고 문제가 지시하는 대로 이행한 답안이라면 충분히 고득점이 가능하다. 여기서 더 높은 점수를 받으려면 세부적인 채점 요소에 주의를 기울여야 한다. 자연스럽게 문장과 문장을 연결하는 능력, 적절한 표현력, 정확한 어법 및 맞춤법 등도 만점을 받게 하는 중요한 요소들이다. 마지막 퇴고와 문안 수정을 잊지 말아야 한다.

먼저 문제에서 **지정하는 분량에 맞게 답안을 작성해야** 한다. 아무리 잘 쓴 글이더라도 지정한 답안 분량을 지나치게 초과하거나 부족하게 작성한 답안으로는 절대 합격할 수 없다. 출제자는 학생들이 "얼추 이 정도의 분량에 맞추어 답안을 쓰면 되겠지"라는 막연한 생각에서 작성할 답안 분량을 제시하지 않는다.

문제의 물음에 맞게, 논제의 요구를 따라 여러 차례 예시 답안을 작성하면서 거듭 검토한 후, 그 결과를 종합하여 적정한 분량을 산정한다. 특히 단락별 적정 글자 수 안배에 신경 써야 한다. 만약 그렇지 않고 별생각 없이 답안을 작성할 경우, 그 답안은 형식은 물론이고 내용 면에서 평가자의 기대를 충족할 수 없을 것이다.

작성 분량은 답안의 충실성과 긴밀히 관계한다. 만약 논술 출제자가 지정한 적정 분량을 미처 다 채우지 못할 경우, 그 답안은 논제의 요구에 대한 충족 여부를 떠나 그만큼 내용 면에서 부실함을 드러내는 것과 다를 바 없다. 만약 제시한 적정 분량을 초과하여 답안을 작성한 경우, 이 역시 글

(제시문) 내용의 핵심을 압축하지 못하고 장황하게 서술하면서 내용 면에서 부실한 답안으로 평가받는다.

다음으로 **쓸데없이 사족을 덧붙이려 들어서는 안 된다.** 학생들은 답안 분량을 채우려는 욕심에 논제의 물음과는 동떨어진 글을 쓸데없이 장황하게 서술하는 경우가 많다. 또 앞글에서 서술한 내용을 살짝 말만 바꿔 다시 끼워 넣거나, 심지어는 같은 내용의 문장을 답안의 끝부분에 그대로 다시 진술하기도 한다.

특히 수사적인 글쓰기에 익숙한 학생들이나, 분량을 채워야 한다는 압박을 느끼는 일부 학생들일수록 간단하고 명료하게 문제 해결 과정을 바르게 서술한 것에 만족하지 않고 분량 늘리기를 하는 경우가 많다. 논제의 물음과는 동떨어진 불필요한 내용, 부적합한 내용을 답안 여기저기에 늘어놓은 것이다. 이는 쓸데없이 사족을 덧붙인 셈이 되어 답안의 전체적인 논지를 흐리는 우를 범하게 되고, 결국 감점의 대상이 되고 만다.

끝으로 문장과 문장, 단락과 단락의 **논리 연결과 글의 흐름에 신경 쓰면서** 문구를 다듬자. 학생들은 답안지를 깨끗하게 작성하는 데만 공을 들이지, 정작 글을 매끄럽게 다듬는 것은 소홀하다. 끝까지 문장의 일부 및 자구를 교정 부호에 맞추어 정성껏 고치고 다듬어야 한다. 작성한 답안 중 부적절하다고 생각되는 부분은 과감하게 두 줄을 그어 수정한 것임을 알려주는 것만으로도 충분하다. 약간 지저분한 것이 쓰다 만 것보다 좋다. 고친 내용을 알아볼 수만 있으면 평가자들은 이를 전혀 문제 삼지 않는다. 교정 부호에 맞추어 고쳐 쓴 답안을 평가자들은 오히려 더 높게 평가할 수도 있다. 그만큼 학생이 글의 완성도를 높이기 위해 끝까지 신경 쓰면서 노력한 것으로 간주할 것이다.

논술 문제 풀이 과정 요약

■ **논술 답안 작성 전에 해야 할 것들**

(1)발문의 물음을 **논제의 진술**로 재구성한다. … 문제와 제시문을 읽고 **'주제 개념-관점'**, 그리고 **'논증 지시어'**의 정확한 의미를 찾아 밝힌 후, 이를 발문의 물음 바로 옆에 적는다.

(2)제시문의 핵심어에 동그라미를 하고, 관련하여 생각나는 머릿속 어휘들을 꺼내 일단 제시문 옆에 두서없이 쏟아낸다. 그런 다음, 논제의 핵심 물음(주제-대립하는 관점-제시문별 핵심 논지)와 관련하여 적합하다고 생각되는 용어들을 **개념의 위계**를 살피면서 취합, 선별한다. … 제시문 옆에 적는다.

(3)제시문별 중심 생각에 밑줄을 긋고, 이를 모아 핵심 논지를 **요약**한다. … 제시문 옆에 적는다.

■ **답안 작성 중에 해야 할 것들**

(1)문제와 제시문의 관계, 제시문과 제시문의 관계를 명확히 한다.

▶ 문제와 제시문들을 읽으면서 출제자의 의도를 거듭 생각한다. **출제 의도**는 곧 논술 답안의 결론이자 답이므로, 먼저 문제부터 꼼꼼히 읽으면서 출제 의도를 정확히 파악한다. 이때 같은 주제로 엮은 문제와 제시문 전체를 살피면, 출제 의도와 출제자의 질문에 대한 답을 좀더 쉽게 파악할 수 있다.

(2)논제의 지시를 따라 단락을 나누어 답안을 작성한다.

▶ 단락은 논제의 지시를 따라서 나누되, 단락별 적정 글자 수 배분에 신경 써야 한다. 단락과 단락은 논리가 물 흐르듯이 이어져야 하므로, 각 단락의 첫 글에 특히 신경 써서 글 내용을 기술한다. 각 단락의 첫 문장은 반드시 핵심 주제와 소주제를 담은 **명제(판단의 진술, 결론)**를 기술한다.

(3)설명할 부분과 논증할 단락을 구분한다.

▶ 설명글은 '정의'의 진술 방식을 중심으로 글 내용을 압축하면서 서술한다. 논증할 부분은 논증 지시어의 요구를 따르면서 글 내용을 기술하되, '논증 방법(추론 방식)'을 따라 글의 논리 구조를 바로 세우면서 **논증을 체계화**한다. 각각의 단락에는 하나의 중심 생각, 곧 명확한 결론을 내세워야 한다.

(4)결론(명제)부터 쓴다.

▶ 답안(첫 단락)의 첫 문장은 주제 개념을 중심으로 논제의 물음을 풀어쓰고, 이후의 단락의 첫 문장은 논제의 물음을 항목화한 대답의 진술로써 소주제(명제)를 담는다. 결론은 가능한 단문으로, 핵심 개념어를 담아 짧게 써라. 논점(관점) 확정이 특히 중요하다.

(5)논증 형식에 맞게 체계적으로 답안을 작성한다.

▶ 개념과 개념(주제 개념과 관점, 상위 개념과 하위 개념, 유개념과 종개념)을 논제의 물음을 따라 질서 있게 배열한다. 그렇게 해서 개념어와 개념어가 글 전체에 고르게, 균형 있게 펼쳐지면서 확연히 드러날 수 있게 한다. 그와 더불어 논거 제시능력이 답안의 성패를 좌우함을 이해하고, 타당하고, 적절하며, 설득력 있는 논거를 **논증 방법(추론 방식)에 맞춰서** 질서 있게, 체계적으로 배열한다.

■ 답안 작성을 끝마치기 전에 해야 할 것들

(1)답안 전체의 문장을 다시 가다듬되, 특히 **접속 표현**에 신경 쓴다.

(2)발문의 물음과 단락별 논제의 진술이 일치하는지를 거듭 확인한다.

논술 Tip 2

논술로 대학에 합격하고 싶으면 출제자의 말을 귀담아 들어라!

답안 작성 요령

준비 교과서 관련 다양한 주제에 대한 글 읽기와 글쓰기, 토론 등을 통해 통합적 사고력을 훈련합니다.

- 인문·체육계, 사회계 논술의 경우 교과서와 고전, 시사 관련 문헌 및 자료를 많이 읽도록 합니다.
- 평소 교양서적, 각 분야의 잘 알려진 권위 있는 저서, 신문기사, 학술잡지 등을 다양하게 읽어 사고력을 배양합니다.
- 자연계, 의학계 논술의 경우 과학 교과의 일반/심화 교육과정 전반의 교과서에서 예상 논제를 생각해보면 좋습니다.
- 평소 환경, 식량, 에너지, 신기술, 생명과학 등 현대사회의 현안에 관한 글을 다양하게 읽어 문제 해결력을 배양합니다.

작성 출제 의도를 정확히 파악하고, 제시문에 근거해 논리적이고 창의적인 답안을 작성합니다.

- 출제 의도를 파악하여 자신의 주장과 논리를 전개합니다.
- 논제에 관해 자신이 알고 있는 지식을 서술하기 보다는 제시문의 내용과 관점을 근거로 논제가 요구하는 답안을 작성합니다.
- 차별성 있는 논거와 참신한 사례를 바탕으로 독창적인 답안을 작성하도록 합니다.

유의 깨끗한 답안 작성과 유의사항 준수가 매우 중요합니다.

- 평소에 글씨를 알아보기 쉽도록 깔끔하게 쓰는 습관을 기르도록 합니다.
- 요구한 답안지 분량을 반드시 준수하여야 하며, 분량이 넘치거나 모자라면 감점을 받습니다.
- 문제지와 답안지에 표기된 논술 작성 유의사항을 철저히 준수하여야 합니다.

(출처: 경희대 2021 논술가이드북)

Part 3

개념과 개념 범주화

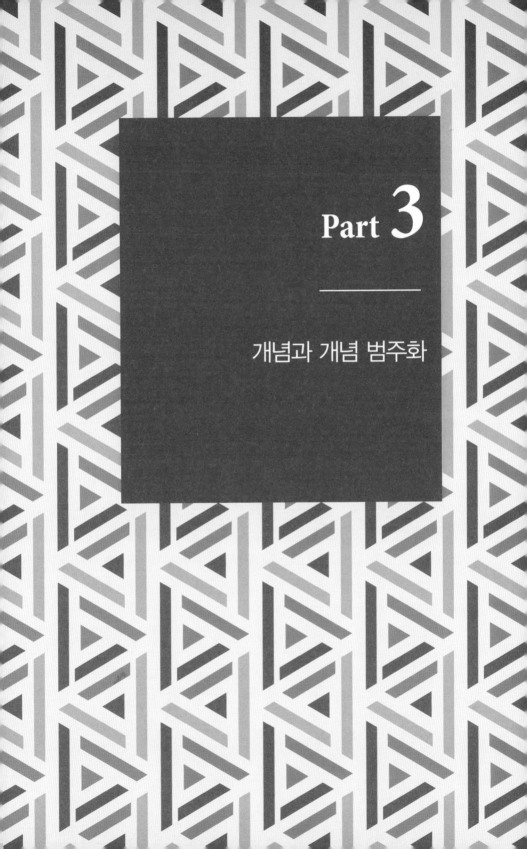

029 핵심어부터 찾아 취합하고 정렬하라

잘 쓴 논술 답안은 개념(어)과 개념(어)의 연결을 통해 구현된다. 문제와 제시문을 읽고 논제가 요구하는 물음에 충실히 답하려면, 글 내용을 논리적으로 이끌 수 있는 핵심 동력이 있어야 한다. 그것이 바로 핵심어·개념어로, 시험을 치르는 내내 **논제가 묻는 근본 물음(주제 개념)을 담은 적절한 개념어를 머릿속에 떠올리면서**, 그것을 주재료로 하여 답안을 기술해야 한다. 논제의 물음에서 방향타의 역할을 하는 핵심 개념어, 이를테면 주제어에 담긴 핵심 사상을 올바르게 파악하고 정의한 후 이를 압축해서 표현할 수 있어야만 한다.

논제의 물음을 담은 주요 개념을 적확한 용어로 찾아 밝히지 못하거나, 용어를 적절히 구사하지 못하는 때는, 글을 쉽게 끌고 나갈 수 없으며, 내용 면에서도 허술할 수밖에 없다. 개념 이해력 및 관련한 언어 구사력은 논술 합격을 위해 반드시 갖춰야 할 기본 역량이다.

글의 이해 능력과 글쓰기 역량은 개념의 개괄과 한정, 분류와 분석 능력이라고 해도 과언은 아닐 정도로, 개념 이해와 개념화의 능력, 관련한 적절한 언어 구사력은 무척 중요하다. 그 중요성에 대해 동국대는 "논술 답안을 채점할 때 가장 먼저 평가하는 것은 지문과 주제에 대한 이해력이다. 이는 답안에 포함되어야 하는 핵심어(키워드)의 유무를 통해 판단한다"라고 강조한다.

따라서 고교 교과목의 핵심 개념이자 논술 주제로 거듭 출제되는 중요한 용어에 대해서는 이를 빠짐없이 알고 있어야 함은 물론, 그 의미까지도 정확히 이해하고 있어야 한다. 논술 주제로 자주 출제되는 핵심 개념에 대해서는 그것과 관련한 주개념과 종개념, 상위 개념과 하위 개념, 유개념과 관련한 여러 용어에 대해서도 잘 알고 있어야, 논술 문제 풀이의 관건인 '관점'의 파악과 이를 적절한 용어로 찾아 밝힐 수 있다.

개념 이해와 개념화의 능력을 갖추어야만 **제시문의 핵심 내용을 논술 주제에 맞게 한 방향으로 '통합'하고 '재구성'하면서 글 내용을 기술할 수** 있다. 현행 교과 논술이 지향하는 대입 통합 논술, 다면 사고형 논술의 방향성에 맞게 인문·사회·자연·과학·예술·문학 등 다양한 교과 과목에서 발췌한 지문을 하나의 주제로 통합하여 논증하면서 답안을 작성할 수 있다.

따라서 그 방법적 요령을 터득할 필요가 있는데, 이를 위해서는 다른 무엇보다 잘 짜인 논술 문제와 잘 쓴 논술 답안을 분석하면서 공부한다. 즉 주제별로 잘 짜인 완결성 높은 한편의 논술 문제와 예시 답안을 들여다보면서, 제시문별 핵심 내용이 논제의 요구와 논리적으로 어떤 관계 맺음을 하고 또 어떻게 기술되고 있는지를 주의 깊게 살핀다.

특히 여러 분야를 다루는 각각의 제시문에 들어있는 공통된 핵심 개념어를 중심으로 말과 말, 글과 글이 어떤 식으로 이어지고 또 논리가 어떻게 전개되고 있는지, 그리고 단어와 어휘의 의미가 어떻게 확장하면서 글 내용을 풍부하게 만드는지를 중점적으로 살핀다. 그러면서 때로는 잘 작성된 한편의 논술 답안을 직접 옮겨 써보는 등으로, 글 내용을 완전히 자기 것으로 만들려고 노력한다.

부연하면, **논술 과제의 해결은 '언어 수집'에 달렸다고** 해도 과언은 아니다. 발문의 물음이자 논제의 요구에 대한 방향성을 함축하는 주제 개념에 맞게 제시문의 중심 문장을 찾아 밑줄 긋고, 그 안에 든 핵심 용어에 동그라미 친다. 그리고 관련한 용어를 머릿속에서 꺼내서 추가한다. 그런 다음 그것들을 잘 선별하여 '관점'을 지칭하는 용어를 찾은 다음 이를 적절한 개념어(또는 개념적 서술)로 집약하면서, '주제 개념-관점을 제시하는 하위 개념'을 확정한다.

030
주제 개념부터 살펴라 (주제 파악)

제시문 전체를 관통하는 큰 주제(주제와 관점)를 찾지 못한 채, 무작정 답글부터 쓰는 학생들이 뜻밖에도 많다. 이는 곧바로 논점 이탈로 귀결된다. 논술 답안은 철저히 주제 개념을 따라 일관되고 통일된 방향으로 기술해야 한다. 따라서 먼저 **주제 개념부터 주의 깊게 살핀다.**

주제는 발문에 직접 표기되는 경우가 일반적이다. 만약 그렇지 않은 때는 제시문들을 읽고 직접 주제 개념을 찾아 밝혀야 한다. 출제자가 발문에서 주제를 직접 드러내는 경우는 주제 개념이 '시간, 행복, 고통, 불안…'과 같은 철학적 근본 물음(형이상학)을 담고 있어서, 이것을 문제에서 분명히 밝혀야만 논의를 원활하게 펼칠 수 있는 경우이다. 또는 교과 과정의 핵심 개념이나 사회적 이슈·쟁점과 관련된 담론을 주제로 하되, 그 논의의 핵심인 세부 주제어(서로 견해를 달리하는 관점)의 파악이 더 중요하다고 판단하는 경우이다.

전자의 경우에는 주제 개념이 추상적·관념적인 탓에 그것의 하위 세부 개념 역시 그만큼 구체적이지 못하다. 대개 이런 문제는 발문이 짧고, 제시문은 이해하기 어렵고, 주제 또한 지나치게 관념적인 탓에 답안을 서술하기 상당히 까다롭다.

연세대 논술 문제의 경우 '비교하라'는 논증 지시어의 요구에 올바르게 답하려면, 제시문들을 두루 포섭하는 세부 논점(관점의 세분)을 여하히 잘 설정한 후 그것에 맞게 답안을 작성할 수 있느냐가 관건이다.

후자는 발문에서 주제 개념을 드러내면 논술 문제 해결과 관련하여 너무 많은 힌트를 주게 된다거나, 주제 개념을 드러내는 것만으로도 곧바로 논술 문제 풀이에서 가장 중요한 세부 개념(관점)을 떠올릴 수 있을 정도로 개념과 개념 간의 관련성이 큰 경우다. 이런 경우에 출제자는 주제어를 발문에서 생략한다. 따라서 문제 안에 전제되는 다양한 조건과 그것이 지시하는 제시문들의 연관 관계를 살펴 주제 개념을 찾아 밝히고, 이를 적절한 개념어로 밝히거나 개념화하여 설명할 수 있어야 한다.

만약 이것에 실패하면, 결코 논술 답안으로 좋은 평가를 받을 수 없고, 타당하고 충실하며 설득력 있는 논증을 구성하기 어렵다. 교과목에 실린 핵심 개념의 이해가 중요한데, 그 기본적인 의미와 용어의 쓰임을 빠짐없이 알고 있어야 한다.

출제자는 문제 전체를 공통된 주제로 묶어 제시하거나, 문제별로 따로 또는 문제의 어느 일부를 따로 묶어서 제시할 수도 있다. 어느 경우든 출제자는 '분석적 이해(이해)–비판적 평가(평가)–창의적 적용(적용)'이라는 논술 평가 항목을 따라, 이를 한 문제에 전부 실어 평가를 하거나, 또는 같은 주제를 따라 문제별로 평가 항목을 구분하여 실은 후 차례로 평가한다.

논술 평가 항목은 논제의 다양한 명령어(논증 지시어)를 통해 구현된다. 이때 한 문제에 하나의 평가 항목을 묻는 경우를 '단일 논제', 둘 이상의 평가 항목을 묻는 경우는 '복합 논제'라고 한다. 물론 한 문제에서 둘 이상의 평가 항목을 물을 수도, 다시 말해 복합 논제로 문제를 구성할 수도 있다. 따라서 학생들은 문제의 요구를 따라 각각의 평가 항목을 차례로 해결하면서 답안을 서술해야 한다.

문제에서 복합 논증을 물을 때는 **글 구성 및 논리 구조를 얼마만큼 체계적으로 작성할 것인가가** 관건이다. 그렇더라도 반드시 알고 있어야 할 것이 있다. 논술 평가 항목을 세분한 논증 지시어의 요구에 정확히 답하려면, **먼저 논술 주제부터 확인한 후 그것에 맞게 제시문들의 핵심 논지를 일관되고, 타당하며, 충실하고, 설득력 있게 논증해야** 한다.

031
주제와 논제의 관계, 주제와 제재의 관계를 명확히 하라

논제(論題, Subject)는 논술에서 논의하고자 하는 주제는 물론이고, 따져서 밝혀야 할 핵심 과제까지 담은 '진술문'이다. **발문의 물음을 논술 답안 작성을 위해 체계적으로 정리한** 것이 곧 '논제'다. 논제는 출제한 문제별로 다양하게 주어질 수 있으며, 문제 내의 주제가 곧 논제가 되는 경우가 있다. (이를테면 "제시문을 읽고 그 핵심 내용을 요약하라"는 물음)

문제 전체를 일관하는 큰 주제(공통 주제)의 물음을 따라, 기본 개념이나 핵심 쟁점의 해결 과제를 제시문에서 찾아 답하도록 요구한 내용이 곧 논제의 핵심 물음이다. 논제는 인문·사회·과학·예술 등 다양한 교과 과목의 서로 대립하는 관점이나 상반된 견해를 담거나, (예를 들어, 성장이 먼저냐, 분배가 먼저냐…) 하나의 공통된 기본 개념이나 핵심 주제어(예를 들어, 고령화 사회의 노인복지 문제…)를 다룬다. 논제 분석을 통해 '주제 개념과 관점'을 찾아 이를 적절한 용어로 확정해야 하는 이유가 여기 있다.

논제는 **'개념, 사실, 가치, 정책' 가운데 어느 한 차원을 주제 개념으로 삼아** 질문 형식으로 묻는다. 예를 들어 '아름다움은 어떠한 관점에서 의미가 있는가(개념: 연대 인문 수시)' '인구문제의 딜레마 극복을 위한 방안은 무엇인가(사실: 한양대 인문 모의)' '상품화는 어떤 면에서 의의가 있는가(가치: 고려대 인문 수시)' '다문화주의는 어떠한 관점을 지향하는가(정책: 이화여대 인문 수시)'라는 질문이 그것이다. 이렇듯 '아름다움', '인구문제', '상품화', '다문화주의'라는 각각의 주제어는 논제의 물음 차원에 따라 글 내용(답안)을 구성하는 방향성을 달리한다. 즉 다른 주제는 물론이고 심지어는 같은 주제를 다룰지라도 물음과 대답의 차원이 저마다 다를 수 있음을 인식하고, 논제의 요구를 정확히 분석한 후 그것에 맞게 답안을 기술해야 한다. 이를 염두에 두고서 발문의 물음을 잘 살핀 후, 그 물음의 핵심을 '개념-정의(요약하라, 설명하라…)' '사실-판단(비교하라, 분석하라…)' '가치-평가(비판하라, 평가하라…)' '정책-분석(분석하라, 해결하라…)'식으로 정리할 필요가 있다. 그런 다음, 그 해석한 결과를 '주제 개념-(관점)-논증 지시어'라는 논제의 물음으로 정리한 후, 그 물음에 맞게 답안을 기술해야 한다.

논제의 의미를 명확히 하려면 **주제 개념과 '제재(題材)'를 혼동하지 않아야** 한다. 제재는 주제 개념을 뒷받침하기 위해 사용한 글의 중심 소재로, 주제어와 제재를 나타내는 핵심어는 같을 수도 있고 다를 수도 있다. 만약 둘 사이의 개념적 의미와 언어적 층위가 일치하지 않으면, 그 핵심어는 제재를 나타내는 용어일 가능성이 크다. 이를테면 '체벌'이란 핵심어를 갖고서, '체벌은 정당한가(가치)', '체벌은 교정에 효과가 있는가(사실)'라는 물음이 제시됐다고 하자. 이때 "체벌은 정당한가"라는 질문에 답하려면, 가치 판단의 준거가 되는 개념부터 명확히 규정하면서, '도덕 판단'의 두 관점인 '동기주의와 결과주의'라는 핵심 개념을 도출할 수 있어야 한다. 또 '체벌은 효과가 있는가'라는 사실 판단의 문제는 '형벌의 목적'을 설명하는 두 입장인 '응보주의와 예방주의'를 떠올려야 한다.

여기서 학생들은 '도덕 판단'과 '형벌의 목적'이 사실상의 주제 개념이란 사실을 이해하고 있어야만 관련한 관점을 개념어로 설정할 수 있다. 주제 개념을 담은 핵심어(주제어)와 제재를 나타내는 핵심어는 같은 것이 일반적이다. 그렇더라도 핵심어가 협소한 의미로 사용됐거나, 추상적인 의미의 용어거나, 또는 '관점(또는 세부 논점)'을 드러내는 개념을 좀처럼 찾기 어려울 때는, 그 핵심어를 제재로 인식하고 더 크고 더 넓은 의미, 즉 실제 주제 개념(속주제)을 파악한 후 그것에 맞게 관점을 파악할 필요가 있다.

032
논제의 물음을 따라 제시문들을 '분류'하여 개념어로 집약하라 (관점 확정)

학생들은 제시문을 읽고 주제 개념과 관점을 지칭하는 적절한 개념어를 찾아 밝힐 수 있도록 필사적으로 노력을 기울여야 한다. 이를 위해 먼저 핵심어를 중심으로 주제 개념을 찾아 논제가 묻는 핵심 개념을 파악하고 규정하면서 논의해야 할 논제의 명료성을 확보한 후, 이어서 그 논의를 보다 심층적으로 끌고 나가면서 논제가 제기하는 근본적인 전제나 쟁점, 화제, 문제점을 전부 끄집어낸다. 그리고 그것들을 선별하여 제시문의 중심 생각이자 논증의 핵심 내용을 구성하는 하위 개념인 소주제를 찾아 밝힌다. 이것이 바로 '관점'이다.

관점은 논제가 갖는 추상성을 구체화하여 논증을 분명히 하고 논의의 중심 생각을 집약하는 **논술 문제 풀이에서 가장 중요한 역할을 담당하는** 작은 주제이다. 그렇기에 관점은 논제에 담긴 주제 개념의 본질적인 이해를 위한 근본 쟁점이자 논의의 요점, 즉 세부 논점이라 할 수 있다. 그 쟁점·논점은 접근 방법이나 지시 대상, 인식 주체별로 서로 대립하는 관점을 갖는 것이 일반적이다.

이 주제와 관련한 핵심 개념 및 관점을 담은 세부 개념을 적절한 용어로 연결하면서 논증을 이어나가면, 그것이 잘 쓴 논술 답안이다. 현행 대입 논술은 문제를 풀기 쉽게 발문의 물음을 구조화하여 출제한다. 따라서 **문제와 제시문을 읽고 '주제 개념'과 '관점을 담은 세부 개념'을 논리에 맞게 긴밀히 연결하고**, 이것을 다시 제시문의 핵심 내용을 중심으로 논증 형식을 따라 체계적으로 기술하면, 그것으로 논술 답안은 완성된다. 이렇듯 논술 문제 풀이의 포인트는 제시문에 들어있는 공통 주제와 관점(쟁점·논점)을 여하히 적절한 용어 또는 문구로 서술할 수 있느냐 하는 것이다. 그리고 각각의 개념(어)의 연장선상에서 적절하고 타당한 논거를 이어붙이면, 한편의 잘 쓴 논술 답안은 완결된다.

따라서 이렇게 생각하면 된다. 논제의 해결 과제를 정확히 파악하기 위해서는 먼저 발문의 물음을 논제의 요구와 지시에 맞게 풀어서 깔끔하게 정리할 수 있어야 한다. (이것이 '논제 분석'이다.) 이를 위해 논제가 다루어야 할 제 개념들(즉, 공통 주제와 관점을 담은 하위 개념)을 제시문을 읽고 찾은 후, 이것들을 **분명하면서도 적절하게 '분류'할 수 있어야** 한다. ('관점' 설정이다.) 이 과정을 잘 해결한 후, 이어서 제시문별 중심 내용을 각각의 개념(어)에 맞춰서 타당하고 적절한 방식으로 논증한다. 이후 그 개념(어)들의 위계와 의미 관계를 따라 개별 특성과 세부 내용을 설명하면서 논거를 확장한다. 이로써 전체 문장은 개념어와 개념어, (그리고 각각의 개념어를 중심으로 글 내용을 기술한) 단락과 단락으로 긴밀히 연결되면서 논증은 체계를 이루면서 구체화 된다.

그것이 곧 한편의 잘 쓴 논술 답안, 잘된 논술문으로, 결국 논술 답안의 출발점은 적절한 개념어의 선택과 정확한 언어 구사에 달렸음을 알 수 있다. 거듭 강조하지만, 논제를 구성하는 적절한 개념어(서술을 포함한다) 없이는 논증을 끌고 나가는 힘도, 논거를 확장하는 역량도 결코 발현될 수 없다.

더불어 글의 구성도, 체계도 두서없는 방향으로 흐른다. 제시문들을 읽고 주제 개념(주제어)을 따라 특정 대답을 기술하게끔 의도적으로 배치한 **하위 개념(주제어와 관련한 핵심어)들을 찾아 이를 '대비되는 생각 단위'로 '분류' 할 수** 있어야, 논증 지시어의 물음에 맞게 지식과 생각을 체계화한 논증 글로 대답할 수 있다.

033
개념의 위계를 따라 명확히 '정의'하라

개념(어)은 논증을 끌고 나가는 힘이자, 논술 답안 작성의 열쇠다. 논술 답안을 작성할 때 학생들은 항상 논제의 물음을 이끄는 주된 용어(개념어), 이를테면 주제어가 함축하는 개념의 의미를 올바르게 파악한 후, '정의'의 진술 방식으로 개념화하면서 적절한 용어(또는 서술)로 표현할 수 있어야 한다. 논술 문제의 대답을 효과적으로 드러내기 위한 가장 손쉬운 방법의 하나는 '개념 정의' 곧 **개념을 명확히 규정하는** 것이다. 논제에서 다루는 근본 개념을 올바르게 '정의'하지 못할 경우, 이후의 작성 답안은 방향을 잃고 그야말로 엉망으로 치닫는다.

개념을 정확히 규정하는 것은 곧 개념을 구성하는 두 가지 중요한 측면인 개념의 '내포(內包)'와 '외연(外延)'을 명확히 하는 것이다. 개념은 대상(논제의 지시어, 즉 주제어)의 고유한 속성을 반영하는 동시에 이러한 특유의 속성을 가지고 있는 대상도 반영하게 된다. 이때 개념이 반영하고 있는 대상의 특유한 내용·속성·성질·특성을 개념의 '내포'라고 하고, 그 개념이 반영하고 있는 대상의 집합 또는 범위를 개념의 '외연'이라고 한다. 예를 들어 채소라는 개념의 외연은 배추, 무, 양파 등 모든 개별적인 채소를 말하며, 내포는 '식용하기 위해 밭에서 기른 농작물'인 채소가 갖는 특성을 일컫는다. 개념의 외연과 내포 관계를 명확히 구별하여 생각하지 않으면 판단을 내리는 과정에서 혼란과 오류를 겪는다. 모든 개념은 내포와 외연의 확정을 통해 구체화 되고 명료하게 인식되기 때문이다.

논술 답안을 작성할 때 **개념의 외연과 내포를 명확히 해야** 한다. 개념의 외연과 내포 관계가 명확해야 개념은 분명하게 규정 및 정의되며, 대상에 대한 올바른 판단과 논리적 추론이 가능하다. 개념의 외연과 내포, 즉 개념이 지칭하는 대상(주제어)과 그것의 내용적인 의미(그 주제어가 갖는 의미)를 확정하고 일치시키는 것을 '개념 규정' 또는 '개념화(개념 범주화)'라고 하는데, 이것이 잘못됐을 경우 논술 답안의 내용적 의미와 형식적 구성 간의 오류가 발생한다.

개념은 또한 '한정'과 '개괄'을 통해 구체화 되고, 확장한다. 개념의 한정이란 개념의 의의를 좁히기 위해 속성을 부가하는 작업, 즉 내포를 크게 하고 외연을 좁히는 논리적인 설명 방법을 말한다. 개념의 개괄이란 개념의 내포를 감소시켜 개념의 외연을 확대하는, 다시 말해 외연이 좁은 개념으로부터 외연이 넓은 개념으로, 종개념으로부터 유개념으로 이행하는 설명 방식을 말한다. (종개념=종차+유개념, 예를 들어, 문학은 언어로 표현되는 예술이다.) 잘 쓴 논술 답안은 개념의 위계가 분명하고 정확히 드러난다.

따라서 논술 답안 작성 초기 단계에서 가장 중요한 작업은 제시문에 들어있는 핵심어들을 전부 끄집어낸 다음, 이를 **주제 개념을 따라 선택적으로 취합·정렬한** 다음, 선택한 개념의 외연과 내포, 한정과 개괄을 명확히 하면서 글 내용을 구체화하는 것이다. 다음 사례에서 '다문화주의'와 '동화주의'는 유개념이고, '멜팅팟 이론'은 '다문화주의'의 종개념으로 개념의 외연과 내포, 한정과 개괄을 통해 개념을 범주화하면서 논증을 구체화한다.

사례 〈제시문 2〉의 요지에 근거하여 〈제시문 3〉에 나타난 이론을 비판적으로 평가하시오. (한국외대 2017 인문 수시)

〈2〉는 … (중략) …. **다양성의 가치**를 강조하는 〈2〉의 관점에서 볼 때, 〈3〉은 다음과 같은 비판이 따른다. **다문화주의** 정책의 하나인 **'멜팅 팟'** 이론은, 여러 민족의 고유한 문화들이 그 사회의 지배적인 문화 안에서 융합되어 완전히 다른 하나의 균질적인 문화를 만들어낸다. 이는… (중략) … 즉, 차이와 다양성의 가치를 인정하지 않는 **동화주의** 정책은 소수 집단의 정체성과 개성을 꺾음으로써… (중략) …

034
개념 범주화의 오류를 살펴라

개념을 혼동하면 사고 과정에서 필연적으로 오류가 일어날 수밖에 없다. 개념을 정확히 정의하고 올바르게 규정하기 위해서는 특정 개념을 규정할 때 동원되는 용어(개념어·주제어)의 의미를 좀더 명확히 파악해야 한다. 무엇이 상위 개념이고 또 무엇이 하위 개념인지, 어떤 개념이 유개념이고 또 어떤 개념이 종개념인지를 구분하고, 같은 층위에 있는 개념 간에는 어떤 속성 차이가 있는지를 파악하면, 좀더 정확히(한) 개념(어)을 구사할 수 있다. 예를 들어, 1인 가족이나 비혼 가족을 가족 개념에 포함할 때, 이를 포괄하는 보편적 가족 개념을 어떻게 설명해야 타당한지를 따져 보거나, (상위 개념과 하위 개념은 어떤 관련성을 갖는가?) 가정과 가구는 가족 개념과 어떠한 차이(유개념인가?, 종개념인가?)가 있는지를 살피면, 가족 개념의 의미는 좀더 명확히 드러난다.

이는 논술 답안 작성에서 대단히 중요하다. 만약 개념을 범주를 따라 올바르게 분류하지 않는다거나, 이를 알아보기 쉽게 구분하여 개념화하지 못할 경우, 논제가 다루는 상위 개념과 하위의 세부 개념인 관점·쟁점(논점) 간의 논리적인 인과 관계는 깨어지고, 급기야 논증 구조까지 흐트러뜨리면서, 전체적으로 답안이 뒤죽박죽되는 양상으로 치닫는다.

'범주의 오류'는 논술 답안에서 가장 빈번하게 일어나는 오류이기에 특별히 신경 써야 한다. 즉, '개념 범주화의 오류'는 논리적으로 다른 범주에 속하는 개념어를 같은 범주에 속하는 것으로 생각하여 발생하는 오류인데, 이를테면 상위 개념과 하위 개념을 뒤섞어 사용함으로써 발생하는 의미의 혼동이 그것이다.

학생들은 개념을 규정하는 기준인 '피정의항–유개념–종차' 관계를 명확히 구분하여 파악하지 못하면서 일어나는 '범주화의 오류'를 일으키고, 그에 따른 혼동과 논리의 오류를 적지 않게 범하고 있다. 여기서 '피정의항'은 정의할 용어이며, '유개념'은 범주와 부류, '종차'는 개별적 특성을 일컫는다. 이를테면 문학을 예로 들 경우, '낭만주의(개념의 피정의항)–예술사조(유개념)–환상·상상·감상을 중요시한다(종차)'가 쌍을 이루면서, '낭만주의'라는 개념은 "환상·상상·감상을 중요시하는 예술사조이다"로 정의된다. 이때 만약 '낭만주의'를 '사실주의'로 또는 '예술 사조'를 '정치 이념'으로 잘못 정의할 경우, "사실주의는 환상·상상·감상을 중요시하는 예술사조이다" 또는 "낭만주의는 환상·상상·감상을 중요시하는 정치이념이다"라고 잘못 규정됨으로써 논리와 사고의 오류를 피할 수 없다. 이러한 오류는 논술 답안 작성에서 빈번히 일어나면서 글 내용의 이해를 어렵게 만든다.

거듭 강조하는 것이지만, **개념은 올바르고 정확하게 규정해야 하며, 적절하고 타당하게 기술해야** 한다. 이는 풍부한 어휘력과 정확한 독해력에 달렸다.

개념을 정확히 이해하고, 이를 적합한 단어로 명확히 표현하는 연습의 중요성은 아무리 강조해도 부족하다. 이때 대상을 반영하고 있는 제개념의 내포(즉, 사물의 특유한 속성으로서의 종차)를 밝히는 논리적인 방법이 곧 개념 정의를 통한 논거의 확장으로, 논제의 물음을 이끄는 핵심 개념을 '피정의항(주제 개념 및 관점을 담은 하위 개념)–유개념(외연에 따라 구분되는 세부 개념, 즉 논점)–종차(내포에 대한 명확한 규정)'라는 일련의 개념 정의 기준에 맞춰서 차례대로, 그리고 병렬로 서술할 때, 논거는 충실하고, 타당하며, 일관되고, 설득력을 갖춘다. 그렇게 작성한 답안이 잘 쓴 논술 답안이다. 다소 이해하기 어렵겠지만, 중요하므로 그만큼 신경 쓰면서 답안을 작성해야 한다.

논술 Tip 3

논술로 대학에 합격하고 싶으면 출제자의 말을 귀담아 들어라!

논술 답안 작성의 Tip

- 현재 시사적·사회적 쟁점이 무엇인지 파악할 것
- 사회적 쟁점에 대한 단순한 찬반 논의보다 그 속에 담긴 본원적·근원적 주제를 토론할 것

  –시사적 주제에 무관심하라는 것이 아닌, 그것이 담고 있는 보편적 의제로 확대해 볼 것
- 텍스트 해석 능력 배양

  –미리 암기한 지식보다 제시문과 논제의 내용을 분석, 이해하는 것이 선행

  –논제와 무관하게 미리 정해진 지식을 전개하지 말 것
- 지문 간의 공통점·차이점을 비교 분석하는 연습하기 (요약, 비교·대조, 분류)
- 서로 다른 두 글의 공통점과 차이점을 한 문단으로 쓰기

  –2~3개의 글 한 문단 요약해보기, 한 문단을 한 문장으로 요약하기 등
- 특정 이론, 유명인의 주장이나 명언 등을 단순 요약·암기해서 작성하지 말 것
- 특정 주제를 다양한 각도에서 접근하는 연습해 볼 것
- 반드시 학교에서 요구하는 형식을 준수하고 최대한 성실하고 정성 들여 답변을 작성할 것

  –작성 분량 준수, 원고지 정서법 및 문단 구분 준수, 정성 들인 글씨체 등

(경희대 2021 논술가이드북)

Part 4

논증 글쓰기의 기술

035
글의 내용과 형식을 일치시켜라

출제자는 논술 답안을 평가할 때 내용적인 측면과 형식적인 측면 둘 다 살핀다. 잘 쓴 논술 답안은 그 내용이 뛰어날 뿐만 아니라, 그것이 올바르게 전달될 수 있도록 훌륭한 형식까지 함께 갖추어야 한다. 내용이 참신하고 깊이가 있어도 형식을 제대로 갖추지 못했다면 글로서의 가치는 떨어진다. 형식은 잘 갖췄음에도 내용이 부실한 것도 마찬가지다. 형식과 내용을 모두, 제대로 갖춘 글이 잘 쓴 글, 좋은 글이다.

잘 쓴 논술 답안을 위해서는 먼저 내용 면에서 충실성과 독창성을 갖춰야 한다. **논제가 요구하는 사항을 빠짐없이 기술함으로써** 평가 기준을 만족시켰을 때, 그 내용은 충실한 것이며, **문제의 해결 방법이 참신하거나 독특한 관점을 지향할 때** 그 내용은 독창적이라 할 수 있다. 다음으로 글의 형식적인 측면 또한 중요하다. 여기서 글의 형식적인 측면이란 주로 표현의 명료성과 논리의 일관성을 일컫는다. 요컨대 '자신이 밝히고 싶은 내용을 어떻게 하면 효과적으로 전달할 수 있는가'가 핵심이다. 다음은 내용과 형식을 아우르는 논술 답안 작성의 일반 원칙을 예시한 것으로, 이를 잘 숙지하는 것만으로도 얼마든지 잘 쓴 한편의 논술 답안을 완성할 수 있을 것이다. 이를 위해서는 글에 대한 정확한 이해가 다른 무엇보다 중요하다.

■ **논술 답안의 내용과 형식**

⑴내용 … 논제의 요구에 대한 대답을 발문의 물음을 따라 차례로 기술

⑵형식 … 설명(설명글) + 논증(논증글)

①설명 … 핵심 내용(주제 및 관점) 요약: '정의'의 진술 방식을 사용하되, 확장된 정의의 진술 방식을 병행하여 기술

②논증 …

ⓐ논증 방법(추론 방식) 결정: 주로, 연역적 추론 방식으로 논증할 내용을 체계적으로 기술

- 논리 전개 방식1: **주장(결론)+근거(전제)**
- 논리 전개 방식2: **주장+정당한 이유(전제1)+근거(전제2)**
- 논리 전개 방식3: **주장+근거(전제1)+정당한 이유(전제2)+뒷받침 설명(전제3)**
- 논리 전개 방식4: **주장+근거+반론+재반론**

ⓑ논증 구조의 유형화: 근거로부터 주장으로 나아가는 정당한 이유의 추론

- 일반화에 의한 논증: 인문사회 관련 지문
- 원인–결과에 의한 논증: 자연과학 지문
- 유추에 의한 논증: 문학 관련 지문
- 권위에 의한 논증: 시사 및 정보 관련 지문
- 표본에 의한 논증: 사례 및 자료 관련 지문

ⓒ논제 서술 과제(논증 지시어)의 해결: 예를 들어 '비교하라'는 논증 지시어의 경우

- 비교의 설명 방식 결정: 비교 대상별 기술 방식(일괄 비교) 또는 비교 기준별 기술 방식(항목 비교)
- 비교의 속성에 맞게 기술: 정해진 기준에 따라 공통점과 차이점을 구조화하여 글 내용을 기술
- 비교의 기본 원칙을 따라 글 내용을 체계적으로 기술:
  –비교 대상별 개별 속성의 **범주가 공정**할 것
  –비교 대상별 개별 속성의 **층위가 동등**할 것
  –비교 대상별 개별 속성의 **배열이 일치**할 것
  –비교 대상별 개별 속성의 내용 면에서의 **양적·질적 수준이 비슷**할 것

036 논증의 의미와 중요성을 이해하고 글을 써라

논술 답안을 작성할 때 학생들이 가장 힘들어하는 부분은 '논증'과 관련한 것이다. 제시문을 읽고 무엇을 논할지 생각은 대충 정리됐는데도, 그 정리된 생각을 어떻게 체계적으로 문장에 담아 표현해야 할지 모른다. 많은 학생은 논증을 구성할 내용을 특정 구조로 파악하거나, 그 어떤 유형화한 방식으로 글 내용을 꿰맞추려 든다. 하지만 틀에 박힌 구성 형식에 맞춰서 글을 쓰면 논제의 물음에 대한 대답과는 한참 멀어지거나, 내용 면에서 부실한 글로 이어질뿐더러, 형식적으로도 글 내용이 뒤죽박죽 엉망이 된다.

논술 답안을 작성할 때, 문장과 문장 간의 논리적인 연결을 통해 논지의 일관성과 통일성을 유지하고, 글(단락)과 글(단락)을 체계적으로 배열하여 논제의 요구를 합리적으로 해결해야 한다. 좋은 논증 글(논술 답안)이란 신뢰할 만한 전제와 그것으로부터 귀결되는 주장들의 관계가 정합적이며, 글 전체가 체계적이고 자기 완결적인 글로, 글 내용은 물론이고 글의 형식 또한 무척 중요하다.

특히 논술 답안은 논증을 구성하는 방법(추론 방식)을 준수하면서 서술해야 한다. 논증에는 일정한 규칙과 절차가 있으며, 이를 어기면 그 논증은 불완전하거나 잘못되어 타당성을 얻지 못한다. 논증의 의미를 분명히 알고서 글을 읽고, 답안을 작성해야 한다.

논증(論證)은 어떤 논제에 대한 자신의 주장과 이를 뒷받침하기 위한 근거나 증거를 제시하고, 이를 통해 그 주장의 타당성을 논리적으로 합리화하는 진술 방식(물론, 논증은 '설명'의 진술 방식의 하나다)을 말한다.

논증은 논리적 이치를 따지기 위한 '주장과 근거' 또는 '전제와 결론'으로 이루어진 일련의 글 묶음(문장)으로 구성된다. 따라서 논증은 전제와 결론으로 이루어진 명제들의 집합이라고 말할 수 있다.

논증 과정은 논제에서 논의할 핵심 쟁점(관점·논점)을 담은 '명제'의 설정부터 시작하여, 그 명제를 합리적으로 '추론'하고 타당한 논거를 제시하는 방향으로 진행된다. 즉 논증은 **명제, 논거, 추론**을 통해 이루어진다. 먼저 논증할 과제부터 밝혀야 한다. 그 과제에는 어떤 '쟁점'이 담겨 있으므로 **논의할 쟁점부터 분명히** 한다. 논증할 과제의 타당성을 논리적으로 증명해 낼 수 있는 쟁점, 곧 '명제'를 설정하는 것에서부터 논증은 시작된다.

논증에는 어떤 '명제'가 들어있다. 명제란 '판단의 진술'로, 논증하려는 사실이나 주장의 판단을 문장으로 기술한 것이다. 그 판단이 바로 '논제의 요구이자 논의하여 밝혀야 할 핵심 과제를 추려 기술'한 것으로, 논증을 통해 따져야 할 핵심 쟁점에 대한 언술이다. 명제는 '논제에서 논하여 주기를 바라는 소주제 개념(관점·논점)'을 담은 진술이다. 그 명제의 가장 상층부가 바로 논증할 과제의 결론, 즉 논증의 '주장(결론)' 부분이며, 때로는 글 전체의 주제문이 되기도 한다. 글쓴이의 주장은 논증에서 명제의 형식으로 제시된다. 그래서 **명제를 정확히 파악하지 않으면 글의 요점이 흐려지고**, 논증은 성공하기 어렵다. 논술에서 '논점 이탈'이 이를 두고 하는 것이다.

논증에서 명제(즉 주장, 결론)는 하나일 수도, 여럿일 수도 있다. 그 개수는 논제의 요구 또는 논증의 질적 수준에 따라 결정되는 것이 일반적이다. 중요한 것은 명제는 문제(논제)에서 반드시 언급해 주기를 바라는 출제자의 질문에 대한 대답과도 같기에, 단락 안에는 명제가 반드시 들어있어야 한다. 즉 하나의 단락에는 하나의 명제를 제시하고, 이것이 각 단락의 도입부에 놓여 결론부터 이끄는 연역 추론의 논증 형식을 구성하면, 좋은 논증 글을 작성할 수 있다.

037
논증의 충족 요건을 잘 알고 글을 써라

논술문에서 어떤 주장을 펼쳐 독자를 설득하려면, 그 주장의 근거가 되는 명제(결론, 논점)들을 충분히 설명할 필요가 있다. 앞서 말했듯 이것을 '논증'이라고 한다. 논증은 어떤 문제에 대한 의견이나 판단의 대립이 있어야 한다. (논술에서 묻는 '관점'이 그것이다.) 어떤 문제가 있고, 그 문제에 대한 대립 구조나 대립 가능성을 갖는 것이 곧 논증의 기본 조건이다. 논증의 목적은 이러한 문제를 해결하는 것이다.

의견 및 주장의 대립은 논증을 다른 서술 방식과 구별하는 조건이다. 그러나 논술문에서 순수한 형태의 논증만으로 이루어지는 경우는 거의 없다. 다른 서술 방식, 특히 '설명'의 도움을 많이 받는다. 그 주된 의도는 독자에게 확신을 주고 독자를 설득하기 함으로, 논술에서 설명글의 다양한 진술 방식을 이해해야 하는 이유가 여기 있다.

논증은 논증할 문제를 설정해야 한다. (대입 논술의 경우, 문제에서 제시한다.) 논증은 어떤 명제를 지녀야 한다. (대입 논술의 경우, 제시문에 다 들어있다.) 명제, 곧 판단의 진술은 '주어-술어-목적어'로 된 문장으로 간략하게 기술된다. 그것은 논술자인 학생들이 선택한 형식이지만, 그렇더라도 독자인 평가자가 만들어 놓은 출제 의도에 철저히 귀속된다. 명제의 설정에는 다음 세 원칙이 지켜져야 한다.

첫째, **명제(즉, 결론과 주장)를 명확히 설정해야** 한다. 명제는 단일하고, 명확하며, 선입견 및 편견이 없는 것이라야 한다. 명제는 단일해야 하지만, 단일한 명제에는 여러 문제(판단)가 내포되어 있다. 논증하기 위해서는 그러한 문제를 찾아내야 한다. 그 문제들이 하나의 명제를 논증하기에 충분한 것일 때, 그것을 '논점'이라고 한다. 명제가 판단의 진술이라면, 논점은 판단의 준거라 할 수 있다. 따라서 논점은 명제(결론)의 방향성과 진위를 판별하는 기준이다. 명제를 논증하기 위해서는 몇 가지 본질적인 논점들을 찾아내 그것들을 일단 열거해 봐야 한다.

둘째, 논증에서는 몇 가지 **논점(즉, 관점)들이 확정되어야** 한다. 논점의 확정은 명제(결론, 주장)를 파악하는 과정을 통해 이루어진다. 어떤 명제든, 명제에는 논점이 포함되어 있으므로 그것을 발견하고 확정해야 한다. 논점에는 대비되는 견해·사상·대상·사실은 물론이고 찬성과 반대, 긍정과 부정, 찬성의 이견, 곧 대립이나 충돌이 내포되어 있다. 먼저, 명제 속에 내포된 그러한 논점들을 발견하는 대로 열거한다. 그런 다음에는 같은 것과 다른 것, 필요한 것과 불필요한 것 등을 나누어 질서 있게 체계화해야 한다. 이러한 작업을 '논점의 확정'이라고 한다.

셋째, 명제는 **증거(즉, 전제와 근거)에 의해 입증되어야** 한다. 증거 없는 명제의 논증은 성립할 수도 없고, 아무도 그것을 받아들이지 않을 것이다. 증거에 의해 명제를 입증하는 재료를 '논거'라고 한다. 모든 증거는 사실과 의견으로 이루어진다. 전자를 사실 논거, 후자를 의견 논거라고 한다. 사실 논거는 확실성 있는 자료에 의하여 검증될 수 있거나, 입증될 수 있는 것이라야 한다. 한편 의견, 특히 권위 있는 의견 역시 객관적으로 검증되어야 한다. 일반적으로 논증은 다음 요건을 충족해야 한다.

■ 논증에서 충족해야 할 요건

(가)논의해야 할 쟁점이 있어야 한다.

(나)쟁점을 명제로 드러내야 한다.

(다)명제는 공정하고 명료하여 선입견이나 편견이 있어서는 안 된다.

(라)명제는 둘 혹은 그 이상의 주장이나 판단을 가져서는 안 된다.

038
논증할 내용을 체계화하라

학생들이 논술 답안 작성을 힘들어하는 가장 큰 이유는 논증이 딸리기 때문이다. 특히 **논증을 체계화하여 논리적으로 서술하는 능력이 떨어지기** 때문이다. 논술 답안이 설득력을 갖추기 위해서는 제시문 내용을 바탕으로 자신의 주장을 논리적으로 입증해야 한다. 논술은 반드시 이러한 논증 과정을 거치면서 논증한 내용을 체계화할 수 있어야 한다.

'논증의 체계화'는 **제시문을 읽고 찾아낸 논점과 논거들을 하나의 주장(결론)을 따라 조리 있게 구성하는** 작업이다. 제시문을 읽고 찾아낸 논점과 논거가 아무리 정확해도 그것들을 일관된 논리로 체계화하여 꿰맞추지 못하면 좋은 논증을 구성할 수 없다. 논증할 내용을 체계화하는 작업은 잘 쓴 논술 답안을 작성하기 위한 실질적인 출발점이다. 논증을 체계화하기 위해 학생들은 글의 구성, 특히 논증 구조를 어떤 구조화된 틀에 억지로 꿰맞춰서는 안 되며, 철저히 **글의 논리적인 흐름을 따라 생각을 집중해야** 한다.

글의 논리 구조를 이해한 후 글 내용의 핵심을 논증 형식으로 체계화하기 위해서는 '논증 분석'이 필요하다. 논증 분석은 논증할 내용을 확정하고, 논증 구조를 합리적으로 재구성하는 것이다. 이는 논증이 타당하면서도 체계적으로 전개되고 있는지를 판단하기 위한 것으로, 특히 논거가 확실하게 드러날 수 있도록 확정된 형식으로 논증을 전개하는 것을 뜻한다. 논증을 재구성하려면 제시문을 읽고 그 핵심 내용을 파악한 후, 이를 논제의 물음에 맞게 표준 형식으로 재작성해야 한다. 표준 형식이란 논증을 전제(근거)와 결론(주장)의 형태로 구성하는 것이다. 예를 들어, 발문의 물음이 어떤 주제 개념에 따라, 서로 대립하는 두 관점(논점)을 찾아서, 그것을 뒷받침하는 글 내용의 핵심(결론과 전제)을 제시문(가), (나), (다), (라)에서 찾아 밝히라고 요구한 경우라고 하자. 이를 발문의 물음, 즉 논제의 요구에 맞게 표준 형식으로 나열하면 논증할 내용은 다음과 같은 형식을 따라 체계적으로 기술된다.

주제어– 관점(1)–제시문(가)의 논지– 논거 …
제시문(나)의 논지– 논거 …
관점(2)–제시문(다)의 논지– 논거 …
제시문(라)의 논지– 논거 …

논증의 체계화는 **'추론'을 통해** 실행된다. 추론은 어떤 명제를 뒷받침 논거를 사용하여 결론으로 이끄는 일련의 진술 과정이다. 추론은 명제와 그것을 입증하는 논거가 있어야 하고, 근거 자료에서 출발하여 결론에까지 이르는 일련의 사고 과정을 포함한다. 추론 방법에는 연역법과 귀납법 등이 있다. 추론 방법을 따른 글 내용의 기술(논증) 역시 '설명'의 방법을 사용한다. 예를 들어 민주주의 근본이념을 자유, 평등으로 분석한 것은 개념적 '분석'이고, 민주주의와 전체주의, 자본주의와 사회주의로 비교한 것은 '대조'이다. 이것은 모두 설명의 한 방법(진술 방식)이다.

여기까지를 정리하면, 논증은 주장과 근거로 이루어진 글 묶음(명제)으로, 주장은 논제의 물음에 대한 결론이며, 근거는 그 결론을 뒷받침하는 전제·이유·원인·해설이다. 제시문들의 연관성을 갖고 파악한 논제 물음의 핵심 부분, 또는 논의의 요지(논지)를 집약하여 이를 적절한 개념어로 밝힌 것이 '논점(관점)'으로, 논증에서 주장(결론)과 근거(전제)를 이어주는 부분에 속하는 명제가 이에 해당한다. 논증을 파악하는 과정을 '추론'이라고 하며, 추론을 통해 논증은 **'주제어–관점–논지(결론·주장)–논거(전제·근거)'라는 일련의 글 묶음으로** 체계적으로 기술된다.

039 결론부터 확실히 내세워라

논증(주장과 근거, 결론과 전제의 글 묶음)할 내용을 구성하고 논의를 체계화하는 과정에서 중요한 것은 **'결론(주장)을 확정'하는** 것이다.

이때 결론은 논증의 초점이므로 하나의 생각으로 집약해야 한다. 하나의 논증에서 두 개의 결론을 한꺼번에 밝히면 글의 초점은 흐려질 수밖에 없다. 하나의 결론을 도출하다가 거기에서 파생된 지엽적인 문제를 거론한다면, 글의 논증 구조는 허물어진다. 결론을 논증할 내용별로 한 가지로 통일해야만 글 내용은 명확해진다. 결론(주장) 없이는 근거(전제)를 제시할 수도 발전시킬 수도 없다.

논술 답안은 단락의 첫 부분에 결론(주장)이 확실하게 드러나야 한다. 만약 그 답안이 하나 이상의 단락으로 구성된 경우라면, 첫 번째 단락의 첫째 문장에는 글 전체의 결론에 해당하는 대답을, 이후의 단락부터의 첫째 문장에는 그 결론을 따라 논증한 내용의 핵심(세부 결론이라 하자)을 명확히 그리고 체계적으로 기술해야 한다. 복잡하게 생각할 필요 없다. 발문의 물음, 즉 논제의 요구에 맞게 단락을 구분하여 기술한 각각의 대답에 대한 결론이라고 생각하면 된다. 다음 [사례]에서, 발문의 물음 ①, ②에 대한 대답인 ㉮, ㉯가 그것이다.

사례 ①제시문 [가]의 관점에서 ②제시문 [나]에 나타난 애핀씨의 태도에 대해 논하시오. (이화여대 2020 사회 수시)

(가)는 **미래의 책임 윤리**를 강조한다. … ㉮ 과학 기술 시대에는 책임 범위를 현세대로 한정하는 전통윤리관에서 벗어나 모든 생명체의 존재 자체를 책임지는 윤리관을 새롭게 확립해야 한다. … (중략) …

(가)의 관점에서 볼 때, (나)의 과학자 애핀씨의 태도는 **미래의 책임 윤리 결여**에서 비롯된다. …㉯ 과학자 애핀은 동물에게 인간의 화술을 전할 수 있는 신기술을 개발한 후 이를 고양이 토버모리에게 가르쳐 준다. 하지만 …(중략)… 점에서, 윤리적 책임 의식의 한계를 보인다.

답안 작성에 있어서 주장의 확정, 다시 말해 결론을 내세울 때 염두에 두어야 할 사항은 다음 세 가지다.

첫째, 결론을 드러내는 문장은 논제의 물음에 대한 대답을 집약한 **개념어(주제어 및 관점을 드러내는 핵심어 또는 서술)가 반드시 들어있어야** 한다. 출제자는 답안에 꼭 들어가야 하는 핵심어(키워드)의 유무를 통해 논증을 올바르게 구성하고 있는지를 평가한다.

둘째, **결론은 핵심만을 추려 짧고 간결하게 기술해야** 한다. 답안의 도입부인 결론의 서술이 장황하고 글 내용이 복잡하면 평가자는 이를 두고 논술자인 학생이 논의의 요점을 정확히 파악하지 못한 것으로 판단하면서 답안 수준을 낮게 평가한다.

셋째, **결론에는 하나의 생각, 즉 한 가지 주장만을 담아야** 한다. 만약 그렇지 않고 한 문장에 둘 이상의 주장을 담을 경우, 이어지는 뒷받침 근거(전제)의 글 묶음이 뒤섞이면서 논증을 깨뜨리고 만다.

논증할 내용을 구성하고 또 이를 체계화하는 과정에서 가장 중요한 것은 '주장(결론)'을 확정한 후 이를 핵심어를 사용하여 짧고 간결하게 기술하는 데 있음을 명심하고, 단락별 도입부에서부터 강렬한 인상을 남길 수 있도록 글을 써야 한다.

040
전제의 글 묶음(논거)을 체계적으로 기술하라

논증의 '결론(주장)'은 이를 직접 뒷받침하는 타당하고 충실하며 확고한 '전제'를 갖춰서 함께 제시할 때 비로소 확정될 수 있다. 논증의 설득력은 근거가 주장을 확실하게 뒷받침하는 강한 논증에서 나온다. 설득력 있는 강한 주장을 펼치려면 그 **주장의 타당성을 증명하는 근거를 충분히 제시해야** 한다. 근거 없이 주장만 내세워서는 안 된다. 자신의 주장을 효과적으로 입증하기 위해서는 그 주장에 대한 적절한 근거를 제시하면서 논증해야 한다.

논증을 강화하려면 근거가 주장을 확실하게 뒷받침하는 글 내용을 기술해야 한다. 근거로부터 주장으로 나아가는 '정당한 이유'와 그 이유를 다시 지지하는 구체적 증거인 '뒷받침 설명(해설)'을 탄탄하게 제시하면서 논증할 내용을 체계적으로 기술해야 한다. 이때 주장과 근거를 제시하는 글 묶음의 논리 체계와 구성 관계를 명확히 해야 논증의 타당성과 논거의 확실성은 확보된다.

어떤 명제에 대해 논증할 때는 논거를 명확히 제시한다. 명제의 타당성을 뒷받침해 주는 구체적인 증거인 '논거(論據)'는 논리적인 주장을 펼치기 위해 제시문에서 가져다 쓰는 증거물이다. 논증의 '전제'와 '근거' 부분인 논거는 증거에 의하여 명제를 입증하는 재료로, 어떤 **결론(주장, 논지)을 뒷받침하는 전제 글 묶음(근거+이유+뒷받침 설명)**이다.

- **논증을 구성하는 요소**

㈎주장_논증의 결론

㈏근거_주장을 뒷받침하는 이유, 원인, 전제

(다)근거로부터 주장으로 나아가는 이유_근거가 주장을 뒷받침한다는 것을 정당화하는 충분한 이유, 즉 논증의 타당성 여부
(라)뒷받침 설명_근거나 정당한 이유 등을 다시 지지하는 구체적 증거

좋은 논증은 궁극적으로는 탄탄한 '논거' 제시에 달렸다. 만약 그 연결 고리가 부실하거나 논의의 흐름이 체계적이지 못하면 논거를 효과적으로 제시할 수 없어, 끝내 논증은 깨지고 만다. 논거는 자기주장이 왜 옳은지에 대한 증거로써, 제시문에서 인용되는 논거가 모든 사람에게 수용될 수 있을 만큼 확실하고 일관성이 있어야 한다.

이때 정당한 이유와 뒷받침 설명은 모두 결론(주장)을 지지하는 근거를 포괄적으로 구성하는 부분으로, **'조건'이나 '양보', 적절한 '예시'** 등을 포함한다. 여기서 논증의 중심 내용(주장과 근거)을 뒷받침하는 내용 전체를 일원화하여 '해설'로 부르기로 하자. 해설은 제시된 근거가 주장을 적절하게 뒷받침하는 기준, 즉 주장에 대한 적절한 근거임을 보장하는 역할을 한다. 글(제시문)을 읽고 논증을 구성하는 요소 가운데 근거로부터 주장으로 나아가는 '정당한 이유'와 그 '뒷받침 설명'을 이끌 수 있는 중요한 단서를 해설 부분에서 찾아 이를 체계적으로 구성할 수 있어야 한다.

그렇게 해서 논증은 **'주장-근거-해설'의 구조로 거듭 정리되는데,** 이때 주장은 논증의 결론, 근거와 해설(정당한 이유+뒷받침 설명)은 논증의 전제라고 보면 된다. 특히 근거는 논증이 흔들리지 않도록 잡아주는 '닻'과 같은 역할을 하며, 논거는 논증에 닻을 내리게 하는 요소라 할 수 있다. 논증을 효과적으로 이끌어 결론에 이르기 위해서는 논거를 정확하고, 구체적이며, 빈틈없이 제시할 수 있어야 한다.

041
제시문을 단순 나열하는 논거 제시는 금물이다

대입 논술은 논거 제시 과정에서 필연적으로 드러나는 사고력을 묻고 평가하는 시험으로, 논술 합격은 논거를 얼마만큼 효과적으로, 일관되게, 충실하게, 타당하게, 체계적으로, 설득력 있게 제시했는지에 따라 판가름 난다고 해도 과언은 아닐 것이다. 논증에서 '논거'를 제시할 때 반드시 유의해야 할 사항은 다음 두 가지다. 실제, 이는 논술 합격·불합격을 가늠하는 척도라고 해도 과언은 아닐 정도로 중요하다.

첫째, 논거를 제시할 때, **제시문 내용의 일부를 단순 나열하는 식으로** 서술해서는 안 된다. 이런 글을 '인과적 설명(위장 논증)'이라고 하는데, 이는 엄밀히 말해 '논증' 글이 아니다. 인과적 설명은 제시문에서 어쩐지 중요하다고 생각하는 부분을 두서없이 답안 글로 단순 나열하는 것이기에, 자기주장을 내세우지도 정당화하지도 못할뿐더러, 제시문 내용을 '동어 반복'하는 것에 불과하다. 논술 답안을 작성할 때 제시문 내용을 그대로 옮겨와 단순 나열하는 것은 논증의 원칙을 위배할뿐더러, '자기주장을 논거에 의하여 일관성 있게 뒷받침하고 있는가 여부'를 판단하는 능력인 논증력, 즉 논리적 추론 능력이 부족함을 드러내는 가장 나쁜 글쓰기다.

논증을 논리적인 이치를 따져 설명하는 일련의 글 묶음이라고 하는 이유는 논증의 근거가 주장을 얼마만큼 잘 뒷받침하는지를 살펴 정당화할 수 있기 때문이다. 흔히 주장만 펴고 이를 뒷받침하는 타당한 근거를 제시하지 못하는 경우가 많은데, 그것은 사람을 전혀 설득하지 못하는 글쓰기다. 논증 글에서 논지(주장, 결론)의 설득력은 논거(근거, 전제)의 확실성에 의존하며, 논거는 일말의 논란의 여지가 없어야 한다.

논술의 성패가 논거 제시의 내용 면에서의 풍부함에 달렸다는 뜻이 이를 두고 하는 것으로, 좋은 논증은 궁극적으로는 **탄탄한 '논거' 제시에 달렸음**을 반드시 이해해야 한다.

둘째, **'자의적 해석'에 빠져 불합리한 '논거'를 제시하는 것도** 절대 금물이다. 논거는 그 성격상 명제(즉, 주장과 결론)의 정당성을 강화하기 위해 제시되는 것이므로, 출제자의 의도를 무시하고 자기 멋대로 논증을 펼치지 않아야 한다.

좋은 논증을 위해서는 전제에서 결론에 이르는 과정이 논리적으로 정당화되어야 하며, 이를 **제시문에서 찾아 밝혀야** 한다. 출제자는 왜 이 문제를 선택했으며 또 개별 제시문은 논제의 물음에서 어떠한 역할을 하는지에 대한 고민 없이, 그리고 어떤 식으로 논증을 구성해야 잘된 논증이 될 수 있을 것인가를 숙고하지 않고 그저 습관적으로 문제의 조건에만 맞춰서 기계적으로 답안을 서술한다면, 그런 답안 속에는 결코 논술자인 학생 '자신'만의 깊은 사유가 담길 수 없다.

그런 식으로 작성한 답안을 대하면, 출제자는 그 답안을 작성한 학생이 논제의 물음과 관련한 지식이 부족한 탓에 이를 감추려는 의도에서 그와 같은 글을 쓰고 있다고 생각하거나, 제시문 내용을 이해하지 못한 탓에 글 내용을 대충 얼버무리려고 든다고 여기거나, 아니면 자신이 알고 있는 알량한 지식을 어떻게든 활용하고 싶다는 생각에서 과욕을 부리는 것은 아닌가 하는 의구심을 갖게 된다. 대개 이런 답안은 '논점 이탈', '논리의 비약', '논리 부족'과 같은 많은 문제점을 드러내면서, 출제자의 의도를 충족하지 못한 부실 답안으로 취급되면서 결코 좋은 평가를 받을 수 없다. 이런 답안은 논리도 없고, 내용도 부실하고, 결국 **'주장만 있고, 논거는 없다'라는 지적을 받을** 뿐이다.

042
논증의 추론 방식을 고려하라

어떤 명제를 증명할 충분한 논거를 확보했더라도, 그것의 정당성 여부를 밝혀 타당한 결론을 이끌어야 한다. 전제에서 결론을 이끄는 사고 과정을 '추론(推論)'이라고 한다. 추론은 '어떤 명제를 논거(즉, 전제)에 의하여 결론을 이끌기까지 논술하는 일련의 사고 과정' 내지는 '기존의 명제들로부터 유의미한 결과를 유도해 나가는 논리적인 서술 과정'을 뜻한다. 명제의 정당성을 밝히기 위해서는 감정이나 권위에 얽매이지 않고 자기 생각을 명확하면서도 일관성 있게 정리하여 올바른 결론에 이끌 수 있도록 사고하는 과정이 필요한데, 이러한 논리적 사고 과정을 추론이라고 한다. 추론의 핵심은 **글 내용의 논리적·체계적인** 진술이다.

어떤 논증이 타당하고 건전한지를 확인하기 위해서는 적절한 논거가 제시될 수 있어야 하는데, 이때 **효과적으로 논거를 제시하는 방법의 하나로 '추론'의 방법**을 사용한다. 즉, 추론은 구체적인 사실이나 확실한 근거를 제시하여 논증하기 보다는 잘 알려지고 쉽게 인정할 수 있는 사례를 바탕으로 이후의 판단을 유추하는 논증 과정이다.

또 추론은 지문에 실린 특정 개념이나 원리, 핵심 주제어가 글의 맥락을 따라 어떤 의미로 사용되고 있는지를 파악하고 또 그 의미를 확장하면서, 타당하고 설득력 있는 결론으로 이끌고 나가는 일련의 논증 과정이다. 그렇기에 논증은 추론을 통해 실현되며, 추론은 논증을 이끄는 주된 수단으로 작용한다.

논증의 전제(논거)와 결론(명제)을 어떻게 연결하면서 둘을 논리적·체계적·합리적·순차적으로 배열할 것인가에 따라, 추론은 크게 '연역 추론

(연역 논증)'과 '귀납 추론(귀납 논증)'으로 나뉜다. 먼저, 연역 논증은 논리적 규칙에 따라 전제로부터 필연적으로 새로운 결론을 이끄는 사고 과정이다. 일반적인 지식이나 보편적인 원리를 전제로 하여 특수한 지식이나 원리를 도출하는 방법으로, '삼단논법'이 가장 대표적인 사례다.

연역 논증에서는 전제가 결론에 대해 결정적인 근거를 제공한다. 즉 결론의 내용은 이미 전제에 함축되어 있다고 본다. 따라서 연역 논증에서 전제들이 모두 참이라면, 결론은 반드시 옳다. 연역 논증은 전제와 결론 간의 논리적 비약이 없다고 기대하는 논증이므로, 연역 논증은 주장의 확실성을 보장하기 위해 주로 사용한다. 논술에서 묻는 철학적·사상적 근본 물음을 논증할 때 적합한 추론 방식이다.

한편, 귀납 논증은 경험에 기초한 둘 이상의 특수 명제에서 새로운 일반 명제를 도출하는 방식으로, 유비 논증(유추), 열거에 의한 귀납, 인과 논증 등이 있다. 모두 그럴듯한 증거를 제시함으로써 결론이 옳다는 것을 증명하는 방법이다. 즉, 귀납 논증은 결론이 타당함을 증명하기 위해 그럴듯한 증거를 전제로 제시함으로써, 주장을 뛰어넘어 그것이 갖는 지식을 확장한다. 귀납 논증에서 꼭 기억해야 할 것이 있다. 전제가 결론에 대해 근거를 제시하기는 하지만, 결정적인 근거가 아니라 개연적인 근거를 제공할 수 있을 뿐이다. 즉 귀납 논증은 그 논증이 아무리 성공적이더라도, 전제와 결론 사이에는 논리적인 비약이 일어날 수밖에 없다. 따라서 귀납 논증에서는 전제들이 모두 참이라고 해도 결론이 반드시 참이라고 기대할 수 없다.

어느 추론 방식을 사용하여 논증하든, 추론은 논증의 핵심을 이룬다. 이때 만약 추론이 글쓴이 멋대로 이루어진다면, 그 추론을 통해 얻은 결론의 타당성은 쉽사리 인정받기 어렵다. 즉 잘못된 논증이 된다. 추론의 과정과 절차는 지극히 합리적이고 객관적이어야 하며, 모든 사람이 인정할 만한 보편성을 지녀야 한다.

043
연역 추론으로 논증하라

대입 논술에서 주로 사용하는 추론 방식은 '연역 논증'이다. 이때 논증은 논리적 추리(추론) 과정에서 먼저 결론(즉, 명제)부터 배열하고 이어서 순차적으로 전제가 등장하는 형식을 취한다. 그렇게 해서 논증 구조를 나타내는 용어(접속 지시어)는 '왜냐하면 ~때문이다'라는 '전제 지시어'를 사용하게 된다. (귀납 논증의 경우에는 '그러므로 ~이다'라는 '결론 지시어'를 접속 지시어로 사용한다. 물론 이런 형식은 연역 논증에서도 가능하다.)

연역 추리는 **확실성을 보여주는** 장점이 있다.

글 구성이 연역적이면, 글(단락)의 맨 앞에 강조하고자 하는 내용(즉, 주제문과 소주제문)을 펼쳐놓음으로써, 평가자가 글 내용을 훨씬 쉽게 파악할 수 있도록 돕는다. 학생들 역시 핵심 논지에서 벗어나지 않도록 주의하면서 글을 이어나갈 수 있기에 논술 답안 작성에서 여러 면으로 효과적이다. 논술 답안을 기술할 때는 단락별 첫머리에 소주제('관점'을 드러내는 글 내용의 기술) 즉 (글 전체 및 단락별) 결론부터 쓰라고 하는 이유가 여기 있다.

다음 [사례]는 연역 논증(연역 추론)의 방식으로 작성한 논술 답안이다.

아래 필자 예시 답안에서 ⓐ, ⓑ는 논증의 결론(주장) 부분이며, ⓒ ⓓ는 전제(근거)에 해당한다. 이때 괄호의 접속 지시어(전제 지시어)는 논증을 이루는 명제의 구성 성분은 아니다. 접속 지시어는 결론과 전제를 소개하고 논증의 틀을 갖추게 하는 역할을 담당할 뿐이다.

따라서 논증을 표준 형식으로 다시 풀어 쓸 때는 가능한 접속 지시어를 생략하는 것이 좋다. 글을 읽어 논증을 파악할 때에는 접속 지시어를 빠짐없이 채워 넣어가며 해석하는 한편, 논증 글을 쓸 때는 될 수 있으면 불필요한 접속 지시어를 생략한다.

사례 사회현상에 접근하는 〈제시문4〉와 〈제시문5〉의 상반된 연구방법을 비교·분석하시오. (한국외대 2016 인문 수시)

(4), (5)는 사회·문화 현상에 대한 상반된 연구방법 사례이다. (4)는 양적 연구방법의 특성을 지칭한다. … ⓐ **(왜냐하면)** (4)의 객관적 연구 관찰을 통해 언어 사용과 사회계층 간의 밀접한 관계를 일반화한 사례에서 알 수 있듯이, 양적 연구방법은 사회·문화 현상을 객관화된 경험 자료를 통해 분석함으로써 인과법칙을 발견하고 이를 통해 사회현상을 예측하는 연구방법이다. … ⓒ

한편, (5)는 질적 연구방법의 특성을 보인다. … ⓑ **(왜냐하면)** (5)의 빈곤계층의 삶에서 나타나는 전형적 특성을 살피기 위해서는 지역 주민들의 일상생활 속으로 직접 들어가 관찰하는 과정을 통해 인간 행위의 이면을 이해하고 해석해야 하듯이, 질적 연구방법은 계량화된 방법이 아닌 참여 관찰을 통해 사회현상에 담긴 인간 행위의 동기나 목적을 해석하고 탐구하는 연구방법이다. … ⓓ

무릇 좋은 논술이란 주어진 **제시문들의 의미와 관계를 정확하게 파악하고**, 그것들로부터 도출한 자신의 문제의식과 생각을 논리적으로 구체화하는 글이다. 합격 답안과 불합격 답안은 사실상 이 지점(논증 능력)에서 갈린다. 좋은 내용(잘된 논증)은 좋은 형식(올바른 추론 방법)을 통해서만 나타날 수 있다는 사실을 잊지 말자.

044
논증을 이끄는 방법을 결정하라

어떤 논증은 설득력이 있는 것으로 인정되는 반면, 어떤 논증은 설득력을 잃고 제 역할을 하지 못하는 수도 있다. 또 설득력 있는 논증 가운데도 어떤 논증은 설득력이 강하지만, 어떤 논증은 설득력이 약하거나, 심지어는 논점에서 벗어날 수도 있다.

논증 글을 쓸 때는 어떤 경우에 논증은 성공적이라고 말할 수 있는지, 강한 논증과 약한 논증은 어떤 면에서 차이 나는지, 어떤 경우에 이유나 근거들이 주장을 지지한다고 말할 수 있는가에 대해 항상 되물어야 한다. 이 가운데, 남을 설득하려면 설득력이 강한 논증을 펼쳐야 하며, 강한 논증을 펼치기 위해서는 근거가 주장을 확실하게 뒷받침해야 한다는 사실에 특히 주목해야 한다.

여기까지의 설명에서 알 수 있듯이, 논증에서 '논거'는 무척 중요하다. 아무리 그럴듯한 명제(주장, 결론)를 내세우더라도 그것의 타당성을 논리적으로 뒷받침할 수 있는 구체적이고 분명한 논거를 제시하지 못하면, 합리적이고 설득력 있는 논증을 이끌 수 없기 때문이다. 논거가 불확실하거나 불충분할 경우에 논증을 통해 얻은 결론은 그 의미를 크게 낮춘다. 효과적인 논증을 위해서는 출제자가 제시한 명제의 타당성을 뒷받침하는 **구체적인 논거들을 충분히 확보해야** 한다.

논증할 때 자기 의견이나 자기주장을 뒷받침할 만한 논거를 충분히 확보하는 것이 중요한데, 논거를 많이 제시하면 할수록 자기주장은 논리적이고 설득력을 지닌다. 그렇더라도 논거는 논제의 물음에서 벗어나지 말아야 하며, 더불어 논거는 객관적이면서 사실적이어야 한다. 설득력은 떨어지고 타당하지 않은 논거 제시는 자칫 논리성 결여로 이어질 수 있다.

이와 반대로 논거가 빈약하면 설득력이 떨어지고, 논리의 비약이 심하다는 평가를 받을 수 있다. 즉 논거가 약한 글은 논리가 떨어지고 자칫 논리의 비약으로 흐를 수 있다. 주장만 있고 근거는 없다는 지적이 이를 두고 하는 것으로, 논술 답안은 사실상 논거 제시 능력을 묻고 살피는 것이라고 해도 과언은 아닐 것이다.

논증 글에서 논거를 체계적으로 제시하는 기술 방법에는 다음 네 가지가 있다. 어느 것을 선택하여 자신이 내세운 논거를 정당화하면서 답안을 기술하든, 논증할 내용은 '주장·결론'과 '근거·전제(들)'의 글 묶음으로 구성된다. 그리고 '근거·전제(들)'의 글 묶음은 '근거–해설(들)'의 순으로 글 내용을 체계화하면, 논리는 설득력 있고, 타당하며, 일관되고, 완결성을 지니며, 논증은 체계적이고, 순차적이며, 충실하게 구성된다.

■ **논증 글에서 논거를 체계적으로 기술하는 방법**

(가)방법1: **'주장(결론)–근거(전제)'**의 글 묶음

(나)방법2: **'주장–정당한 이유–근거'**의 글 묶음

(다)방법3: **'주장–근거–해설(이유+뒷받침 설명)'**의 글 묶음

(라)방법4: **'주장1–근거1–주장2(반론)–근거2(재반론)'**의 글 묶음

이때 어떤 식으로 '전제(들)'의 글 묶음을 기술하면서 논증을 강화할 것이냐는 논제의 물음과 지시, **살펴야 하는 지문 수, 요구하는 답안 글자 수를 고려하여 결정하면** 된다. 특히 논제의 물음과 지시에 따라 구분한 단락에 맞춰서 적절한 논거 제시 방법을 채택할 필요가 있다. 아무리 복잡한 논증이라 하더라도 위의 네 가지 방법을 통해 논증 구조를 표준화하여 파악할 수 있으며, 궁극적으로는 **'주장–근거–해설'의 논증 구조로** 글 내용의 핵심을 기술한다.

045
논증 방법 예시(1): 주장(결론)–근거(전제)

논증을 '주장–근거'의 글 묶음으로 짧고 간략하게 기술하는 경우는, 논제의 물음이 단순 논증 구조로 답안을 작성할 것을 요구할 때 적절하다. 제시된 지문이 하나이거나 또는 두세 문장(또는 단락)의 짧은 글로 구성되면서, 비교적 단일한 논지와 논거를 찾아 밝히면서 글 내용을 기술하는 경우가 그것이다.

[사례]의 필자 예시 답안은 '주장과 근거'의 글 묶음으로 이루어진 가장 간단한 구조의 논증 글이다. 어떤 주장을 논증으로 객관화하기 위해서는, 그 주장을 뒷받침하는 정당한 이유 또는 타당한 근거를 제시해야 한다. 그렇더라도 그 근거는 주장을 믿을만한 것으로 받아들일 수 있도록 완결성을 갖춰야 한다.

사례 제시문 (가)와 제시문 (나)서 현실 세계에 대하여 비현실 세계가 갖는 의미를 각각 논하시오. (이화여대 2018 인문 모의)

(가)의 '증강 현실'이라는 가상의 비현실 세계는 실물의 현실 세계를 보다 세련되고 풍부하게 만든다. …**(주장)** 증강 현실 시스템은 현실 세계의 이미지나 배경에 3차원 가상 물체를 겹쳐 보여주는 기술로, 사용자와의 상호 작용을 통해 현실 세계에 대한 보다 나은 현실감과 다양한 부가 정보를 제공한다. …**(근거)** 한편 (나)의 '꿈'이라는 몽환의 비현실 세계는 사람들에게 세속의 현실 세계에 좀더 충실할 수 있게 한다. …**(주장)** 승려 조신은 극심한 가난과 자식의 죽음, 아내와의 이별을 경험하면서 세속적인 욕망이 얼마나 허무하고 부질없는 것인지를 깨닫고, 참회의 마음으로 수행에 전념한다. …**(근거)**

참고로, 논증 구조의 파악은 제시문들을 읽고 글 내용의 핵심을 정확하게 파악할 때도 무척 유용하다. 즉, 글(제시문)의 논증 구조를 단순화하면서 글 내용을 파악할 필요가 있다. 논증은 기본적으로 전제(근거)와 결론(주장)으로 이루어지므로, 논증을 전제와 결론으로 형성된 구조로 표준화하여 살피는 작업이 필요하다. 아무리 길거나, 또는 짧은 글이라도 **글 내용의 핵심을 '주장-정당한 이유-근거'로 표준화하고 단순화하면** 글의 중심 생각, 즉 논증 구조는 선명하게 드러난다.

그렇더라도 이는 글감(제시문)이 논증을 포함하고 있는 설명글에 한해서다. 어떤 글이 어떤 주장을 내세우기 위해 어떠한 입장을 지지하고 있다면 그것은 논증을 포함하고 있다. 물론 다 그런 것은 아니다. 여기에는 반드시 전제를 이루는 근거와 결론을 확정하는 주장이 들어있어야 한다. 하지만 이는 설명글인 경우에나 해당하는 것이지 문학 작품과 같은 묘사 글은 관계없다. 설명글에서도 단순한 개념 설명이나 객관적 사실에 대해서만 언급한 글은 논증이 아니다. 논증 구조를 분석하기 전에 논증을 포함하고 있지 않은 글들은 제외해야 한다. 이를 위해서는 먼저, **주장이 무엇인지부터** 확인한다. 주장이 없다면 논증이 아니다. 이어서 그 주장을 뒷받침하는 근거들을 구성하는 진술이 무엇인지 확인한다.

끝으로, 순전히 배경 지식만을 포함하고 있는 내용 들을 과감히 삭제하고 논증을 단순화한다. 또 같은 내용을 표현만 달리하면서 반복해서 언급한 때에도 그것을 과감히 삭제하고 논증을 단순화하면서 논증의 뼈대만 남겨야 한다. 이러한 방법은 **제시문 독해와 요약에도 무척 유용**하다. 제시문 독해와 요약의 핵심은 글의 중심 생각, 특히 논증을 이루는 '전제'와 '결론' 부분을 글에서 여하히 잘 구분하고 또 이를 정확히 파악할 수 있느냐에 달렸기 때문이다. 제시문 내용의 핵심을 논증 구조로 파악하면서 글을 읽는 것을 습관화하자.

046 논증 방법 예시(2): 주장(결론)-정당한 이유-근거

제시문이 여러 문장(또는 단락)으로 구성되거나, 또는 복수의 주장 글로 구성되어, 개별 논지에 맞게 다수의 논거를 유기적으로 연결하는 형태의 단일 및 복합 논증 구조 분석에 유용한 방법이다. 그 핵심은 **전제에서 결론으로 나가는 과정의 논리적 추론에** 있다.

주장이 있고 근거가 있다고 해서 그 근거가 주장을 곧바로 지지하는 것은 아니다. 근거가 주장을 뒷받침한다는 것을 정당화하는 충분한 이유(정당한 이유)가 있어야 한다. 그 논리 구조는 **[주장 … (왜냐하면)→이유 … (그 바탕은)→근거]** 또는 **[근거 … (에 기초한)→이유 … (때문에)→주장]**으로 정리된다. 다음의 그 예처럼, 우리가 잘 알고 있는 삼단논법도 근거와 주장 그리고 정당한 이유로 이루어진 논증 구조로 표현될 수 있다. 다음의 삼단논법은 논증 구조에 따라 다음과 같이 정리된다.

소크라테스는 사람이다.

모든 사람은 죽는다.

그러므로 소크라테스는 죽는다.

①소크라테스는 사람이다(근거) ──────→ ③소크라테스는 죽는다(주장)

↑

②모든 사람은 죽는다(이유)

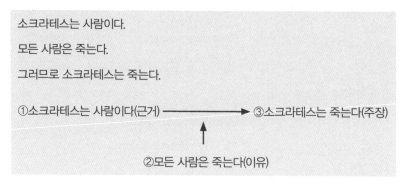

어떤 글 속에 들어있는 논증 구조를 선명하게 드러내기 위해서는 논증을 단순화할 필요가 있다. 이를 번호와 화살표로 단순화하면 논증 구조

를 밝히는데 더 효과적이다. 앞의 예에서 근거를 ①로, 정당한 이유를 ②로, 주장을 ③으로 표기하고, 화살표(↑, →)를 통해 화살표가 위로 향하는 아래쪽 항(근거로부터 주장으로 나아가는 이유)이 화살표가 좌에서 우로 시작하는 위쪽의 항을 지지한다는 것을 표현하면서 논증을 도식화한 다음, ①②③의 논리적 관계를 꿰맞추면 논증은 체계를 이룬다. 만약 ①과 ②의 순서를 뒤바꿔서 기술하면 글은 형식 면에서 체계를 잃으면서 설득력을 낮출 수 있는데, 이것을 염두에 두고 논증을 구성할 필요가 있다.

[사례]의 필자 예시 답안에서 알 수 있듯이, 제시문에 실린 근거(정보나 증거, 자료)를 갖고서 펼치고자 하는 주장의 정당성을 강화하기 위해서는 둘 사이를 이어주는 타당하고 충실하며 설득력 있는 '이유'를 반드시 채워 넣어야 한다. 이를테면 제시문에는 "돈키호테형 리더십이 창의적 혁신을 이끈다"라는 내용을 직접 언급하지 않았지만, 글을 읽고 근거에서 주장으로 나아가는 데 있어서의 정당성을 부여하는 전제를 추론을 통해 반드시 채워 넣어야 한다.

사례 제시문 (사)에 나타나는 돈키호테 식의 리더십이 가져올 수 있는 긍정적인 효과를 제시문 (아)의 논지를 토대로 설명하라. (중앙대 2018 인문 모의)

(아)는 '창조적 파괴'에 대해 설명한다. 기업가 정신을 통한 끊임없는 창조적 파괴 과정에서 경제는 성장하고 기업 혁신은 이루어진다. (아)의 관점에서 볼 때, (사)의 돈키호테 리더십은 미래가 불확실하고 위험 부담이 큰 새로운 영역에 도전하는 기업가 정신에 상응한다. …**(주장)** 일견 무모하게 보이는 돈키호테형 리더십은 미지의 세계를 개척하면서 창의적 혁신을 이끌기 때문이다. …**(이유)** 자기 확신에 빠져 앞뒤 가리지 않고 돌진하는 돈키호테의 분별없고 외골수인 행동은 두려움 모르는 모험심의 발로이자, 목표한 것들을 기필코 이루고자 하는 열정의 화신으로 재해석될 수 있다. …**(근거)**

047
논증 방법 예시(3): 주장–근거–해설(이유+뒷받침 설명)

'주장–근거–해설(이유+뒷받침 설명)'의 논증 방법은 **복합 논증 구조를 분석할 때** 유용하다. 함축(숨은 결론), 숨은 전제, 예시, 인용, 부연, 보충, 한정, 반증 등 논증의 타당성을 높이기 위한 다양한 추론 및 설명의 방법을 사용하면서 논거의 질적 수준을 높인다.

논증에서 중요한 것은 '제시문 이해에 기반한 자신의 주장을 어떻게 정당화할 것인가'다. 논증 구조를 만들 때는 다음을 염두에 두어야 한다. 먼저 문제의 핵심 내용을 논제의 요구에 맞게 가능한 한 객관적인 입장에서 이해하려고 노력한다. 그리고 이를 토대로 자기 입장(주장)을 확실하게 내세운다. 그런 다음, 어떻게 그러한 주장을 결론으로 이끌 수 있는지에 관한 정당한 이유를 제시한다. 만약 정당한 이유를 뒷받침하는 더 많은 근거가 있다면 그 근거들을 빠짐없이 생각한 후, **꼭 필요한 내용만을 뒷받침 근거로써 선택하여 체계적으로** 기술한다.

그렇게 해서 논증의 핵심이자 글의 논리적인 뼈대를 구성하는 기본 요소인 주장과 근거, 그리고 해설(정당한 이유+뒷받침 설명)을 담은 것이 [사례1]의 필자 예시 답안이다. 대개 이런 식의 비교적 긴 글을 기술해야 하는 답안은 제시문에서 글의 중심 내용(주장과 근거)을 명확히 찾아 밝히고, 그와 더불어 전제에서 결론으로 나가는 과정의 정당한 이유를 추론하면서 빈틈없이 채워 넣어야 한다. 이를 '논거의 확장'이라고 하는데, 그 대표적인 방법으로 **'예시'**, **'인용'**, **'상술'**이 있다. 그 방법적 요령은 뒤에 예를 들어 설명한다.

사례1 제시문 [마]에서 논한 실존과 본질의 관계를 바탕으로, 제시문 [바]의 등장 인물 네오를 분석하시오. (이화여대 2018 인문 모의)
…(중략)… (바)의 등장인물 '네오'는 (마)에서 말한 '주체적 존재'로, …(중략) …**(주장)** 영화에서 진짜 인간 네오는 …(중략) …**(근거)** 네오가 가상현실에서 벗어나 진짜 인간으로 행동할 수 있었던 것은, 주체적 존재로서 자기 삶을 스스로 선택하는 한편, 그러한 자신의 선택과 결단, 믿음과 사랑을 통해 자신을 어떤 존재로 만들어 가야 하는지를 아는 실존적 존재였기 때문이다. …**(이유)** 그런 점에서 주인공 네오는 자기가 왜 살며 어떻게 살 것인가를 치열하게 고민하고 반성하며 살아가는 현대 사회의 대자적 지식인의 전형이라 할 수 있다. …**(뒷받침 설명)**

아래 [사례2]의 필자 예시 답안은 '예시'와 '상술'의 방법을 섞어 기술하면서 뒷받침 근거(해설)를 강화한 것으로, 논증을 구체적이면서도 체계적으로 전개되고 있음이 확인될 것이다.

사례2 제시문 (다)의 연구결과 바탕으로 (라)의 주장을 평가하시오. (연세대 2016 사회 편입)
(라)는 약탈적 범죄의 발생 원인을 '인적 요인'으로 한정하여 판단하는 오류를 범하고 있다. … (주장)
하지만 약탈적 범죄를 유발하는 원인을 개인적인 요인으로 한정하여 설명할 수는 없다. …(근거) **예를 들어** 성범죄나 금융사기와 같은 약탈적 범죄의 경우에는 사회·문화적인 요소나 환경적인 요인이 원인이 되어 일어나는 경우가 빈번하다. 게다가 생물학적 원인, 심리학적 원인, 사회학적 원인이 복합적으로 작용하여 발생하는 경우가 일반적이기에, 범죄를 유발하는 제 요인 간의 인과 관계를 확인하는 것은 그만큼 불분명하고 또 어렵다. …(이유)이런 이유로, (라)의 주장을 전적으로 받아들이는 것은 타당하지 않다. 범죄를 유발하는 다른 요인과의 상관관계를 더욱 살펴 따져가며 판단함으로써, 주장의 신뢰성을 높여야 한다. …(뒷받침 설명)

048 논증 방법 예시(4): 주장1–근거1–주장2(반론)–근거2(재반론)

제시문들을 둘로 나누어 하나는 주장을 뒷받침하는 논거로 삼고 다른 하나는 반대 논거로 하여 논증하거나, 또는 같은 제시문 안에서 주장과 그 주장의 반대쪽 입장에서 제기될 반론을 이끌면서 논증하는 경우에, **그 반론을 잠재울 수 있는 재반론을 도출하여 논증을 강화하는** 형태의 논증 분석이다. 아래 [사례]의 발문 물음에는 '두 입장 중 하나를 택하고…'라는 지시 사항이 적혀 있다. 이는 한 제시문 안에 양립하는 두 입장이 제기되고 있음을 전제한다. 따라서 학생들은 두 입장의 어느 하나를 선택하였을 때, 그와 대립하는 다른 한 입장에서 제기될 수 있는 반론을 설득할 수 있는 논거를 제시해야만 논증은 강화되고 논리는 설득력을 얻는다. 예시 답안의 '물론 …'에 해당하는 부분이 예상되는 반론을 기술한 글이고, '그렇더라도…' 이후의 부분이 그 반론을 재반박하면서 논증을 강화한 기술이다. 재반론에 해당하는 글은 학생들이 제시문 내용을 추론하면서 생각을 확장할 수 있어야 가능한데, 출제자는 바로 이 능력을 평가하기 위해 이런 형태의 논증을 펼칠 것을 요구하는 것이다.

사례 제시문 (라)에 소개된 사건 이후 화산폭발에 대비하는 항공기 운항 정책을 수립한다고 가정하자. 제시문 (가)에 소개된 두 입장 중 하나를 택하고, 이 입장에 근거하여 정책을 수립하시오. (연세대 2017 사회 편입)

(가)의 잠재 위협을 최소화하는 '사전예방정책' 수립 원칙에 따라 화산폭발에 대비하는 항공기 운항 정책을 수립하는 것이 더 효과적인데, 그 이유는 다음과 같다. 이는 무엇보다, 인간 생명과 관련한 위협에 대해서는 효율성이 아니라 윤리적인

고려가 우선되어야 하기 때문이다. …**(주장)** 항공기 운항과 관련하여서는 단순히 '비용-편익'을 계산하여 안일하게 사전예방 조치로 해결하기보다는, 생명권의 보호라는 보편적 가치 판단에 따라 잠재적인 환경 위협을 최소화하는 방향으로 정책을 수립할 필요가 있다. …(중략) …**(근거)**

물론 항공 산업 분야는 정밀한 과학적 분석을 통해 철저하게 위험이 통제되고 관리되는 분야이기에 그만큼 사고 발생 가능성은 매우 낮은 사실, 그리고 비행 금지 규제조치로 인한 손실이 무척 크다는 이유로 굳이 비과학적인 사전예방을 할 필요가 있느냐고 주장할 수 있다. …**(반론)** **그렇더라도** 위험은 이미 발생한 재앙이 아니라 재앙이 발생할 것이라는 예측이자, 현실이 아니라 현실로 다가오는 그 무엇임을 고려한다면, 특히 항공 사고처럼 수많은 생명의 안위에 직접 영향을 미칠 수 있는 초특급 위험에 대해서는 그 위험의 생산과정을 인식하면서 가장 최악의 일이 벌어지는 것을 막을 수 있는 방향으로 사전예방정책을 수립해야 한다. 그리고 이를 위해 다수의 시민과 전문가들이 함께 참여하는 합의 회의를 개최하여 확실한 사전예방정책을 수립하는 한편, 시장 참여자 다수의 합의를 통해 이를 법제화할 필요가 있다. …**(재반론)**

반례는 논증에서 자칫 발생할 수 있는 모순, 즉 '일반화의 오류'를 파헤친다. 제시문에서 반증할 '거리'를 찾게 되면 자신이 논증한 일반화된 논리를 다시금 예리하게 살필 수 있음은 물론, 이를 통해 좀더 타당하고 치밀한 논증으로 나아갈 수 있다. 즉 반례는 논증을 더 깊게 들여다보게 함으로써 논증 과정에서 발생할 수 있는 일반화의 오류를 바로잡는 가장 좋은 방법이다. 출제자는 이를 염두에 두고 제시문 내용에 반론 거리를 끼워 넣는 경우가 있는데, 이를 통해 학생들의 사고력을 평가하려 든다. 따라서 논증을 전개할 때 제기될 수 있는 반론을 생각해보고, **그 반론에 적절하게 대답할 수 있는지를** 생각해야 한다. 그리고 그 고민의 결과를 논증 전개 과정에서 적절히 활용할 수 있어야 한다.

049 제시문에서 타당한 전제를 선택하여 기술하라

강한 논증을 위해서는 논증 구조를 단순화해야 한다. 하나의 주장을 뒷받침하기 위해 전제들을 모두 살필 필요는 없다. 지나치게 많은 전제는 오히려 논증의 초점을 흐리게 함으로써 주장을 불분명하게 만든다. 자칫 전제 자체를 잘못 세우면 논증은 설득력과 타당성을 잃는다.

논증을 구성하는 모든 요소를 다 제시해야 하는 것은 아니다. 주장(결론)과 이를 뒷받침하는 확실한 근거(전제)를 제외하고는 **필요 없다고 생각하거나 의미가 중복되는 느낌이 드는 것들은 과감하게 생략하는** 것이 좋다. 논제의 요구(특히 고려해야 할 것은 적정 글자 수)에 맞추어 적절하게 전제를 내세우면 된다. 어떤 결론을 뒷받침하는 여러 전제가 있을 때 그 전제를 전부 사용한다고 해서 논증이 설득력을 갖추는 것은 아니며, 약한 전제는 사용하지 않는 게 더 낫다. 여러 전제(근거, 즉 논거)가 주어졌을 때, 그 전제들이 서로 어떤 관계에 있느냐에 따라 논증은 얼마든지 복잡해질 수 있다. 결론과 관계 맺는 일련의 전제들은 적절한 순서에 따라 배열되는데, 만약 전제가 여럿이면 결론(주장, 즉 논지) 역시 복잡해져 좋은 논증을 기대하기 어렵다. 아래의 예는 하나의 논증에서 전제를 여럿 끌어들이면서 어떤 전제를 이유로 어떤 결론에 도달하게 됐는지 판단하기 어렵게 만든 경우로, 이런 식의 논증은 피해야 한다.

> 말굽에 대어 붙이는 쇳조각인 편자에서 못이 빠졌기 때문에, 편자가 떨어졌기 때문에, 말이 절뚝거렸기 때문에, 말이 넘어지면서 장군을 내동댕이쳤기 때문에, 장군이 체포되었기 때문에 전투에서 패했다.

요컨대 가장 뚜렷한 논증, 가장 강한 논증은 **하나의 결론을 지향하는** 논증으로, 전제와 결론으로 이루어진 단 두 개의 명제만을 사용하여 논증 구조를 단순화한 글(답안)이다. 하지만 복잡한 내용의 긴 지문의 경우, 이를 읽고 글의 중심 생각을 논증 구조로 단순화하기 어렵다. 지문에서 결론은 하나지만, 전제는 여럿일 수 있기 때문이다. 즉 지문 전체의 중심 생각은 글 전체의 결론을 지향하지만, 이를 뒷받침하는 여러 개의 전제가 복잡하게 얽혀 있을 수 있다. 이런 경우에는 그 지문의 중심 주장에서 결론을 찾고, 글 전체에서 확실한 뒷받침 근거들을 찾아 전제로 내세워야 한다. 만약 연세대 '비교하라'는 논증 지시어가 주어졌다면 그것이 다루는 지문은 복잡하거나 글 내용이 다면적·심층적이다. 그런 경우에는 **전제를 세분하여 세부 논점을 확정하고, 각각의 논점에 적합한 전제를 내세우면서** 논증을 구성해야 한다.

어느 경우든, 논증할 내용을 뚜렷하게 드러내기 위해서는 논증 구조를 단순화할 필요가 있다. 이때 논의의 핵심을 이루는 전제는 절대 빠뜨려서는 안 되며, 논증을 구성하기 위해 반드시 포함해야 하는 전제들은 그것들을 서로 유기적으로 연결하면서 합리적·체계적으로 재구성해야 한다. 다음은 위의 예시를 단순한 논증 구조로 다시 정리한 경우인데, 아래의 글처럼 논증 구조를 단순화했음에도 불구하고 논증은 얼마든지 힘이 실린다.

말에서 떨어진 장군은 적군에게 체포되었고, 그 결과 (지도자를 잃은 우군은) 전투에서 패했다.

이런 이유로, 논증 구성에서 꼭 필요하지 않은 전제에 대해서는 이를 과감히 정리할 필요가 있다. 특히 주장과 근거의 관계에서 필연성이 낮거나, 주장을 뒷받침하는 정도가 약한 근거인 경우, 그리고 아무리 좋은 전제이더라도 타당한 근거 자료를 제시하기 어려운 경우에는 이를 과감히 배제토록 한다. 그것이 좋은 논증이다.

050
제시문 속 생략된 전제를 찾아 채워라

논의를 재구성하는 과정을 통해 논증(즉, 글의 주장과 근거를 담은 중심 생각)을 강화하거나 타당하게 만들려면 전제를 재구성할 필요가 있다. 이때 평가자가 합리적으로 수용할 수 있는 명시적 전제를 덧붙여야 하는데, 만약 글(제시문)의 어딘가에 **숨은 전제가 있다면 반드시 이를 찾아 보충**한다.

그 부분이 출제 의도를 내포하고 있을 가능성이 크기 때문이다.

글(제시문)에서 논리 전개를 위해 당연히 필요하다고 생각되는 전제를 생략한 채 논의가 펼쳐진 경우, 그 생략된 전제를 '숨은 전제'라고 한다. 지문에서 숨은 전제를 찾아야 하는 경우, 이를 보충하면 명백하게 타당한 논증 구조를 이루고, 논증은 더 강화된다. 숨은 전제를 찾아 이를 표면에 내세우면 논증할 내용의 핵심은 좀더 분명히 드러난다. 다음은 그 사례이다.

사례 숨은 전제의 파악

오늘날 세계의 많은 나라들은 사형제도 자체를 폐지하거나 사형제도를 유지하면서도 사형의 집행을 유예하고 있다. 우리나라도 그동안 사형제도의 존폐에 대해서는 상반된 입장이 팽팽히 맞서왔다. 사형폐지론자들은 사형제도가 인간 생명의 불가침성에 반하고 오판 가능성이 있다는 이유로 폐지하자고 주장해왔다. 반면, 사형존치론자들은 사형을 대체하는 그 어떤 형벌도 사형과 대등한 범죄 예방의 효과를 갖지 못했기 때문에 여전히 사형제도는 범죄를 억제하고 있다는 이유로 사형제도의 존속을 주장해왔다. 그럼에도 불구하고 그 과정에서 국민들의 법의식과 법 감정은 사형제도의 폐지를 지지하는 쪽으로 서서히 변화한 것은 분명하다. 그렇다면 이제 사형제도는 폐지되어야 한다. 남은 일은 우리나라의 법질서에서 사형관련 법 규정을 완전히 제거함으로써 사형제의 폐지를 입법적으로 제도화하는 것이다.

[사례]는 사형제도 찬반 논의를 다루고 있다. 각각의 주장을 정리한 후 글쓴이가 내세우려는 중심 주장을 결론으로, 그 밖의 것을 전제로 내세워 논증의 핵심을 정리하면 다음과 같다.

(가) 전제1(사형 폐지론자의 입장) … 인간 생명의 불가침성에 대한 침해와 오판 가능성을 들어 반대

(나) 전제2(사형 존치론자의 입장) … 최고의 범죄 예방 효과임을 이유로 들어 찬성

(다) **숨은 전제** … **법제도는 국민의 법감정과 법의식에 기초해야 한다.**

(라) 결론 … 국민의 법의식과 법감정이 사형폐지로 변화했기 때문에 사형제의 폐지를 주장

답안을 작성할 때, 글(제시문)의 숨은 전제를 찾기 위해서는 전체 맥락에서 살펴야 한다. 어떤 논증이 부적절한 논증인가, 아니면 타당하지만 여러 전제를 생략하고 있는 논증인가는 전적으로 **논증의 맥락을 고려하여 판단할** 일이다. 논리가 일관되면 비록 전제를 생략하고 있더라도 좋은 논증을 이룬다. 여기에 숨은 전제까지 찾아 넣으면 한층 탄탄한 논증 구조를 갖추며, 전제에서 결론으로 이어지는 논리의 일관성 여부도 쉽게 파악된다.

숨은 전제를 파악하기 위해서는 논제의 물음을 따라 맥락으로 파악할 필요가 있다. 이를테면 논제가 묻는 관점별 차이는 무엇인지, 또는 서로 대립하는 전제를 내세운 때 이로부터 도출하려는 결론은 무엇인지를 잘 생각해서 파악한다. 그 과정에서 생략된 전제를 찾아낸 후 이를 일반화할 수 있어야 한다. 한정된 시각에서 글 내용을 살피기보다는 폭넓은 차원에서 이를 일반화하면서 글에서 생략된 전제를 논증 구조에 맞게 덧붙여야 한다.

051
제시문에서 숨은 결론이 있는지를 확인하라

제시문을 읽고 숨은 결론을 알아내는 것 역시 중요하다. 저자가 무슨 의도를 갖고 글을 썼는지가 글에서 분명하게 드러나지 않을 경우, 이것을 확인해야 글의 의미를 정확히 이해하고 또 저자가 지향하는 주제 의식이나 생각의 관점이 무엇인지 파악할 수 있다. 그 의미하는 바가 곧 '숨은 결론(함축)'인데, 때때로 저자는 자신이 지향하는 주제 의식이나 글을 쓴 목적, 말하고자 하는 관점이 무엇인지를 명시적으로 밝히지 않은 채, 글에 암묵적으로 드러낸다.

따라서 글을 정확히 이해하기 위해서는 글의 숨은 의도, 즉 글이 '함축'하는 바가 무엇인지 찾아야 하는 경우가 있다. 함축이란 숨은 결론, 드러나지 않았지만 궁극적으로 말하고 싶은 주장이자 글의 속뜻을 말한다. 그렇기에 이것을 확인하려면 **글의 맥락적인 이해가 다른 무엇보다** 중요하다. 여기서 맥락적인 이해는 글에 담긴 속뜻을 파악해 내는 것으로써, 글에 담긴 **작가의 주제 의식이나 가치관, 시대적 상황 등 텍스트 밖의 요소를 포괄하는** 개념이다.

다음 [사례]는 〈건국대 2013 인문 수시〉에 출제된 제시문의 하나이다.

아래 제시문의 요약 글을 통해 알 수 있듯이 "정체성은 문화를 통해 형성되는 것이기에 세계화에 따른 문화 침탈은 공동체적 동질성을 저해하고 정체성의 위기를 가져온다"라는 논지를 담고 있다. 그렇더라도 이것만으로는 주어진 논제를 제대로 해결하기 어려우며, 글에 담긴 함축된 의미를 파악할 수 있어야 한다. 즉 제시문을 읽고 "정체성을 굳건히 하려면 각자가 자신의 개성과 문화적 주체성을 잃지 말아야 한다"라는 숨은 결론, 즉 함축의 의미를 읽어낼 수 있어야 한다.

사례 함축의 파악

정체성이란 사람들에게 자신의 존재 의의를 부여해 주는 의미 체계라 할 수 있다. … (중략) … 그런데 세계가 지구촌이라는 개념으로 확대됨에 따라 정체성의 위기를 겪는 사람이나 집단들이 많아지고 있다. … (중략) … '문화 침투' 또는 '문화 제국주의'라는 표현에서 나타나듯이, 단순히 문화 전달이 아니라 문화적 상호 작용에서 불균형한 권력 구조의 문제도 첨예하게 대두되고 있다. 특히 점점 힘을 잃으면서 소멸되거나 다른 사회에 동화되는 소수민족들처럼 다문화 사회 속에서 자기 자신의 입지와 존속성이 흔들리는 집단들의 경우 문화적 정체성은 심각한 도전을 받을 수밖에 없다.

핵심요약:

정체성은 타자와의 관계 속에서 실존적이고 사회적인 자아로서의 존재감을 규정하는 의미 체계로, 사회적 상호 작용을 통해 문화를 공유하는 과정에서 정체성은 형성된다. 하지만 세계화의 진행에 따라 강대국의 문화 침탈이 자행되면서 문화적 상호 작용의 불균형이 일어나고, 이는 공동체의 동질성을 파괴함으로써 정체성의 위기로 이어지게 된다. 따라서 정체성을 굳건히 하려면, 무엇보다 각자가 자신의 개성과 문화적 주체성을 잃지 말아야 한다. …(숨은 결론)

함축(숨은 결론)의 파악이 중요한 이유는 **글의 주장(결론)을 정확히 이해하여 이를 확정하기** 위해서다. 맥락에 따라서는 전혀 다른 함축적인 의미를 지닐 수 있으며, 만약 이것을 정확히 해석하지 못할 때는 말 그대로 논점을 이탈하고 만다. 글의 진정한 의미를 이해하기 위해서는 숨은 전제와 함축의 파악이 중요하다. 논증에서 숨은 전제가 무엇인지, 함축을 담고 있지는 않은지, 또 그것들을 어떻게 찾아내고 파악할 수 있는지를 살펴야 하는데, 그 논리적 사고 과정이 바로 '추론'이다.

052
생각을 자연스러운 순서로 전개하라

불필요한 전제에 대한 정리가 끝나고 또 숨은 전제와 함축된 결과가 파악됐다면, 이어서 채택한 전제들을 보완하여 결론(주장)을 뒷받침하는 확실한 근거로 발전시켜 나간다. 그렇게 해서 선택된 전제가 곧 '논거'다. 논거 확정 단계의 첫 작업은 **선택된 전제를 완전한 명제(즉, 문장)로 만드는** 것이다. 그런 다음, 그 논거가 독자를 충분히 설득할만한 세부 근거나 자료를 갖췄는지를 살핀 후, 부족한 부분을 채워 넣는다. 끝으로 채택·보완한 논거들을 연결하여 하나의 완결된 논증 글로 매끄럽게 다듬고, 글을 질서 있게 체계적으로 배열한다. 이로써 개별 논거들을 구체화하여 결론과의 관련성을 높이는 방향으로 논증 구성은 완결된다. 이는 특히 다음 사항을 고려해야 한다.

논증 구조를 만들 때 유의할 사항

- 논제의 물음과 관련한 제시문의 핵심 내용을 가능한 객관적인 입장에서 이해하려고 노력한다.
- 논제의 물음에 대한 이해를 토대로 자신의 입장(주장)을 확실하게 내세운다.
- 논제의 물음으로부터 어떻게 그런 주장을 결론으로 이끌 수 있는지에 대한 정당한 이유를 제시한다.
- 정당한 이유를 뒷받침하는 근거가 추가로 존재, 그것들도 전부 생각한다.
- 자신의 주장의 반대 입장에서 제기될 수 있는 반론을 생각하고, 그에 대한 대응 논리를 세운다.

논증에서 그 구성 요소별 기술 순서에 대한 원칙은 없다. 상황에 따라 근거를 먼저 제시하고 주장을 내세울 수도 있고, 주장을 먼저 내세운 다음 근거와 해설을 제시할 수도 있다. 논제의 요구와 지시에 맞게 논증할 내용을 논리적·체계적으로 서술하면 된다. 생각의 흐름을 가장 분명하게 보여주는 순서로 글 내용(논증)을 전개하는 것이 중요하다. 이를 위해서는 논증을 구성하는 문장들을 여러 차례 다시 배열하면서, 생각을 거듭하면서, 어떻게 하면 전제들을 가장 잘 배열할 수 있는가를 고민하면서 글을 써야 한다. 논증을 구성하는 규칙 가운데 가장 중요한 것은 **생각의 흐름을 가장 자연스럽게 보여주는 순서로 글 내용을 기술하는** 것이다. 논증한 내용을 체계적으로 그리고 자연스럽게 전개할 수 있는 글쓰기 능력은 논술 합격을 가늠하는 실질적인 척도라 할 수 있을 만큼 중요하다.

이를 다음 두 글을 통해 확인할 수 있을 것이다. ①은 영국 철학자 버트란트 러셀의 《회의론, Skeptical Essays》 글의 일부이다. (「A Rulebook for arguments」에서 재인용) ②는 ①에 들어있는 전제들과 결론은 같지만, 다른 순서로 놓여 있다. (그와 더불어, 결론 앞에 '그러므로'라는 단어가 빠져 있다.) 이 둘을 비교할 때, ②의 논증을 이해하기 어려운데, 그 이유는 전제들이 생각의 흐름을 따라 자연스럽게 함께 엮여 있지 않기 때문이다.

①… 세상의 죄악은 지성의 결핍과 똑같은 정도로, 도덕적인 결함들에서도 기인한다. 그런데 인간은 지금까지 도덕적인 결함들을 없앨 수 있는 어떤 방법도 발견하지 못했다. … 반면에 지성은 모든 유능한 교육자들이 알고 있는 방법들로 쉽게 개발된다. 그러므로 미덕을 가르칠 수 있는 어떤 방법이 찾아지기 전까지, 발전은 도덕의 개발이 아니라 오히려 지성의 개발을 통하여 추구되어야만 할 것이다.

②… 세상의 죄악은, 지성의 결핍과 똑같은 정도로, 도덕적인 결함들에서도 기인한다. 미덕을 가르칠 수 있는 어떤 방법이 찾아지기 전까지, 발전은 도덕의 개발이 아니라 오히려 지성의 개발을 통하여 추구되어야만 할 것이다. 지성은 모든 유능한 교육자들이 알고 있는 방법들로 쉽게 개발된다. 그러나 인간은 지금까지 도덕적인 결함들을 없앨 수 있는 어떤 방법도 발견하지 못했다.

053
논거를 확장하면서 논증을 강화하라

논제 분석을 통해 문제 해결의 가닥을 잡은 후, 분석한 논제의 물음에 맞게 논의를 펼치면서 머릿속 생각을 체계화할 때, 논증은 자연스럽게 구체성을 띠고 또 체계적으로 구현된다. 이를 위해서는 먼저, 각각의 논의 단계에서 논의의 핵심을 이루는 명제, 즉 주제 개념을 주의 깊게 살피면서 또 다른 차원의 다음 명제(즉, 소주제를 담은 관점)를 이끈다. 이어서 그 명제가 의미하는바(논증의 핵심 내용)를 제시문에서 찾아 충실하고 타당한 논거로 발전시켜나가면, 이로써 논술 답안은 완결된다.

논증을 확정하는 과정은 곧 논점(및 논지) 하나하나를 충실하게 발전시켜, 주장을 뒷받침하는 타당한 근거로 채택하는 단계로 넘어가는 것이다. 이때 맨 먼저 할 일은 선택된 논점(관점·쟁점)을 완전한 명제, 즉 **적절한 개념어로 완성하는** 것이다. 다음 단계는 이를 바탕으로 논증의 도달점이자 종결의 의미로서의 **주장(결론)을 확정하는** 것으로, 이 역시 주제 개념의 연장선에서 적절하고 타당한 주장을 펼친다. 그 이후 단계는 그 **주장을 뒷받침할 수 있는 논거를 마련하는** 것인데, 그 논거는 논술 평가자를 설득하는데 필요한 근거나 자료이어야만 한다. 마지막 단계는 주장을 믿을만한 것으로 만들어주는 원인으로써의 정보나 증거, 자료를 담은 '근거' 그 근거로부터 주장으로 나아가는 '정당하고 충분한 이유' 그리고 그것을 다시 지지해주는 '뒷받침 설명'(물론 필요한 경우에 한해서다)을 전부 논거로 채택하여, 이를 중심 주장과 연결 지어 완결된 논증으로 구성하면 된다. 이러한 단계를 밟아 개별 논거들을 구체화하여 주장과의 관련성을 발전시켜나가는 과정을 통해 논증은 확장되고 논리는 완결된다. 이때 논증의 전 과정에서 중요한 것은,

논증을 구성하는 모든 진술은 **그 누구도 부정할 수 없을 정도로 '객관적'으로 간추려 정리해야** 한다는 것이다. 그렇지 않으면 논증은 설득력을 잃는다.

논술 답안 작성의 핵심은 '논증을 구체화'하는 것으로 '논거의 확장'을 통해 구현한다. 논거의 확장은 전제에서 결론으로 나가는 과정을 빈틈없이 채워나가는 과정에서 논증이 내용 면에서 타당함과 설득력을 얻었음을 의미한다. 또 글의 논리와 논증 체계가 논리적인 서술을 따라 제자리를 잡았음을 뜻한다.

논리의 서술(즉, 논술)은 연역·귀납 추론과 유추, 변증법적 논리와 같은 논증의 여러 추론 방법과 정의·비교·분류 등 설명의 다양한 진술 방식을 포괄한다. 이때 제시문을 읽고 그 핵심 내용(즉, 독해와 요약, 개념 규정)을 간추릴 때는 설명글, 즉 **설명의 진술 방식으로** 글 내용을 기술한다. 그리고 그 설명글로 작성한 글 내용을 논제의 물음에 맞게 논증할 때는, **논증 방법(추론 방식)을 따르되**, 이때 역시 설명의 다양한 진술 방식을 섞어가며 뒷받침 글로 서술함으로써 논거의 확장을 꾀한다. 논리적인 서술을 위해서는 설명의 방법과 논증의 방법을 아우르면서 글을 써야 하며, 그 과정에서 논거는 확장하고 논증은 구체화한다.

그 이후부터는 논증을 구체적이면서 객관적으로 확장해나갈 수 있도록 글의 '진술 방식'을 진지하게 고민한다. 글(과 논리)의 진술 방식(전개 방법)은 우리가 대상을 느끼고 이해하고 판단하는 사고 과정과 긴밀하게 관계한다. 적절한 글의 진술 방식 선택은 곧 글을 통해 타인과 효과적으로 의사소통하기 위한 글쓰기 전략을 곧추세우는 과정이다. 논증의 확장에는 논거를 상세하면서 논지를 강화해 나가는 방법 및 설명의 방법을 강화하면서 논거를 구체화하는 방법이 있다. 어느 것이든, 논증을 잘 뒷받침하도록 논거를 충실하고, 타당하며, 설득력 있게 확장해야 한다. 이런 노력으로 논술 답안은 내용과 형식 모두 알차게 채울 수 있다.

054
논거를 효과적으로 확장하는 방법(1)–예시

논술 답안을 작성할 때 참신하고 적절한 사례를 근거로 들면서 자신의 주장을 뒷받침하는 것은 논증의 신뢰성을 확보하는 중요한 방법이자, 논거의 확실성과 충실성, 설득력을 높이는 데 더할 나위 없이 뛰어난 문장 기술 방식이다. 그렇더라도 **문맥과 상황에 맞게 적절한 예시를 들어가며 논증을 펼쳐야** 한다. 무엇보다 객관적 타당성과 논리적 인과성이 중요하기 때문이다.

이런 이유로 비유나 은유, 상징은 될 수 있으면 사용하지 않아야 하며, 특히 자신의 교양이나 지식을 내세울 목적으로 **불필요하거나 부적절한 인용을 끌어들여서는** 안 된다. 어디까지나 자신의 주장을 구체적으로 전달하고, 논증할 내용을 좀 더 쉽게 이해하게 만드는 범위 내에서의 적절한 사례를 제시해야 한다. 너무 뻔하고 흔한 사례를 들거나 인용하는 것도 바람직하지 않다. 가점보다는 자칫 감점 요인으로 작용할 수 있다.

다음 [사례]는 이를 잘 보여준다. 발문의 밑줄 친 물음에 대한 학생의 작성 답안과 필자 예시 답안을 비교해서 살펴보기 바란다. 제시문을 생략한 데다 작성 답안의 일부만을 옮긴 것이기에 선뜻 이해하기 어렵겠지만, 글 내용을 통해 필자가 강조하려는 바를 포착할 수 있을 것이다. 아래 학생 답안의 밑줄 친 부분을 보면, 논제와는 동떨어진 주장을 펼치고, 게다가 부적절한 예시를 들어가며 논증함으로써, 논점을 이탈하고 말았다. 참고로 이 문제는 주제와 제재가 달라 답안을 작성하기 어려웠는데, 발문에서 드러난 핵심어인 '죽음'은 제재이고, 숨은 주제 개념은 '인간의 제한된 합리성'이다.

사례 제시문 〈가〉, 〈다〉 각각의 입장에 근거하여 제시문 〈라〉의 실험 결과를 해석하고, 이에 대한 자신의 견해를 쓰시오. (연세대 2011 인문 수시)

… (중략) … 그러므로 우리는 '하이데거의 실존주의'를 따라 살아야 한다. 하이데거는 구체적인 삶 속에서 자기 스스로 살아가야 한다고 주장했다. 우리는 죽음의 두려움을 극복 하기 위해 신이라는 형이상학적인 존재에 매달린다. 하지만 죽음을 애써 망각한 채 매달려도 죽음이 없어질 수는 없다. 때문에 우리는 죽음을 인지한 채로 살아가야 한다. 물론 인간이 살아가면서 혼자 이겨내기에는 벅차고 힘든 상황을 마주칠 수도 있고 초월적인 믿음이 마음을 편안하게 해줄 수는 있다. 하지만 이러한 의존적인 믿음은 상황을 본질적으로 극복해 나가지 못하고 망각하는 것일 뿐이다. 그러므로 인간은 현실을 직시하여 문제를 극복해야 한다. … [학생 작성 답안으로 부족 답안]

… 이처럼 인간의 선택과 판단은 때론 제한된 합리성에 따른 편향적인 가치관을 나타내는데, 이는 인간이 이성적이고 합리적인 존재라는 기존의 철학적 전제와 전통적인 인간관과는 차이를 보인다. 즉 우리는 '행동경제학'의 관점을 따라서 '믿고 싶은 것만을 받아들이려는' 성향을 보이는데, 그 결과 이런저런 핑계를 통해 자신을 합리화하려 듦으로써 개인의 합리적인 행동에 역행하는 태도를 고수한다. 따라서 자신과 다른 사람의 '선택' 그리고 선택과 관련한 사회현상을 실제적인 인간의 심리에 근거하여 이해하는 열린 자세가 필요하다. … [필자 예시 답안]

소주제를 뒷받침하는 논거는 '사실 논거'와 '의견 논거'로 구분된다. 사실 논거는 다시 '증명'과 '증거'로 구분된다. 증명은 소주제 글에 담긴 견해를 객관적 사실의 원리에 따라 논리적으로 해명하는 것이며, 증거는 실제 목격한 바에 의한 입증 방법이다. 증명이든 증거이든, 증명을 동원하든 증거를 내세우든 '예시'의 방법을 사용해서 논거의 확장을 꾀한다는 점에서 마찬가지다. 제시문 내용과 관련한 구체적인 사례와 증거를 찾아 주장의 타당성을 입증하기 위해서는 '실증·예증·반증'을 담은 다양한 사실 논거 제시 방법이 동원된다. 어느 것이든, 구체적인 사례나 이유를 들어 세부 사실과 특수성을 강조한다는 점에서 공통적이다.

055 논거를 효과적으로 확장하는 방법⑵–인용

의견 논거는 권위 있는 사람들의 견해나 주장을 수용하면서 타당하고 적절한 논거를 제시하는 방법이다. 의견 논거는 출전된 제시문에 실린 다른 사람의 견해와 주장을 직접 '인용'하면서 서술하는 게 일반적이다. 글쓴이는 의견 논거를 갖고 자신의 글을 논리적으로 증명하기 위한 근거로 삼거나 비판의 자료로 사용하며, 자신의 주장을 펼칠 수 있는 출발점으로 활용한다.

인용은 크게 '직접 인용'과 '간접 인용'으로 나뉜다. 직접 인용은 원전의 표현 그대로를 직접 옮겨 논거로 삼는 경우이다. 직접 인용은 짧은 언급이나 요약만으로는 불충분한 경우, 어떤 특별한 생각이 특정 표현 방법을 통해서만 나타났다고 판단될 때, 그리고 글쓴이가 저자의 표현을 그대로 옮겨야만 할 때 사용한다. 직접 인용을 할 때는 해당 대목에 큰따옴표("")로 묶어 드러내는 것이 보통인데, 대체로 하나의 완결된 문장을 인용할 때 큰따옴표를 사용한다.

간접 인용은 글쓴이가 다른 사람의 글을 자신이 이해한 내용으로 바꾸어 표현하면서 논거로 삼는 경우이다. (다른 사람의 생각이나 말을 인용할 경우 역시 마찬가지다.) 간접 인용에는 간단한 언급이나 요약, 바꿔 쓰기 등 여러 방식이 있다. 비교적 분량이 긴 참고 자료의 요지를 자신의 말로 요약해서 줄이는 경우나, 참고 자료의 논리적 순서를 유지하면서 글 내용을 자신의 말로 의역해서 바꿔 쓰는 경우이다. 간접 인용 역시 큰따옴표를 사용하는 것을 원칙으로 한다. 한편 작은따옴표('')를 사용해서 인용할 때가 있는데, 이는 따온(인용한) 글 가운데 다시 따온 글이 들어있거나, **중요한 부분을 두드러지게 '강조'하기 위해** 사용한다. 어느 것을 사용하여 인용하든, 원문 속의 중심 단어는 그대로 사용하는 것이 일반적이며, 자신의 문장으로 재구성하여 인용 부분을 매끄럽게 연결해야 한다. 다음 [사례]의 필자 예시 답안은 작은따옴표를 사용하여 논의의 핵심을 '강조'한 경우이다.

사례 제시문 (가), (나), (다)에 나타난 '결핍'의 함의를 각각 분석한 다음, 이를 토대로 세 제시문의 관점을 비교, 분석하시오. (연세대 2017 인문 편입)

(가),(나),(다)의 '결핍'이 함의하는 바는 다음과 같다. (가)의 결핍은 역설적으로 '지나침을 경계'할 것을 일깨운다. 노자는 …(중략)…. (나)의 결핍은 '정신적 속박으로부터의 자유'를 함의한다. 성불사에 …(중략)…. (다)의 결핍은 '인간의 조건을 충족하지 못한 상태'를 뜻한다. 평등한 삶의 …(중략)…

제시문 내용을 적절히 인용해서 이를 의견 논거로 제시하는 방법은 논거의 풍부함과 충실성을 뒷바침하며, 논증 구성에도 효과적이다. 그렇더라도 지문에 실린 다른 사람들의 견해나 주장을 그대로 따다가 옮겨서는 안 된다. 제시문의 인용은 논증에 힘을 실어주기 위해 **꼭 필요한 부분으로 한정할** 필요가 있다. 이때 글을 단순히 인용하는 것으로 끝마쳐서는 안 된다. 그 **인용을 연장하여 논증을 한층 구체화할 수 있도록** 해야 한다.

논증에서 인용구를 긴밀하게 활용할 수 있는 경우는 **제시문을 시·소설·희곡·신화와 같은 문학 작품에서 발췌·출제한** 경우이다. 문학 작품 제시문은 학생들이 이를 읽고 해석하기 어려울 뿐 아니라, 중심 생각을 논증으로 구성하기 까다롭다. 문학 작품은 논리적 서술보다는 함축된 의미를 내재하기 때문에 때론 작가의 말과 글보다는 보이지 않는 행간에서 더 많은 의미와 내용을 찾아 밝혀야 한다. 문학 언어는 그 자체로 고정되어 있지 않은 탓에 글과 글, 문장과 문장을 맥락으로 파악해야 그 의미를 올바로 읽어낼 수 있으며, 그 파악된 내용을 논증 형식에 맞게 서술하기 어렵다. 이때 제시문의 일부를 인용한 후 그것에 적절한 설명과 해석을 붙여가며 논증한다면, 글의 내용과 형식 모두 매끄럽고 꽉 들어차 보이게 기술할 수 있다.

056
논거를 효과적으로 확장하는 방법(3)-유추

귀납 추론의 한 방법인 '유추(유비추리)'는 이미 잘 알려진 사실, 또는 사실적 판단을 근거로 새로운 사실적 판단을 도출하는 방법을 말한다. 유추는 개별적이고 구체적인 사례들이 지닌 몇 가지 유사점을 근거로 하여, 그것들 사이에 또 다른 유사점이 있을 것으로 판단하는 논증 방법이다. 그렇더라도 귀납·연역 추론과는 달리 어떤 친숙한 사실로부터 새로운 특수한(차원이나 범주가 다른 낯선) 사실을 이끄는 것이기에, 논리적인 면에서의 인과성은 다소 떨어지되 나름의 개연성을 갖는 결론으로 귀결될 수 있다. 그런 점에서 친숙하지 않고 이해하기 어려운 대상을 유추할 경우 **자칫 결론의 설득력을 약화하면서 '논리의 비약'을 불러올 수** 있다.

그런데도 논증에서 유추는 중요하다. 대입 논술에서 묻고 따지는 논증 과정은 과학적 사실 판단에 근거한 논리적 추론을 따르기보다는 인문·사회 쟁점에 대한 사실 판단에 근거한 유추 해석을 지향하기 때문이다. 유추의 일반적인 의미가 '미루어 짐작하여 판단하다'라는 사실을 고려한다면, 우리의 일상에서 벌어지고 있는 일반 사회현상은 추론이 아닌 유추의 방법을 사용할 때 오히려 더 설득력을 갖출 수 있다. 게다가 유추의 방법을 잘 활용하면 그만큼 참신한 논리로 받아들여지고, 통찰력과 재치를 인정받아 독창적인 답안으로 평가받을 수도 있다.

논술에서 유추의 방식으로 논증(추론)하는 것이 중요한 이유를 사례를 들어 설명하면 다음과 같다. 대학은 출제 난이도를 위해 글(제시문) 내용을 주제 개념에 맞게 추론(유추)하면서 깊게 생각해야만 출제자가 원하는 답이 도출될 수 있도록, 특정 지문을 특정 목적에 맞게 의도적으로 재구성하여 출제한다. 높은 수준의 추론 능력이 필요한 지문이다.

아래 [사례]의 제시문이 그것인데, 이해를 돕기 위해 [사례]의 발문의 물음을 논제의 요구로 재구성하면 다음과 같다. "(가)에서 제기하는 '기후 협약'이 제대로 이행되지 않는 이유에 대해, 이를 (나), (다), (라)의 개념을 활용하여 설명한 후, 이 상황을 해결하기 위한 논리적 근거를 제시하는 제 관점을 (마), (바), (사)에 담긴 개념(또는 논점, 논지)을 참고하여 기술하라."

사례 (가)에 따라 협상하기 어려운 이유를 (나), (다), (라)를 활용하여 기술한 후, 이 상황을 해결하기 위한 관점을 (마), (바), (사)를 참고하여 기술하시오. (서강대 2018 인문 모의)

제시문 내용: 한 농구팀에서 체임벌린이라는 선수를 매우 필요로 한다고 가정해 보자. 그는 엄청난 수입을 올려줄 수 있기 때문이다. 체임벌린은 이때 누구보다도 많은 25만 달러를 벌어들이게 될 것이다. 이러한 분배는 정의롭지 않은 것인가? 백만 명의 관람객은 체임벌린의 농구 경기를 관람하는 대가로 그 돈을 체임벌린에게 주기로 했다. 여기에 대해서 **정의**를 들먹이며 불평할 사람이 있을 수 있는가?

위 제시문을 해석하면 "재화에 대한 소유를 전제로 발생하는 교환 행위가 시장 메커니즘을 통해 공정하게 이루어지는 것이 곧 '정의'다. 만약 국가가 나서 시장 메커니즘에 인위적으로 제한을 가한다거나, 사회의 이익을 위해 개인의 희생을 강요하는 것은 옳지 않다"로, '소유권적 정의'의 관점에서 논제의 물음에 답하라는 것이 제시문을 출제한 이유다.

이때 제시문의 '소유권적 정의'의 관점이 주제어인 '기후 협약(주제를 드러내는 핵심어인 '제재'로 보는 것이 더 적절하다)'과 어떤 관계 맺는지를 파악하기 쉽지 않다. 더군다나 운동 선수를 사례로 들어 '정의'의 개념적 의미를 암묵적으로 설명한 것이기에, 제시문의 핵심 정보를 끌어와 논증하기 까다롭다. 대학은 이를 노리고 제시문을 출제한 것으로, 학생들은 유추의 방법을 활용하여 글 내용을 해석할 수 있어야 한다.

057
논거를 효과적으로 확장하는 방법(4)–상세

'예시', '인용', '유추'의 방법은 모두 '재진술'하는 방식을 통해 논증을 명료하게 다듬고 그것을 뒷받침하는 논거를 확장하는 방법이다. 논증을 명료하게 다듬는다는 것은 이미 언급한 내용을 부연·상세하거나, 자신이 진술한 내용을 스스로 논박하면서 논거를 강화하는 **'강조'의 형식으로** 나타난다.

그 표현 방식들은 서로 뒤섞여가며 기술되면서 확장된다. 아래 [사례]의 필자 예시 답안에서 알 수 있듯이, 하나의 단락은 한 가지 방식으로 확장되기보다는 둘 이상의 방식이 혼합되어 확장되는 것이 일반적이다. 아래의 필자 예시 답안의 일부를 보면, ⓓ는 단락의 중심 주장, ⓐ~ⓒ는 그 근거다. 이때 ⓑ와 ⓒ는 ⓐ의 내용을 부연해가며 재진술한 것으로, 논의를 거듭하는 과정에서 논거는 한결 타당하고 명료한 의미를 얻는다.

사례 제시문(가)의 '동정'에 대한 시각을 통해 제시문(나)에 나타난 '돌봄(care)'의 행위를 분석하시오. (이화여대 2013 인문 모의)

(… 중략 …) ⓐ(나)의 돌봄은 자기 위안적인 생각으로 행해지는 맹목적인 행동에 지나지 않다. ⓑ즉, 이러한 돌봄은 결여된 자존감을 보상받으려는 기대심리의 감추어진 이면에 지나지 않는다. ⓒ**다시 말해**, 사람들이 돌봄을 하나의 덕으로 여기고 이를 애써 실천하는 이유는, 타인으로부터 존경받기를 기대하는 결여된 자존감에 대한 보상심리 때문이다. ⓓ**그렇기에** 단지 도덕심 때문에 사람들을 돌봐야 한다고 생각한다면, 이는 타인의 감정을 무시한 것이기에 일방적으로 흐를 수가 있으며, 결국에는 돌봄의 관계를 단절시킬 뿐이다. (… 중략 …)

상세의 방법을 활용하여 논거를 확장하려면, **논증을 해체하고 재구성하는** 과정을 전제해야 한다. 논증이 복잡할수록 글의 논증 구조를 정확히 파악하기 위해 노력할 필요가 있는데, 이를 위해서는 먼저 논증을 포함하고 있지 않은 글(해설 부분)부터 제외한다. 단순 배경 지식을 소개하는 개념 설명이나 객관적 사실 그 자체가 이에 해당하는데, 그것에 관한 서술은 논증이 아니다. 이러한 부분은 과감하게 삭제하는 한편, 동일한 내용을 표현만 달리하면서 반복해서 언급한 때도 이를 삭제하는 등으로, 논증을 가능하면 단순하게 구성한다.

그렇더라도 반드시 염두에 둘 것이 바로 **'주장을 어떻게 정당화'할 것인가에** 대한 부분으로, 주어진 근거와 전제로부터 어떻게 그러한 주장과 결론으로 이끌 수 있는지에 대한 정당한 이유를 제시할 수 있어야 한다.

만약 그 정당한 이유를 뒷받침해 주는 근거가 있다면, 그 근거들을 남김없이 찾아 밝혀야 한다. 상세가 '강조'를 통한 논거 활용 방법이란 점을 이해하고, '즉, 다시 말해, 그리고, 또한, 게다가…'와 같은 접속 표현을 사용하여 논거를 추가하고 또 보태면서, 글 내용의 핵심을 충실하게, 체계를 이루면서 기술한다.

제시문은 각기 고유한 방식의 내적 글 구조를 이루고 있지만, 글 전체를 살피면 다음과 같은 글감으로 구성되어 있다. 문제 제기, 배경 설명, 정의와 지정, 예시와 인용, 증거와 근거, 결론으로 나가는 이유, 가능한 반대 논거, 주장 또는 결론이 그것이다. 물론 제시문에 이러한 내용이 다 들어있는 것은 아니다. 이때 '문제 제기, 배경 설명, 정의, 예시'와 관련한 글감이 '해설'에 해당하는 부분으로, 이를 갖고서 생각을 보태면서 논증을 확장할 필요가 있다.

즉 **'해설' 글에서 타당하고 설득력 있는 뒷받침 논거를 생각하고**, 이를 강조의 방법을 사용하여 결론(및 결론으로 나가는 이유)을 강화하면서 논증을 확장(주장을 정당화)하는 것이 효과적이다.

⊕ 논증을 재구성하는 과정 요약

제시문을 읽고 이를 논제의 물음에 적합한 논증 형식으로 재구성하면서 답안을 작성하기 위해서는 어떻게 할까?

일반적으로 다음 단계를 밟아가며 순차적으로 해결한다.

첫째, 논제의 물음을 따라 제시문에서 답안에 기술할 **'결론', 즉 주장을 찾는다.** 결론은 글(제시문)의 맨 뒤에 온다거나 하는 식으로 막연하게 어림잡기보다는, 글의 논증 구조를 면밀하게 살피면서 정확히 찾아내야 한다. 논증 분석에서 주장(결론)의 확정은 무척 중요하다.

둘째, 결론을 찾았다면, 그 결론을 도출한 이유에 대해 항상 '왜?'라고 물어보고, **이 물음을 해소할 수 있는 '근거'를** 찾는다. 근거가 주장을 확실하게 뒷받침하려면 근거로부터 주장으로 나아가는 정당한 '이유' 및 그 이유를 다시 지지하는 '뒷받침' 설명이 탄탄해야 강한 논증이다. 만약 '왜?'라는 물음에 대한 답변이 궁색할 경우, 이는 그만큼 주장의 타당성을 입증하는 논리가 약한 것이다. 이때 제시문 속 구체적인 사례와 근거를 찾아 주장의 타당성을 입증해야 하는데, 여기에는 실증, 예증, 반증, 추론의 방법이 사용된다. 이 모든 방법을 통칭하여 '논거'라고 하는데, 전제를 뒷받침하는 정당한 이유를 밝히는 것이 곧 논거 제시 과정이다.

셋째, 이렇게 해서 찾은 근거는 곧 **글 전체의 '전제'가** 된다. 논증할 때 전제는 여러 개 있을 수 있으며, 전제와 결론의 순서가 뒤바뀔 수도 있다. 어떤 전제는 바로 앞 전제의 근거가 되기도 한다. 만약 전제가 둘 이상일 경우에는, 그 관계가 상호 의존적인지 또는 독립적인지를 파악하여 우열을 다투거나 순서를 결정해야 논리는 매끄럽게 연결된다. 따라서 전제들의 관계를 살펴 논리를 다듬어야 하는데, 이때 유용하게 활용되는 것이 '접속 관계'이다. 제시문 논증 구조 분석으로 결론과 근거를 찾을 때는 **결론 지시어와 근거 지시어의 활용이** 요긴하다.

넷째, **숨은 전제는 없는지** 살핀다. 논증이 매끄럽지 못하거나 전제에서 결론으로 나가는 과정에서 글의 논리가 어딘지 모르게 이상하다면, 글에 숨은 전제가 들어있다고 생각하라. 제시문을 읽으면서 이해되지 않는 글과 맞닥뜨리거나, 글의 논리의 흐름이 끊기거나 비약하는 경우인데, 이것을 해결하지 않고 넘어가서는 안 된다. 숨은 전제는 곧 필자가 말하려는 암묵적 의도이기에 출제 의도로 구현될 가능성이 크다. 따라서 이것을 해결하지 않고는 제시문의 정확한 독해는 물론 잘된 논증을 이끌기 어렵다. 글을 거듭 읽고 치열하게 생각해야 하는데, 이를 통해 글의 전후 맥락을 파악하고 이해하는 과정에서 숨은 전제는 자연스럽게 파악된다.

다섯째, **논증을 올바르게 재구성했는지** 검토한다. 편견과 선입견을 버리고 객관적인 입장에서 논증을 재구성한다. 논거를 과장하거나 왜곡해서도 안 되고, 제시문에 없는 주장을 만들어내서도 안 된다. 오직 논증에 필요한 사실만을 글에서 활용하고, 불필요한 논거를 제시하지는 않았는지를 살피면서 합리적으로 논증을 펼친다. 논증 글쓰기 과정에서 논점 이탈, 논리의 비약, 논리의 결여 등 주로 내용적인 면에서의 오류가 없는지 반드시 확인한다.

논증을 재구성하면서 논리적으로 글을 쓰려면 글쓴이의 올바른 판단, 옳은 주장, 곧은 논리가 정립되어 있어야 한다. 이때 올바른 판단은 제시문 속 주제 개념과 논제에 대한 명확한 개념적 이해를, 옳은 주장은 논증에 대한 객관적인 타당성을 곧은 논리는 전제에서 결론으로 나가는 과정의 설득력을 각각 담아 논리적 사고로 표현하는 것을 의미한다.

논증 재구성 과정

㈎논제의 물음에 대한 대답, 즉 결론을 찾는다.

㈏결론을 찾았으면, '왜?'라고 묻는다.

㈐찾은 근거를 전제로 내세운다.

㈑은 전제는 없는지 살핀다.

㈒논증을 올바르게 재구성했는지 검토한다.

논술 Tip 4

논술로 대학에 합격하고 싶으면 출제자의 말을 귀담아 들어라!

단계별 논제 해결 과정

단계	구 분	필요 요소	비 고
1	문제를 읽고 이해하는 과정	이해력	■충분한 시간을 가지고 개념이나 조건 등을 꼼꼼히 읽어야 한다. ■문제를 잘못 읽거나 조건을 빼고 생각하는 학생이 정말 많다.
2	문제를 분석하고 해석하는 과정	분석력	■문제 의도 파악한다. ■어떤 개념을 물어보고 있는가?
3	논제 해결 과정을 논리적으로 구성하고 계획하는 과정	논리력	■논술은 논제의 해결보다 해결 과정의 논리성이 더 중요하다. 계획과정에서 출제 의도나 단원 간 연결된 개념을 명확하게 파악할 수 있다.
4	논제 해결 과정	문제 해결력 창의력	■학생들은 가장 중요하다고 생각하는 단계지만 분석이나 계획단계에서 문제 해결은 결정되어진다고 볼 수 있다. 문제 해결을 위해 직관적인 통찰이나 창의성이 필요하기도 한다. 그러나 무엇보다 논리성이 중요하므로 근거를 제시하고 논리적으로 표현해야 한다.
5	답안 작성	표현력	

논술 문제를 보고 바로 논제를 해결할 수는 없다. 수능은 제한된 시간에 빨리 풀어야 하는 시간 평가 요소가 강하다면 논술은 주어진 시간에 깊게 생각하는 역량 평가의 요소가 강하다. 논제를 천천히 읽어보고 2단계, 3단계 과정을 철저히 하면서 어떤 개념을 활용하는 문제인지, 출제 의도가 무엇인지 차분하게 분석하고 문제 해결 과정을 해석하면 훨씬 더 좋은 결과를 가져올 수 있다.

(건국대 2021 논술가이드북)

Part 5

제시문 독해의 기본 요령

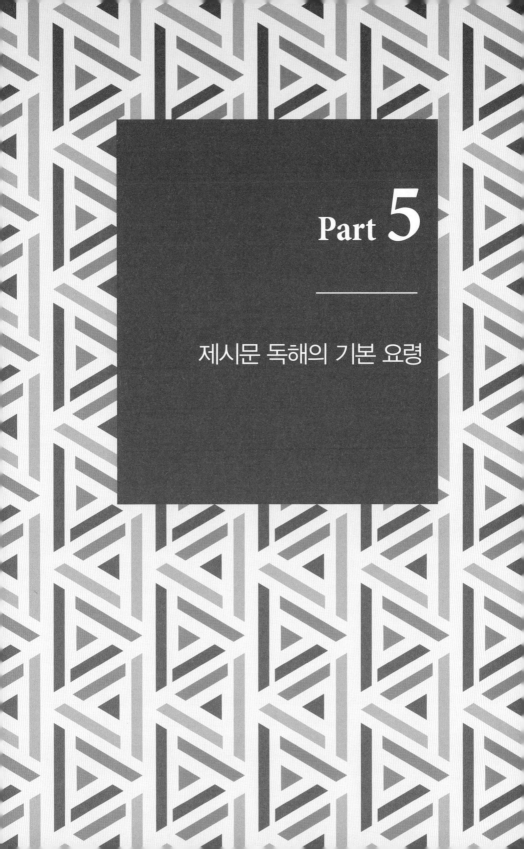

058
제시문의 출제 원리부터 이해하고 읽어라

논술 제시문은 마구잡이로 만든 것이 아니다. 출제 의도에 맞게 공을 들여 만든 것이다. 출제자는 현대사회가 안고 있는 문제점 및 당면한 현안 등과 관련한 담론을 논술 주제로 설정한 후, 이를 제시문에 담아 논제의 물음으로 구현한다. 이를 위해 출제자는 논술 문제로 다루려는 주제 개념이 교과목에 들어있는지부터 확인한다. 주제 개념이 교과서에서 핵심 개념이나 기본 이론으로 중요하게 다루고 있는지 살핀 후, 이를 논제의 물음으로 엮어 출제한다. 문제에서 다루려는 주제 개념과 논제의 물음은 최근 수년 동안의 우리 사회의 정치·경제·사회·문화적 이슈이면서, 서로 대립하는 쟁점과 견해를 이루고 있는 게 일반적이다.

출제자는 인문·사회과학에서 중요하게 다루는 핵심 개념·주요 이론을 주제어로 삼아 논제의 물음을 구성하되, 다음 물음을 지향한다. 교과서 수준을 뛰어넘어 좀더 근원적인 해결책 혹은 철학적 질문을 구하는 논술 주제어를 논제의 물음에 담아 출제한다.

그리고 그 논술 주제어에 담긴 핵심 개념(상위 개념) 그리고 그 개념의 인식론적·존재론적·가치론적·미학적 가치 판단으로써의 이항 대립적인 쟁점(하위 개념)을 추출한 후 이를 문제에 담아 구조화한다.

그 이유는 무엇보다 주제어가 갖는 개념의 추상적 의미를 하위 개념으로 끌어와 구체화함으로써, 이어지는 제시문 분석을 통한 논증 구성을 돕기 위해서다. 즉 논점(관점, 쟁점, 지향점)을 서로 달리하게끔 제시문 내용을 구성하는 등으로 **논술 문제 풀이 과정을 유형화·표준화하고**, 이를 살펴 학생들의 논리적 사고력과 문제 해결 능력을 측정하려는 출제자의 의도가 반영된 것이다.

이를 위해 출제자는 다양한 분야의 여러 지문을 제시하고, 제시문들의 연관 관계를 통해 논제의 물음을 추론하는 능력인 논증 능력을 묻되, 상황과 조건에 맞춰서 난이도를 조절한다. 논제의 물음을 정형화한 **'개념–논점–논증' 형식에 맞게 제시문 내용을 의도적으로** 구성한다. 또 분석적 이해, 비판적 평가, 창의적 적용이라는 대입 논술 평가 기준에 맞게 제시문을 차례로 배열한 후 이를 개별 문제와 연계함으로써, 출제 의도를 명시적 또는 암묵적으로 드러낸다. 고전·명저·영어지문 등의 비문학은 물론 시·소설·희곡 등의 문학 작품을 담은 제시문과 도표·그림 등의 자료를 출전함으로써 출제의 난이도를 조정한다.

이렇듯 출제자는 논술 주제와 논제 그리고 논제의 핵심 물음인 관점·쟁점에 맞춰서 **'하나의 생각 단위'를 담은 각각의 제시문을 어떤 의도를 갖고 문제 안에 구조화하여** 출제한다. 이는 중요한 의미가 있다. 그 이유는 문제와 제시문에 답안 해결을 위한 모든 것들이 들어있으며, 게다가 학생들이 답안을 논리적으로 쓸 수 있도록 일련의 형식적인 틀까지도 배려하고 있음을 뜻하기 때문이다.

답(답안 기술에 필요한 내용)이 있는 논술 시험에서 그것도 문제와 제시문에 답안 작성을 위한 내용 및 형식 면의 요령과 힌트까지 친절하게 밝히는 등으로 멍석을 깔아놓았음에도 불구하고 학생들이 이것을 받아먹지 못한다면, 그것은 말이 안 된다. 논제의 지시 및 요구에 맞게 '하나의 생각 단위'를 가진 개별 제시문의 논지를 명확하게 파악하고 요약할 수 있는 능력만 갖춰도, 논술 답안 작성에는 큰 어려움이 없을 것이다.

논술 문제 풀이에서의 첫 번째 스텝은 문제와 제시문을 읽고 출제자의 의도부터 찾아 살피는 것이다.

059
제시문 전체를 한 묶음의 지식 체계로 생각하면서 읽어라

논술로 출제하는 제시문들은 출제자가 의도한 목적에 따라 '구조화'를 이루면서 글 내용을 구성한다는 사실에 주목할 필요가 있다. 즉, 제시문들은 논제의 요구에 맞게 어떤 식으로든 관계를 맺으면서 글 내용을 구성하고 있다.

출제된 제시문들은 비록 그것이 다루는 분야와 글의 성격은 다르지만, 기본적으로는 저마다 '하나의 생각 단위'를 담고 있다. 그리고 그 생각 단위를 담은 제시문들은 '주제 개념'을 따라 논의의 초점을 집약하며, '관점'별로 '하나의 생각 단위'를 담은 제시문들은 서로 결합하거나, 또는 '대비를 이루는 생각 단위'로 쪼개져 분산한다.

따라서 이렇게 생각하면 된다. 제시문을 읽고 개별 생각 단위(즉, 제시문별 핵심 논점과 논지)를 포착하되, 그것들은 마치 수학의 교집합과 합집합의 관계처럼 어떤 식으로든 관계를 맺고 있음을 잘 알고 있어야 한다.

이것을 이해한다면, 제시문들이 모여 마치 하나의 커다란 생각 단위를 이룬다고 생각하면서, 먼저 **제시문 전체를 견주면서 교집합에 해당하는 부분부터 찾아 밝힌 후**, 이어서 개별 제시문을 살피면서 차집합에 해당하는 부분을 찾아야 한다. 교집합에 해당하는 부분은 '주제 개념과 관점'에 해당하는 부분이고, 차집합에 해당하는 부분은 각 제시문의 핵심 논지다. 제시문 독해의 핵심은 글을 읽고 '주제 개념–관점(들)–제시문별 핵심 논지'를 정확히 파악하는 것이다.

이런 이유로 **처음부터 어렵고도 복잡한 제시문 해석에 매달릴 필요 없**

다. 읽기도 번역하기도 어려운 영어 제시문이나 비유적 수사의 다발로 이루어진 문학 작품 제시문을 아무리 이해하려고 힘을 쏟아도, 그 중심 생각을 찾아내기란 무척 어렵다. 읽기에도 이해하기도 쉽다는 생각이 드는 지문부터 살핀 이후에 들여다보는 것이 더 낫다.

이때 제시문을 공략하는 방법적 요령은 '하나의 생각 단위'라 할 수 있는 제시문들별 중심 생각, 내지는 **핵심 내용을 서로 견주면서(비교하고, 분류하고, 분석하면서) 글을 읽는** 것이다. 각각의 제시문은 특정한 주제와 대비되는 관점을 교집합으로 하여 글 내용이 기술되어 있음을 깨닫고, 먼저 읽기 쉬운 지문부터 살피면서 핵심어(관점을 지시하는 용어나 서술)와 중심 문장을 찾아라.

그런 다음, 다른 제시문들 가운데 처음 읽은 지문과 생각의 궤가 같거나, 또는 확연히 차이나는 지문을 살펴라. 그러면서 제시문을 관점별로 빠르게 구분한 후, 이것을 따라 개별 제시문의 핵심어와 중심 생각을 찾으려고 노력하면, 제시문들 간의 유사점과 차이점은 드러난다. 이후 제시문들을 좀더 자세히 읽으면서 생각을 집중하면, 제시문 전체가 어떤 관계를 맺고 있는지가 파악될 것이다. 제시문들의 관계를 찾아낼 수 있다면, 글 내용을 이해하고 글의 중심 생각을 파악하는 것은 그다지 어렵지 않을 것이다.

제시문들을 개별적으로 살피면서 읽으면 글 내용을 이해하기 어렵고 또 중심 생각을 찾는데 어려움이 따를 수 있지만, 제시문들이 어떤 관계 맺음을 따라 하나의 생각 단위를 집약한 것이란 생각으로 그것들을 서로 견주어 가면서 찾으면 글 내용은 이해하기 한결 쉽다. 이것이 이른바 어떤 판단을 근거로 삼아 다른 판단을 이끄는 추론 방식인 '유추'를 활용한 글 읽기로, 어떤 친숙한 사실(이를테면, 제시문 A의 논지)로부터 새로운(차원이나 범주가 다른) 사실(제시문 B의 논지)을 이끌 수 있다는 점에서 꽤 유용하다. 제시문 전체를 하나의 인식 체계로 묶어서 글을 읽어라.

060
퍼즐 맞추듯 읽어라

글 읽기는 퍼즐 맞추기에 빗대어 설명할 수 있다. 퍼즐을 맞출 때 우리는 상자 안의 그림 조각을 꺼내 마구잡이로 꿰맞추려 들지 않는다. 먼저 상자에 그려진 전체 그림부터 찬찬히 살펴본다. 그런 다음 모서리 부분의 조각들부터 찾기 시작한다.

그 후에 퍼즐의 테두리를 찾아 맞춘다. 이렇게 해서 퍼즐 맞추기 작업이 진행될 틀을 짜는 것이다. 이어서 같은 색깔을 가졌거나 특별한 문양이 그려진 조각들을 맞추는 간단한 작업을 시작한다.

특별히 힘든 조각들은 우선 뒤로 미뤄놓으면서 먼저 쉬운 부분부터 찾아 끼워 맞춘다. 그러면 마지막에는 가장 어려운 부분을 끼워 맞추는 것도 힘들지 않다. 퍼즐을 맞출 때 우리는 누가 시키지 않아도 이런 식으로 진행한다.

글을 읽을 때도 이와 비슷한 과정이 필요하다.

우리가 퍼즐을 맞출 때 가장 먼저 상자 속 그림이 무엇을 나타내고 있는지부터 확인하는 것과 마찬가지로, 먼저 글이 어떤 분야(교과목)의 내용을 담고 있는지, 글의 종류와 문장의 기술 방법(설명 글인지, 묘사 글인지)은 무엇인지, 그리고 어떤 **'주제'를 담고 있는지부터** 살핀다.

다음으로 퍼즐을 제대로 맞추려면 먼저 테두리를 짜기 위해 둘레나 끝에 해당하는 가장자리 부분을 맞춰야 하듯이, **글 전체의 구조와 얼개를 파악**하는 과정이 필요하다. 이것은 본격적으로 글을 읽기 전에 글 전체를 미리 훑어보는 것과 같다. 글 내용을 훑어보면서 핵심 단어와 중요한 내용을 담은 문장에 주의를 기울이면, 짧은 시간 동안 글 전체의 개략적인 내용을 파악할 수 있다.

짧은 시간 안에 글 내용의 핵심을 확실하게 훑어보는 읽기 기술은 아주 중요하다. 이 역시 뒤에 자세히 설명하겠지만, 글 구조를 이해하며 읽는 '구조 독서'는 글의 중요한 정보들을 빠르고 정확하게 알아내는 일련의 방법적 요령을 제공한다.

퍼즐 맞추기에서 테두리가 완성되면 처음에는 쉬운 부분부터 글을 읽기 시작할 수 있을 것이다. 퍼즐의 기본이 되는 구성 요소들과 개별 문양들이 맞추어진 이후에야 단계적으로 어려운 부분들도 끼워 넣을 수 있다. 이와 마찬가지로 글 읽기에서도 이해하기 어려운 부분(이해하기 어려운 제시문 또는 한 제시문 안에서 어렵다고 생각하는 문장들)은 일단 건너뛰고 **쉬운 부분부터 살피는 것**이 때론 도움이 된다. 처음 읽어 이해하기 어려웠던 부분은 글 내용을 거듭 주의 깊게 읽는 과정에서 읽는 동안 늘어난 지식으로 인해 이해하기 한층 쉬워진다.

그런 과정을 거친 이후에도 이해가 안 되는 부분이 있으면, 머리(뇌)가 글 내용을 최대한 소화할 수 있도록 충분한 시간을 주면서 집중해서 읽으면 된다. 텍스트를 깊이 있게 읽으면서 글 내용을 이해하려고 노력하는 과정에서 글 읽기의 어려움은 대부분 해소되고, 글을 더 빨리, 더 잘 이해하면서 읽을 수 있을 것이다.

지식을 많이 습득할수록 공부를 더 잘하게 되듯이, 글을 빠르고 정확하게 읽으면서 글의 이해력을 높이려면 학습독서력을 높이는 글 읽기를 반복해서 훈련해야 한다. 처음에는 어렵겠지만 자꾸 연습하다 보면, 글을 잘 읽는 능력이 무의식적으로 몸에 체화되면서 완전히 글에만 집중할 수 있을 것이다.

061
글의 뼈대부터 찾아라

제시문 독해의 핵심은 다음 세 가지다. 글을 읽으면서 **글의 '중요한' 부분과 '중요하지 않은'** 부분을 효과적으로 가려내고, **글의 '부분-전체' 구조**를 단박에 파악하며, 문제를 푸는데 **'도움이 되는' 정보와 '그렇지 않은' 정보**를 구분하여 살피는 것이다.

제시문을 독해를 위한 첫 번째 포인트는 글에 담긴 **핵심 개념부터 잡는 것**이다. 즉 글을 읽으면서 **'주제 개념'을 담은 핵심어가 무엇인지부터 빠르게** 찾아야 한다. 이는 글을 읽어 글의 핵심을 이루는 '뼈대'와 이를 보충 설명하는 '곁가지'를 구분하는 데 더할 나위 없이 중요하다. 글에 담긴 많은 정보와 지식을 접할 때 학생들은 혼란을 일으키는데, 그 주된 이유는 **핵심 개념을 파악하지 못한 채 막연히 글을 읽기** 때문이다.

그렇더라도 인내심을 갖고서 마치 양파 껍질을 벗기듯이 한 겹 한 겹 글의 불필요한 내용(즉, 글의 곁가지로써의 '해설' 부분)을 제거하면서 대상의 본질에 다가갈 때, 글의 중심 내용이자 주제 의식을 담은 핵심 개념은 곧바로 파악 가능하며, 글 전체의 의미 또한 어렵지 않게 읽어낼 수 있다.

핵심 개념(또는 핵심어·주제어)을 모르고 글을 읽다가는 그 개념에 종속된 하위 개념(유개념과 종개념, 또는 세부 지시어)을 찾아 밝히기란 쉽지 않으며, 각각의 어휘에 대한 개념적 의미를 분석하는 것 또한 생각 이상으로 어렵게 느껴질 수 있다.

핵심 개념은 글의 중심 단락, 중요 문장에 들어있으며, 주제어를 담게 마련이다. **단락 전체에 여러 번 반복하여 가장 많이 나오는 어휘가 곧 핵심 개념을 담은 주제어일** 가능성이 크다. 주제어와 핵심 개념의 파악은 곧 지문 해석의 키를 얻는 것이자, 일종의 출입문을 찾는 것과 같다.

예전에는 논술 제시문을 출제할 때 원문의 핵심 내용을 그대로 발췌하여 출제하는 경우가 많았다. 이런 경우에는 제시문 글 구조가 복잡하고 기술한 용어가 어려운 탓에 글을 읽어 내용의 핵심을 파악하기 쉽지 않다. 하지만 최근에는 쉬운 논술을 지향하면서 제시문을 윤문(潤文: 글다듬기)하여 출제하는 경우가 일반적이다. 글의 구조와 형식이 뚜렷하고, 단락과 단락을 명확히 구분하여 글의 내용을 서술하는 등, 한 마디로 글의 완결성을 지향한다.

이때 핵심 개념은 어느 한 지문의 첫째 단락에서 밝혀 놓고 이를 **'정의(定義)'의 진술 방식으로 설명해 놓은** 경우가 일반적이기에, 이것을 찾는 것은 그리 어렵지 않다. 따라서 지문을 읽고 곧바로 핵심 개념부터 찾아 그 사전적(辭典的) 의미를 이해한 후, 이를 토대로 이어지는 단락의 어딘가에 명기된 하위의 세부 개념과 그 논리적 진술을 전부 그리고 빠르게 찾아냄으로써, 지문 전체의 의미를 되도록 빨리 파악할 수 있어야 한다.

글을 잘 쓰는 학생들은 글을 읽을 때, 개략적으로 훑어보아도 될 부분과 주의 깊게 읽거나 집중해서 읽어야 할 부분, 그리고 텍스트를 분석하면서 읽어야 할 부분을 명확히 구분한다. 이는 글을 읽으면서 중요한 부분과 그렇지 않은 부분을 효과적으로 가려내고, 글의 '부분–전체' 구조를 단박에 파악할 수 있도록 올바른 글 읽기를 체득한 결과다. 당연히 글을 빠르고 정확히 읽는다.

글을 잘 읽고 싶으면, 글에서 중요한 부분인 뼈대(핵심어가 들어 있는 중심 문장)부터 찾는 연습에 힘을 쏟아라.

062
글의 흐름과 짜임을 이해하며 읽어라

제시문 독해의 두 번째 포인트는 **글의 '짜임'을 파악하며 읽는** 것이다. 이를 위해서는 문장 전체 또는 단락별로 기술된 정보를 빠르게 분류할 수 있어야 한다. 글에 실린 그 많은 정보를 내용과 형식에 따라 체계적으로 분류하지 않은 채로 글을 읽으면 생각이 정돈되지 못하고 시간도 많이 든다. 이때 분류 기준으로 제시되는 것은 다음 두 가지다.

먼저 **내용 면에서의 글의 뼈대를 이루는 '중심 문장'과 중심 문장의 근거가 되는 곁가지 '해설' 부분인 '뒷받침 문장'으로 분류하는** 것이다. 일반적으로 하나 또는 둘 이상의 단락이 합쳐져 하나의 완결된 지문을 구성한다.

하나의 단락(또는 글 전체)에는 중심 생각을 담고 있는 중심 문장과 그 중심 문장의 근거가 되는 여러 개의 뒷받침 문장이 있다. 중심 문장에는 그 단락의 주제를 담은 어휘가 들어있거나, 그 단락의 중심이 되는 내용이 들어있다.

한편, 중심 문장을 제외한 나머지 글 묶음인 뒷받침 문장은 '예시, 부연, 상세'의 방법을 사용하여 중심 문장이 담고 있는 내용을 보충 설명하거나, 구체화하거나, 강조하는 역할을 담당한다. 따라서 글을 읽어 중심 문장과 뒷받침 문장을 찾아낸 후, 둘이 서로 어떻게 얽혀 있고 또 어떤 관계 맺음을 하는가를 살피면 단락 전체의 내용은 하나의 생각으로 뭉뚱그려진다.

다음으로 형식 면에서의 정보의 분류는 **설명글의 다양한 '진술 방식'을 이해하는 데** 있다. 논술로 출제되는 제시문은 다양한 설명의 진술 방식을 사용하여 단락을 구성한다. 각각의 단락은 단일한 설명의 진술 방식을 사용하여 구성되기도 하고, 여러 진술 방식을 혼합하여 단락을 구성하기도 한다.

제시문은 크게 '정의', '비교와 대조', '분류와 구분', '예시'의 진술 방식을 사용하여 문장과 문장, 단락과 단락을 구성하고 구분하는 것이 일반적이다.

논술에서 설명의 진술 방식을 이해하면서 글을 읽어야 하는 중요한 이유는 제시문에 실린 **'사실 판단' 관련 정보를 신속하고 효율적으로 처리할 수** 있기 때문이다. 개별 단락 안에 담긴 정보들은 설명의 진술 방식을 따라 어떤 기술(記述)적인 특징과 범주화한 특성을 갖게 마련인데, 이것을 잘 파악하면서 글을 읽는다면 글 전체의 의미 구조(글 전체의 의미 구조를 파악하며 읽는 글 읽기를 '기능 독서'라고 하고, 독해 방법을 '구조 독해'라고 한다.)는 물론이고 개별 전개 내용까지 어렵지 않게 포착할 수 있다.

제시문을 읽을 때 **글의 종류와 짜임을 이해하는 것과 동시에 글의 핵심 내용을 파악할 수 있도록** 노력하자. 문장이든, 단락이든, 글 전체든, 글 안에 담긴 내용이 어떤 구조로 전개되어 있고, 글 안에서 중심 생각이 차지하고 있는 위치가 어디인가를 신속·정확히 파악하려고 노력하라.

이것이 독서력을 향상하는 핵심 사안으로 지금 이 글을 읽는 순간에도 내용 전체의 구조와 글의 중심 생각(핵심 내용)을 확인해보자. 특히 다음을 염두에 두면서 글을 읽도록 한다.

- 각 단락에서 그 내용을 대표하는 중심 문장 및 그 안에 담긴 핵심어를 찾고,
- 그 이외의 부연 문장들이 중심 문장과 어떤 관계 맺음을 하고 있는지를 생각하며,
- 각 단락의 핵심 내용이 서로 연계되면서 구성하는 글의 전체 구조와 핵심 내용을 파악한다.

063 눈으로 글을 보는 동시에 생각하며 읽어라

제시문 독해의 세 번째 포인트는 글을 **'분석'하면서 읽는** 것이다. 이때 중요한 것은 의문을 갖고서 스스로 끊임없이 되물어가며 글을 읽는 것이다. 글쓴이의 견해는 무엇인지, 글에 생략된 사실과 사건과 의견이 있는지, 사실적 진술 정보와 그 의미 관계를 정확하게 이해하고 있는지, 글 전체의 의미와 글의 핵심 내용을 체계적으로 이해하고 있는지, 사실을 근거로 내용을 추론하고 또 상황에 적용할 수 있는지, 이러한 글에 담긴 많은 것들을 파악하려 애쓰면서 글을 읽어야 한다.

글 읽기는 눈으로 글을 지각하면서 그와 동시에 머리로 그 의미를 파악하는 지적 행위다. 눈을 통한 지각 과정 그 자체는 정신적 노력이 필요하지 않다. 하지만 글을 읽어 그 의미를 파악하는 과정은 많은 정신적인 노력이 필요하다. 단어, 문장 또는 단락을 단지 뚫어지게 쳐다보며 읽는다고 해서 그것이 이해되는 것은 아니다.

글을 눈을 따라가며 읽는다고 해서 그 내용을 알게 되는 것은 아니다. 글 읽기는 단순한 지각 이상의 것을 요구한다. 글 읽기는 단어의 뜻이 무엇인지, 단락이 무엇을 말하고자 하는지 그 의미를 생각하면서 구체적으로 읽는 행위다. 정신을 집중해가며 읽어야만 그 내용을 파악할 수 있고, 자신이 그 내용을 이해하고 있는지 판단을 내릴 수 있다. 그러려면, 글을 분석하며 읽으면서 행간의 뜻을 파악할 수 있어야 한다.

제시문 독해의 핵심적인 포인트를 거듭 정리하면 다음과 같다. 글 읽기 수준을 높이기 위해서는 글을 빠르고 정확히 읽어내는 힘을 길러야 한다. 이를 위해서는 먼저 **지문을 개략적으로 빠르게 훑어 읽으면서** 글의 성격과 구조·구성, 글의 소재와 주제, 글의 짜임과 대강의 줄거리를 파악해 나가야 한다. (이것을 '통독通讀', 즉 훑어 읽기라고 한다.) 이후 **글을 좀더 깊고 세밀하게 읽으면서** 문장과 문장, 단락과 단락의 관계를 파악하고, 단락 내에서 중요한 단어를 찾은 후 그 핵심어가 담긴 문장을 중심으로 단락별 요지를 머릿속에 체계적으로 정리하여 기억할 수 있어야 한다. (이것을 '정독精讀', 즉 뜻을 새겨가며 자세히 읽기라고 한다.)

글 전체를 훑어가며 읽는 대충 읽기는 글을 정밀하게 읽기 전에 먼저 글 전체 내용의 윤곽부터 파악하려 들 때나, 글의 어느 부분을 중점적으로 읽어야 할 것인가를 판단하고자 할 때 효과적이다.

이런 식의 글 읽기 훈련이 필요한 이유는 글을 읽어 '부분-전체' 구조를 큰 흐름으로 파악하고 또 중요한 부분과 중요하지 않은 부분을 가려내는 능력을 기르는데 더할 나위 없이 효과적이기 때문이다. 글을 읽을 때, **대충 읽기와 빨리 읽기를** 병행한다. 빨리 읽기는 글 내용을 전부 다 기억할 필요 없이 문제가 요구하는 핵심만을 빠르게 찾아 살필 경우거나, 내용을 완전히 이해해서 이를 다른 자료나 정보와 통합해서 생각할 필요가 없을 때 적합하다.

논술 제시문 읽기는 **통독과 묵독의 장점을 절충한 의미에서의 '묵독(默讀; 눈으로 보면서 생각하며 읽기)'의 방법을 따라** 글을 읽어야 한다. 묵독은 말하자면 논술 공부에 최적화된 글 읽기 방법이라고 생각하면 된다.

글을 잘 읽는다는 것은 **글의 내용과 구조 그리고 글의 핵심(글의 '중심 생각'으로, 글의 중심 내용, 글의 의미, 글의 요지를 포괄한다.)을 빠르고 정확히 파악하는** 것에 달렸음을 분명하게 깨닫고, 그야말로 치열하게 '생각하며 읽는' 훈련을 통해 독서 속도와 독해 능력을 높여야 한다. 독서력은 그렇게 노력하는 과정에서 시나브로 향상된다.

064
설명글의 다양한 진술 방식을 살펴 읽어라

논술 제시문을 빠르고 정확히 읽으려면, 글을 읽으면서 글 구성과 전개 구조, 즉 **'글의 진술 방식'과 '단락의 전개 방법'을 재빨리 파악할 수 있어야** 한다. 이는 글의 중요한 부분과 그렇지 않은 부분을 구분하여 읽으면서 중심 생각에 집중하고, 글의 '부분–전체' 구조의 짜임을 살피며 읽으면서 중심 단락과 중심 문장을 정확히 찾아내기 위해서다.

먼저 문학 작품을 제외한 제시문들은 대부분 **'설명'의 방법으로 서술한 글 묶음이란** 사실을 이해할 필요가 있다. '설명(說明)'은 사물이나 개념에 관하여 이를 알기 쉽게 풀이하는 진술 방식으로, 내용 이해와 지식 전달을 목적으로 한다. 어떠한 대상, 즉 사물이나 개념, 사실이나 사건 등을 기술하면서 그 본질을 밝히는 것이 설명으로 '~은 무엇인가'에 대한 대답에 해당한다. 설명에는 **정의와 지정, 예시와 인용, 비교와 대조, 분류와 구분, 인과분석, 묘사적 설명과 서사적 설명, 논증** 등의 다양한 진술 방식이 사용된다.

'설명'한다는 것은 상대가 알지 못하는 사항이나 설령 안다고 해도 내용 면에서 부실한 경우에 이를 '정의'하거나, 이미 알고 있는 것과 '비교'하거나, 실제 '사례'를 제시하거나, 통계 자료를 '인용'하거나, 이유나 원인의 순서를 세워 주장을 '증명'하거나, 인과 관계를 '분석'하거나 하는 등으로, 설명의 다양한 진술 방식을 사용하여 글을 읽는 독자의 이해에 호소하는 것이다.

지문을 구성하는 개별 단락은 이 설명의 진술 방식 가운데, 어느 하나가 중심이 되거나, 혹은 여럿이 뒤섞여서 글의 진술에 참여하게 된다. 따라서 각각의 설명의 진술 방식에 대한 정확한 이해를 바탕으로 글의 구성 및 단락 전개에 유념하면서 지문을 읽으면, 글의 내용 면에서의 의미 이해는 물론이고 형식 면에서의 구조는 파악하기 한결 쉬워진다.

먼저 지문을 읽어 글의 '중요한 부분'을 가릴 수 있어야 하는데, 이는 **개념을 직접 설명하거나, 글의 중심 생각을 설명하는** 내용에 집중된다. 글에서 **'정의와 지정', '논증(주장과 근거, 전제와 결론의 글 묶음)'의 진술 방식으로 기술한** 부분으로 반드시 밑줄을 그어가며 따로 표시해 두어야 한다.

다음으로 논의의 흐름을 따라 글을 읽으면서, 글의 '부분–전체' 구조를 한눈에 파악하기 위해서는 **'비교와 대조', '분류와 구분', '인과 분석'의 방식으로 진술된 글 내용을 눈여겨봐야** 한다. 이 설명글을 중심으로 구성된 단락은 개념과 개념을 서로 비교하면서, 또는 개념을 나누고 쪼개어 설명하면서, 혹은 단락 단위 혹은 문장 단위로 인과 관계를 가리면서, 있는 그대로의 '사실·사건·대상·현상'을 객관적으로 기술한 것이다.

끝으로 사례를 들어가며 개념적 설명을 강화하거나, 대상을 세밀히 관찰하거나, 사건과 현상의 배열 순서를 정하거나, 상황의 추이를 보여주는 등으로, 설명을 뒷받침하는 목적으로 진술된 글감이 있다. **'예시와 인용', '묘사적 설명과 서사적 설명'이** 이에 해당한다. 이 부분은 글에서 그리 중요하지 않은 내용을 담은 것이기에 선택적으로 판단해서 글을 깊게 살피거나, 또는 빠르게 훑으면서 읽을 필요가 있다.

065 글의 위계를 따져가며 읽어라

여기까지가 설명글의 진술 방식과 관련한 특징을 살펴 읽는 것이라면, 다음은 설명글의 전체 위계 구조 측면에서의 특징을 살펴 읽는 것이다.

설명글 구조(전개 구조)가 갖는 의미의 짜임은 체계적인 망(網) 형태로 이루어져 있다. 즉 설명글은 **상위의 중심 내용과 하위의 세부 내용이 위계로 연결되는** 구조다.

글의 위계는 글 내용에 따라 결정된다. 상위 내용과 하위 내용을 결정짓는 것이 곧 글 내용의 기술 관계(핵심–상술, description)이다. 글 내용에 대한 기술상의 등위 관계는 **'상술 관계', '나열 관계', '대응 관계', '인과 관계', '문제–해결 관계'에 따라** 결정되며, 각각은 다양한 '기능어'를 사용하여 문장을 서로 연결하면서 글의 중심 내용을 기술한다. 따라서 글의 중심 생각을 읽으려면 **글의 내용 면에서의 기술 관계를 살피는 것과 동시에 기능어의 쓰임에 주목하면서** 글을 읽어야 한다.

참고로 '기능어'는 글에서 생각의 흐름을 잇기 위해 쓰이는 형식적인 어휘로, 개념을 서로 비교하고 대조할 수 있도록 돕거나, 시간이나 시대 순서로 글 내용을 이해할 수 있도록 돕거나, 원인과 결과의 관계를 이해할 수 있도록 돕는 역할 등등을 담당한다. 다양한 접속 표현을 담은 용어가 대표적인 기능어라 할 수 있다.

'상술 관계'는 한 명제(주제 개념) 또는 문장(중심 문장)의 기술과 그 부연 설명이 덧붙는 것으로, 예시나 속성이 부가되거나 다른 말로 표현한 내용의 반복이 이어진다. 이러한 기술 관계를 설명하기 위해 '예를 들어, 부연하면, 다시 말해' 등의 기능어(접속 표현)가 사용된다.

'나열 관계'는 생각의 단위(명제나 문장, 단락)들이 나열되는 것으로써, '집합' 또는 '열거'라고 한다. 나열 관계에서는 열거되는 단위들을 통합하는 상위 명제가 존재함을 전제로 한다. 집합 관계는 '그리고, 먼저-다음으로, 첫째-둘째' 등의 서술이 따를 수 있다. 특히 생각의 단위들이 시간 순서로 나열되어 있을 때, '그런 다음에, 전에, 그 후에' 등의 기능어가 동반할 수 있다.

'대응 관계', 즉 **'비교-대조 관계'**는 동일한 화제를 중심으로 생각의 단위들이 대응을 이루는 글 구조로, 공통점과 차이점 모두를 특성 면에서 대응할 때를 '비교'라 하고, 차이점의 특성으로 대응할 때를 '대조'라고 한다. '그러나, 반면, 유사하게' 등의 기능어가 동반한다.

'인과 관계'는 하나가 원인이고 다른 하나가 결과가 되는 짝으로 이루어지는 글 구조로, '원인은, 때문에, 따라서, 그래서, -으로 인해' 등의 다양한 기능어가 사용된다.

'문제-해결 관계'는 하나의 문제가 되고 다른 하나가 그 해결이 되는 짝으로 이루어지는 글 구조로, '이를 위해서는 -이 필요하다, -하기 위하여' 등의 기능어를 동반할 수 있다.

글의 위계는 텍스트(글 내용)의 형식적 응집성과 내용적 결속성에 따라 결정된다. 따라서 글의 위계를 따라 제시문이 어떻게 기술되고 있는지를 살피면, 글 내용의 핵심을 파악하기 쉽다. 상술 관계와 나열 관계의 글 구조는 명제들이 느슨하게 연결되면서 내용 면에서의 구성력이 비교적 약하다.

인과 관계, 대응 관계, 문제-해결 관계의 글 구조는 명제들의 연결이 긴밀하게 관계하면서 내용적인 구성력이 강하다. 이를 염두에 두고 제시문을 읽으면 글의 중심 생각, 즉 상위 내용을 담은 글이 어느 부분에 집중되어 있는지 파악할 수 있을 것이다.

066
글의 부분-전체 구조를 살피고, 글 내용을 통합하면서 읽어라

글의 내용 면에서의 위계적 연결 관계를 분석하면서, 그리고 글의 형식 면에서의 설명적 기술 관계를 파악하면서 제시문을 읽으면, 글의 중심 생각은 물론이고 글의 체계와 의미 관계를 좀더 잘 이해할 수 있다. 특히 **글 전체의 의미 체계를 구성하는 단락과 단락의 관계를 잘 파악할** 수 있다. 설명글 구조의 최상위에 위치하는 중심 생각은 글의 핵심 내용이 되며, 상위의 명제를 아우르면서 글 내용을 체계적으로 정리하면 그것이 글 내용의 '요약'이다. 설명글의 위계 구조를 잘 파악하면서 글을 읽는 학생들은 그렇지 못한 학생들보다 글의 내용을 더 잘 기억하고 글의 중심 생각을 더 잘 포착한다.

알고 있어야 할 것은, 설명글의 '진술 방식'과 '위계 구조'는 글 구성과 글 구조를 각각 다른 시각에서 설명한 것일 뿐, 둘은 내용 면에서 마치 동전의 앞뒤 관계와 같고 또 중첩된다. 따라서 제시문을 **'설명글의 다양한 진술 방식'에 맞춰 읽으면서 글 전체의 핵심 내용에 집중하는** 한편, **글의 논리적 관계에 따라 지문의 위계 구조를 분석하여 읽으면서 중심 단락과 중심 문장을 정확히 찾아낼 수 있도록** 한다면, 글은 막힘없이 이해되고 독해력은 향상한다.

한 편의 글을 읽으면서 글쓴이의 주장과 그 근거를 찾아내거나, 중심 생각을 효과적으로 뒷받침하기 위해 동원된 글의 진술과 전개 방식을 파악하는 것은 글 내용의 심층적인 이해를 위해 매우 중요하다. 지문 독해를 잘하기 위해서는 글 전체를 다 기억하려 들기보다는 글과 단락 속에서 중심 생각을 찾아 그 내용을 구조화하여 이해하는 것이 더 효과적이다. 이때 설명글의 진술 방식과 글(문장과 단락)의 위계 구조를 따져가며 글을 읽으면서 글의 내용 구성과 단락의 전개 방식을 살피면, 글을 읽어 중요한 부분과 그렇지 않은 부분을 구분할 수 있을뿐더러, 글의 '부분–전체' 구조를 단박에 파악할 수 있다. 글의 내용과 형식은 결코 분리될 수 없는 하나이기에, 글의 중심 생각과 핵심 내용을 정확히 파악하려면 **문장과 단락의 구조를 주의 깊게 살피면서 글을 읽고, 전체 의미 구조를 읽어낼 수 있어야** 한다.

덧붙여, 글을 읽으면서 새롭고 복잡한 개념과 이론 또는 원리를 이해할 수 있어야 한다. 또 기존 개념·이론과 연계하여 새로운 개념·이론을 이해한 후 이를 토대로 한 단계 더 높은 지식으로 나아갈 수 있어야 한다. 이를 위해서는 '통합적 글 읽기'가 필요하다. 통합적 글 읽기는 어떤 개념과 다른 개념들 사이의 논리적인 연관 관계를 찾아가며 글을 읽는 것을 말한다. 통합적 글 읽기의 기본은 지식을 통합하기 위한 기초 작업으로 제 이론이나 개념들 사이의 유사점과 차이점을 찾아 살피면서 읽는 것이다. 유사점과 차이점을 분석하는 글 읽기는 글과 글을 비교하거나 대조하면서 읽는 과정에서 향상되는데, 이때 사소하거나 부분적인 요소보다는 중요한 요소, 즉 **글의 핵심 내용을 중점적으로 찾아 살피는** 것이 좋다.

통합적 글 읽기는 **글 내용을 분류 및 재구성하는 데** 크게 도움 된다. 분류의 목적은 읽은 내용을 머릿속에 일목요연하게 정리하는 것에 있는데, 배운(읽은) 지식을 효과적으로 머릿속에 기억하고 유지하기 위해서는 그것을 체계적이면서도 순차적인 방식으로 정리해야 한다. 이때 다방면의 여러 글을 내용을 통합해가면서 읽으면 머릿속에서 **'개념의 범주화'가 체계적으로 이뤄지고**, 지식을 통합하여 생각하는 능력으로써의 독해력은 크게 향상한다. 통합적 글 읽기는 또한 **논리적 추론을 통한 지식의 활용 능력을** 높인다. 글에 생략된 내용, 글의 암묵적인 주제 개념은 추론을 통해 함축과 숨은 전제의 의미를 파악한다. 이때 글에 담긴 인과(因果), 의의, 적용, 모순 등을 찾아 밝히는 적극적 글 읽기는 독해력을 크게 높인다.

설명 글 읽기 예시 1

여기까지의 설명을 바탕으로 아래 사례 글에서의 설명글의 전개 구조와 단락별 구성 관계를 살펴보면 다음과 같다. 사례 지문의 글은 인간의 제한적 합리성을 담은 핵심 개념어인 '휴리스틱'을 주제로 하여 이를 '정의'의 진술 방식으로 기술하면서,(①) 하위 개념어들을 '예시'의 방법을 사용하여 상세히 설명한다.(④) 이때 글(단락) 구성은 '나열 관계'로써 연결되고,(②) 글 전개는 '비교와 대조'의 방식을 사용하여 순차적으로 기술한다.(③) 글(지문)을 읽을 때 **글 구조와 구성 관계를 살피면서 읽으면**, 글의 전체 구조는 한눈에 들어오고, 글 내용의 핵심을 단박에 파악할 수 있다. 이것은 부단한 읽기 연습을 통해 체화된다.

사례 휴리스틱의 종류와 장단점

사람들은 하루에도 수많은 일들을 판단하면서 살아간다. 판단을 할 때마다 필요한 모든 정보를 수집하여 이용하고자 하면, 정보를 수집하는 것도 힘들뿐더러 그 정보를 처리하는 것도 부담이 된다. 그렇기 때문에 사람들은 과거 경험을 바탕으로 어림짐작을 하게 되는데, 이를 **휴리스틱**이라고 한다. …① 이러한 휴리스틱에는 대표성 휴리스틱과 회상 용이성 휴리스틱, 그리고 시뮬레이션 휴리스틱 등이 있다. …②

대표성 휴리스틱은 어떤 대상이 특정 집단에 속할 가능성을 판단할 때, 그 대상이 특정 집단의 전형적인 이미지와 얼마나 닮았는지에 따라 판단하는 경향을 말한다. 우리는 키 198cm인 사람이 키 165cm인 사람보다 농구 선수일 가능성이 높을 것이라 판단한다. 이와 같이 대표성 휴리스틱은 흔히 첫인상을 형성할 때나 타인에 대해 판단을 할 때 작용한다. …④ 그런데 대표성 휴리스틱에 따른 판단은 그 대상이 가지고 있는 특정 집단의 전형적인 속성에만 주목하여 이루어진 것이다. 따라서 이러한 판단은 신속한 결정을 내리는 데 도움이 되기도 하지만, 항상 정확하고 객관적인 것이라고 보기는 어렵다. …③

회상 용이성 휴리스틱은 당장 머릿속에 잘 떠오르는 정보에 의존하여 판단하는 경향을 말한다. 사람들에게 작년 겨울 독감에 걸린 환자들이 얼마나 많았는지 물어보면, 일단 자기 주변에서 발생한 사례들을 떠올려 추정하게 된다. 이러한 추정은 적절할 수도 있지만, 실제 발생 확률과는 다를 수도 있다. …③ 사람들은 최근에 자신이 경험한 사례, 생동감 있는 사례, 충격적이거나 극적인 사례들을 더 쉽게 회상한다. 그래서 비행기 사고 장면을 담은 충격적인 뉴스 보도 영상을 접하게 되면, 그 장면이 자꾸 떠올라 자동차보다 비행기가 더 위험하다고 생각하게 되는 것이다. …④ 그러나 이것은 실제 사고 발생 확률을 고려하지 못한 잘못된 판단이다.
시뮬레이션 휴리스틱은 과거에 발생한 특정 사건이나 미래에 일어날 일들을 마음속에 떠올려 그 장면을 상상해 보는 것이다. 범죄 용의자를 심문하는 경찰관이 그 용의자의 진술에 기초해서 범죄 장면을 머릿속에 그려보는 것이 이에 해당한다. 이때 경찰관은 그 용의자를 범인으로 가정해야만 그가 범죄를 저지르는 장면을 머릿속에 떠올려 볼 수 있다. 이러한 가상적 장면을 자꾸 머릿속에 떠올리다 보면, 그 용의자가 정말 범인인 것처럼 생각하게 된다. …④ 그래서 그가 범인임을 입증하는 객관적인 증거를 충분히 수집하기도 전에 그를 범인이라고 판단할 가능성이 높아지는 것이다. …③
이처럼 휴리스틱은 종종 판단 착오를 낳기도 하지만, 경험에 기반으로 답을 찾는 효율적인 방법이라고 볼 수도 있다. …① 일상생활에서 우리의 판단과 추론이 항상 합리적인 사고 과정을 거쳐 일어나는 것은 아니다. 우리는 '결정을 위한 시간이 많지 않다'는 가정을 무의식적으로 하고 있다. 휴리스틱은 우리가 쓰고 싶지 않아도 거의 자동적으로 작용한다. 그리고 수많은 대안 중 순식간에 몇 가지 혹은 단 한 가지의 대안만을 남겨 판단하기 쉽게 만들어 준다. 이런 점에서 인간은 '인지적 구두쇠'라고 할 만하다. (수능 고1 모의고사 출제지문)

067
텍스트의 의미 구조를 읽어라

한눈에 들어오는 글 묶음은 반드시 하나의 의미를 담은 글 묶음을 뜻하는 것은 아니다. 채 읽지도 않은 글을 어떻게 의미 단위로 나눌 수 있겠는가? 많은 단어로 이루어진 긴 글을 접할 때, 글의 한 줄을 두 번 내지 세 번으로 나누어 두뇌에 전달하면 된다. 그러면 두뇌는 내용을 이해하는데 꼭 필요하거나 또는 예측하며 읽은 것들을 확인하는데, 필요한 낱말이나 어귀만을 '골라서 읽게' 된다.

이것이 바로 '의미 단위' 읽기, 곧 '의미 읽기'다. 좁은 의미의 의미 단위 읽기란 **하나의 문장에 내포된 '명제'들을 하나의 '덩어리'로 지각하여 글을 읽는** 것이다. 다시 말해, 단어 하나하나를 분절해가며 글을 읽는 것이 아니라, 명제 단위로 글을 읽어나가는 것이다. 명제(命題)란 글의 의미 단위이자 생각의 최소 단위로, 여러 명제가 합쳐져 문장이 되고 그것들이 다시 모여 줄거리를 이룬다. 따라서 명제 단위로 글을 읽게 되면 명제 몇을 합해 큰 명제 덩어리로 글을 읽을 수 있다.

이 큰 명제 덩어리가 바로 '글 구조', 즉 텍스트(text)다. 텍스트는 문장의 연결체로 이루어진 문장보다 더 큰 언어 단위이자, 실제 소통되는 의미 단위이다. 즉 텍스트는 구체적인 소통 상황에서 사용된 '맥락적인' 언어이자, '맥락을 동반한' 의사소통 단위다.

한편 글 구조란 글을 구성하는 명제 또는 문장들의 체계적인 연결 관계망을 이루면서 글의 의미를 드러내는 기본 골격 또는 개요를 말한다. '텍스트 구조' 또는 '텍스트 의미 구조'라고도 한다. 텍스트(글 내용)의 의미 구조는 글의 위계 및 기술 관계와 긴밀하게 관계한다.

글 읽기에서 개념(단어)이나 명제(문장)보다 '글 구조', 다시 말해 텍스트 의미 구조를 중시하는 이유는 **텍스트 단위의 이해가 글의 해석에서 무엇보다 중요하기** 때문이다. 단어에 대응하는 의미를 '개념'이라고 하고, 문장에 대응하는 의미를 '명제'라고 하며, 텍스트에 대응하는 의미를 '글 구조'라고 한다.

이때 독서의 주된 대상은 단어나 문장 단위이기보다 텍스트 단위이기 때문에 글 구조에 관심을 가지고 읽으면 글의 전체 의미가 무엇인지를 이해할 수 있을 뿐만 아니라, 글의 세부 의미를 더 쉽고 더 체계적으로 파악할 수 있다.

강조하지만 제시문 이해의 주요 대상은 '단락(문단)', '글', '지문'과 같은 큰 언어 단위이다. 따라서 넓은 의미의 의미 단위 읽기란 바로 텍스트의 의미를 이해하는 적극적인 글 읽기라는 사실을 알고 있어야 한다. 논술 제시문 독해의 핵심은 하나의 생각으로써의 소주제를 담은 '단락(또는 텍스트)'을 의미 단위로 읽는 것으로, **단락의 구조를 파악하여 이를 하나의 생각으로 묶어가며 읽는** 것이 바로 의미 단위 읽기다.

이처럼 글이란 명제를 구성하는 일련의 '어군(語群)'이 모여서 생각의 단위를 형성한다. 이 생각의 단위들이 의미로써 연결될 때 독해는 수월해진다. 따라서 독서 훈련은 단어를 하나씩 개별적으로 읽는 것이 아니라, **하나의 생각을 담은 '어휘 묶음을 의미 단위'로 묶어 읽으면서 그 의미를 이해할 수 있는** 감각적인 역량을 개발하는 과정이기도 하다.

문장을 하나의 의미 단위로 읽는 것에서 한 걸음 더 나아가 단락을 중심으로 텍스트의 의미 구조를 파악하며 읽는 적극적인 글 읽기가 그것으로, 독서 속도와 독해 능력은 이를 실천하는 과정에서 크게 향상한다.

068
단락을 구조화하여, 의미 단위로 읽어라

생각의 최소 단위가 '문장'이라면, 독서(독해)의 최소 단위는 '단락(문단)'이다. **단락(또는 글 전체)을 구조적으로 빠르게 읽을 수 있는** 능력이 독서력의 향상에서 또한 중요하다. 단락의 독해는 개별 문장을 하나의 생각으로 뭉뚱그린 다음, 하나하나의 생각, 즉 각각의 문장의 의미를 서로 이어서 단락 전체의 의미를 다시 하나의 생각으로 뭉뚱그리는 과정을 뜻한다.

글을 잘 읽는 방법은 **내용 면에서의 글의 구조 관계와 형식 면에서의 글의 구성 관계를 올바르게 이해하면서 그 안에 담긴 글의 중심 생각(핵심 내용)을 분명히 파악하는** 것이다. 이때 단락을 중심으로 글의 의미 구조와 구성 방식, 핵심 내용과 부연 내용, 중심 문장과 뒷받침 문장을 명확히 밝혀야 글 내용은 올바로 파악된다. 글의 구조와 핵심 내용이 각각의 문장에서 어떤 관계로 이어지고 있는가를 파악하는 작업은 단락 읽기에서 시작된다. 단락을 중심으로 글 전체의 구성 관계를 살피면서 읽어야, 글 내용을 바르게 이해하고 정확히 파악할 수 있다.

단락(글 전체가 하나의 단락을 이룰 수도 있다.)은 하나의 내용을 담고 있는 문장들의 집합으로, 하나의 중심 생각을 나타낸다. **단락은 소주제문(단락의 '핵심 내용'으로, '중심 문장'에 들어 있다)을 가지므로 그 자체로서 독립적인 의미 구조를** 지닌다. 단락은 일관된 하나의 내용을 담는다. 하나의 단락 안에서는 내용이 바뀌지 말아야 한다. 단락은 완결성을 갖춘다. 핵심 내용을 구체화하고 풀어 설명하는 부연 내용이 단락 안에서 적절하게 제시한다. 그렇게 해서 하나의 단락은 전체 글과 내용 면에서 서로 연결된다. 따라서 단락은 글 전체를 놓고 볼 때, 하나의 작은 생각의 '집약'이라 할 수 있다.

단락에는 핵심 내용이 하나뿐이기 때문으로, 하나뿐인 핵심 내용을 독자가 오해하지 않도록 바르게 전달하기 위해 필자는 부연하는 내용을 유기적으로 연결하면서 단락을 구성한다. 독자가 글을 읽으면서 각 단락 안의 부연 내용을 제거하면 핵심 내용 하나만 남게 된다. 이 핵심 내용을 이어나가면 글 전체의 구조가 드러난다. **글의 내용의 최소 단위는 단락이므로 단락을 글의 최소 단위로 보고 읽어야** 한다.

단락 안의 중심 문장과 부연 문장들의 관계는 '빛과 프리즘'을 비유로 들어 설명할 수 있다. 단락의 중심 문장은 그 위치가 단락의 첫 부분이거나, 중간이거나, 끝이거나 간에, 그 단락 전체의 내용을 대표한다. 그 이외의 단락들은 마치 햇빛이 프리즘을 통과할 때 여럿으로 쪼개어져서 다양한 색채를 나타내듯, 중심 문장의 내용을 '설명'하기도 하고, 다른 것과 '비교'하거나 '부연'하기도 하고, '사례'를 들어가며 그 정당성을 '증명'하기도 한다. 한편 중심 문장을 뒷받침하는 이 모든 글을 묶어 '해설'이라고 한다. 따라서 중심 문장은 프리즘이요, 그 안에 실린 핵심 내용이자 중심 생각은 햇빛, 그리고 중심 문장과 중심 생각의 뒷받침 해설은 다양한 색채라고 말할 수 있다.

결국 단락은 내용 면에서 **글의 '결론(주장)' 부분(즉, 단락 안에서 드러내고자 하는 생각의 작은 단위로써의 소주제를 담은 중심 문장)과 이를 뒷받침하는 근거를 담은 '해설' 부분(즉, 중심 문장으로 전개하는 일련의 사고 과정을 단단하게 뒷받침해 주는 내용의 문장들)으로** 구분된다. (그 점에서는 단락을 한데 묶은 '전체' 글 묶음 역시 마찬가지다.)

정리하면 단락 독해의 포인트는 다음 세 가지다. 첫째, 글을 읽으면서 각 단락에서 그 내용을 대표하는 중심 문장 및 그 안에 담긴 핵심어를 찾는다. 둘째, 그 이외의 부연 문장들이 중심 문장과 어떤 관계 맺음을 하고 있는지를 생각한다. 셋째, 각 단락의 핵심 내용이 서로 연계되면서 구성하는 글의 전체 구조와 핵심 내용을 파악한다.

069 글의 중심 생각을 잡아라

중심 문장 안에는 내용의 초점이 되는 중요 단어(핵심어)가 들어있는 것이 일반적이다. 핵심어는 대개 단락 안에 있는 모든 문장에서 반복되거나 암시되면서 글을 따라서 이어진다. 그러므로 단락 독해는 **중심 문장과 그 안에 실린 핵심어(키워드)를 찾는 것부터** 시작한다. 그리고 핵심어가 다른 문장들 속에서 어떻게 쓰이고 있는가를 확인하면, 그 단락의 구조가 선명하게 드러나면서 단락 전체의 내용은 빠르고 명확하게 이해된다. 논술로 출제하는 제시문은 읽기 편하고 의미 전달이 명료한 글로, 대개 이런 글은 단락 단위로 사고가 조직되어 있으며, 한 단락에 하나의 중심 생각이 들어있는 경우가 대부분이다.

중심 문장을 제외한 뒷받침 문장들의 종류와 역할을 구분하면 개략적으로 다음과 같다. 단락을 구성하는 모든 문장은 **'정의, 예시, 비교, 대조, 분류, 인용, 묘사적 설명, 서사적 설명'이라는 다양한 '설명의 진술 방식'을 사용하여** 글 내용을 전개한다. 각각의 진술 방식은 어느 하나가 중심이 되거나, 혹은 여럿이 뒤섞이면서 글에 참여하게 된다. 이때 글 내용의 중요한 부분은 '정의와 지정'의 설명 방식을 중심으로 핵심 개념을 기술한 부분이나 '비교와 대조', '분류와 구분', '분석'의 설명 방식을 사용하여 글의 중심 생각을 집약한 부분이다. 이는 글 구조를 이해하는데 있어서 무척 중요하다.

설명글의 다양한 진술 방식과 글 구성

- **유도**: 중심 문장 앞에서 글을 이끄는 역할을 한다.
- **부연**: 중심 문장의 내용을 되풀이하여 설명함으로써, 중심 내용을 재확인한다.

- **비교와 대조**: 중심 내용과 비교되거나 대비되는 내용을 제시함으로써, 중심 내용을 뚜렷이 한다.
- **분류와 구분**: 중심 내용과 부연 내용, 중심 문장과 뒷받침 문장을 나누고 보탬으로써, 설명을 강조한다.
- **예시와 인용**: 중심 내용을 설명하기 위해 예를 들거나 다른 글에서 끌어온 문장들이다.
- **증명과 이유·조건**: 중심 내용을 확인해 주고, 그 의미를 보강한다.
- **결론**: 중심 생각과 핵심 내용을 담은 중심 문장이다.

글은 문장과 문장, 단락과 단락이 유기적으로 긴밀하게 결합하면서 전개된다. 하나의 완결된 단락이나 글 전체를 읽으면서, 하나의 단락 안에서의 여러 문장 사이의 관계, 또는 전체 글에서의 개별 단락의 성격과 기능, 그리고 내용에 따른 단락별 관계를 파악할 수 있어야 한다. 문장과 문장, 단락과 단락 간의 다양한 관계를 이해하며 글을 읽음으로써 글 전체의 요지나 주제를 좀더 명확히 하고, 글 전체의 짜임까지 파악할 수 있어야 한다.

이를 위해서는 글 구조를 이루고 있는 요소들, 즉 문장과 단락의 의미와 기능을 바르게 이해하면서 글을 읽어야 한다. 즉 **단락의 내용을 구조화하여 읽으면서 글 전체의 중심 생각을 하나의 의미 단위로 파악할 수** 있어야 한다. 특히 **글의 중심 생각(핵심 내용)을 파악하는 것이 글 읽기의 중추 활동이라고** 할 수 있다. 거듭되는 설명이지만, 중심 생각은 그 글을 통해 나타내고자 하는 주된 생각으로, 글의 핵심 내용, 글의 중심 화제, 글의 요지를 가리킨다. 중심 생각 파악하기는 독해의 가장 중요한 부분으로, 독해를 잘 수행하는지 확인할 수 있는 부분이다. 글 전체의 중심 생각을 잘 파악하며 읽는다는 것은 읽기를 성공적으로 수행하고 있음을 의미한다. 반대로 중심 생각을 잘 찾지 못하면 그 읽기는 실패한 것이라고 보면 된다.

⊕ 설명 글 읽기 **예시 2**

다음 사례 글을 문장 및 단락별로 뭉뚱그려가며 읽으면서(아래의 ⓐ~ⓘ까지의 기술) 중심 문장과 핵심어를 찾고, 이어서 뒷받침 문장들의 역할과 기능을 구분해 보자. 참고로 아래의 글 (가)와 (나)는 설명의 진술 방식 가운데 '비교와 대조'의 방식을 동원하여 단락을 나누면서 설명한 것으로, 글의 주제는 '글을 읽는 올바른 태도', 핵심어는 각각 '이해'와 '집중'이다. 글을 읽어 이것들만 파악해도 전체 내용을 이해하는 것은 어렵지 않을 것이다.

사례 글을 읽는 올바른 태도

(가) ⓐ내가 몇 년 전부터 독서에 대하여 깨달은 바가 무척 많은데, 마구잡이로 그냥 읽어 내리기만 한다면 하루에 백 번 천 번을 읽어도 읽지 않는 것과 같다. ⓑ무릇 독서하는 도중에 의미를 모르는 글자를 만나면 그때마다 널리 고찰하고 세밀하게 연구하여 그 근본 뿌리를 파헤쳐 글 **전체를 이해**할 수 있어야 한다. ⓒ날마다 이런 식으로 책을 읽는다면 수백 가지의 책을 함께 보는 것이 된다. ⓓ이렇게 읽어야 읽은 책에 담겨 있는 올바른 이치를 훤히 꿰뚫어 알 수 있게 되는 것이니 이 점 깊이 명심해라.

(나) ⓔ이해할 수 있는 부분은 주의를 기울여 읽고, 금방 이해가 안 되는 부분은 멈추지 말고 그냥 넘어가라. ⓕ아무리 난해해도 계속 읽으면 곧 이해할 수 있는 부분이 나타날 것이다. ⓖ그러면 다시 **이 부분을 집중**해서 읽는 것이다. ⓗ이렇게 각주, 주석, 참고 문헌 등으로 빠져나가지 말고 끝까지 읽는다. ⓘ딴 데로 새면 길을 잃게 된다. ⓙ모르는 문제는 붙들고 있어봤자 풀 수 없다. ⓚ다시 읽어야 훨씬 쉽게 이해할 수 있게 된다. ⓛ그러나 '일단 처음부터 끝까지' 읽고 나서 다시 읽어야 한다.

(가)의 핵심어: **이해**

ⓐ마구잡이로 글을 읽으면 읽지 않은 것과 같다 ……………… 〈유도〉

ⓑ글을 철두철미하게 읽어야 글의 전체 의미를 이해할 수 있다… 〈결론: 중심 문장〉

ⓒ이것이 책을 제대로 읽는 방법이다 ………………………… 〈부연①〉

ⓓ이렇게 읽어야 책에 담긴 올바른 이치를 깨달을 수 있다 … 〈부연②〉

(나)의 핵심어: **집중**

ⓔ글을 읽으면서 이해가 안 되는 부분은 그냥 넘어가라 …… 〈유도①〉

ⓕ계속 읽다보면 이해가 되는 부분이 나온다 ………………… 〈유도②〉

ⓖ이 부분(이해가 잘 되는 부분)에 집중해서 읽어라 …………… 〈결론: 중심 문장〉

ⓗ글의 다른 부분에 관심을 쏟지 말라 ………………………… 〈대조①〉

ⓘ딴 길로 새지 마라………………………………………………… 〈대조②〉

ⓙ모르는 내용을 붙잡고 있어야 소용없다 …………………… 〈구분〉

ⓚ거듭 다시 읽어야 이해가 된다 ……………………………… 〈부연①〉

ⓛ그렇더라도 이는 처음부터 끝까지 거듭 다시 읽을 경우에 한해서이다 〈부연②〉

070
어휘가 어려울수록 맥락으로 읽어라

글을 읽어도 의미가 잘 이해되지 않거나, 또는 글을 읽어 의미를 잘못 해석하는 경우가 생각 이상으로 많다. 그 주된 이유는 글의 '어휘 구성' 및 '문장 구조'와 관계 깊다. 전자의 경우에는 독자의 머릿속에 떠오르는 단어(어휘)의 '개념적 이해력'이 문제가 되고, 후자는 개념들의 관계를 파악하는 지적 역량으로써의 '직관적 사고력'이 관건이다. 둘 다 독해력에 크게 작용한다.

단어(와 어휘)는, 그것에 담긴 개념적 층위의 높낮이가 독해력에 크게 영향을 미친다. 당연한 얘기겠지만, 단어(어휘)에 담긴 개념적 정의(이를 개념의 '내포'와 '외연', '한정'과 '개괄'이라고 한다.)가 구체적일수록 그 의미를 이해하는 것은 그다지 어렵지 않다. 반면 **단어의 개념적 정의가 추상적일수록** 이를 해석하기 쉽지 않다. 이를 뒤집어 말하면, 개념을 일반화하고, 추상화하며, 범주화하는 능력이 뛰어날수록 독해력은 향상하며, 이는 부단한 읽기 훈련을 통해 길러진다.

단어와 단어는 서로 관계를 맺고 이어지면서 비로소 글로서의 의미를 담는다. 이때 단어가 추상적일수록, 다시 말해 단어가 개념적으로 많은 의미와 내용을 포함하면서 모호해질수록 글과 생각과의 거리는 그만큼 멀어진다. 글에 추상적인 단어가 들어있거나, 서로 다른 개념을 담은 단어가 문장 안에 많이 들어있어서 개념의 혼동을 일으킨다면, 글을 읽고 이를 받아들이는 과정에서 필연적으로 사고의 오류가 일어날 수밖에 없다.

따라서 더 높은 단계의 추상적인 단어(어휘)가 쓰인 문장을 읽으면서 그 의미를 정확히 파악하려면, **문장 안과 밖의 '구조'를 파악하여 단어에 담긴 의미와 용법을 '맥락'으로 이해할 수 있어야** 한다. 이때 '구조'란 글(문장, 단락,

글 전체)의 '뼈대'를 이루는 중심 생각이자 전체 글의 중심 생각이자 핵심 내용을 구성하는 글의 내용 면에서의 하나의 조직화한 의미 체계를 일컫는다. '문장 안과 밖의 구조'라는 것은 그 단어가 들어있는 문장의 뭉뚱그려진 생각 속에서의 '의미 구조'와 그 문장이 들어있는 단락이나 글 전체의 뭉뚱그려진 생각 속에서의 '의미 구조'를 함께 지칭하여 이르는 말이다. 그 의미 구조는 개념(어)과 개념(어)의 관계 속에서 생각의 흐름을 따라 하나의 '주제'를 향해 일관된 방향으로 펼쳐지고 또 체계적으로 기술된다. 독해력의 핵심은 바로 이것을 파악하는 데 있다.

한편 단어의 **'맥락적 이해'란 문맥적인 단서를 활용하여 단어의 의미를 유추하는** 것을 말한다. 이는 문장을 읽으면서 잘 모르는 단어나 어려운 낱말에 밑줄을 친 후, 서로 연결해 있는 앞뒤 문장을 주의 깊게 읽고 단어의 의미를 파악하는 것이다. 예를 들어 "각광을 받았습니다"라는 문장에서 '각광'이라는 단어의 뜻을 모를 때, 이어지는 문장에 나오는 "외국인들이 흥겨워하였습니다"를 읽으면서 이것이 '인기가 있다'라는 뜻임을 이해할 수 있다.

글의 핵심 내용의 파악 역시 마찬가지다. 문장 및 단락, 글 전체는 각각의 구조적 틀 안에서 하나의 생각으로 뭉뚱그릴 수 있으며, 이 뭉뚱그린 생각 '속에서' 핵심 내용을 하나의 의미 단위로 구성할 수 있다. 글의 맥락적 이해와 핵심 내용 파악을 위해서는 논술 기출 제시문을 읽는 것이 효과적이다. 따라서 이를 텍스트로 삼아 글 전체의 내용과 의미 구조를 단박에 포착할 수 있도록 힘쓴다.

정리하면, 글을 정확히 독해하기 위해서는 문장 속 추상적인 개념어에 담긴 의미부터 올바로 이해할 수 있어야 한다. 이를 위해서는 **안으로는 앞뒤로 이어지는 다른 단어의 의미 관계를 살피고, 밖으로는 문장과 문장의 의미 구조를 따져, 단어의 개념적 의미를 맥락으로 파악해야** 한다. 전체 글의 핵심 내용(중심 문장 속의 중심 생각을 담은 주제 개념) 또한 마찬가지다.

071
개념의 관계를 생각하면서 읽어라

문장은 이를테면, 둘 이상의 단어를 놓고 그 단어들의 관계를 표현한 것이다. 달리 말하면, 머릿속에 있던 하나의 생각을 둘 이상의 작은 단어로 나누고, 이것들의 의미 관계를 표현한 것이 문장이다. 예를 들어 "우유에는 칼슘이 많이 들어있다"라는 생각을 문장으로 구성했다면, 이때 '…에는'과 '…이'와 '많이 들어 있다'는 '우유'와 '칼슘'이란 개별 단어의 의미 관계를 나타내는 표현적인 서술이다. 이때 단어의 '의미'를 일컬어 '개념'이라고 한다.

문장에서 한 걸음 더 나아가 단락이나 글 전체를 놓고서도 동일한 설명이 가능하다. 앞서 단락은, 글 전체를 놓고 생각할 때, 하나의 작은 생각의 집약이자 글의 내용 면에서의 생각의 기본 단위라고 하였다. 이는 단락은 하나의 작은 주제를 담고 있음을 뜻한다. 그리고 작은 주제는 문장 속 단어의 개념보다 상위의 개념을 담고 있다. 그리고 글 전체에는 그보다 더 높은 층위의 개념을 담고 있는데, 이것이 글 전체의 '주제 개념'이다. 그렇게 해서 **'단어→문장→단락→글 전체'로 발전하면서 개념은 좀더 추상화·일반화되는** 것이 일반적이다. 이를 다음 사례를 통해 확인할 수 있을 것이다.

- 사과_ 장미과(科)에 속하는 사과나무속(屬) 식물의 **열매**
- 과일_ 식용으로 하는 **과실(果實)**
- 음식_ 사람들이 먹거나 마실 수 있는 모든 **것**
- 건강_ 정신적으로나 육체적으로 아무 탈이 없고 튼튼한 **상태**

글을 잘 읽고 글 내용을 잘 파악하려면 무엇보다 개념의 의미를 정확하게 파악하고 올바르게 인식해야 한다. 이를 위해서는 **개념을 규정할 때 사**

용하는 어휘(개념어·주제어)의 개별적인 의미를 더욱 분명히 파악해야 한다. 무엇이 상위 개념이고 또 무엇이 하위 개념인지, 어떤 개념이 유개념이고 또 어떤 개념이 종개념인지를 구분하고, 같은 층위에 있는 개념들 사이에는 어떤 속성의 차이가 있는지를 파악하면 보다 정확한 개념 사용이 가능해진다.

예를 들어 가장 큰 사회 문제의 하나인 '자살'에 대해 생각해 보자. 이때 자살을 존재론적 물음을 따라 '이기적 자살, 이타적 자살, 아노미적 자살'로 분류하고, 발생 원인별로 '생물학적 요인, 심리학적 요인, 사회구조적 요인'으로 구분한 후, '자살–아노미적 자살–사회구조적 요인'이란 개념의 위계적 범주화를 꾀하면, 현대 사회에서 자살이 일어나는 이유를 좀더 명확히 설명할 수 있다. 이것들이 이를테면 논술에서 '관점'을 축약한 용어로 제시문을 읽고 찾아 밝혀야 한다.

덧붙여 어휘(특히 개념어) 지식은 글의 이해에 아주 중요하다. 글을 접했을 때 아는 단어가 많으면 그만큼 글을 빠르고 정확히 읽을 수 있다. **어휘 지식이 풍부하고 어휘력이 뛰어날수록** 글을 이해하기 한결 쉽다. 단어를 많이 안다는 것, 다시 말해 어휘력은 단순한 사전적 의미뿐만 아니라 **이미 알고 있는 어휘를 통해 모르는 어휘의 뜻을 추리하는** 능력을 포함한다. 그리고 글의 지시적·문맥적·비유적 의미를 이해하는 능력을 포괄한다. 글이란 결국 단어를 어법에 맞게 배열하여 결합한 것으로, 단어의 의미를 아는 것이 독해의 기본 요건이다.

논술 지문으로 채택되는 설명 글의 경우에는 개념어, 특히 그것이 주제 개념 및 세부 개념을 담고 있는 중심 단어(핵심 어휘)의 경우에는 **반드시 이를 '정의'의 진술 방식을 사용하여 글 안에 기술해** 놓는다. 게다가 학생 수준에서 이해하기 어려운 단어의 경우에는 별도로 주석을 달아 놓는다. 따라서 글 안에 **어렵고 생소한 단어가 나오더라도 앞뒤 문맥을 살피면서 그리고 추론하면서 글을 읽으면**, 그 의미를 거뜬히 파악할 수 있을 것이다.

072
개념을 머릿속에서 구체화하여 생각하라

어떤 의미에서 볼 때, **독해력은 글을 읽어 개념들의 '관계'를 파악하는 힘이라고** 말할 수 있을 것이다. 이는 **글의 '의미 구조'을 읽어내는** 것에서부터 출발한다. "귤에는 비타민C가 많다"라는 문장을 읽었다고 하자. 이때 머릿속에서 '귤'과 '비타민C'라는 단어의 의미 관계를 이해한 후, 곧바로 하나의 뭉뚱그려진 생각이 떠올랐다면, 독자는 이 문장의 의미를 안 것이다. 만약 어휘력이 부족하여 '…에는'과 '…가'와 '많다'라는 지시어가 지칭하는 개념들의 관계를 알지 못하는 독자가 있다면, 그 독자는 이 문장의 의미 구조를 파악하지 못한 탓에 글의 의미를 모르게 된 것이다.

그에 비해 '귤'과 '비타민C'만 보고도 "귤에는 비타민C가 많다"가 나타내는 뭉뚱그려진 생각이 머릿속에 연상될 수 있다면, 이는 독자가 언어력에 크게 의존할 필요가 없을 정도로 높은 수준의 독서력을 갖고 있다는 증거다.

이것이 곧 '직관적 사고력'으로, 개념들의 관계와 글의 의미 구조를 파악한 후, 전체를 하나의 생각으로 종합·분석하여 이해하는 힘이다. 독해력 향상을 위한 직관적 사고력을 기르기 위해서는 개념들의 관계를 생각해서 전체를 하나로 뭉뚱그리려는 의식적인 노력이 따라야 한다.

이것을 '의미 단위' 읽기라고 하는데, 이는 '한 문장, 나아가 한 단락을 하나의 생각으로 뭉뚱그려 이해'하는 것이다. 즉 개별 문장을 하나의 생각으로 뭉뚱그린 다음, 하나하나의 생각, 즉 각각의 문장의 의미를 서로 이어서 단락 전체의 의미를 다시 하나의 생각으로 뭉뚱그리면서 읽는 것을 뜻한다.

다음으로 개념들의 관계를 파악한다는 것은 구체적으로 무엇을 의미하는가? 그것은 **'깊게 생각한다'는** 의미다. 깊게 생각한다는 것은 독자가 둘 이상의 단어에 담긴 개념적 의미를 서로 비교하고 분석하는 등으로 생각을 거듭함으로써, 좀더 **높은 수준의 개념을 얻기 위한 일반화 또는 추상화의 과정을 겪는다는** 뜻이다. 바꿔 말하면, 개념, 즉 단어에 내재한 의미 수준을 한 단계 더 높이려는 목적을 갖고, (이것을 개념의 일반화·추상화라고 한다.) 둘 이상의 개념을 비교 또는 분류하는 등으로 생각을 거듭하는 지적 활동이 곧 개념들의 관계 파악이다.

이 모든 것들은 머릿속에서만 존재하고 일어나는 과정이다. 예를 들어 '연필'이 책상 위에 있는 경우를 생각해보자.

연필은 실제 우리 눈앞에 있다. 그러나 실은 '연필'이라는 단어의 개념은 우리의 머릿속에 있다. 연필이라는 실물과 그것을 지칭하는 말과 글을 통해서 머릿속에 일어나는 모든 생각을 우리는 연필의 '개념'이라고 말한다. '관계' 또한 그렇다. '연필'과 '볼펜'을 직접 우리 눈으로 보았을 때 각각 떠오르는 개념을 서로 비교하거나 분류하는 것이 개념들의 관계이므로, 연필과 볼펜 자체는 그 관계성이 실재하는 것은 아니다. 또 '연필'과 '볼펜'이라는 말과 글을 통해 머릿속에 일어나는 양쪽 개념의 관계 역시 우리의 머릿속에서만 관념적으로 존재하는 것이다.

이를 일컬어 개념이 '추상적'이라고 말한다. 이때 그 개념의 추상성의 정도, 다시 말해 개념의 층위가 어떤 단계에 속하느냐가 문제다. 가장 낮은 것은 실물을 가리키는 단어 개념이다. 여기서부터 출발하여 추상성의 정도는 한 단계씩 올라간다. 따라서 단어의 개념적 의미 관계에 대한 올바른 이해는 개념들을 한층 높게 추상화(또는 일반화)하기 위하여 개념들을 동시에 그리고 함께 생각하며 궁리하는 과정에서 이루어진다. 독해력 향상을 위해서는 개념적 인식 능력을 높여야 한다.

073 개념과 개념을 연결해서 생각하라

그런 의미에서 볼 때, 모든 **독서는 글을 읽어 개념들의 관계를 파악하는** 과정으로, 그 과정을 거치면서 추상적·보편적인 개념을 머릿속 생각으로 구체화·체계화할 때, 독서 효과는 높아진다. 물론 더 높은 층위의 개념(추상화·일반화된 개념)을 이해하기 위해서는 낮은 층위의 개념(구체적·실제적인 개념)들을 나열하면서, 그리고 설명하는 글을 폭넓게 읽으면서 개념 이해의 폭을 넓히고 깊이를 늘리는 방법을 생각할 수도 있다. 글 읽기의 목표와 목적이 어느 곳 어느 수준에 있든지, 개념들의 관계를 생각하며 글을 읽는다는 것은 개념의 단계별 추상화의 정도 차이를 극복하는 방향으로 나아가는 지적 노력을 수반한다. 그 핵심은 개념과 개념을 서로 연결해가며 치열하게 생각하는 것이다.

중요하기에 여기까지를 다시 정리하면 다음과 같다. 독해력을 향상하기 위해서는 **글을 '의미 단위'로 뭉뚱그려가며 읽으면서 글에 담긴 개념을 머릿속에서 구체화하여 생각할 수** 있어야 한다.

이를 위해서는 먼저 가장 작은 생각의 단위인 단락의 '의미 구조(중심 문장의 핵심 내용을 나타내는 개념과 그 개념에 내재한 의미)'를 단락별로 순차적으로 확인한다. 그러면서 각 단락의 개념이 다른 단락 및 글 전체 속에서 서로 어떤 의미 관계를 갖는가를 생각하면서, 글 전체 내용을 포괄하는 가장 높은 층위의 추상화된 개념을 파악하기 위해 노력한다. 이것이 곧 글의 '주제 개념'이다.

글을 읽어 전체 내용을 하나로 뭉뚱그려야 한다는 사실을 상기하면서, 처음부터 주의 깊게 글을 읽기 시작한다. 그러면서 문장별, 단락별, 글 전체로 한 단계씩 높아지는 개념의 추상적인 의미를 이해하기 위해 개념과 개념의 관계를 생각하면서 글을 읽자. 이때 글의 필요한 부분에 밑줄을 긋거나 별도의 기호로 표기하면서 글을 읽으면, 글 전체의 내용과 의미는 더 또렷이 파악되고 좀더 잘 이해될 것이다.

이때 개념도를 활용한 글 읽기는 제시문 독해에 크게 도움 된다. 텍스트는 선형적 문장의 연결로 이루어져 있다. 이러한 선형 구조 내부에 존재하는 요소(글 내용의 핵심을 담은 개념)들의 관계를 구조화하는 과정은 글의 의미 구조 및 구성 관계를 파악하고, 글의 핵심 내용에 대한 이해를 돕는다. 그 구조도를 '개념도(또는 마인드맵)'라고 한다. 개념도는 **개념과 개념의 관계를 체계적으로 정리한** 도식으로, 텍스트 정보를 구성하는 개념들 사이의 관계를 시각적으로 표시한 생각의 지도다. 글을 읽으면서 개념도를 작성하면 개념 간의 위계와 개념의 지시적 의미가 단박에 드러난다.

이 개념도를 독서 과정에서 적절히 활용하면 학생들은 글의 **'부분-전체' 구조와 글 내용의 핵심을 구조적으로 체계화할 수** 있다. 개념도를 시각화하면서 개념과 개념 간의 관계를 파악하는 과정에서 학생들은 글의 이해력을 높일 수 있을 뿐 아니라, 자신의 사고 과정을 확인할 수 있다.

학생들은 개념도를 활용하여 글 내용의 핵심을 도식화하는 과정에서 복잡한 글 구조를 조직화하거나 글 내용을 통합하는 방법을 익힐 수 있을 뿐 아니라, 자신이 잘못 이해하고 있는 부분을 파악하여 이를 바로잡을 수 있다. 글 전체의 주제문 및 핵심어(핵심 개념)를 찾고, 단락별 핵심어를 살펴 단락 간 의미 관계를 밝히기 위해서도 개념도는 무척 유용하다.

074
문학 작품 제시문을 읽고 글 내용의 핵심을 파악하는 요령

학생들은 문학 작품 제시문을 읽고 글 내용의 핵심을 파악하는 것에 많은 어려움을 느낀다. 문학 작품은 서사글과 묘사글을 이루고, 글에 **은유와 비유, 상징과 함축이 많기에** 이를 읽고 해석하는 것은 물론이고 글 내용의 핵심을 요약하기 까다롭다. 글의 핵심 내용을 논증 형식에 맞게 정리하여 기술하기 어렵다. '서사와 묘사' 글의 진술 방식을 정확히 알아야 작품 제시문의 올바른 해석·요약은 가능하며, 체계적으로 논증을 구성할 수 있다.

문학 작품 제시문은 어떤 상황을 제시하는 사례 또는 재료로서 기능하는 것이 일반적이다. 나머지 제시문은 그 문학 작품에 나와 있는 상황과 어떤 관계를 맺고 있는 글감이다. 문학 작품 제시문은 그 관계를 밝히기 위해 활용되는 것이기 때문에 **다른 제시문의 관점이 문학 작품의 어떤 구절과 어떻게 연결되는지를** 잘 파악해서 글 내용의 핵심을 기술하면 된다. 문학 작품만 보면 무슨 말인지 파악하기 어려운데, 그럴 때는 다른 제시문을 먼저 읽어보고 대략의 논점을 파악한 뒤 읽는 것이 효과적이다. 문학 작품은 그 자체를 두고 논평하라고 요구하기 보다는 다른 제시문의 논점에 따라 논평하라는 것이기 때문에 해석 자체에 너무 큰 부담을 느낄 필요 없다.

서사(사건의 경과를 따라 서술한 글)와 묘사(대상의 모습을 재현하면서 기술한 글)로 이루어진 문학 작품 제시문의 핵심을 잘 포착하기 위해서는 **글의 시점·관점(화자의 '관점'을 말한다)을 정확히 파악해야** 한다. 화자의 관점을 정확히 파악하면서, 사건과 대상에 대한 일관된 시각을 유지할 수 있어야 한다. 이를 통해 글 전체의 윤곽을 파악한 후, 그 핵심을 추려 서술하면, 글 내용의 핵심을 무리 없이 요약할 수 있다. 이때 추가로 고려되어야 할 것이 바로 논제 분석을 통해 밝혀야 할 대답의 하나인 '관점(관점·논점)'이다. 이를 위해서는 오직 문제에 들어있는 주제·논제가 지향하는 **관점부터 파악한 후 그것에 맞게 문학 제시문을 해석하고**, 글 내용의 핵심을 추려 논증글로 기술해야 한다. 이것을 찾기 위해서는 함께 출제된 다른 제시문, 설명글로 이루어진 지문부터 살피고 그것에 실린 관점을 찾아 확인한 다음, 그 확인한 결과에 근거하여 문학 작품 제시문 역시 같은 방법으로 관점을 찾아 밝힌다. 그리고 그 관점을 따라 문학작품 제시문을 읽되, 서사와 묘사의 방법에 집중하여 제시문을 해석하고 요약한다.

아래 [사례]의 문학 작품 제시문에서 확인할 수 있듯이, 비유와 상징의 다발로 이루어진 구어체의 글을 읽고 핵심 내용을 효과적으로 요약하기 까다롭다. 이때 논제의 주제 개념(주제어는 '고통')부터 찾은 후, 이어서 제시문들을 견주어 서로 대비를 이루는 관점(긍정적 인식 vs. 부정적 인식)을 파악한다. 그런 다음 글에서 중요하다고 생각되는 문구(밑줄 부분)와 상징어(운명)에 주목하여 이것을 중심으로 글 내용을 요약하면, 글을 해석하는 것도 글 내용을 정리하는 것도 어렵지 않다. 요약 글을 작성하면, "굶주림 같은 인간의 생리적 고통은 그 누구의 탓도 아닌 타고난 운명에서 비롯되는 것이기에 숙명으로 받아들여야 한다"로 정리된다.

사례 연세대 2015 인문 편입 출제 지문

제시문(가): 자여와 자상은 친구였다. 장맛비가 열흘 동안 계속 내리자, 자여가 "자상이 아마도 굶주림으로 고통당하고 있을 것이니," …(중략)… 자상이 말하길, "부모가 어찌 내가 가난하기를 바라겠으며, 하늘은 사사로움이 없이 모든 것을 덮어주고, 땅은 사사로움이 없이 모든 것을 실어주나, 하늘과 땅인들 어찌 편벽되이 나만 가난하게 했겠는가? <u>나를 이렇게 만든 자를 찾으려 했으나 찾지 못했으니, 내가 이런 궁핍한 경지에 이른 것도 아마도 **운명**일 것이네.</u>"

논술 Tip 5

논술로 대학에 합격하고 싶으면 출제자의 말을 귀담아 들어라!

답안 작성 시 학생들이 피해야 할 점이나 실수

■ 핵심 내용 비껴가기

출제자가 요구하는 핵심 내용이 빠져 있는 답안이 의외로 많다. 이런 경우 아무리 글을 잘 써도 좋은 평가를 받을 수 없다. 논술 답안은 답(필요한 내용)이 있는 글쓰기란 점을 잊어서는 안 된다. 따라서 문제를 잘 읽고 문제가 요구하는 사항이 무엇인지 정확하게 파악한 후 이에 맞추어 답을 써야 한다.

■ 사족 덧붙이기

문제 해결력과 비판적 사고력 등을 평가하는 데 있어서 분량의 많고 적음은 고려 대상이 아니다. 그런데 수사적인 글쓰기에 익숙한 학생들이나, 분량을 채워야 한다는 압박을 느끼는 일부 학생들은 간단하고 명료하게 문제 해결 과정을 바르게 서술한 것에 만족하지 않고 분량 늘리기를 하는 경우가 종종 있다. 물론 창의적인 내용이라면 좋은 평가를 받을 수도 있다. 그렇지만 많은 경우에 사족을 덧붙인 셈이 되어 본인이 쓴 답안의 전체적인 논지를 흐리는 우를 범하게 되고, 결국 감점의 대상이 되고 만다.

■ 불완전한 답안 작성

제시된 시간 동안 답안을 충분히 작성하지 못하는 데는 여러 이유가 있다. 안타까운 경우는 충분히 실력을 갖추었음에도 사소한 실수로 기회를 날려버리는 학생들이다. 가장 큰 원인은 답안지를 깨끗하게 작성하려는 강박이다. 잘못 쓴 부분을 무리하게 지우개로 지우다가 답안지를 찢거나, 자신의 논지가 마음에 들지 않아 새로 답안지를 받아서 작성하는 경우에도 자칫 제한된 시간에 답안을 완성하지 못하는 결과를 가져올 수 있다. 따라서 시간 안배를 잘해야 하고, 작성한 답안 중 부적절하다고 생각되는 부분은 과감하게 두 줄을 그어 수정한 것임을 알려주는 것만으로도 충분하다. 약간 지저분한 것이 쓰다 만 것보다 좋다.

(성균관대 2021 논술가이드북)

Part 6

제시문의 논증 구조를 파악하여 체계적으로 요약하는 요령

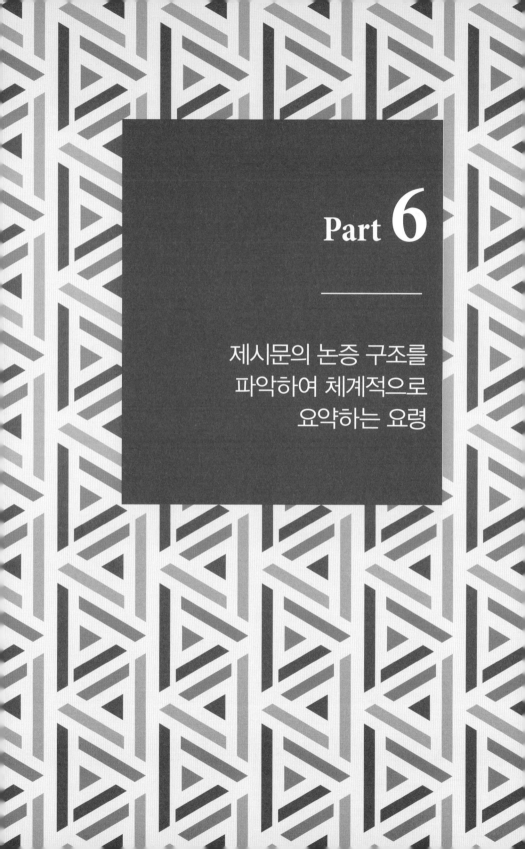

075
글의 접속 관계를 살펴 제시문의 중심 생각을 찾아라

'논증'은 설명의 진술 방식 가운데 하나다. 논증은 어떤 주장이 옳다는 것을 근거를 들어 증명하거나 정당화하는 서술 방식이다. 모든 논증에는 하나의 결론과 적어도 하나 또는 둘 이상의 전제가 포함되어 있다. 이는 설명글의 독해 및 요약과 관련해서 중요하다. 설명 글로 이루어진 제시문에서 '주장과 근거', '전제와 결론'을 이루는 글 묶음을 찾아 연결하면서 체계적으로 정리하면, 그것이 곧 글의 중심 생각을 요약한 글이자, 논술 답안에서 제시문별로 논증할 내용의 핵심이다. 따라서 설명글의 다양한 진술 방식을 사용하여 기술한 제시문을 읽고 그것에 들어있는 논증 글을 전부 찾아 밝히면, 그것이 곧바로 논제의 물음에 대한 대답을 구성한다.

이때 글의 접속 관계를 따라 글 내용을 살피는 것은 논증 글의 파악을 위해 무척 유용하다. 문장과 문장, 단락과 단락은 [부가, 전환, 해설, 근거]라는 접속 관계를 통해 논리적인 관계를 맺는다. **접속 관계는 글의 중심 생각이 어디에 어떻게 위치하는지를** 드러낸다. 그 중심 생각은 '주장'과 '근거' 또는 '결론'과 '전제'라는 논증을 구성한다. 따라서 이 둘의 관계를 염두에 두고 제시문 내용 전체를 살피면, 제시문에 들어있는 논증 글(즉, 글의 중심 생각 내지는 핵심 내용)을 파악하는 것은 어렵지 않다.

하지만 제시문에는 글 구조가 복잡하게 얽혀 있고 논리 체계가 어지러운 탓에 글을 읽고 논증 구조를 정확히 파악하기 쉽지 않다. 이런 이유로 글에 내재한 논의의 짜임새, 즉 논증 글을 찾기 위해서는 **[부가, 전환, 해설, 근거]의 접속 관계를 살펴** 글 내용의 핵심을 보다 효과적으로 정리할 필요가 있다. 따라서 먼저 글의 논증을 구성하는 중심 부분과 곁가지 부분을 정확히 구분해 낼 수 있어야 한다. 이를 위해서는 먼저 중심을 이루는 '주장 글(결론)'부터 찾아야 하는데, 이는 다음 과정을 통해 살피면 된다.

(1)해설과 근거부터 찾아 정리하여 '주장 글'만을 따로 표시한다.
(2)표시한 '주장 글'을 '부가' 또는 '전환' 관계로 접속한다.

논증을 이루는 문장은 하나 또는 여러 문장으로 구성되며, 여러 문장으로 만들어진 글 묶음이 합쳐져 하나의 주장을 향하는 경우 또한 있다. 편의상 이를 '주장 글 묶음'이라고 하고, 그 중심이 되는 문장을 '주장 글'이라고 하자. 한편 전체 글이 여러 단락으로 구성된 경우에는 단락별로 '주장 글'이 있을 수 있는데, 이때 역시 앞의 두 과정((1)과 (2))을 거치면서 글 내용의 우열을 가려 선택적으로 연결하면 된다. 이때 **'주장 글'에 밑줄을 그어 표시하고, 해설이나 근거에 해당하는 부분은 괄호로 묶으면** 글의 핵심 내용을 구성하는 논증 글이 드러난다.

글 흐름의 방향성을 지시하는 다양한 접속 표현

- **부가**: 그리고, 그래서, 또한, 더구나, 게다가, 뿐더러, 더욱이, 아울러, 그 위에, 이와 같이, 우선, 첫째, 둘째
- **전환**: 그러나, 그런데, 그렇지만, 그렇더라도, 그럼에도 불구하고, 그와는 달리, 그와 반대로, 하지만, 반면, 이에 비해, 어쨌든, 아무튼, 한편, 다음으로,
- **예시**: 예를 들어, 이를테면, 가령, 예컨대
- **이유**: 왜냐하면, 그 까닭은, 그 이유는, 그 원인은, …처럼, … 때문에
- **결과**: 그러므로, 따라서, 이런 이유로, 그렇기에, 결국, 결론적으로, 그래서, 그렇다면, 이처럼
- **해설**: 곧, 즉, 다시 말하면, 바꾸어 말하면, 다른 말로 말하면, 사실인즉, 실은
- **보충**: 단, 다만, 특히, 뿐만 아니라, 만약, 만일, 요는, 이때

076 제시문에서 논증 글 묶음을 찾는 방법

제시문에 들어있는 '주장 글 묶음'을 갖고서 다음의 세 가지 방법으로 '결론(주장 글)'을 알아낼 수 있다. 이를 아래 [사례]를 통해 확인할 수 있을 것이다.

- 방법(1): 주장 글 묶음 내의 주장 A와 B가 부가(A+B)의 관계일 때, 그것은 내용면에서 한 묶음이 된다. 이때 A와 B 중에 내용을 더 압축적이면서도 정확하게 표현하고 있는 쪽을 '주장 글'로 한다.
- 방법(2-1): 주장 글 묶음 내의 주장 A와 B가 전환의 관계이되 귀납적 관계에 놓일 때(A→B, 그러므로), 기본적으로 주장하고 싶은 것은 B이고, A는 그 정당화를 위해 사용되고 있다. 따라서 '주장 글'은 B이다. (이때 A는 근거·전제 글이 되는 경우가 일반적이다.)
- 방법(2-2): 주장 글 묶음 내의 주장 A와 B가 전환의 관계이되 연역적 관계에 놓일 때(A←B, 왜냐하면), 기본적으로 주장하고 싶은 것은 A이고, B는 그 정당화를 위해 사용되고 있다. 따라서 '주장 글'은 A이다. (이때 B는 근거·전제 글이 되는 경우가 일반적이다.)

사례 논증 글 찾기

[논술 공부에서 중요한 것은 좋은 글을 많이 읽는 것이다. (그리고) 다양한 접속 표현에 주의하면서 읽는 것이다.] … **(주장)**. [왜냐하면, 논리란 글과 글의 짜임새 관계이며, 그 관계를 명시하는 것이 접속 표현이기 때문이다.] … **(근거)** [예를 들면, '그러나'라는 접속사는 많은 경우 '전환'을 나타낸다. 즉, '그러나' 앞뒤에서 주장의 근거가 바뀌었을 가능성이 크다. 그러므로 논의의 흐름을 놓치지 않으려면 '그러나'라는 접속사에 주의해서 읽어야 한다. 단, 접속사는 생략되는 경우가 많은데, 그 경우에는 문장의 앞에 이를 보충하면서 읽어야 한다. 그러나 접속 표현의 생략이 글의 논리를 약화시키는 것은 아니다.] … **(해설: 이유+뒷받침)**

덧붙여 제시문을 읽고 주장 글, 중심 주장 글을 파악하는 요령을 설명하면 다음과 같다. 그것은 글을 읽어 먼저 주장과 근거를 제외한 **해설(보충 설명을 포함한 설명글 전반)과 관련한 부분부터 찾아 이를 큰 괄호로 묶어 덜어내는** 작업을 실행하는 것이다. 이런 식의 글 읽기는 글의 중심 생을 파악하는데 무척 효과적이다. 왜냐하면, 글의 많은 부분은 해설을 담은 문장 및 단락으로 이루어져 있기 때문으로 이 부분을 제외한 후 나머지 글을 읽으면 글 내용의 핵심, 곧 주장 글이 담긴 문장과 단락이 한눈에 잡힌다.

그렇더라도 알고 있어야 할 것이 있다. 앞서 강조했듯이, 글(제시문)의 해설 부분에는 논증 구성 요소 가운데 근거로부터 주장으로 나아가는 '정당한 이유'와 그 '뒷받침 설명'을 이끄는 중요한 단서가 들어있다. 따라서 이를 잘 살펴야만 글의 핵심 내용(주장과 근거)을 명확히 찾아 밝힐 수 있고, 또한 전제에서 결론으로 나가는 과정의 정당한 이유를 빈틈없이 채워 넣을 수 있다. (이를 '논거의 확장'이라고 한다.) 이 점을 반드시 염두에 두고 글을 읽어야 한다.

논증은 여러 구조를 띤다.

예를 들어, 한 가지 전제가 결론을 뒷받침하는 단순 논증 구조, 두 가지 이상의 전제가 합쳐져서 결론을 뒷받침하는 다중 논증 구조, 두 가지 이상의 이유가 독립적으로 결론을 뒷받침하는 다중 논증 구조, 중간 결론과 최종 결론 등 여러 개의 논증이 함께 나타난 복합 논증 구조가 그것이다. 어느 것이든, 논증이 둘 이상의 전제를 갖는다면, 그것의 재배열은 길어지고 또 복잡해진다. 따라서 **논증 구조를 가능한 단순화할** 필요가 있다.

077
제시문의 논증 구조를 유형화하여 살펴라

논증에서 근거(전제)와 주장(결론)이 결합하는 방식, 즉 근거로부터 주장으로 나아가는 타당한 '이유'에 대한 서술방식을 따라 다양한 형태의 논증 구조를 찾아 밝힐 수 있다.

예를 들어 동원 가능한 유사한 사례들을 들어 근거가 주장을 지지하는 게 왜 충분한 이유가 되는지를 밝히거나, 또는 몇몇 사례들을 일반화하면서 자신의 주장을 정당화할 수 있다.

또 주장과 근거가 원인과 결과의 관계에 있음을 밝힘으로써, 근거가 주장을 지지하는 이유를 제시할 수도 있다.

이런 이유로 제시문의 핵심 내용을 파악할 때 이를 특정 논증 구조로 유형화하여 살피는 것은 논술 공부와 논술 답안 작성에 무척 효과적이다. 많은 경우, 글(제시문)은 형식 구조 및 내용 구성에 따라 몇 가지 유형으로 나누어 살필 수 있다. 따라서 그것에 맞게 **논증 구조를 유형화하여 살피면, 논증의 핵심을 파악하기 한결 쉬울** 뿐만 아니라, 논증할 내용을 좀 더 확실하고 체계적으로 기술할 수 있을 것이다.

이는 다음 이유 때문이다.

이제부터 설명하는 제시문 논증 구조는 기본 유형별로 편의상 구분한 것일 뿐이다. 실제 제시문 분석을 통해 논증 구조를 파악할 경우, 제시된 논증 유형(추론 방식)의 어느 하나가 딱 들어맞는 경우는 많지 않다.

제시문별로 그리고 제시문 안에서도 여러 유형의 논증이 함께 등장하는 경우가 일반적이어서, 여러 유형의 논증들을 함께 생각하면서 파악해야 한다.

따라서 하나의 글(제시문)에서 하나의 논증 유형만을 사용하여 논증 체계를 구조화하는 것은 옳지 않다. 논제의 요구를 따라 논술 답안을 작성할 때, 비록 '논증 지시어'의 명령을 따라 논증할 내용을 기술해야 하지만, 그렇더라도 그 명령을 따라 논증 유형을 정형화하여 글 내용을 기술하는 것은 논증의 구성을 단순화시킨다. 게다가 전제로부터 결론으로 나가는 과정에 허점을 보이면서 잘된 논증을 망칠 수 있다.

논증 구조가 같더라도 주어진 전제로부터 반드시 동일한 결론에 도달하는 것은 아니다. 그 이유는 비록 전제를 올바로 내세웠더라도 이후 결론으로 나가는 과정까지의 추론을 잘못했거나, 또는 결론을 잘못 설정한 후 그것에 도달하는 과정을 억지로 꿰맞추려 들면서 논리의 오류를 범하기 때문이다.

전제 자체를 잘못 내세웠을 경우 역시 당연히 잘못된 결론에 이르게 된다. "논리는 만드는 것이다. 논리는 세우는 것이다"라는 말의 의미를 깨닫는다면, **"논증 구조=생각의 체계=논리적 사고력"이란** 사실을 이해할 수 있을 것이다.

따라서 논술을 공부하는 학생들은 제시문의 논증 구조를 분명하게 드러내는 적절한 구조와 유형을 찾도록 노력해야 한다.

이런 노력을 통해 논증의 구조와 유형을 만드는 연습을 반복하면 논증 글을 비판하거나 평가하는 능력이 높아질 뿐만 아니라, 동시에 논증 글을 쓰는 능력도 함께 끌어올릴 수 있다. 발문의 물음, 즉 논제의 물음을 충실히 만족하는 논술 답안을 쓰기 위해서는 먼저 제시문의 논증 글 묶음을 유형화하여 살피면서 글 내용의 핵심을 정확히 파악하고, 그 판단 결과를 갖고서 논증을 체계화하면서 글 내용을 기술할 수 있어야 한다.

078
유형1: 일반화에 의한 논증

일반화에 의한 논증은 선택된 예시를 일반화하여 주장의 정당성을 논증하는 방식으로, **인문·사회 관련 지문에서 주로 사용하는** 설명글의 기술 방식이다. 지문 안에서 몇 가지 선택한 사례를 일반화하여 주장하고자 하는 내용을 이끌게 된다.

사례1 일반화에 의한 논증

1966년 인도네시아 열대림은 1억 4400만ha였고, 숲은 인도네시아 면적의 77%를 차지하였다. 그중 수마트라 섬의 캄파르 반도는 20여 년 전만 해도 가장 다양한 생물종이 살아가는 잘 보존된 열대 우림이었다. 그러나 지구의 허파와도 같았던 이곳은 불모의 땅으로 변해가고 있다. 매일 축구장 400개에 해당하는 숲이 사라져 이미 수마트라 섬의 숲 85% 정도가 사라졌다. 또 개발하는 과정에 숲이 타면서 엄청난 양의 이산화탄소를 내뿜는 배기가스의 배출구로 전락해 버리고 말았다. 그 결과 인도네시아는 최근 20년 사이 삼림 파괴국 1위, 중국과 미국에 이은 이산화탄소 배출국 3위라는 불명예를 안게 되었다.
열대 우림 파괴의 주범은 다국적 기업과 기름야자 농장이다. 이들은 대규모 플랜테이션을 위해 인공 운하를 만들고 곳곳에서 법으로 금지된 삼림 방화를 자행하였다. 또한 기름야자에서 나오는 팜유를 생산하려고 농장을 만들면서 열대림을 파괴하고 있다. 팜유는 과자, 아이스크림, 초콜릿, 식용유, 화장품, 비누, 윤활유, 재생에너지에 이르기까지 다양한 용도로 사용된다. (서강대 2018 인문 모의 출제 지문)

위 [사례1] 글에서 제시되고 있는 논증의 핵심을 정리하면 다음과 같다.

(1)열대 우림 파괴의 주범은 다국적 기업과 기름야자 농장이다. … 주장(결론)
(2)그들은 대규모 플랜테이션을 위해 삼림 방화를 자행하고 열대림을 파괴하고 있다. … 이유(전제2)
(3)인도네시아는 자국의 산림 자원 개발에 따른 배기가스의 배출구로 전락했다. … 근거(전제1)

열대 우림 파괴의 주범은 (개도국이 아닌 선진국 소유의) 다국적 기업이다. 그들은 대규모 플랜테이션을 위해 (개도국 내의) 삼림 방화를 자행하고 열대림을 파괴하고 있다. 인도네시아는 산림 개발 과정에서 내뿜는 배기가스의 배출구로 전락했다. … 제시문 요약

아래 [사례2]의 논증에는 통계적 삼단논법의 귀납 논증이 포함되어 있다. 이 논증을 일반적인 형식으로 재구성하면 다음과 같다. 이 논증에서 1에서 2로의 추론이 통계적 삼단논법에 의한 일반화의 논증이다.

사례2 통계적 삼단논법에 의한 논증

지난해 이혼으로 매달 5,000불의 자녀 양육비를 지급하기로 한 유명 배우는 아마도 곧 그 <u>양육비를 지급할 필요가 없게 될 것이다</u>. 왜냐하면 이혼한 여자가 재혼을 하면 자녀 양육비를 지급하지 않아도 되는데 이혼한 여성의 80% 이상이 1년 내에 재혼을 하기 때문이다. (《리더를 위한 논리 훈련》, 사피엔스, 송하석)
(1)이혼한 여성의 80% 이상이 1년 내에 재혼을 한다. … 전제1
(2)지난 해 유명 배우와 이혼한 이 여성도 1년 내에 재혼할 것이다. … 전제2
(3)이혼한 여성이 재혼을 하면 더 이상 양육비를 지급하지 않아도 된다. … 숨은 전제
(4)지난 해 이혼하여 매달 5,000불의 양육비를 지급하기로 한 배우는 곧 그 양육비를 지급할 필요가 없게 될 것이다. … (결론)

079 유형2: 원인-결과에 의한 논증

다음 글에서 드러나는 논증 구조를 살펴보자. 이에 따르면, 글에 제시된 몇 가지 사례를 일반화하여 주장을 도출한 것은 아니다. 이 논증에서 근거와 주장은 원인과 결과라는 형식적인 관계를 갖는다.

사례1 원인-결과에 의한 논증1

미국의 매사추세츠 종합병원에서 의료 분야 인공지능 개발을 주도하고 있는 데이비드 팅 박사는 인공지능이 기존에 의사가 하던 일의 많은 부분을 하게 될 것이라고 전망했다. 그렇다고 인공지능이 의사를 대체하는 것은 아니고 보완하는 것이다. 인공지능이 필요한 기록을 단번에 찾아내고 진료 추적까지 해줌으로써 의사는 잡무에서 벗어나 고차원적인 일을 할 수 있다. 인공지능이 의사의 믿음직한 파트너로 활동하는 것이다. 의사는 환자를 진료할 때 컴퓨터가 알아서 데이터를 기록하기 때문에 환자에게 더 집중할 수 있다. 그 덕분에 환자는 의사에게 더욱 정교한 상담을 받을 수 있고, 세계 어디에서나 보편적인 치료를 받을 수 있게 될 것이다. (성균관대 2017 인문 수시 출제 지문)

위 [사례] 글에서 제시되고 있는 논증의 핵심을 정리하면 다음과 같다.

(1)환자는 의사에게 더욱 정교한 상담을 받을 수 있고, 보편적인 치료를 받을 수 있게 될 것이다. …주장(결과)

(2)인공지능이 의사를 대체하는 것은 아니고 보완하는 것이다. …이유

(3)인공지능이 기존에 의사가 하던 일의 많은 부분을 하게 될 것이다. …근거(원인)

인공지능 기술의 발전으로 사람들은 더 높은 수준의 서비스를 지원받는다. 인공지능 기술은 인간의 일자리를 대체하기 보다는 인간의 업무를 보완한다. 인공지능은 인간의 저차원적인 업무를 대신한다. …제시문 요약

이러한 형태의 논증은 **자연과학적 탐구에서** 전형적으로 사용된다. 그 이유는 자연과학자들은 어떤 주어진 현상을 설명하면서, 그 원인이 무엇인지를 밝히는 것에 힘을 쏟기 때문이다. 어떤 주장을 하면서 정당화한 상태의 원인을 제공하는 것은 곧 그 주장의 신뢰성을 제공하기에 충분한 근거를 구성한다.

사례2 원인-결과에 의한 논증2

미국에서 조사한 결과 어머니의 80%가 왼팔에 아기를 눕히고 몸의 왼쪽에 아기를 껴안는다는 사실이 밝혀졌다. 이런 현상이 갖는 의미를 설명하기 위한 중요한 단서는 심장이 어머니의 몸 왼쪽에 있다는 사실이다. 과학자들은 아기가 어머니의 심장 고동 소리를 들으면 편안해지고 마음이 가라앉는다고 생각한다. 왜냐하면 아기는 어머니의 몸속에 있을 때, 심장의 고동 소리에 각인되어 있기 때문이다. 따라서 어머니는 본능이나 무의식적 시행착오를 거쳐 심장이 있는 왼쪽에 아기를 안으면 아기가 덜 보챈다는 것을 발견한 것이다. (《논증과 글쓰기》, 형설출판사, 이광모 외)

위 [사례2]에서 제시되고 있는 논증의 핵심은 다음과 같이 정리된다.

(1)어머니의 심장 고동 소리는 아기를 편안하게 하는 원인이다. …이유

(2)심장은 어머니의 몸 왼쪽에 있다. …근거

(3)대부분의 어머니들은 몸의 왼쪽에 아기를 껴안는다. …주장

080
유형3: 유추에 의한 논증

자연과학적 탐구에서 다루는 '원인-결과'의 논증 형식으로는 파악하기 어려운 여러 상황 속에서는 또 다른 형태의 논증이 필요하다. 특히 둘 이상의 예시를 들어가며 일반화하는 논증은 예외적인 논증 방법(추론 방식)을 규정할 수 있다. 이를테면 지문에 제시된 여러 개의 예시를 나열하면서 논증을 뒷받침하기 보다는 하나의 특정한 예로부터 또 하나의 다른 특정한 예로 나아가는 논증 방법을 취할 수도 있다. 그 과정에서 둘 이상의 예시가 이러저러한 측면에서 비슷하므로, 다른 특정 측면에서도 비슷할 것이라는 추론은 가능하다.

사례 유추에 의한 논증

골렘의 도시 프라하에서 활동하던 소설가 카렐 차페크는 … (중략) … 우리는 인간의 한계를 뛰어넘는 지능을 가진 기계로 다시 한번 수천, 수만 배 더 편하고 더 나은 삶을 살기를 원한다. … (중략) … 하지만 인간은 두렵다. 우리보다 더 강하고, 똑똑하고, 현명할 미래의 기계를 나약한 인간이 통제할 수 있을까? 인간의 명령에 절대적으로 복종해야 할 기계들은 인간을 어떻게 바라볼까? 인간은 기계를 지배할 자격이 있을까?

수많은 할리우드 영화에서 기계는 지능을 가지는 순간 인간을 공격하고 멸종시키려고 달려든다. 운 좋아봐야 컴퓨터에 연결돼 인간이 여전히 지구를 지배하고 있다는 꿈을 꾸며 살게 한다. 그래서일까? 세계적 로봇공학자 모라베츠는 주장한다. 인간이 동물을 지배하듯, 인간보다 우월한 기계가 인간을 지배하는 것은 지극히 당연한 일이라고. 기계들이 선심을 베푼다면 우리는 애완동물 정도로 계속 살아남을 수 있을 것이라고. (경희대 2018 인문 모의 출제 지문)

위 [사례] 글에서 제시되고 있는 논증의 핵심을 정리하면 다음과 같다.

(1)기계는 인간보다 더 강하고, 똑똑하고, 현명하다. …근거(상황1)
(2)나약한 인간은 기계를 지배할 자격을 잃었다. …이유
(3)인간이 동물을 지배하듯, 인간보다 우월한 기계가 인간을 지배하는 것은 당연하다. …주장(상황2)
기계는 인간보다 더 강하고, 똑똑하고, 현명하다. 나약한 인간은 기계를 지배할 자격을 잃었다. 인간이 동물을 지배하듯, 인간보다 우월한 기계가 인간을 지배하는 것은 당연하다. …제시문 요약

위 유형의 논증은 비교되는 두 상황이 본질상 같은 특성을 갖기 때문에 하나의 상황 속에서 발견되는 현상들은 다른 상황에서도 발견될 것이라는 전제 속에서 성립한다. 즉 이는 엄격하게 원인을 밝혀야 하는 과학적 탐구나 인문·사회적 현상의 고찰에서 사용되기보다는 **여러 상황이 제시되는 문학 영역에서 많이 사용되는** 형태의 논증일 뿐 아니라, 실제 우리의 일상적인 대화 속에서 빈번히 사용되는 논증이다.

서로 다른 대상이나 과정 또는 체계가 일정한 면에서(구조, 기능, 속성 관계 등) 유사하거나 일치할 때, 그 유사성이나 동일성에 의하여 그것들이 다른 측면에서도 서로 유사하거나 일치할 것이라고 추론해 내는 것을 '유추(유비 추리)'라고 한다. 유비(상이한 대상들이 일정한 특징 면에서 보이는 상응, 상사, 일치의 관계)에 기초한 추론, 곧 유추는 대상에 대한 우리의 인식능력을 확장하게 만드는 유용한 사고방식이다. 하지만 부정확한 지식과 정보에서 비롯된 유비 추론은 **자칫 그릇된 결론을 이끌 수** 있다. 따라서 유추에 의한 논증은 무엇보다도 대상에 대한 정확한 지식과 정보, 그리고 대상들 사이의 내적 인과 관계에 대한 충분하고 풍부한 지식이 전제되어야 하며, 유추 과정 역시 객관적이고 타당한 절차를 거쳐 진행되어야 한다.

081
유형4: 권위에 의한 논증

일상생활 속에서 전개되는 여러 논증은 사실은 권위에 기대고 있다고 해도 과언은 아닐 것이다. 이를테면 우리가 신문 기사를 갖고 어떤 주장을 하거나, 아니면 전문가의 견해에 의지하여 주장하는 것은 모두 권위에 의한 논증이라 할 수 있다.

이때 관건은 **그 논증이 얼마만큼 신뢰받는 권위에 근거하고** 있는가이다. 만일 사회 내에서 상당한 수준의 신뢰와 지지를 받는 인물, 기사, 보고서, 학술연구 등이 주장의 근거로 활용된다면, 이때 주장은 어느 정도 설득력을 지닐 것이다.

중요한 것은 유추에 의한 논증과 마찬가지로, 그 권위의 진위를 가릴 수 있는 판단 능력이다. 이를 위해서는 권위에 대한 정확한 지식과 정보가 전제되어야 하며, 권위의 진실성에 대한 추론 과정 역시 객관적이고 타당한 절차를 거쳐 수행되어야 한다.

사례 권위에 의한 논증

내가 사는 동네에서 경제 이론과 경제 현상은 일치하지 않을 때가 많다. 예를 들어 경제학 정설에 따르면 사람들은 이기적이고 합리적이라 물건을 살 때 싼 가격을 찾는다. 그러나 우리 동네 모퉁이에서 서로 경쟁하는 점포들은 똑같은 제품이라도 매우 다른 가격으로 판매한다. 흥미로운 점은 소점포 중 일부는 크고 효율적인 점포보다 가격이 전반적으로 더 높은데도 장사가 잘 된다는 사실이다. 시장은 최저 가격으로 판매하는 기업을 선호한다는 이론은 우리 동네에서 적용되지 않는 것처럼 보인다. 우리 동네 주민들과 점포 사이의 관계는 의사소통, 신뢰, 즉 인간관계를 바탕으로 한다. (동국대 2016 인문 모의 출제 지문)

위 [사례] 글에서 제시되고 있는 논증의 핵심을 정리하면 다음과 같다.

(1)내가 사는 동네에서 경제 이론과 경제 현상은 일치하지 않을 때가 많다. …근거
(2)시장은 최저 가격으로 판매하는 기업을 선호한다는 이론은 우리 동네에서 적용되지 않는다. …이유
(3)우리 동네 주민들과 점포 사이의 관계는 의사소통, 신뢰, 즉 인간관계를 바탕으로 한다. …주장
경제 행위에 크게 영향을 미치는 것은 신뢰라는 상호성에 바탕을 둔 인간관계다. 가격이 개인의 경제적 선택에 전적으로 영향을 미치는 것은 아니다. 경제 이론과 경제 현상은 일치하지 않을 때가 많다. …제시문 요약

권위에 호소하는 논증의 오류는 논술에서 자주 범하는 심리적 오류의 하나이다. 논증의 주장을 지지하기 위해서 권위자의 말을 인용하는 것은 그 자체로는 오류가 아니다. 그러나 논의하려는 주제와 관련이 없거나 적합하지 않은 유명한 사람의 말을 자기주장의 근거로 제시하거나 저명한 권위자의 말을 잘못 인용하여 자신의 주장을 뒷받침하는 것은 명백한 잘못이다. 예를 들어 도덕에 관해 논증하면서 도덕과는 무관한 유명한 물리학자의 말을 인용하거나, 물리적인 현상에 대해 논증을 하면서 유명한 물리학자가 실제로 하지 않은 말을 그 물리학자가 한 것처럼 인용하는 것은 바로 권위에 호소하는 오류에 해당한다. 다음 논증은 부적절한 권위자의 주장을 근거로 삼음으로써 오류가 발생한 것으로, 이를 피하기 위해서는 제시문 내용을 새로운 시각에서 바라보는 **비판적 사고력을 갖추어야** 한다.

아리스토텔레스와 같은 탁월한 철학자가 불을 제외한 모든 원소는 무게를 가진다고 말했다. 그러므로 공기는 무게가 없다는 주장은 받아들일 수 없다. (《논증과 글쓰기》, 형설출판사, 이광모 외)

082
유형5: 표본에 의한 논증

제시된 몇 가지 표본에 의하여 자신의 주장을 정당화하는 논증하는 경우이다. 다음은 〈서강대 2015 인문 수시〉 출제지문의 하나로 "제시문 [바]의 주장의 근거로서 제시된 도표의 타당성을 논의하라"는 것이 논제의 요구다.

사례 표본에 의한 논증

합계출산율과 여성 고용률의 관계: 여성 고용률이 높은 나라에서 대체로 합계출산율이 높은 경향이 나타난다.

※주: 멕시코와 터키는 제외(멕시코: 합계출산율 2.40, 여성 고용률 45.8%; 터키: 합계출산율 2.46, 여성 고용률 28.4%) (서강대 2015 인문 수시 출제지문 및 자료)

위 [사례] 글에서 제시되고 있는 논증의 핵심을 정리하면 다음과 같다.

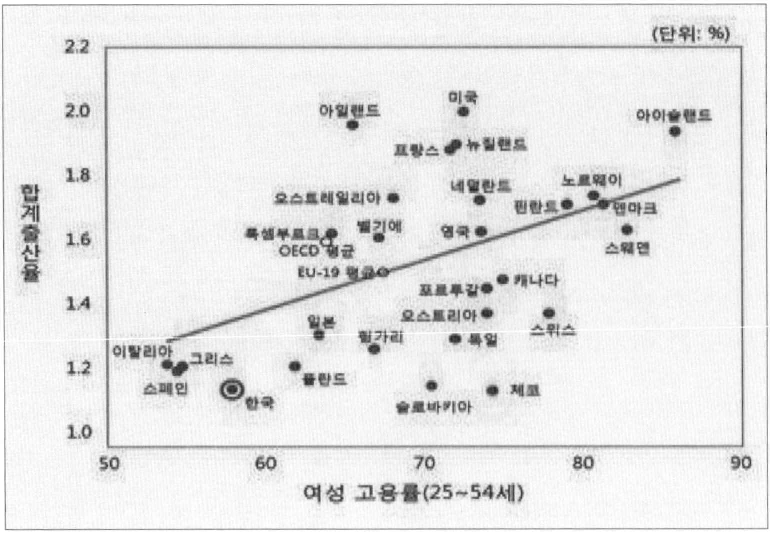

(1)제시문 (바)의 주장: 여성 고용률이 높은 나라에서 대체로 합계출산율이 높다. …전제
(2)도표에 따르면, 출산율과 고용률의 상관관계는 높지 않다. …이유(및 뒷받침 설명)
(3)이상을 고려할 때, 도표는 (바)의 주장을 입증하기에 타당한 근거로 내세우기 어렵다. …결론

위 예시는 선택된 표본(자료)을 근거로 하여 일반적인 주장을 하는 형태의 논증 구조이다. 표본에 의한 논증에서 그 표본은 특정한 형태의 구체적인 사례일 수도 있고, 또는 추론을 가능케 하는 예측 지표일 수도 있다. 어느 것이든, 표본(자료)에 대한 정확한 이해와 해석이 따라야만 올바른 논증을 구성할 수 있다.

표본에 의한 논증은 일반적으로 귀납 논증을 펼칠 때 많이 사용되는데, 표본의 사례 수와 표본의 다양성이 논증을 강화하는 중요한 기준이다. 이때 가장 많이 발생하는 것이 바로 표본의 수가 많지 않아 생긴 오류, 즉 일반화의 오류이다. 아래 사례는 전형적인 단순 일반화의 논증으로, 이 논증이 오류인 이유는 몇 차례의 예외적인 특수한 경우들을 **성급하게 일반화했기** 때문이다.

경기 침체가 있기 전에 지금까지 항상 태양의 흑점이 발견되었다. 그러므로 다음 경기 침체기에도 많은 흑점이 발견될 것이다. (《논증과 글쓰기》, 형설출판사, 이광모 외)

논술 Tip 6

논술로 대학에 합격하고 싶으면 출제자의 말을 귀담아 들어라!

논술 답안 평가 내용 및 평가 기준

인문 논술 문제들을 통해 근본적으로 평가하려는 것은 다음과 같다.

독해력 / 비판적 사고력 / 문제 해결 능력 / 논증 구성력 / 의사소통 능력

우선, 논술이 입시와 관계되는 한 논술 문제는 대학의 교과과정에 대한 수학능력이 있는지를 평가하는 것이다. 대학에서 이루어지는 공부는 일차적으로 전공뿐만 아니라 다양한 인문, 사회, 교양에 관한 서적들을 읽는 것으로부터 시작된다. 따라서 논술 시험은 다양한 저술로부터 발췌된 제시문을 통해 수험생의 독해력이 어느 정도인지를 평가한다.

다음으로, 논술 시험은 구체적인 상황에서의 문제 해결 능력을 평가한다. 우리의 일상뿐만 아니라 학문은 항상 주어진 과제 혹은 문제를 해결하는 것으로 시작한다. 그런데 오늘날과 같이 다양한 정보사회 속에서 문제를 구성하는 요인들은 한 가지가 아니다. 다시 말해 하나의 문제 속에는 사회, 경제, 문화 등 여러 가지 변수들이 함께 작용하고 있다. 그렇기 때문에 문제를 해결하기 위해서는 다양한 변수들을 비판적으로 분석할 수 있을 뿐만 아니라 적절하세 구성해 낼 수 있는 능력이 요구된다. 논술 시험은 이러한 맥락 속에서 수험생의 비판적 사고력과 문제 해결 능력을 평가한다.

마지막으로, 자신이 노력해서 얻은 해결책을 다른 사람들에게 설득력 있게 전달하는 것 또한 함께 사는 사회 속에서 중요하다. 그러기 위해서는 서로의 생각과 관점을 인정하면서도 조화롭게 소통하기 위한 의사소통 능력이 필요하다. 따라서 논술 시험은 논증 구성력과 의사소통 능력을 평가하는 데 목적이 있다. 평가 기준에는 각 문제가 중점을 두어 가늠하고자 하는 능력과 지식이 포함되며, 문제가 요구한 바를 빠짐없이, 적정하고 수준 높게 답하였는가를 평가하고 모든 답안에서 항상 고려되는 분량, 표현, 정서법 등을 평가한다.

(숙명여대 2021 논술 가이드북)

Part 7

논증 지시어별
답안 작성
핵심 요령

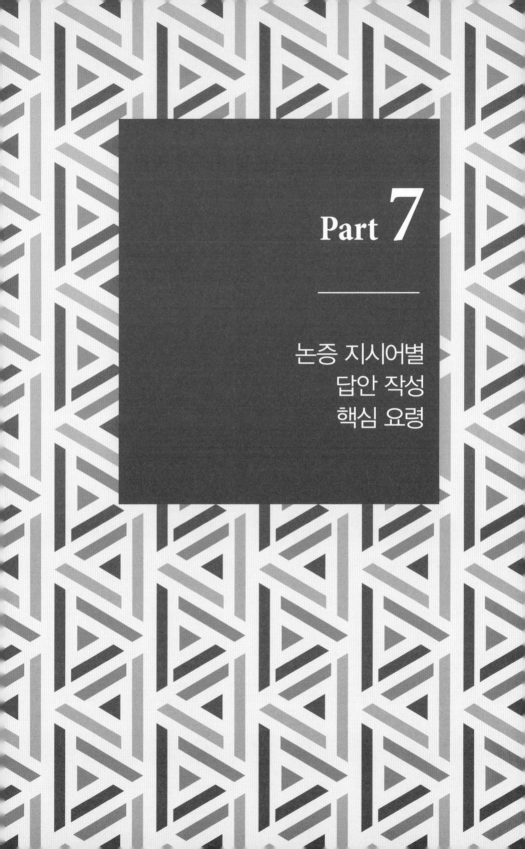

083 논증 지시어를 따라 체계적으로 논증을 구성하라

발문의 물음에서 논증할 내용의 구체적인 대답을 이끄는 것이 '논증 지시어'다. 논증 지시어는 논제의 핵심을 집약한 ['무엇'에 대해, 이를 '어떻게' 해결할 것인가]라는 질문에서, 그 '어떻게'에 해당하는 대답의 진술을 유도한다. 따라서 논증 지시어에 맞게 글을 쓴다(논증한다)는 것은 곧 발문의 물음, 곧 논제의 요구에 대한 '대답'을 논증 글로 기술하는 것이다.

발문의 물음에는 '설명하라', '비교하라', '비판하라', '견해를 제시하라'와 같은 다양한 논증 지시어가 들어있는데, 이는 '분석적 이해–비판적 평가–창의적 적용'이라는 일련의 논증 평가 항목에 대한 해결 과제를 실은 것이다. 따라서 학생들은 문제에서 제시한 논증 지시어에 맞게 논술 답안을 작성해야 한다. 만약 그렇지 않고 자기 멋대로 답안을 작성하려들 경우, 그 답안은 출제 의도를 벗어나면서 논점을 이탈하거나 논리의 비약을 불러온다.

주목할 것은 논증 지시어를 따라 답안을 작성하기까지 과정이다. 논증 지시어를 따라서 답안을 작성할 때는 먼저 발문의 물음 가운데 **'설명' 글로 답해야 하는 부분(그 핵심은 '관점·논점'의 파악 및 적절한 언어적 기술이다)부터 찾아 밝혀야** 한다. 이는 제시문들을 갖고서 살펴야 하는데, 대입 논술에서 특정 지시와 조건을 담은 제시문, (주제 개념을 담은 개념어가 들어있다.) 서로 견주는 대상의 제시문 (관점·논점을 담은 핵심어가 들어있다.) 등 문제와 함께 제시문이 여럿 주어지는 이유가 이 때문이다. 논술 시험은 독해력, 즉 텍스트(제시문)에 대한 이해를 먼저 확인한다는 사실을 학생들은 반드시 알고 있어야 한다. 답안은 다음 과정을 거치면서 구체화한다.

(1)논제의 물음에서 '설명'할 부분(발문 물음의 '무엇'에 해당)을 제시문에서 찾아 설명 글로 간략히 기술한다. …**주제와 관점의 파악 및 개념 범주화**
(2)제시문별로 핵심 내용을 찾아서 논증 형식(주장–근거의 글 묶음)으로 재구성한다. …**논증 구성**
(3)논제의 물음을 집약(발문 물음의 '어떻게'에 해당)한 논증 지시어를 따라 논증을 구체화하고 체계화한다. …**논증의 체계화**

논제에서 설명으로 밝혀야 할 부분이 확인되면, 이어서 '논증'을 구체화한다. 그 핵심은 **논증 지시어별 글쓰기의 기본 원칙을 따라 글 내용을 기술하는** 것이다. 예를 들어 문제에서 '비교하라'라는 논증 지시어가 제시된 경우, 이는 비교할 대상들 사이의 '공통점과 차이점'을 명확히 하면서 글 내용을 기술하란 지시임을 깨닫고, 그것에 맞게 제시문들의 연관 관계를 살피면서 글 내용을 꼼꼼히 읽는다. 그와 더불어 개별 논증 지시어는 **그것에 맞는 글의 진술 방식을 따라야** 한다. 왜냐하면 논증 지시어별로 그것에 적합한 글의 진술 방식이 있게 마련으로, 그 지시적 진술 요령을 충실히 따를 때 내용 면에서도 형식 면에서도 완결성 높은 논술 답안을 작성할 수 있기 때문이다. 이를테면 '설명하라'라는 논증 지시어는 설명하라는 글쓰기의 기본 원칙이 있고 또 '비교하라'라는 논증 지시어는 또 비교하라는 글쓰기의 기본 원칙이 있다. 한편 발문의 물음에는 '요약하라', '분류하라'라는 설명 글의 진술 방식이 명시적 또는 암묵적으로 들어있는 경우가 있다. (이는 일반적으로 논증 지시어의 요구를 강화하기 위해 채택된 것이다.) 이런 경우 역시 각각의 글쓰기의 기본 원칙 및 글에서 그것이 갖는 지시적인 속성을 이해하면서 답해야 잘된 논증을 이끌고, 잘 쓴 논술 답안을 작성할 수 있다.

이런 이유로 학생들은 논제의 물음에 맞게 답안을 기술하되, 특히 논증 지시어를 따라 그것에 맞는 적합한 글을 써야 한다. 그래야만 논증은 바로 서고 논리는 체계가 잡히며, 잘 쓴 논술 답안으로 평가받는다.

084
요약하라(1): '요약하라' 지시어의 의미

'요약'이란 글에 담긴 중심 생각을 체계적으로 정리하는 작업이다. 글(제시문)의 핵심 내용을 짧고 굵게 정리하는 작업이 곧 요약이다. 글의 맥락을 살펴서 중요한 내용을 간략하게 기술하는 것이 요약이다. 글쓴이의 생각을 그 핵심만을 짧게 추려, 글쓴이와 다른 방식, 다시 말해 자신의 언어로 다시 바꾸어 서술하는 것이 요약이다. 그렇기에 요약에서 중요한 것은 '글을 읽고 그 핵심 내용을 얼마만큼 잘 찾아낼 수 있는가'다. 그 핵심 내용은 곧 글의 논리적인 뼈대(주장과 근거, 결론과 전제, 논점과 논거)를 이루며, 글의 논증(글 전체의 요지를 담은, 글의 중심 생각)을 구성한다.

그런 점에서 볼 때, 요약은 사진보다는 지도를 축소하는 것에 가깝다. 사진을 축소해도 단지 크기만 작아질 뿐 사진 속 내용이 빠짐없이 다 들어있다. 그러나 지도는 다르다. 예를 들어 5천분의 1 지도를 5만분의 1 지도로 축소할 경우, 마을의 작은 건물이나 뒷골목은 사라지고 큰 건물과 큰길만 남게 된다. 그렇더라도 지도에 담긴 내용의 전체상을 이해하는 것은 어렵지 않다. 이와 같은 이치가 이를테면 요약을 통해 담아내야 하는 글의 논리적인 뼈대로써의 논증을 구성하는 핵심 요소와 같다고 이해하면 된다.

결국, 요약이란 **글의 '핵심 어휘와 중심 단어'를 사용하여 그것들을 논리적·체계적으로 연결하면서 글 전체를 합리적으로 '재구성'하는** 지적 활동이라 할 수 있다. 여기서 재구성의 의미는 글 내용의 핵심을 추려서 압축한 후 이를 자신의 언어로 '재진술' 하는 것이다. 이를 건축물 리모델링에 빗대어 설명하면 이해하기 쉬울 것이다. 리모델링은 건물 '신축'과 대비하는 개념으로, 기존 건축물의 기능 향상을 통해 경제 효과를 높이는 작업이다. 리모델링은 건축물의 주요 구조부를 그대로 유지하되, 구조 보강 및 설계 변경을 통해 목적한 바를 이룬다.

같은 이치로 요약은 글의 뼈대이자 중심 생각을 집약하는 **핵심어를 그대로 살리면서,** 글의 뼈대를 지지하는 데 없어서는 안 될 곁가지 문장을 간략히 정리하는 것이다. 그러려면, 곁가지 문장에 들어있는 중요한 용어와 서술은 글의 뼈대인 핵심어에 맞게 적절한 언어로 수정·변경하면서 글 내용을 보완할 필요가 있는데, 이것이 곧 글 내용의 핵심을 자신의 언어로 재구성하는 작업이다. 즉 요약은 핵심어를 중심으로 제시문을 해체하고 재해석함으로써 글에서 겉으로 드러난 내용뿐 아니라 숨겨진 내용까지 파악하고, 글의 핵심만을 추려 이를 체계적으로 축약하고 재구성함으로써, 글을 읽는 그 누구도 부정할 수 없을 정도로 **글 내용을 객관화하는** 서술 작업이다.

논술에서 요약은 글의 핵심 내용을 담은 중심 문장을 찾고, 이를 중심으로 글의 논지를 판별하여 해석해 내고, 이를 뒷받침하는 문장을 찾아 타당한 논거를 더하는 등, 일련의 가치 판단과 복합적인 사고 과정을 요구한다. 그런 점에서 요약하기는 독해의 검증 과정이기도 하다. 글 내용을 제대로 요약하기 위해서는 글에 대한 독해 능력이 무엇보다 중요한데, 이것이 **논리적인 글쓰기의 기초가** 되기 때문이다. 이를 아래 서강대 설명을 통해 확인할 수 있을 것이다.

> 요약이란 제시문을 핵심 정보를 중심으로 간략하게 정리하는 활동을 말한다. 요약을 제대로 하려면 중요 정보들을 찾아내고 이들 간의 관계를 제대로 이해해야 한다. 그래서 요약 과정에는 다양한 사고가 관여하며 이러한 사고들은 대학 수업을 제대로 수행하기 위한 기본적 능력이다. 그래서 논술 문제에서는 학생들의 요약 능력을 평가하려는 의도가 반영되어 있다. 요약하라는 내용이 명시적으로 나타나 있지 않았다 하더라도 '요약'은 논술을 위한 기본 능력에 해당하는 것이다. 이런 요약 능력은 수학능력시험의 언어 영역 독해를 통해 훈련할 수 있다.

085
요약하라(2): 발문의 다양한 '요약하라' 지시어

다음 기출 문제 예시를 통해 알 수 있듯이, '요약하라'는 ①, ②처럼 발문의 중간 물음으로 제시되기도 하고, ③~⑥처럼 논증 지시어로 주어지기도 한다. 만약 ①처럼 특정 지문을 읽고 지정된 글자 수에 맞게 글 내용을 요약하라는 요구를 발문의 물음에 직접 실은 경우라면, 그 제시문은 **글 내용이 어렵고 길며, 글의 구성 또한 복잡한** 것이 일반적이다. 이때 지문에서 주제 개념이나 세부 개념을 찾아 이를 적절한 개념어로 서술한 후, 이를 토대로 논증 지시어를 해결해야 한다. 말 그대로, 글의 독해와 요약 능력을 중점적으로 평가하겠다는 것으로, 답안에서 요약할 분량을 지정하는 경우에는 특히 그렇다.

한편 ③~⑥처럼 발문의 물음으로 '요약하라'는 논증 지시어가 제시된 경우는 지문에 담긴 소주제(관점·논점)를 파악하여 내용별로 분류(구분)한 후, 각각의 요지(논지)를 간략하게 서술하라는 것이 주된 요구로, 글 내용이 비교적 쉽고 또 글이 짧은 것이 특징이다. 이때 ④처럼 발문에 '요지를 서술하시오'라는 과제를 주었다면, 이 역시 '요약하라'와 같은 유형의 물음이라고 보면 된다. 어느 것이든 글의 핵심 요지를 파악할 것을 묻는 논증 지시어는 제시문 내용을 정확히 이해하고 그 핵심 논지를 짧은 글로 정리할 수 있는가에 대한 능력을 평가하는 것에 목적을 둔다.

■ **요약하라 논증 지시어 예시**

①제시문(1)을 <u>요약하시오</u>. (고려대 인문 편입1)

②제시문 (다)와 (라)의 내용을 요약하고, '기억'에 대한 관점의 공통점과 차이점을 설명하시오. (이화여대 인문 수시)

③제시문⑴~제시문⑹은 노동(직업)에 관한 견해를 담고 있다. 제시문들을 상반된 두 입장으로 분류하고, 각 입장을 요약하시오. (성균관대 인문 수시)

④제시문⑴과 제시문⑵의 공통주제를 밝히고, 각각의 요지를 서술하시오. (한국외대 인문 수시)

⑤제시문 (가), (나), (다), (라)에는 다양한 대화의 모습이 나와 있다. '진정한 소통'이라는 측면에서 각 제시문에 나타난 대화의 문제점과 이러한 문제가 발생하게 된 근본 원인을 하나의 완성된 글로 논술하시오. (중앙대 인문 모의)

⑥제시문(가)의 필자가 말하고자 한 것을 간추려 적으시오. (숙명여대 인문 수시)

논술 제시문을 읽고 순차적으로 요약하는 방법적 요령1

[개념(주제어)→논제(주제+관점)→논증(논지+논거)→재구성]

⑴먼저 문제부터 읽고 지문별로 중요한 개념어를 찾아, 그것이 다른 용어들과 어떤 관계를 맺고 또 어떤 의미로 사용되고 있는지를 파악한다. –**핵심 개념어(단어)에 동그라미 치기**

⑵이어서 제시문을 훑어가며 개략적으로 살피면서, 제시문에 담긴 관점을 파악한다. –**논제(공통 주제+관점+논제 서술 과제, 즉 논증 지시어)의 파악**

⑶제시문 간의 연관 관계를 파악하여 논제에 들어갈 내용을 밝히고 논제를 분명히 한다. –**논제 분석**

⑷논증 구조에 맞게 단락을 표시한다. –**제시문별 논증 구조(주장–근거–해설) 파악**

⑸중심 주장 글이 들어간 문장을 찾아낸다. –**중심 문장 찾기**

⑹중심 문장에 담긴 주장 글을 찾아 밑줄 친다. – **핵심 주장(논지)의 파악**

⑺단락별로 논증의 근거를 담고 있는 문장을 찾아 밑줄 친다. –**주장을 뒷받침하는 근거(논거)의 파악**

⑻문장과 문장의 연관 관계 속에서 논증 형식에 맞게 재구성한다. –**주장과 근거(논지와 논거)의 논리적 연결**

⑼논증 지시어를 따라 전체 논증을 분석하고 평가한다. –**논증 지시어별 글쓰기 원칙에 맞게 논증을 재구성**

086
요약하라(3): 요약의 방법

요약 글쓰기는 글의 이해력을 끌어올리고, 글 내용의 핵심을 자신의 언어로 전달하는 능력을 높인다. 요약하기는 글을 읽어 중요한 부분과 그렇지 않은 부분을 구별할 수 있는 능력은 물론이고, 글 내용을 논리의 비약 없이 체계적으로 서술하는 역량까지도 담아낸다. 논제의 물음에 부합하는 사례라든가 증거를 효과적으로 제시할 때도 요약은 무척 중요하다.

글 내용을 정확히 이해하기 위해서는 지시문에 들어있는 정보와 지식을 체계적으로 정리할 수 있어야 한다. 학생들이 논술 답안 작성에 쩔쩔매는 이유는 분명하다. 제시문의 중심 생각을 정확히 이해하지 못하면서, 글 내용의 핵심을 올바로 요약하지 못하기 때문이다. 요약을 잘한다는 것은 글을 정확히 이해하여 글 내용의 핵심만을 간추릴 수 있는 능력이 뛰어나다는 의미와도 같다. 제시문을 읽을 때 핵심어에 집중하여 중요한 부분만을 추릴 수 있어야 한다.

요약에는 문장으로 기술하면서 글 내용의 핵심을 요약하는 방법과 주제어를 중심으로 용어를 항목화하면서 글 내용의 핵심을 요약하는 방법이 있다. 대입 논술에는 전자의 요약 방법을 주로 사용한다. **'서술형으로 요약하기'는 글 내용을 주제어(핵심어)와 중심 문장으로 정리하고, 이것들을 연결하면서 한두 문장 정도로 짧게 기술하는** 것이다. 그 방법적 요령은 글 전체의 주제를 드러내고, 문장과 문장 사이의 논리 관계를 유기적으로 전개하면서 글 내용의 핵심을 기술한다. 그리고 글 내용을 필요 이상으로 추상화하는 것을 경계한다. 핵심은 군더더기 말을 없애고 중심 문장을 중심으로 가능한 짧게 요약하는 것이다.

이때 주의할 것이 있다. 각 단락의 핵심 문장 또는 중심 생각, 핵심 내용을 찾아낸 후 이것들을 그저 연결하기만 하면 요약 글이 만들어진다고 생각해서는 안 된다. 제시문의 각 단락이 같은 비중으로 중요할 때는 그런 식의 요약이 타당할지 모르나, 설명과 논증의 핵심을 파악하는 것에서는 각 단락이 같은 비중으로 중요성이 있다고 보장할 수 없다. 따라서 단락별 요약에 지나치게 매달리지 말고, **글 자체에서 논리적 뼈대가 들어있는 부분만 추려서 체계적으로 정리해야** 한다. 제시문 요약을 잘하려면 다음을 염두에 두어야 한다.

제시문을 요약하는 방법적 요령2

- 논제의 요구와 지시를 따라, 그리고 주제 개념에 맞게, 제시문 전체의 의미를 포괄적으로 파악한다.
- 제시문의 핵심 어휘와 중심 문장을 찾는다. 여러 단락으로 구성된 지문의 경우에는, 각 단락의 핵심어휘와 중심 문장을 찾은 후, 내용 면에서의 위계를 가려 재구성한다.
- 핵심 어휘에 밑줄을 긋고, 그 어휘를 중심으로 글 내용의 핵심을 논리적·체계적으로 연결하면서 하나의 문장으로 간략히 정리한다. 그렇게 해서 글 전체를 한두 문장 정도의 50~100자 전후로 요약한다. 문제에서 요구하는 분량에 맞게 요약하면 된다.
- 제시문이 길고 복잡한 경우, 각 문장의 유기적인 관계를 설정하여 두세 개의 단락으로 구분하여 순차적으로 요약한 다음, 이후 이를 다시 한두 문장으로 압축 정리한다. 이때 가능하면 하나의 단락을 하나의 문장으로 요약하는 게 좋다.
- 어디까지나 구체적이고 정확한 문장으로 완성할 수 있어야 한다. 이때 핵심 어휘나 핵심어는 바꾸지 말고 있는 그대로 써야 한다. 자칫하다가는 내용이 왜곡되고, 글의 이해가 떨어질 수가 있기 때문이다. 요약 글에서 핵심어를 빠뜨린 때는 채점의 불이익을 받을 수가 있기에 특히 주의해야 한다.
- 문제에서 특별히 지시하는 분량이 있으면 이에 맞춰서 글 내용을 늘리거나 줄이면서 탄력적으로 요약한다.
- 만약 요약 능력이 달린다는 생각이 들 때, 글을 읽으면서 각 단락의 옆 부분에 글 내용의 핵심을 간단히 메모하고, 이를 갖고서 다시 문단과 전체를 번갈아 살피면서 글 내용을 요약하는 게 효과적이다.

087
요약하라(4): 요약의 기본 원칙

글의 요약이 중요한 이유는 이것이 논증 글쓰기의 기초가 되기 때문이다. '요약하라'는 논증 지시어를 이행할 때 답안 작성자의 '주관'이 개입될 여지는 없다. 요약의 핵심은 주어진 제시문 내용을 그 누구도 부정할 수 없을 정도로 '객관적'으로 간추려 정리하는 데 있다. 요약 글에 논술자인 학생의 주관이 개입해서는 안 된다. 그렇더라도 반드시 주의해야 할 것이 있다. **제시문 내용을 그대로 옮겨 쓰면 안 된다.** 글의 핵심 논지를 찾아 밝힌 후 이를 적절한 언어로 압축 표현해야 한다. 이를 위해 학생들은 제시문의 주장을 자신의 언어로 바꾸어서 표현하되, **제시문에 들어있는 핵심 용어는 반드시 그대로 살려서** 글 내용의 핵심을 기술해야 한다.

교과 과정의 비교적 쉬운 글들을 갖고 제시문을 구성하는 지금, 요약의 중요성은 더 커졌다. 쉬운 지문일수록 글 내용의 핵심을 압축하여 깔끔하게 요약할 수 있어야 하기 때문이다. 요약은 논술을 위해 갖추어야 할 기본 요건으로, 제시문의 핵심 내용(요지, 논지)을 효과적으로 요약할 수 있어야 논술 답안은 높게 평가받는다. 게다가 출제하는 제시문의 어느 한두 개는 반드시 쉽게 이해되지 않는 지문으로 이루어져 있기 마련이다. 대개 그런 지문에서 출제자의 의도가 드러난다.

출제자는 이 지문을 통해 학생들의 제시문 독해와 요약 능력을 확인하려 든다. 따라서 이런 지문일수록 글 내용을 정확하고 적절하게 요약하면 출제자의 눈에 확연히 드러난다. 지문의 올바른 해석과 적절한 요약만으로도 남들과 차별화된 답안을 작성할 수 있다.

발문의 물음에 들어있는 지시와 요구는 하나같이 "제시문 내용을 …

하고, … 논증 지시어를 해결하라"로 집약된다. 이것은 곧 "제시문 내용을 해석하고 요약한 후, 이를 갖고서 … 논증 지시어를 따라 글 내용을 논증하라"는 지시와 요구로 봐도 무리 없다. 아래의 예에서 알 수 있듯이, 발문 물음의 전제 글에는 하나같이 '제시문을 읽고 핵심 내용을 요약하라'는 다시 말해 '논제의 주제와 관점을 드러내는 개념을 명확히 정의하라'는 논제의 지시가 들어있다.

- (라)의 설명을 **이용하여**, (가), (나), (다)의 주장을 논의하라(연세대) ▶ (라)를 읽어 이에 담긴 논거를 요약한 후, 이것을 이용하여 …
- (나), (다)를 비교하고, 이에 **근거하여** (가)의 OO를 해결하기 위한 자신의 견해를 밝혀라(고려대) ▶ (나), (다)를 비교하여 해석한 후 이를 **요약**하고, 이것에 근거하여 …
- (가)의 논거를 **바탕으로** (나), (다)를 비교평가하고, OO의 해결 방안을 제시하라(한양대) ▶ (가)를 읽어 그 논거를 **요약**하고, 이를 바탕으로 …
- (가), (나)의 문제와 원인을 **정리한 후**, 해결책으로 제시된 (다), (라)의 한계 설명, 대안을 (마)의 논거로 제시(서강대) ▶ (가), (나)를 읽고 핵심 내용을 요약하여 짧게 기술한 후

만약 문제 안에 '제시문을 요약하라'는 지시가 직접 들어있거나 또는 '요약하라'는 지시를 논증 지시어로 엮어 출제한 경우라면 어떠할까? 이는 제시문을 읽고 그것에 들어있는 핵심 논지를 제대로 파악하기 어려우니 **그만큼 정신 바짝 차리면서 글을 읽어 글 내용을 요약하라는** 주문이거나, 제시문의 개념을 이해하기 어려우니 이를 정확히 파악하여 체계적으로 정리하라는 요청이거나, 제시문에 관점을 담은 중요한 힌트가 들어있으니 이를 똑바로 살펴 찾아내거나, 하는 등등의 힌트로 받아들이면 틀림없다. 이것들의 해결은 당연히 제시문의 정확한 해석과 올바른 독해에 달렸다.

088
요약하라(5): 여러 단락의 길고 복잡한 지문을 요약하는 방법

제시문 요약에서 중요한 것은 글의 중심 생각을 찾아 이를 간략히 정리하는 능력이다. 길고 복잡한 글일수록 핵심을 찾아 간략히 요약할 수 있어야 한다. 제시문이 길고 복잡할 경우의 요약 방법은 다음 두 가지다. 만약 지문에서 단락이 명확히 구분된 경우라면 그것에 맞춰서 단락별로 글 내용을 순차적으로 요약한 후, 그 요약된 글을 다시 압축·정리한다.

만약 단락이 명확히 구분되어 있지 않은 지문으로 글 전체의 길이가 너무 길어 내용을 효과적으로 요약하기 어려운 경우라면, **각 문장의 유기적인 관계를 파악하여 두세 단락(3~5개의 문장 정도로 구성된 형식 단락)으로 임의로 구분하여** 글 내용을 짧게 요약한 후, 단락별로 요약된 글을 다시 하나의 단락(내용 면에서 부합하는 여러 개의 형식 단락을 한데 묶은 내용 단락)으로 재구성하면서 거듭 정리하면 된다. 즉 긴 글을 임의의 '형식 단락'으로 짧게 끊어가며 정리하거나, 또는 내용 면에서 서로 관련되는 형식 단락을 한데 묶어 이를 '내용 단락'으로 분류해가면서 정리한다. 그런 다음 그 정리된 내용을 서로 연결하면서 글 전체의 요지를 파악하면, 제시문 내용을 한결 쉽게 요약할 수 있다.

이때 중요한 것은 지문 내용을 형식 단락과 내용 단락으로 구분하여 살필 수 있는 역량으로, 이는 전적으로 독해력에 달렸다. 그렇더라도 그 한 가지 요령을 생각할 수 있는데, 이는 각 형식 단락의 **'접속어'와 '지시어'에 특별히 유의하여 글 내용을 파악하는** 것이다. 가령, '예를 들어'라는 접속어는 핵심 내용이 아니므로 그냥 지나치거나, 또는 앞 단락에 편입시킨다. 또 '그러나'는 앞 단락과 반대의 이야기가 나타나는 경우이기에, 이 지점에서 단락을 나눌 것을 고려한다. 한편 '요컨대'는 지금까지의 내용이 정리되어 있으므로 매우 중요한 부분으로 살피면서 이 지시어를 중심으로 단락을 구분할 것을 고려한다.

어느 경우든 (단락이 구분되어 있든, 임의로 설정한 경우든 관계없이) 먼저 각 단락의 중심 문장에 밑줄을 긋고, 그 문장을 중심으로 다른 문장의 중요한 부분을 끌어와 살을 보태면서 글 내용을 채운 후, 그 중심 문장들을 서로 연결한다. 그런 다음, 글 전체를 읽는다. 이때 글 내용이 논리적으로 매끄럽게 이어진다면 그 제시문은 잘 요약된 것이지만, 만약 그렇지를 않고 글의 어딘가가 어색한 경우에는 제시문을 올바르게 요약하지 못했기 때문이라고 생각하면 틀림없다.

참고로 시·소설·수필과 같은 문학 작품을 논술 제시문으로 출전한 경우에 많은 학생은 글 내용을 요약하는 것에 큰 어려움을 겪는다. 특히 소설처럼 서사 구조를 따르는 글 내용을 요약하는 것에 큰 어려움을 겪는다. 그렇더라도 방법적 요령은 있다. 인물과 사건에 초점을 맞추고 이를 중심으로 핵심 줄거리를 끌어내면 된다.

이때 사건을 요약할 때 자칫 글이 장황해 질 수 있으므로 이를 특히 주의할 필요가 있다. 그 서술 요령은 사건은 주된 갈등 상황을 중심으로 이루어지는 게 일반적이므로, 등장인물 간 갈등 구조를 중심으로, 논제가 제시하는 주제 개념에 맞춰서 서사 구조의 핵심만을 간추리는 것이다.

제시문 '요약'의 예

사례 '진실'에 초점을 맞추어 제시문 (가), (나), (다)의 관점을 비교, 분석하라. (연세대 2016 인문 편입)

제시문(가): 꿈이 소원성취의 직접적인 형태로 모습을 드러내는 경우가 있다. 그런데 소원성취가 인식불가능하고 가장된 형태로 나타날 경우, 이러한 소원으로부터 자신을 방어하려는 기제가 작동하고, 그 결과로서 소원성취는 왜곡된 형태로만 자신을 드러낼 수 있게 된다. 이런 방어적인 마음의 움직임 때문에 소원은 왜곡된 형태로서 꿈에 나타난다. 그러면 이제 이 같은 내적 심리상태에 상응하는 것을 일상에서 찾아보자. 사회생활 어디에서 그와 유사한 심리적 활동의 왜곡을 찾을 수 있을까? 가령 두 사람 중 한 사람은 권력을 쥐고, 나머지 한 사람은 그러한 권력의 자장(磁場)내에 있을 때다. 그런 경우 후자는 자신의 심리적 표현을 왜곡한다. 아니면 '위장'한다고 말할 수 있다. … (중략) …

▶ 꿈을 통한 소원성취가 현실과는 반대로 나타나는 이유는, 그것의 실현 불가능성을 애써 외면하려는 자기방어 기제가 작동하기 때문이다.

권력자들에게 듣기 싫은 진실을 말해야하는 문인(文人)의 상황 또한 이와 유사하다. 문인이 진실을 솔직하게 말하면 권력자는 그를 탄압할 것이다. 만일 그것이 구두에 의한 의사 표명이 아니라 인쇄매체를 이용하는 경우라면 권력자는 사전에 검열을 강화할 것이다. 문인은 검열을 두려워 할 수밖에 없다. 따라서 그는 자신의 견해를 부드럽게 각색하거나 교묘하게 왜곡한다. 그는 검열의 강도와 억압의 정도에 따라 자신의 비판적인 내용을 제한하거나 직접적인 표현대신 비유를 사용하기도 한다. 아니면 불쾌한 내용을 악의 없이 보이도록 위장하고 은폐해야 한다. 예컨대 국내의 문제를 언급하는 과정에서 중국의 고관대작 사이에 있었던 사건을 이야기 할 수 있다. 검열이 엄격할수록 위장의 범위가 넓어지고 글쓴이 본인의 원래 의도를 독자에게 전달하기 위한 수단은 점점 더 교묘해지지 않을 수 없게 된다.

▶ 문인이 대중에게 진실을 솔직히 말하지 않는 이유 역시 심리적 자기방어 기제에서 비롯된다. 그는 권력자의 시선을 의식하여 직접적인 비판보다는 비유적인 표현을 사

용함으로써 자기 견해를 각색하거나 은폐하려 든다. 그 결과 권력자의 검열이 엄격할수록 글쓴이 본인의 본래 의도를 독자에게 전달하기 위한 수단은 갈수록 교묘해지면서 진실을 파악하기 어렵게 만든다.

핵심요약:

문인들이 권력자와 대중에게 진실을 솔직히 말하지 않는 이유는 심리적 자기방어 기제 때문이다. 그는 권력자의 시선을 의식하여 직접적인 비판보다는 비유적인 표현을 사용함으로써 자기 견해를 각색하거나 은폐하려 든다. 그 결과, 권력자의 검열이 엄격할수록 글쓴이 본인의 본래 의도를 독자에게 전달하기 위한 수단은 갈수록 교묘해지면서 진실을 파악하기 어렵게 만든다.

[사례]의 글처럼 비교적 글이 길고 또 내용이 복잡한 글을 요약하는 포인트는 다음과 같다. 제시문의 단락별 핵심 내용을 간추려 정리하되, 저자가 글에서 말하고자 하는 논의의 핵심을 중심으로 글 내용을 체계적으로 기술한다. 이때 제시문을 읽어 주제 개념(핵심어는 '진실')은 물론이고, 그 주제의 논의를 이끄는 세부 개념인 관점(진실의 왜곡 가능성)을 살피면서 글 내용을 해석한다. 제시문에서 글의 중심 생각은 어느 한 단락에 집중되는 경우가 일반적이다. 따라서 **그 단락을 중심으로 글 내용을 요약하되, 다른 단락의 중심 생각을 끌어와 갖다 붙이면서** 체계적으로 글 내용을 기술하면 된다. 사례 글의 경우, 첫째 단락은 '사례'라는 해설 글 묶음으로 구성되어 있어서 이를 생략하고 둘째 단락만으로 글 내용을 요약해도 무리 없다.

특정 제시문을 읽어 주제와 관점까지 모두 찾아 밝히는 것은 생각 이상으로 어렵고 또 까다롭다. 이때 해결책은 **함께 제시된 다른 지문까지 모두 한꺼번에 살피는** 것이다. 왜냐하면, 비록 어떤 한 제시문에는 주제와 관점을 드러내는 단어와 어휘, 문구와 문장을 찾을 수 없거나 설령 찾기 어렵더라도, 다른 제시문의 어딘가에는 주제 개념과 관점을 직접 드러내거나 암시하는 문장이나 문구가 반드시 들어있기 마련이기 때문이다. 논술 문제를 풀 때 제시문들의 연관 관계를 파악하는 것이 중요하다고 여러 차례 강조한 이유가 이 때문으로, 다른 제시문에서 문제 해결의 단서를 찾을 수 있도록 제시된 글을 서로 견주어가며 읽는 연습을 하자.

089 제시문을 요약할 때 주의할 점

제시문을 요약할 때는 다음 사항을 특히 염두에 두어야 한다. 다른 무엇보다, **원 글에 없는 내용을 덧보태거나 왜곡해서는 안 된다.** 원 글을 비판하거나 자기주장을 덧보태도 안 된다. 주어진 글을 그대로 인용하거나, 명확한 근거가 없이 일방적인 주장만을 나열해서도 안 된다. 다음으로 객관적인 입장을 견지해야 한다. 요약은 글의 재구성이지 재창조가 아니며, 따라서 자기주장이 개입할 여지는 없다. 객관적이고 중립적인 입장에서 제시문 자체의 논리적인 설명만을 담아야 한다.

다음으로 글 전체를 단숨에 읽고 곧바로 요약하는 것은 옳지 않다. 글 내용을 단박에 통찰하기 어려울뿐더러, 그것이 가능할 정도로 수준 낮은 제시문은 출제되지 않는다. 요약의 핵심은 어디까지나 독해력에 있음에 유념하여, **제시문을 폭넓게 살펴 읽으면서 글 전체의 요지를 파악할 수** 있어야 한다.

따라서 제시문을 요약할 때는 반드시 발문의 물음부터 꼼꼼히 읽은 후, 어디까지나 논제의 요구와 지시에 맞게 요약해야 한다. '도입–논거–주장' 내지는 '주장–근거' 순서로 요약 글을 작성해야 한다는 식으로 사고를 구조화하려 들 경우, 이는 오히려 요약에 도움이 되지 않는다. 어디까지나 글 전체 요지 파악이 중요하며, 이를 토대로 글 전체 내용을 어떻게 담아 요약할 것인가가 관건이다.

제시 글에서 글쓴이가 드러내려는 주장과 논거가 분명하지 않다거나, 숨은 의도나 전제가 있다거나, 글이 너무 어려워 독해가 안 되는 등으로, 글 내용을 요약하기 어렵더라도 당황해서는 안 된다.

이 경우 주어진 제시문 간의 연관 관계 속에서 글 내용을 유추하여 살피는 등으로 요약의 어려움을 해결할 수 있음은 물론이다. 예를 들어 제시문을 서로 양립하는 관점으로 묶어 각각을 '요약·비교·비판'하라는 식으로 논제의 서술 과제(논증 지시어로 구현된다)를 제시하는 경우가 많은데, 이때 문제와 함께 주어진 제시문 전체의 연관 관계 속에서 핵심 내용을 파악함으로써 논제의 물음을 해결해 낼 수 있어야 한다.

특히 영어 지문의 경우, 원문이 그대로 출제되는 경우가 많아 그만큼 이를 해석하기 어려울 수 있으며, 이로 인해 글 내용을 제대로 요약하지 못하는 경우가 많다. 따라서 이 경우 역시 제시문 간의 연관 관계 속에서 글 내용의 핵심을 파악하는 것이 무엇보다 중요하다. 영어 지문의 경우, 이를 그대로 직역한 후에 요약하는 경우에는 자칫 글의 두서가 없거나, 또는 핵심 내용을 빠뜨릴 수 있다. 이 역시 **글 전체의 의미를 파악하면서 의역과 직역의 중간선에서 요약하는** 게 효과적이다.

서술의 논리성 및 완결성에도 유의할 필요가 있다. 제시문 내용의 일부만을 담았거나, 마치 요점 정리하듯 중요 문장 몇 개만을 골라 옮겨 쓰거나, 글 내용을 단순히 압축하여 서술해서는 안 된다. 글의 논증 구조, 즉 주장과 근거를 찾아 글 내용을 합리적으로 재구성하면서 기술한다.

끝으로 **사소하거나 불필요한 내용은 과감히 털어 낸다**. 중요하다고 생각되는 내용이더라도 반복되거나 잉여적인 부분은 삭제한다. 하위어는 상위어에 맞게 적절한 언어로 바꾸거나 윤색한다. 너무 구체적인 내용은 논증할 내용에 맞게 일반화하여 표현한다.

090
분류하라(1): '분류하라' 지시어의 의미

'분류'와 '구분'은 어떤 대상이나 개념의 특성을 명확하게 이해할 수 있도록 구성 요소들을 일정한 기준에 따라 묶거나 쪼개어 나가면서 설명하는 방식이다. 즉 분류와 구분은 여러 대상(주로, 개념)을 일정한 원리에 따라 나누면서, 대상들 상호 간의 관계나 각 대상이 전체에서 차지하는 위치를 드러내는 설명의 진술 방식의 하나이다. 분류와 구분은 범위가 큰 대상(이나 핵심 개념)을 간략하고 일목요연하게 정리하는 데 효과적이다.

대상을 나누어서 개별적으로 구체화하고 그것에 질서를 부여하면서 설명하는가, 또는 대상을 공통된 특성을 중심으로 같은 차원에서 나누어 설명하는가에 따라 전자를 '분류'라 하고 후자를 '구분'이라 한다. 즉 어떤 대상들을 나눌 때, 하위 개념(종개념)을 상위 개념(유개념)으로 묶어나가는 것을 '분류'라고 하고, 상위 개념을 하위 개념으로 갈라나가는 것을 '구분'이라 한다. 예를 들어 생물을 '동물'과 '식물'로 나누는 것은 '구분'에 해당하고, '척추동물'과 '무척추동물'을 동물로 묶는 것을 '분류'라고 한다. 분류하려면 구분이 되어 있어야 하고, 구분하려면 분류가 이뤄져야 하므로, 분류와 구분은 항상 짝을 이루는데, 둘을 편의상 '분류'로 일원화하여 표현한다.

분류는 **특정 주제 개념을 '분석'하는 도구로 쓰이는** 경우가 많다. 어떤 주제를 특정 관심사나 일정 유형으로 나누어(분류하여) 논의하거나 평가할 수 있도록 조처하기 때문이다. 규모가 큰 대상이나 개념을 설명할 때, 먼저 그것을 적절하게 분류하고, 그런 다음 분류된 항목들을 비교나 예시, 정의의 방법으로 설명하게 되는 경우가 많다.

발문의 물음은 "주어진 조건에 맞춰서+(제시문들을 '분류·비교·분석'하여)+논증 지시어(비교하라, 비판하라…)에 답하라"는 진술로 재편된다.
여기서 '제시문들을 분류·비교·분석하라'는 지시어가 발문의 물음에서 직접 드러나는 경우는 별로 없다. 그렇더라도 논증 지시어에 답하려면 제시문들을 견주어 살피면서(즉, 분류·비교·분석하면서) 글 내용의 핵심을 파악해야 한다.

문제와 제시문을 읽으면서, ㉮먼저 논제의 '주제 개념'부터 확인한 후, ㉯제시문들이 **주제 개념과 어떤 관계를 맺고 있는지를 '분류하고, 비교하고, 분석'하면서** 살피고, ㉰그 과정에서 주제 개념의 공통된 특징을 따라 세분한 하위 개념('관점·논점·쟁점·지향점'을 담은 개념어 및 관련 어구)을 제시문에서 찾아 밝힌 다음, ㉱이를 따라 제시문별 핵심 '논지와 논거'를 파악한 이후에, ㉲이렇게 해서 파악된 '주제–관점–논지'를 논증 지시어에 맞게끔 체계적으로 글 내용을 기술하면, 그것으로 한편의 논술 답안은 완성된다.

여기서 제시문들 견주면서 비교·분류·분석하는 이유는 **제시문별 소주제를 담은 '관점'을 파악하기** 위해서다. 관점(논점)은 논제에서 다루고자 하는 소주제이자 세부 개념을 담은 논의와 논쟁의 핵심 안건으로, 교과목에서 중요하게 다루는 중심 이론과 핵심 개념에 대한 하위의 개념어가 바로 관점을 담은 용어이다. 관점은 이를테면 '이기심과 이타심, 일원론과 이원론, 기능론과 갈등론'처럼 이항 대립적인 개념어 또는 '긍정과 부정, 절대와 상대'처럼 대상을 서로 견주면서 뚜렷한 방향성과 특정한 지향점을 지칭하는 용어로 명확히 정리하는 게 일반적이다.

이때 제시문을 읽고 관점을 담은 개념 및 관련 용어를 확실히 찾아 밝히라는 요구가 바로 '분류하라'는 암묵적 지시어다. 따라서 발문에 '분류하라'는 지시어가 명기되어 있든 그렇지 않든 관계없이, 제시문들을 비교·분류·분석하는 것은 논술 문제 풀이를 위한 중요한 과정의 하나라고 인식하고, 제시문에 들어있는 관점을 파악하기 위해서 힘을 쏟아야만 한다.

091

분류하라(2): 발문의 다양한 '분류하라' 지시어

말했듯이 '분류하라'는 지시어는 그 자체만으로는 단독 서술 과제가 되지 못한다. 발문의 논증 지시어를 해결하기 위한 뒷받침 역할을 주로 담당할 뿐이다. 이를테면 다음과 같이 '제시문들을 분류(및 비교·분석)하여 주제 개념의 하위 개념인 관점·논점을 찾아 밝힌' 후, 그것에 근거하여 **'주어진 논증 지시어를 해결하라'는 지시를 이행하기 위한 전제 조건으로써** 기능할 뿐이다.

제시문들을 분류한 후 … 핵심 논지 또는 내용을 **요약**하라. /
… 각각의 입장을 **설명**하라.
… 두 관점을 **비교**하라. /
… 그 근거를 **제시**하라.
… 어느 한 입장에서 다른 한 입장을 **비판**하라.

■ **'분류하라' 기출 문제 예시**

①제시문(1) ~ 제시문(6)은 노동(직업)에 관한 견해를 담고 있다. 제시문들을 상반된 두 입장으로 분류하고, 각 입장을 요약하시오. (성균관대 인문 수시)

②제시문 (가)~(바)를 비슷한 주장을 담은 내용끼리 분류하고, 각 제시문을 요약하시오. (경희대 사회 수시)

③제시문[가]의 주장을 250자 내외로 요약한 뒤, 주된 견해나 관점이 [가]와 다른 제시문을 [나]~[라]에서 모두 찾아 [가]와 각각 어떻게 차이가 나는지 구체적으로 밝히시오. (서울시립대 인문 수시)

④제시문(가)와 (나)에 드러난 문제 상황의 공통점과 차이점에 대해 서술하고, (다)의 '타자'에 관한 두 가지 입장을 참조하여 (가)에 나타난 아버지 세대와 아들 세대의 바람직한 관계에 대해 논하시오. (숙명여대 인문 수시)
⑤제시문 (가), (나), (다), (라)에서 '진실(사실)을 알게 되었을 때 나타나는 태도'와 '그 태도로 인해 나타나는 결과'를 각각 찾아서 하나의 완성된 글로 논술하시오. (중앙대 인문 수시)

만약 '분류하라'는 지시어가 발문의 물음에서 명확히 드러난 경우, 이는 어떤 의미일까? 한 마디로, **'관점'을 명확히 찾아 밝히고, 그것에 맞게 제시문들을 둘로 나누라는** 의미다. 주제 개념을 따라 제시문들을 하위의 두 개념으로 명확히 구분한 후 각각을 적확한 개념어로 밝힌다거나, 또는 제시문들을 주제 개념의 방향성이라든가 특정 지향점을 담은 적절한 언어로 찾아 밝힌 후, 그것에 맞게 주어진 제시문을 둘로 구분하라는 요구이다.

여기서 반드시 알고 있어야 할 것은 다음과 같다.

발문의 물음에 '분류하라'는 지시어가 분명하게 들어있는 경우, 발문에서 주제 개념을 밝혔든 그렇지 않든 관계없이, 양립하는 두 입장(관점)을 파악하여 이를 적절한 개념어(또는 관련 상당 어구)로 밝히지 못한다거나, 또는 두 입장에 맞게 제시문들을 구분하는 것에 실패할 경우, 논증 지시어에 대한 대답(진술)의 질적 수준에 상관없이 논술 답안은 낮게 평가된다. 평가자는 이를 정답의 방향성을 궤도 이탈한 것으로 간주한다.

092
분류하라(3): 분류와 구분의 기본 원칙

분류와 구분은 주제 개념을 분석하는데 특히 유용한 도구다. 글에 실린 여러 사실·대상·현상·개념·생각에 그 어떤 관련성이 발견될 때에는 그것들의 공통되는 특징이나 속성에 기초하여 '분류'하게 된다. 가장 간단한 분류는 카테고리별로 사실·대상·현상·개념·생각을 배분하는 것이다. 보통의 상식적인 분류는 이런 방식을 따른다. 대상을 카테고리별로 체계적으로 생각하려면, 어떤 공통된 특징을 찾아서 위로 분류해 올라가든지, 이를 세분화하면서 아래로 내려가야 한다. 이를 위해 먼저 대상의 '공통된 특징(질적 공통 요소)'부터 찾아야 한다.

대입 논술에서 어떤 대상이 지닌 질적 공통 요소는 바로 **그 대상을 설명하는 '개념'이라** 할 수 있다. 어떤 대상을 분류한다는 것은 그 대상을 구성하는 공통 요소인 개념들 사이에 일정한 질서를 부여하거나 숨은 질서를 찾아내는 것이다. 이는 곧 그 '대상의 개념을 조직화'한다는 뜻과 같다. (이를 '개념 범주화'라고 한다.) 대상의 개념을 조직화한다는 것은 곧 **개념과 개념의 관계를 살펴 그 차이를 명확하게 설정하는** 작업이다. 따라서 분류를 잘하려면 먼저 글 구조부터 잘 이해하고 있어야 한다.

글을 읽거나 쓰는 행위는 '개념들의 관계'를 파악하여 이를 질서 있게 배열하는 과정이다. 독해력은 글을 읽어 개념들의 '관계'를 파악하는 힘에서 나온다. 논제를 정확히 분석하려면 먼저 제시문에 들어있는 개념들의 관계부터 잘 파악하고, 이를 적절한 개념어로 표현할 수 있어야 한다. 만약 '분류하라'는 지시어가 발문의 물음에 들어있다면, '비교 대상 지문별 세부 개념(관점을 드러내는 개념어)을 찾아 밝힌 후, 이를 적절한 개념어로 서술하라'는 요구라고 머릿속에 확실히 각인할 필요가 있다.

이때 알고 있어야 할 것은 다음이다. 분류는 제시문별 논·쟁점에 대해 합리적으로 탐구하고, 제시문의 핵심 내용을 갖고서 논증을 구성하는 데 크게 도움을 줄 수 있다. 그런데도 분류를 할 때 자칫 '상투적인 유형화'로 치달을 수 있다.

대상을 지나치게 단순화·일반화하여 분류하는 데서 비롯되는 상투적인 유형화는 대상들의 개별 속성 차이를 고려하지 않고 단순히 어떤 고정된 틀에 대상을 꿰맞추게 만들 위험이 있다. 무슨 뜻인가 하면, 주어진 제시문들을 자신이 알고 있는 특정 주제, 특정 관점에 맞게끔 대상을 억지로 꿰맞추고 또 기계적으로 적용해가면서 대상들(제시문이 드러내는 관점)을 분류하려 들어서는 안 된다. 같은 제시문일지라도 교과목에서 다루어진 내용과 대입 논술에서 다루고자 하는 내용은 차이를 보일 수 있기 때문이다. 따라서 학생들은 제시문에 대한 선행 지식을 배제하고 고정 관념에서 벗어나, **제시문에 들어있는 핵심어(키워드)에 집중하면서 글을 읽고, 그 해석된 결과를 따라 대상을 체계적으로 분류해야** 한다. 오직 제시문 내용에 근거하여 대상을 개념적으로 분류해 나가야 한다.

대상과 개념을 상투적으로 유형화하면서 분류하려 드는 나쁜 습관에서 벗어나려면, 대상을 설명하는 과정에서 이를 어떤 방식으로 나누고 묶어서 서술하는 것이 효과적인지를 잘 알고 그것에 맞게 적절히 대응할 수 있어야 한다. 이때 중요한 것은 **대상을 효과적으로 나누는 '기준'을 올바르게 설정하고 또 일관되게 범주화하는** 것이다. 다시 말해 대상을 분류할 때는 항상 분류 목적이 분명해야 하고, 그 분류 목적을 좇아 분류 기준을 명확히 설정해야 한다. 거듭 강조하지만, 분류나 구분의 기준은 명확하고 단일해야 한다. 이때 일관된 분류 기준은 답안을 서술하는 동안 끝까지 유지되어야 하며, 누락 또는 중복되는 요소가 없어야 한다.

093
분류하라(4): 분석하라

분류와 비슷한 개념으로 '분석'이 있다. 분류와 분석은 엇비슷한데, 그 이유는 그 출발점이 같기 때문이다. 분류는 대상의 그룹(논술의 경우, 주제 개념)에서 출발하여 그것들을 적당한 작은 그룹(논점과 논지)으로 편성하는 것이다. 이에 비해 분석은 하나의 대상에서 출발하여, 그것의 구성 요소(논점과 논지)를 밝히면서 그 대상을 풀어가는 것이다.

'분석'은 어떤 대상이나 개념을 구성하고 있는 각 요소를 잘라가며 설명하는 문장 기술 방식이다. 즉 분석은 어떤 대상이나 개념의 개별적인 구성 성분이나 요소, 성질이 어떻게 이루어지고 있는지를 분명하게 알리기 위해, 어떤 특정한 관점에 따라 대상과 개념을 나누면서 각 요소의 내용을 드러내 밝히는 설명의 진술 방식이다. 분석은 구성 요소를 나누어 살피는 것이기 때문에 분류(구분)처럼 구성 요소가 반드시 동위(同位)의 개념일 필요는 없다. 분석은 대상이나 개념을 나누어서 이해하는 것에 초점을 두는 것이 아니라, 전체를 이해하기 위해서 각 요소를 나누어 그들 간의 유기적인 관계를 살피는 것에 초점을 둔다. 예를 들어 소설 작품을 분석한다고 할 때, 소설의 개념적인 구성 요소를 이루는 인물·사건·배경과 기법적인 구성 요소인 구성·시점·문체가 각각 어떤 특성을 보이며, 구성 요소들이 유기적으로 얽혀서 어떠한 주제를 전달하게 되는지를 살펴보는 과정이 분석이다.

분석은 대상의 본질과 그것을 이루고 있는 구성 요소들(논술에서, 개념과 개념의 관계) 사이의 내적 관련성에 대한 이해를 돕는다. 이때 분석에서는 전체와 부분의 유기적인 연관성에 대한 고려가 전제되지 않으면, 대상에 대한 올바른 이해는 불가능하다. 전체(논술에서, 주제 개념을 담은 '논제'의 방향성을 일컫는다)와의 연관성을 고려하지 않은 분석은 자칫하면 대상을 단순히 그 구성 요소들로 환원시키고, (부분, 즉 주제와는 동떨어지게 '관점'별로 개념적 의미가 제각각 따로 놀고) 그것들의 단순한 총합을 대상과 동일시하는 오류에 빠질 수 있다. (주제 개념과 하위 개념 간 논리의 불일치를 일으킨다.) 무슨 뜻인가 하면, **분류가 잘못되면 '개념과 개념' 간의 범주와 층위의 불일치가 일어나면서** 주제 개념과 하위 개념 사이의 개념적 사고의 간격이 발생하지만 **분석이 잘못되면 각 개념에 담긴 '논지와 논거'의 불일치가 일어나면서** 내용 면에서의 논리적인 오류가 일어난다. 그런 점에서 볼 때, '논점 이탈'은 주로 분류가 잘못된 데서 비롯되는 것이라면, '논리의 비약', '논리의 구체성 결여', '논거 부족'은 주로 '분석'이 잘못된 데서 비롯된 것이다. 따라서 '분류'와 '분석'을 잘해야 잘 쓴 논술 답안을 작성할 수 있다. 특히 연세대 '비교하라'는 논증 지시어처럼 논점을 세분화하여 대상을 비교하는 경우에는 '분석'의 방법을 통해 대상(제시문)의 연관 관계를 세밀히 파악할 수 있어야 한다.

대부분의 논리적인 성격의 글은 원인과 결과의 분석에 충실한 글이라 할 수 있다. 어떤 대상의 원인과 결과를 설명하는데 가장 많이 쓰이는 '인과 분석'은 어떤 사건 또는 현상이 왜 일어났으며, 그 영향은 어떠한가를 논리적으로 설명하는 글쓰기 방식이다. 이때 논리적인 인과성을 분석할 때는 원인과 결과를 너무 단순화해서는 안 된다.

인과의 맥락을 너무 단순하게 제시하는 분석은 충분한 설득력을 갖지 못한다. 따라서 글 내용을 분류할 때는 중요 원인과 부차적 원인, 내부 원인과 외부 원인, 직접 원인과 간접 원인 등을 세밀하게 가릴 줄 알아야 한다. 그와 더불어 여러 원인을 단순히 나열하는데 그치는 것이 아니라, 그것들을 **일정한 기준에 따라 구분(분류)하여 어떤 대상이나 사건을 보다 체계적으로 분석할 수** 있어야 한다.

094
분류하라(5): 적용하라

발문에 '적용하라'는 지시어가 들어있다면, 이는 특정 제시문의 논지를 따라 다른 제시문 내용을 설명하라 또는 논증하라는 요구로써 주어지는 경우이다. '적용하라'는 지시어는 둘 이상의 제시문 간 연관 관계 속에서 행하는 내용 분석 및 논증 능력을 학생들에게 묻기 위해 동원된 지시적 물음이다.

'적용하라'는 지시어에 답할 때 중요한 것은 문제와 함께 제시된 지문들의 역할을 규정하는 작업의 수행이다. 적용 대상인 제시문과 적용 기준인 제시문을 규정하고 각각의 핵심 논점·논지를 파악하는 과정이 그것으로, 이는 발문의 물음을 통해 확인할 수 있다.

특정 제시문 내용을 활용하여, 고려하여, 근거하여, 해석하여 … ▶ 적용 기준 제시문의 논점·논지에 근거하여
다른 제시문 내용을 설명하라, 해석하라, 비교하라, 비판하라 … ▶ 적용 대상 제시문 내용을 설명 또는 논증하라.

즉 발문의 지시와 요구를 살피면, 어떤 제시문(들)은 설명과 논증을 위한 대상으로 그리고 다른 제시문(들)은 설명과 논증을 위한 기준 내지는 분석 도구로 주어진 것임을 알 수 있다. 따라서 문제와 함께 제시한 지문들이 각각 어떠한 역할을 하는지부터 파악한 후, 적용 대상과 적용 기준에 따라 구분한 제시문들의 연관 관계를 따라 논제의 물음을 풀어나가면 된다.

이를 좀더 자세히 설명하면 다음과 같다. 발문의 물음에 '적용하라'는 지시어가 있는 경우에는, 먼저 적용 기준 역할을 하는 특정 제시문에 들어있는 다양한 정보 및 해석된 결과(자료 해석형 문제)의 핵심을 파악한다.

그런 다음 **그 파악된 내용을 따라 적용 대상(예를 들어, '비교·설명·비판·평가'의 대상)인 제시문들을 비교·분류·분석한다**. 이후 적용 기준 제시문을 통해 파악된 내용(관점·논점·쟁점·지향점)을 토대로 적용 대상인 제시문별로 글 내용을 통합(해석), 재해석 및 재구성하면서 논증 지시어를 해결하면, 그것으로 한편의 논술 답안은 완결된다.

여기까지의 설명을 통해 알 수 있듯이, '적용하라'는 발문 지시어는 앞서 말한 것처럼, '문제에서 제시문 간의 관계 설정을 규정짓는 다양한 전제 조건'이라 할 수 있다. 여기서 알고 있어야 할 것이 있다. 그것은 **적용 기준 지문과 적용 대상 지문 간에는 필연적인 연관 관계를 맺고 있다는** 사실이다. 그리고 문제에서 적용 기준을 담은 제시문을 특정하여 '전제 조건'으로 제시하는 것이 일반적이다. 문제의 '전제 조건'에 해당하는 부분은 공통 주제에 대한 '핵심 개념' 더 나아가 그것이 지향하는 근본 물음으로써의 '관점·쟁점' 또는 제시문의 '핵심 논지'와 관련한 내용이다.

따라서 제시문들의 연관 관계를 분석하면서 개별 제시문의 핵심 논점과 논지를 정확히 파악하되, 그 연결 고리라 할 수 있는 개념과 개념의 관계를 체계적으로 그리고 질서 있게 이어나가면서 논증 지시어를 해결하면 된다. 그런 과정에서 '적용하라'는 발문 지시어의 요구 및 지시를 올바로 이행한 것으로 평가받을 수 있을 것이다.

‘분류하라’는 발문 지시어에 따라 답안을 작성한 예

다음 [사례]의 문제와 필자 예시 답안을 들여다보자. 먼저 [사례1]은 문제에서 주제 개념을 직접 밝히지 않았다. 게다가 주제 개념이 철학의 중요 개념인 ‘인식론’과 관련한 것이어서, 제시문들을 읽고 이를 설명하는 ‘절대와 상대’라는 개념을 찾아 밝히는 것은 생각만큼 쉽지 않다. 이를 통해 [사례1]의 문제는 글 내용의 정확한 독해와 요약에 기반한 개념화의 능력을 평가하는데 목적을 두고 있음을 알 수 있다. 따라서 학생들은 제시문을 꼼꼼히 읽고 글의 핵심 논지를 파악하기 위해 노력하는 한편, **주제 및 관점과 관련한 핵심 개념을 설명하는 단서를 제시문에서 찾아낼 수 있어야** 한다.

다음으로 [사례2]는 문제에서 주제 개념을 밝힌데다가, 글 내용도 쉬운 편이라 제시문들을 상반된 두 입장으로 분류하는 것은 그리 어렵지 않다. 게다가 두 입장(관점)이란 것도 주제 개념의 방향성과 관련한 것이어서, 이를 단순히 ‘긍정적 또는 부정적’이란 용어로 개략적으로 밝히는 것만으로도 충분하다. 참고로 〈성균관대 논술 1번 문제〉는 공통 주제의 두 관점을 구분한 후 이를 짧은 글로 요약할 수 있으면 그것으로 충분한데, 그 이유는 이 문제가 이어지는 다른 문제의 해결을 위해 필요한 기본적인 내용을 담아 출제한 것이기 때문이다. 그 기본 내용이 바로 ‘관점’ 파악과 관련한 것으로, 대개 이런 문제의 제시문일수록 난이도는 크지 않다.

그렇더라도 알고 있어야 할 것이 있다. 이런 문제일수록 제시문의 핵심 논지를 주제 개념 및 양립하는 두 관점에 맞게 일관된 방향으로 서술할 수 있어야 한다. 무슨 뜻인가 하면, 정치·경제·사회·문화·예술·과학 등 다방면에서 발췌·출제한 제시문들을 **주제 개념에 맞게 ‘일이관지(一以貫之)’하여 통합하고 재구성하면서 글 내용을 기술해야** 한다는 것이다. 그래야만 답안 전체는 내용 면에서 일관되고 또 논리적으로도 한 방향으로 향하고, 답안의 체계와 구성을 돋보이게 만든다. 그리고 그런 식으로 작성한 글이 당연히 잘 쓴 답안으로 평가받게 된다.

사례1 제시문 [가]~[마]를 비슷한 주장을 담은 내용끼리 분류하고, 각 제시문을 요약하시오. (경희대 2016 사회 모의)

제시문들은 인식론적 관점에서 다음과 같이 구분된다. (가), (라)는 모든 사람에게 보편적으로 적용되는 인식 일반이 존재한다고 하여, **'절대주의'** 관점을 갖는다. (가)에 따르면, … (중략) … 주장한다. (라)의 도덕 법칙은 … (중략) … 강조한다.

한편 (나), (다), (마)는 인식은 사람에 따라 상황에 따라 달라지는 상대적이고 주관적인 것에 불과하다고 하여, **'상대주의'** 입장을 따른다. (나)처럼 … (중략) … 주장한다. (다)에서 … (중략) … 역설한다. (마)의 르네 마그리트가 말했듯이, … (중략) … 강조한다.

사례2 제시문(1)~제시문(6)은 노동(직업)에 관한 견해를 담고 있다. 제시문들을 상반된 두 입장으로 분류하고, (제시문의) 각 입장을 요약하시오. (성균관대 2017 인문 수시)

제시문들은 '노동'에 대한 상반된 관점을 담고 있다. (1), (4), (6)은 노동에 대해 **긍정적으로** 바라본다. (4)에서 알 수 있듯이, 노동은 … (중략) … 가치이다. 이는 (1)처럼, 노동은 … (중략) … 의미한다. 즉 (6)처럼, 노동은 … (중략) … 얻는다.

반면 (2), (3), (5)는 노동에 대해 **부정적인** 입장을 취한다. (5)에서 알 수 있듯이, 노동은 … (중략) … 없다. 무엇보다 (3)처럼, 자본주의 사회에서 노동은 … (중략) … 만든다. 그 결과 (2)처럼, 성과와 효율성만을 요구하는 경쟁 사회에서 노동은 … (중략) … 빼앗는다.

095
비교하라(1): '비교하라' 지시어의 의미

'비교'와 '대조'는 둘 이상의 대상을 향해 무엇이 같고 무엇이 다른가를 드러내는 설명의 방법이다. 즉 비교와 대조는 두 개 이상의 대상을 설명하는 데 있어 서로의 관계를 염두에 두고 공통점과 차이점을 기술함으로써 각 대상의 특성을 드러내는 설명의 방법(진술 방식)이다. '비교(比較)'는 어떤 것이 다른 것과 어떻게 같은가, 혹은 어떻게 다른가를 보여줌으로써 그 어떤 것을 설명하는 진술 방식이다. 이때, 유사점보다는 차이점을 특히 강조하는 경우를 일컬어 '대조(對照)' 또는 '대비(對比)'라 한다.

비교는 어떤 판단이나 결정을 내릴 때 효과적일 뿐 아니라, 그 대상의 특성을 파악하는 데에도 크게 도움이 된다. 어떤 대상을 다른 것과 비교하면 그 본질이나 특성은 더욱 잘 드러나게 된다. 효과적인 비교를 위해서는 무엇보다 **비교 대상(및 비교 기준)을 잘 정하고, 이를 중심으로 유사점과 차이점을 구체적으로 나열해가며** 기술해야 한다. 이때 설명 대상과 비교 대상은 언제나 동일한 속성을 공유해야 한다.

다음은 〈한국외대 논술가이드〉에 실린 '비교 분석형' 문제 풀이의 Tip이다.

> 비교 분석형 문제에 효과적으로 대처하기 위해서는 무엇보다도 논제를 정확히 파악하는 것이 중요합니다. 자료를 꼼꼼하고 세밀하게 읽고, 논제에 맞추어 각각의 주장과 근거를 요약, 정리하는 작업이 필요합니다. 다음으로 비교분석의 기준을 정해야 합니다. 무분별하게 여러 기준을 나열하기 보다는 몇 가지 특징적인 비교 분석 기준을 제시하되, 글 전체를 염두에 두고 핵심 쟁점으로부터 세부적 쟁점으

로 나아가야 합니다. 정해진 기준 하에 공통점이나 차이점을 구조화하여 체계적으로 서술해야 합니다. 두 대상에 대한 비교는 일반적으로 대조의 의미도 포함되므로 공통점뿐만 아니라 차이점도 설명할 필요가 있습니다. 또한, 글을 전개함에 있어 소주제별, 항목별로 구분하여 개념상 같은 층위에서 견주어야만 효과적인 기술이 될 수 있습니다.

비교를 통한 설명의 방법, 다시 말해 유사점이나 차이점을 나열하는 글의 진술 방식(기술 방식·서술 방식)은 다음 두 가지 중 하나이다. '비교 대상별 기술 방식'과 '비교 기준별 기술 방식'이 그것이다. 전자는 이를테면 **대상 (가)에 대해 일괄적으로 기술한 후 이어서 대상 (나)에 대해 기술하는** 방식이고, 후자는 **비교 기준에 따라 (가)와 (나) 두 대상을 차례로 번갈아 가며 기술하는** 방식이다. 즉 전자는 먼저 대상 (가)의 속성 a, a' …를 전부 열거하고 난 후, 대상 (나)의 속성 b, b' …를 열거하여 비교하는 방식이다. 한편 후자는 대상 (가)의 속성과 대상 (나)의 속성을 a·b, a'·b' …처럼 교대로 열거하면서 비교하는 방식이다. 따라서 전자는 '일괄 비교', 후자는 '항목 비교'라 할 수 있겠다.

만약 제시문 (가)와 (나)가 주어졌을 때, 그리고 두 제시문에서 공유하는 비교 기준을 A, B라고 설정할 때, (가), (나)에 담긴 비교 대상의 개별 속성(a와 a', b와 b')을 찾아 기술한다면, 비교의 설명 방법은 다음과 같은 흐름을 따르게 된다.

(1)비교 대상별 기술 방식_ 대상 (가)의 a, a' vs. 대상 (나)의 b, b'

(2)비교 기준별 기술 방식_

(가)비교 기준 A에 따라… 대상 (가)의 a vs. 대상 (나)의 b

(나)비교 기준 B에 따라… 대상 (가)의 a' vs. 대상 (나)의 b'

096
비교하라(2): 비교의 방법

다음 [사례]의 문제와 제시문을 읽고 각각을 '비교 대상별 기술 방식' 또는 '비교 기준별 기술 방식'에 따라 답안을 작성해 보자. 그 과정에서 답안에 어떤 내용이 담겨야 하고 또 어떤 흐름을 따라 논의가 펼쳐져야 하는지를 필자 예시 답안을 통해 확인할 수 있을 것이다.

사례1 제시문 [가]와 [나]에 나타난 '공존의 방식'을 **비교하시오.** (이화여대 2017 사회 수시)

① (가), (나)는 삶의 의미를 **'공존'**의 가치에 두고 있는 점에서 공통되지만, 다음 면에서 차이를 보인다. (가)는 공존을 추구하는 삶의 방식을 **인간 본성적인 측면**에서 찾는 반면, (나)는 이를 **생물 진화론적 관점**에서 인식한다. (가)는 '이타심'을 추구하는 인간의 사회적 본성이 타자와 협력하고 공존하는 삶으로 이어진다고 하여, 인간의 사회적 행위에 초점을 두고 구성원간의 상호 작용에 주목한다. 반면, (나)는 장래의 보답을 기대하며 남에게 도움을 주는 '호혜적 이타주의'가 결과적으로 공생이라는 바람직한 결과를 가져온다고 하여, 공존을 적자생존을 위한 생태계의 자연스런 현상이라고 받아들인다. … [비교 대상별 기술 방식으로 작성한 필자 예시 답안1]

② (가), (나)는 삶의 의미를 **'공존'**의 가치에 두고 있는 점에서 공통되지만, 다음 면에서 차이를 보인다. (가)는 공존을 추구하는 삶의 방식을 **인간 본성적인 측면**에서 찾는다. 즉, '이타심'을 추구하는 인간의 사회적 본성이 타자와 협력하고 공존하는 삶으로 이어진다고 하여, 인간의 사회적 행위에 초점을 두고 구성원 간의 상호 작용에 주목한다. 반면, (나)는 이를 **생물 진화론적 관점**에서 인식한다. 장래의 보답을 기대하며 남에게 도움을 주는 '호혜적 이타주의'가 결과적으로 공생이라는 바람직한 결과를 가져온다고 하여, 공존을 적자생존을 위한 생태계의 자연스런 현상이라고 받아들인다. … [비교 대상별 기술 방식으로 작성한 필자 예시 답안2– 문장의 배열만 달리한 글]

사례2 제시문 [바]와 제시문 [사]에 나타난 '통제 방식'을 **대비하여 논하시오.** (이화여대 2016 인문 수시)

(바), (사)의 통제 방식은 지배 권력이 다수의 피지배 계층을 효과적으로 규율할 수 있지만, 그럼에도 인간 본성을 역행하는 바람직하지 못한 통제 방식이란 점에서 공통적이다. 하지만 (바), (사)는 다음 면에서 차이를 갖는다. 첫째, 감시와 통제 **방법**에서 차이난다. (바)의 감시와 통제는 …(중략)… 이뤄지는 반면, (사)의 그것은 …(중략)… (바)의 권력은 …(중략)… (사)의 권력은 …(중략)… 가한다. 둘째, 통제를 통한 **규율 효과** 측면에서 차이난다. (바)는 개인 스스로 …(중략)… 반면, (사)는 신체형 및 노역과 같은…(중략)… 셋째, 통제가 미치게 될 **사회적 파급 효과**에 있어서도 차이난다. (바)는 일상의 모든 공간에서 …(중략)… 반면 (사)는 강한 체벌을 통한 규율 효과가 …(중략)… 초래한다. … [비교 기준별 기술 방식으로 작성한 필자 예시 답안]

위 [사례]의 답안을 통해 알고 있어야 할 것은 다음과 같다. 발문에서 '비교하라'는 논증 지시어가 주어졌다면, 이는 제시된 둘 이상의 제시문의 내용을 서로 견주어 살피면서, ㉮문제의 지시와 요구(즉, 비교 목적)에 맞게끔, ㉯동등한 비교 대상 또는 비교 기준을 선택(설정)하고, ㉰이에 부합하는 비교 내용, 즉 비교 대상 서로 간의 '공통점'과 '차이점'을 찾아 밝히라는 요구다. 이를 풀어 설명하면 다음과 같다. '비교하라'는 논제의 지시를 이행하기 위한 핵심 해결 과제는 다음 순서를 따르면 된다. 먼저 ㉮비교할 이유와 의의를 분명히 하기 위해 **먼저 '주제 개념'부터 파악하고**, 이어서 ㉯**제시문들의 '연관 관계'를 살펴 비교 대상 또는 비교 기준을 명확히** 설정한다. 이때 비교 대상의 설정은 문제와 함께 주어지는 제시문을 비교 기준 및 비교 내용에 맞게 '특정'하는 것이고, 비교 기준 설정은 비교할 논점을 대상(즉, 제시문)별로 상세하여 적절한 '개념어(관점·논점·쟁점)'로 찾아 밝히거나, 또는 이를 자기 언어(개념어 관련 상당 어구)로 재구성하여 기술하는 것이다. 마지막으로 ㉰비교할 내용을 밝히기 위해 각 제시문에 들어있는 **비교 대상별 '공통점과 차이점'을 구체적으로 파악하여** 논제의 물음을 정확히 기술한다.

097
비교하라(3): 비교와 대조의 기본 원칙(가)_ 목적에 맞는 비교 대상을 선택하라

비교 대상은 비교하는 '목적'이 무엇인가에 따라 달라진다. 이를테면 '중국 음식'을 주제로 글을 쓰는 것이라면, 경쟁 관계에 있는 자장면과 짬뽕을 비교 대상으로 선정해야 적절하다. 그러나 '대표적인 서민 음식'을 주제로 글을 쓰는 경우라면 어떨까? 이때는 짬뽕보다는 삼겹살이 자장면의 비교 대상으로 더 적절할 것이다. 또 '면'을 주제로 대상을 비교하는 것이 글의 목적이라면 어떨까? 이때는 자장면과 스파게티, 자장면과 우동, 자장면과 잔치국수를 비교하는 것이 좀더 설득력 있다.

비교 대상은 목적에 따라 달라질 수 있으므로, 대상을 선택하기 이전에 먼저 '무엇을, 어떻게 비교할 것인가'하는 **목적을 분명히 해야** 한다. 이때 '무엇'에 해당하는 부분이 바로 논술에서 논의코자 하는 주제 의식(주제 개념)이고, '어떻게'에 해당하는 부분이 바로 비교를 통한 설명 방법, 다시 말해 유사점이나 차이점을 나열하는 두 방식인 '비교 대상별 기술 방식'과 '비교 기준별 기술 방식'이다. 대입 논술에서 '비교 목적'은 '주제 개념'을 담은 논제의 물음이 지향하는 그 무엇이라고 보면 된다. 따라서 '비교하라'는 논증 지시어를 해결하기에 앞서, 주제 개념은 무엇이며, **그 주제 개념에 대한 궁극의 지향('출제 의도')은 또 무엇인지를** 살펴 확인해야 한다. 이를 위해서는 문제의 요구와 발문의 지시를 반드시 확인하고, 그것들을 따라 제시문을 비교해야 한다. 만약 그렇지 않을 경우, 비교 설명은 발문의 물음과는 동떨어지게 자의적 해석으로 흐를 수 있으며, 결국에는 논점 이탈로 치닫고 만다.

이때 아래의 대입 논술 기출 문제에서 알 수 있듯이, 비교 목적, 즉 주제 개념은 발문에서 드러나는 것이 일반적이다. 따라서 학생들은 철저히 주제 개념의 시각에서 제시문을 읽고, 그것에 맞추어 비교할 대상을 설정해야 한다. 만약 아래 예시의 ②, ⑤처럼 발문에서 주제 개념(또는 주제어)이 드러나지 않을 때는 어떻게 해야 할까? 이때는 제시문을 읽고 그 안에 담긴 주제 개념을 파악한 후, 이를 관련한 적절한 용어로 찾아 밝혀야 한다. 게다가 주제 개념을 담은 특정 제시문을 주고 먼저 글 내용부터 요약하라고 요구하는 경우라면, 주제 개념이 낯설다거나 또는 어려워서 이를 개념화하기란 상당히 까다롭다고 보면 틀림없다.

'비교하라' 논증 지시어 예시

①제시문 (가), (나), (다)는 평화에 대한 다양한 주장을 포함하고 있다. 각 제시문을 비교·분석하시오. (연세대 인문 수시)

②제시문 [가]와 [나]의 내용을 요약하고, 논지의 차이를 서술하시오. (경희대 사회 편입)

③제시문 [가]와 [나]에 나타난 사춘기를 바라보는 시각을 대비하여 논하시오. (이화여대 인문 모의)

④제시문 (가), (나), (다), (라)에서 '진실(사실)을 알게 되었을 때 나타나는 태도'와 '그 태도로 인해 나타나는 결과'를 각각 찾아서 하나의 완성된 글로 논술하시오. (중앙대 인문 수시)… 발문에서 비교 기준을 미리 설정하여 제시한 경우이다.

⑤제시문 [가]의 주장을 250자 내외로 요약한 뒤, 주된 견해나 관점이 [가]와 다른 제시문을 [나]~[라]에서 모두 찾아 [가]와 각각 어떻게 차이가 나는지 구체적으로 밝히시오. (서울시립대 인문 수시)

⑥제시문 (가)를 바탕으로 제시문 (나), (다), (라)의 여행자가 밑줄 친 장소에서 느낀 낯섦의 이유들을 논하고, 여행에서 얻은 것들을 설명하시오. (홍익대 인문 수시)… '설명하라'에 '비교하라' 내용을 담을 수 있다.

⑦제시문들은 기술 발전에 따른 사회변동에 관한 견해를 담았다. 이 제시문들을 서로 다른 두 입장으로 분류하고, 각 입장의 논지를 정리하시오. (성균관대 인문 수시)… '분류하여 정리하라' 역시 '비교하라' 범주에 속한다.

098

비교하라(4): 비교와 대조의 기본 원칙(나)_ 동등한 비교 대상을 선택하라

비교 목적, 즉 주제 개념에 맞게 비교 대상을 선택하되, 대등한 범주의 대상을, 공정하게 비교하는 것은 '비교하라'는 논증 지시어를 해결하기 위해 무척 중요하다. 예를 들어 그리스인과 중국인은 대등한 비교 대상이 되지만, 그리스인과 황인종 전체, 백인종과 중국인은 적절한 비교 대상이 될 수 없다. 어느 하나가 다른 하나를 포괄하는 개념이 되어서도 안 되고, 상위 개념과 하위 개념이 뒤섞여서도 안 된다. 논의를 전개할 때 **개념(어)별(비교 대상)로 항목과 범주, 층위를 구분하여 나눈 후 대상을 다루어야** 효과적이다.

범주나 층위뿐 아니라 '공정성'도 염두에 둘 필요가 있다. 만약 동서양의 문화적 차이를 비교하는 것이 목적이라면, 그리스와 중국은 동서양 문화의 발상지로써 대등한 자격을 지니므로 공정한 비교가 될 수 있다. 그러나 이때 그리스인과 태국인을 비교하거나 체코인과 중국인을 비교하는 것은 공정한 비교가 될 수 없다. 반면, 다양한 문화의 비교가 목적이라면 그리스, 중국, 체코, 태국 등 모든 나라의 국민은 동등한 자격을 지니고 있어 적절한 비교 대상이 된다. **비교의 공정성은 우열을 가리기 위한** 목적일 경우에 더욱 민감하다. 강아지와 고양이는 사람들이 가장 선호하는 반려동물로서 우열을 가리기 어려운 동등한 자격을 가지고 있다. 따라서 비교 자체도 의미 있고, 비교를 통해 의미 있는 결론을 얻을 수 있다. 그러나 강아지와 개미의 비교는 어떨까? 개미는 반려동물로써의 요건을 거의 갖추지 못했으므로 비교는 불가능하며, 굳이 둘을 비교하지 않더라도 경험적으로 강아지가 좀더 반려동물로 적합함을 알 수 있다. 이는 범주는 대등할지 모르나 공정성에 문제가 있어 비교 자체가 의미가 없는 경우이다.

이상의 설명을 염두에 두고서 다음 [사례]의 필자 예시 답안을 살펴보자. 비교 목적, 즉 주제 개념은 '경제적 관점에서의 사회 정의 실현'에 대한 고찰, 비교 대상은 '전통적 자유주의 관점에서의 소유권적 정의(가) vs. 평등적 자유주의 관점에서의 분배 정의(나)'이다. 그렇게 해서 공통점은 '경제적 불평등은 사회구조상 불가피하다(공통점)'로, 차이점은 '소유권적 자유권은 국가가 나서서 이를 제한할 수는 없다(가) vs. 경제적 불평등을 완화하는 방향으로 개인의 소유권적 자유를 일부 제한해야 한다(나)'라는 비교 내용을 중심으로 답안을 기술했다.

아래의 필자 예시 답안은 비교 대상별 속성을 언어적·개념적으로 같은 범주, 같은 층위에서 논의함은 물론, 비교의 공정성을 정확히 따져 기술했다. 그리고 이를 통해 논술 답안의 내용 면에서의 충실함과 형식 면에서의 체계성을 확인할 수 있을 것이다.

사례 (가)와 (나)의 주장을 각각 요약하고, 그 공통점과 차이점을 쓰시오. (한양대 2017 인문 수시)

(가), (나)는 경제적 관점에서의 '사회 정의'에 대해 묻는다. (가)는 전통적 자유주의 관점에서 **'소유권적 정의'**를 옹호한다. 자유시장 경제에서 개인의 자유로운 선택에 의해 성취한 재산권은 어떠한 이유로든 침해받을 수 없는 … (중략) … 주장한다. 한편 (나)는 평등적 자유주의 관점에서 **'분배 정의'**를 주장한다. 사회구조적으로 불평등은 불가피하기 때문에 불평등을 억지로 평등하게 만들기보다는 모든 사람에게 공정한 기회 균등을 보장하는 것이 더 실질적이지만, 그렇더라도 차등의 원리… (중략) … 주장한다.

(가), (나)는 경제적 불평등은 사회구조상 불가피하다고 보는 점에서 공통된 관점을 지향하지만, 그럼에도 사회적 이익의 분배 방안을 놓고 다음과 같은 차이점을 드러낸다. 즉 (가)는 소유권적 자유권은 천부적인 권리이자 배타적인 권리이기 때문에 어떠한 경우에도 국가가 나서서 이를 제한할 수 없다는 입장이다. 반면, (나)는 더 큰 자유, 즉 분배 정의 실현을 위해서는 경제적 불평등을 완화하는 방향으로 개인의 소유권적 자유를 일부 제한하는 차등의 원칙을 두어야 한다고 주장한다. … [필자 예시 답안]

099
비교하라(5): 비교와 대조의 기본 원칙(다)_ 기준에 부합하는 비교 내용을 구성하라

비교 목적에 맞는 비교 대상을 정했다면, 다음으로는 어떤 것(측면)을 비교할 것인지에 대한 글 내용을 구성해야 한다. 같은 대상을 비교하더라도 비교할 기준에 따라 비교 내용은 달라지기 때문이다.

여자와 남자를 비교한다고 해보자. 여자와 남자의 공통점과 차이점은 무수히 많이 있을 수 있으며, 비교할 기준에 따라 생물학적 측면, 심리학적 측면, 사회적 측면, 언어적 측면, 경제적 측면 등 다양한 시각에서 비교할 내용을 생각해 볼 수 있다. 비교하는 두 대상 사이에는 유사점이나 차이점 등 다양한 비교 내용이 있을 수 있지만, 그 내용이 모두 의미 있는 것은 아니다. 비교의 기준이 무엇인가에 따라 결정될 결론을 염두에 두고 비교할 내용을 구성할 필요가 있다.

비교할 내용을 구성할 때에는 유사점과 차이점이 구체적이면서도 선명하게 드러나도록 하되, 유사점보다는 **차이점을 분명히 드러내면서** 답안을 작성해야 한다. 유사점은 곧 제시문의 공통된 논지를 의미하는 경우가 일반적이어서 하나의 논의점(관점·논점)을 지향한다. 따라서 주제 개념을 연장하여 살피면, 그것이 곧바로 유사점(공통된 논지)으로 이어지는 경우가 일반적이다.

이에 비해 차이점은 여러 개의 논의점을 지향하기에 이를 찾아 밝히는 것은 생각만큼 쉽지 않다. 차이점을 밝힐 때는 비교 기준을 중심으로 글 내용을 명확히 대조하면서 기술할 수 있어야 한다. 비교 기준별로 논의의 궤를 같이하는 제시문들 간에도 차이점은 존재할 수 있는데, 그 세세한 부분까지도 분명히 찾아 밝혀야 한다. 물론 전체적인 맥락에서 논의점은 일관되고, 같은 방향이어야 한다.

참고로 완성도 높은 〈논술가이드북〉을 제시하는 것으로 유명한 중앙대는 '요약·비교형' 문제를 해결하기 위해서는 다음 세 단계를 거치면서 답안을 작성해야 한다고 강조한다. 이를 통해 알 수 있듯이, 비교하라는 논증 지시어는 각 제시문의 핵심 논지를 파악하고 제시문을 관통하는 **핵심어를 기준으로 제시문들의 유사점과 차이점을 찾아** 논리적으로 기술하는 것이다. 이를 위해서는 개별 제시문의 핵심 논지를 축약하면서 글에서 겉으로 드러난 내용과 숨겨진 내용을 자세히 살펴야 하며, 그래야만 글 내용의 차이점은 분명히 드러난다. 결국, 차이점 비교를 위해서도 제시문 독해와 요약이 선결 과제임을 알 수 있다.

중앙대가 제시하는 요약·비교형 논제 풀이의 핵심

(1)단계1: 핵심어 중심으로 제시문 읽기

- 해법1: 핵심어를 이용한 선택적 읽기와 요약하기
- 해법2: 핵심어를 중심으로 제시문을 해체하고 분류하기
- 해법3: 분류된 문단에서 핵심어를 다룬 문장 선택하기

(2)단계2: 압축된 요약문을 토대로 차이점 찾기

- 해법1: 핵심어를 기준으로 각 제시문의 주제 문장 찾고 차이점 도출하기
- 해법2: 다수의 핵심어 특성이 있는 경우 모든 핵심어 특성별로 차이점 비교하기

(3)단계3: 차이점을 종합하여 결론 제시하기

- 해법1: 제시문들의 차이점을 관통하여 종합적으로 의견제시 하기
- 해법2: 자신의 종합 결론을 논리적 구조에 맞게 완성하기

100
비교하라(6):
비교 기준 설정(세부 논점)이 중요한 이유

'비교하라'는 논증 지시어를 해결할 때 특히 주목해야 할 것은 '비교 대상'과 '비교 기준'의 관계다. 먼저 비교 대상을 설정하는 것은 어렵지 않다. 제시문 그 자체를 비교 대상으로 하여 글 내용을 일괄적으로 비교하면서 공통점과 차이점을 밝히거나, (비교 대상별 기술 방식) 또는 비교 기준을 설정한 후 그것에 맞게 제시문별 특정 글 내용을 비교 대상으로 하여 공통점과 차이점을 드러내면 된다. (비교 기준별 기술 방식)

이때 두 비교 방식 가운데 어느 방법으로 서술하여도 상관없다. 먼저 '비교 대상별 기술 방식'은 가장 일반적인 비교 서술 방법으로, 글 내용의 핵심을 깔끔하게 요약·정리하는 능력과 뒷받침 글(전제)을 내세울 수 있는 역량을 갖추어야 비교 논증은 힘을 받는다. 만일 이런 능력이 떨어지면 논증은 제자리를 찾지 못하면서 지리멸렬해지고, 글 전체의 체계는 뒤죽박죽 엉망이 되고 만다.

까다로운 것은 '비교 기준별 기술 방식'과 관련한 '비교 기준'의 설정이다. 왜냐하면, 연세대의 '비교하라'는 서술 과제처럼 **주제를 개념화하여 생각하기 어렵고 또 지문 난이도가 클수록, 비교 기준을 정확히 설정하는 것은 생각 이상으로 어렵기** 때문이다. 설령 비교 기준을 어찌어찌하여 잘 설정했더라도, 그 비교 기준을 따라 비교 대상별로 비교할 내용을 세밀히 논증하는 것은 간단치 않다. 논제의 궁극의 물음을 담은 논의점을 정확히 잘 설정한 후, 그것에 맞추어 글 내용을 심층적·다면적으로 비교하고 분석해 가며 논증해야 한다. (그런 의미에서 볼 때, 비교 기준의 설정은 '관점의 상세' 또는

'관점의 세분화'라고 말할 수 있다.)

이때 비교 기준은 제시된 지문 전체를 놓고 서로 연관 관계를 따져서 살펴야 한다. 하지만 문제는, 그 비교 기준이란 것이 제시문에 직접 드러나지 않는 경우가 일반적이어서, 그만큼 글 내용을 따라 생각에 생각을 거듭하면서 자세히 살펴야 비로소 파악될 수 있다. 게다가 애써 찾아낸 비교 기준을 개념적으로 잘 정리하여 이를 '자기 언어화' 하는 과정을 거쳐야 하는 때(**'세부 논점'을 찾아 설정하면서 제시문 내용의 핵심을 비교해야** 하는 경우다)도 있는데, 이렇게 되면 상황은 더욱 어렵고 복잡해진다. 만약 비교 기준을 잘못 설정한다거나 또는 개념화(및 자기 언어화)에 실패할 경우, 비교 대상별 논의가 중복되면서 자칫 '혼동의 오류'를 불러올 수 있다. 또 비교 기준을 잘못 설정하여 비교 대상을 속성과 범주별로 동등하게 처리하지 못할 경우, **공정한 비교가 되지 못하면서 비교 자체를 애매하고 모호하게** 만들 수 있다.

이런 이유로 '비교 기준별 진술 방식'을 사용하여 논술 답안을 작성한 경우에는 그만큼 비교 기준을 명확히 설정하고, 더불어 이를 정확한 용어로 개념화하여 서술할 수 있어야 한다. 이를 아래 [사례]의 필자 예시 답안을 통해 확인할 수 있을 것이다.

사례 제시문 [가]와 [나]에 나타난 '소통'에 대한 관점을 비교 분석하시오. (건국대 2010 인문 수시)

(가), (나)는 '소통'에 대해 설명한다. (가), (나)는 공통적으로, 소통은 나와 타자와의 관계에 근거하여 생각과 감정과 행동을 공유하려는 상호촉진 활동이라고 주장한다. 그럼에도 (가), (나)는 다음 면에서 차이를 보인다. 먼저 소통의 '본질'에 대해, (가)는 이를 개별 의식 작용으로 보는 반면, (나)는 사회화의 산물로 인식한다. (가)는, 소통은 …(중략)… 반면 (나)는 …(중략)… 그 결과, 진정한 소통을 이루기 위한 '요건'으로, (가)는 상대방의 마음을 헤아리는 열린 자세를 강조하는 반면, (나)는 인간의 사회적 행위에 초점을 맞추면서 구성원 간의 상징적 상호 작용에 주목한다. (가)는 내가 …(중략)… 반면, (나)는 소통은 …(중략)…

101
비교하라(7): 제시문 비교 시의 유의 사항

일괄 비교(비교 대상별 기술 방식)와 항목 비교(비교 기준별 기술 방식) 가운데 어느 방식으로 설명글을 비교하더라도, 다음에 특히 유의할 필요가 있다. '비교하라'는 논증 지시어를 해결하는 포인트는 이것으로, 관련한 많은 문제를 직접 풀면서 그 방법적 요령을 익혀야 한다.

(1)대상 (가)에서 언급된 항목과 대상 (나)에서 언급된 항목은 대등한 자격을 지녀야 한다. … 개별 속성의 **범주가 공정**할 것.
(2)대상 (가)에서 언급된 항목은 반드시 대상 (나)에서도 언급되어야 한다. … 개별 속성의 **층위가 동등**할 것.
(3)대상 (가)에 관련된 항목들의 서술 순서는 대상 (나)의 경우에도 지켜야 한다. … 개별 속성의 **배열이 일치**할 것.
(4)대상 (가)를 언급한 부분과 대상 (나)를 언급한 부분의 분량은 가능한 비슷해야 한다. … 개별 속성의 내용 면에서의 **양적·질적 수준이 동일**할 것.

먼저, '비교하라'는 논증 지시어는 '요약하라'는 지시어와 마찬가지로 '객관적'으로 답안을 작성해야 한다. 이는 아래의 '고려대 채점 후기'를 통해 확인된다.

두 항목을 비교할 때에는 비교 대상이 되는 각 항목의 특성을 밝힌 후, 두 항목 간의 차이점과 공통점을 검토해 나가야 한다. 비교의 초점은 비교 대상 중 어느 한 쪽에 편중되어서는 안 되며 양자를 포괄하는 **객관적 타당성**을 지녀야 한다. 따라서 비교로부터 전개되는 논의는 마땅히 객관성을 지향하여야 한다. 비교 주체가 어떤 판단을 내릴 경우에도 비교 대상들로부터 근거를 확보해야 한다. 합당한 논리와 객관적 근거를 확보하지 못한 채 성급하게 자신의 주관을 노출한다면 온전한 비교가 되기 어렵다.

여기서 '객관적'이란 의미는 글의 요지를 전달하거나 설명할 때, 전달자인 글쓴이의 주관을 개입하지 말란 뜻이다. 심지어는 '자신의 관점에서 비판하라'는 지시 역시 **'비판점을 찾아내야 하거나, 또는 반드시 비판해야 한다는 점에 구속된 자기 견해'이기** 때문에 자기의 주관적 견해를 드러내면서 글 내용을 기술하면 안 된다. 비교의 강박에 빠져 합당한 논리와 객관적인 근거를 확보하지 못한 채 성급하게 자신의 주관을 노출하면서 답안을 작성하면 안 된다.

많은 학생은 '비교하라'는 논증 지시어와 맞닥뜨리면 만사 제쳐놓고 비교 대상과 비교 내용을 도식화하려 든다. 비교 대상을 명확히 설정하는 것도 중요하지만, 그보다 더 중요한 것은 **비교할 대상들로부터 타당한 근거를 확보하고**, 여기에 자기 생각을 보태가며 충실하게, 설득력 있게 논증하는 것이다. '비교하라'는 논증 지시어의 요구는 설명 글이 아닌 논증 글(주장과 근거의 글 묶음으로, 설명적 논증)로 서술해야 한다는 사실을 반드시 알고 있어야 한다.

다음으로 논제의 요구에 맞는 글의 진술 방식을 결정한다. 말했듯이 제시문에서 무언가를 비교할 때는 둘 또는 그 이상의 비교 대상이 지닌 특성을 차례로 서술하기도 하고, 때에 따라서는 항목별로 나누어 번갈아 기술하기도 한다. **항목별 비교는 두 대상의 차이점을 선명하게 드러낼 수 있는** 장점을 지닌다. 특히 대조를 통해 두 대상의 차이점을 부각하고자 한다면 항목별 비교가 효과적이다. 일단 글의 진술 방식을 정했다면, 이후 유의해야 할 것은 대상을 동등하고, 공정하며, 일관되게 기술해야 한다는 점이다. 우열을 염두에 둔 비교라면 조금은 달라질 수도 있겠으나, 일반적으로는 항목별 비교든 대상별 비교든 관계없이 비교 대상의 서술 순서나 분량, 즉 **비교할 내용을 균등하게 안배해야** 글 내용은 균형을 이룬다.

102
비교하라(8): 비교표를 만들어라

'비교하라'는 논증 지시어를 해결하기 위해서는 비교표를 작성하는 것도 좋은 방법이다. 글을 쓰기 전에 비교표를 작성하면 **논점별로 논지 차이는 확실히 드러나고 논증할 내용은 좀더 짜임새를 갖출 수** 있다. 비교 대상별로 또는 비교 기준별로 비교표를 만들 때는 글을 쓰는 목적별로 적합한 비교 대상을 설정한 다음, 비교 대상별 특성을 다방면으로 살펴서 그 특성을 항목화하면서 체계적으로 정리한다. 이때 항목을 분류하고 정리하여 비교표를 만들 때는, **항목을 상위 개념과 하위 개념을 따라 체계적으로 분류하면서** 정리하고, 그 배열 순서를 결정한다. 개념(주제 개념과 관점·논점)의 배열 순서는 곧 비교할 내용의 서술 순서로 이어지고, 이를 통해 논리적이고 체계적인 답안 서술은 가능해진다. 단, 비교 목적(또는 비교 기준)을 염두에 두고 비교 대상을 정해야 하며, 비교 내용 또한 비교 목적(또는 비교 기준)에 맞아야 한다.

다음은 "제시문 (가) (나) (다) (라)는 사회적 고통에 대해 각각 다른 관점을 함축하고 있다. 네 제시문의 논지를 비교·분석하시오. (연세대 2019 사회 편입)"라는 발문 물음을 따라 제시문들을 읽고 작성한 비교표다.

비교 기준 (세부 논점)	(가)	(나)	(다)	(라)
귀속 요인	개인	사회	개인	사회
발생 원인	개인의 사회화	자율성 박탈	자의식 상실	규율 권력
본질	진화론적 특수 감정	기본권의 상실	관념적 허구	학습된 공유 감정
해소 방안	연대와 보살핌 (양육 환경)	감시와 처벌 (공정성)	정신적 심리 치료 (보살핌)	법·제도 개선 (공정성)
양상	죄책감, 모욕감	신체적 고통	트라우마	정서불안, 소외

비교표를 작성하는 방법적 요령은 다음과 같다. 먼저 제시문들을 꼼꼼히 견주어 읽고, 글 내용에서 **중요하면서도 차이나는 부분을 찾아 이를 적절한 언어로 축약하면서** 비교표를 만들어 채워나간다. 그 과정에서 제시문별 핵심 논지 차이가 밝혀지고 비교할 것들이 드러나면, 이를 갖고서 '비교 기준'을 드러내는 **세부 논점들을 여하히 잘 설정하면서** 개념화한다. 그런 다음, **세부 논점들을 합치고 쪼개면서** 논증할 항목을 구체화한다. 이때 중요한 것은 비교할 세부 논점은 제시문들 가운데 교집합이 가장 큰 것부터 취하고, 아울러 글의 논리적 흐름에 맞게 논증할 순서를 결정하는 것이다. 아래는 그렇게 해서 결정한 비교 기준별 세부 논점과 이를 갖고서 작성한 필자 예시 답안의 핵심 골자다.

비교 기준(세부 논점)	(가)	(나)	(다)	(라)
본질(유발 원인)	진화론적 특수 감정	기본권의 상실	관념적 허구	학습된 공유 감정
핵심 동인(귀속 요인)	개인	사회	개인	사회
해소 방안	연대와 보살핌 (양육 환경)	감시와 처벌 (공정성)	정신적 심리 치료 (보살핌)	법·제도 개선 (공정성)

제시문(가)~(라)의 '사회적 고통'은 사회 안에서 '타인과 관계'하는 과정에서 발생한다고 보는 점에서 공통적이지만, 다음 면에서 차이를 보인다. 먼저 사회적 고통을 유발하는 **'원인'**을 놓고서 이를 (가)는 사회진화론적 관점, (나)는 정치적 관점, (다)는 심리적 관점, (라)는 구조적 관점에서 파악한다. (가)는 …(중략)… 다음으로, 사회적 고통을 유발하는 **'핵심 동인과 발현 양상'**에 있어서 (가), (다)는 이를 '개인적 요인'에서 찾는 반면 (나), (라)는 '사회적 영향력'이 크게 작용한 때문으로 본다. (가)에 따르면 …(중략)… 그 결과, 사회적 고통의 **'해소 방안'**에서 제시문들은 각각 다음과 같은 차이를 보인다. (가)는 유대와 보살핌 같은 양육 환경을 강조한다. …(중략)… (나)는 고통의 평등과 공정성을 강조한다. …(중략)… (다)는 타자와의 관계성 회복이 중요하다고 역설한다. …(중략)… (라)는 보이지 않는 규율 권력의 부당성을 비판한다. …(중략)… … [필자 예시 답안]

103
연세대 '비교하라' 논증 지시어 풀이 요령(1): 비교의 형식적인 틀을 깨라

연세대 '비교하라' 논제 서술형 문제는 제시문을 세 개 주고서 이를 서로 견주면서 답(논증)하라고 요구하는 경우가 많다. 이 경우 비교 대상인 제시문들은 다음과 같은 다양한 비교 스펙트럼을 구성할 수 있다. 이는 각 제시문 안에는 비교할 그 '무엇' 다시 말해 비교할 '거리(a, a', a''…)'가 여럿 들었을 수 있음을 뜻한다.

비교의 기술 방식

(가)비교 대상별 기술 방식_ 대상 (가)의 a, a', a'' vs. 대상 (나)의 b, b', b'' vs. 대상 (나)의 c, c', c''

(나)비교 기준별 기술 방식(1)

- 비교 기준 A에 따라… 대상 (가)의 a vs. 대상 (나)의 b vs. 대상 (다)의 c
- 비교 기준 B에 따라… [대상 (가)의 a'. 대상 (나)의 b'] vs. 대상 (다)의 c'

(다)비교 기준별 기술 방식(2)

- 비교 기준 A에 따라… [대상 (가)의 a, 대상 (나)의 b] vs. 대상 (다)의 c
- 비교 기준 B에 따라… 대상 (가)의 a' vs. [대상 (나)의 b', 대상 (다)의 c']

(라)비교 기준별 기술 방식(3)

- 비교 기준 A에 따라… [대상 (가)의 a, 대상 (나)의 b] vs. 대상 (다)의 c
- 비교 기준 A를 다시 상세한 세부 비교 기준 A'에 따라… 대상 (가)의 a' vs. 대상 (나)의 b' #
- 비교 기준 B에 따라… '대상 (가)의 a' vs. 대상 (나)의 b'', 대상 (다)의 c'…

연세대 '비교하라'는 논증 지시어는 양자 비교든 삼자 비교든 관계없이, 비교 기준에 근거하여 각 제시문에 담긴 **논의점(관점·논점·쟁점·지향점)을 보다 심층적·다면적으로 파고들면서** 비교 논증해야 한다. 때문에 ㈎의 '비교 대상별 기술 방식'을 사용하여 제시문별 비교 내용을 일괄적·일률적으로 비교하기에는 다소 무리가 따른다.

이는 다음 두 가지 이유 때문이다. 먼저 제시문이 세 개 주어지므로 위의 ㈏, ㈐, ㈑ 기술 방식처럼 비교 대상을 '다양한' 스펙트럼으로 특정할 수 있다. 물론 그 '다양함'은 비교 기준(관점, 세부 논점)에 철저히 귀속하며, 개별 제시문에는 **각각의 비교 기준에 부합하는 '다양한' 비교 내용(대비점과 논의점)이 혼재되면서 기술되어** 있다. 따라서 그 부분들을 비교 기준에 맞게 일괄 정리하여 개념화한 후, 비교 대상별로 제시문을 서로 견주어 가면서 관련한 내용을 체계적으로 서술하면 된다.

만약 비교 기준과 비교 대상을 일치시키고자 할 때는(비교 기준 설정을 생략한다는 의미가 더 적절하다)에는 ㈎의 '비교 대상별 기술 방식'으로 글 내용을 기술한다. 제시문들을 읽고 내용 면에서의 유사점과 차이점을 구분 짓는 적절한 논의점(즉, 비교 기준)을 정확히 설정하기 어렵다면, 각 제시문별로 이를 포괄적으로 비교하면서 글 내용을 기술하는 것도 생각할 수 있을 것이다. 이 역시 '비교'라는 설명의 진술 방식의 하나이기 때문이다.

그렇더라도 알고 있어야 할 것은 다음과 같다. 먼저 이런 식의 비교는 '제시문들의 논의점을 적극적으로 비교·대조하기보다는 제시문별 논의점을 단순 요약하고 글 내용을 병렬적으로 나열하는 수준에 그치고 만다. 한 마디로 '비교하라'가 아닌, '설명하라'는 글처럼 되어 버리는 것이다. 따라서 이런 식의 단순 비교는 연세대의 출제 의도에서 벗어날 뿐만 아니라, 대학이 제시문의 여기저기에 의도적으로 배치해 놓은 논의점들을 찾아서 이것들을 적절히 비교할 수 없게 함으로써, 연세대 '비교하라' 논증 지시어를 해결하기에는 적절치 않음을 알 수 있다.

104
연세대 '비교하라' 논증 지시어 풀이 요령(2): 한 제시문에 양립하는 두 견해를 구분해서 살펴라

연세대의 경우, 제시한 어느 한 지문에 어느 하나는 대립하는 두 논점을 함께 담아 출제한다. (반드시 그런 것은 아니다.) 무슨 뜻인가 하면, 어느 한 제시문에 양립하는 두 관점(세부 논점)을 함께 실어 출제함으로써, 이 두 관점이 **다른 제시문의 어느 하나와 내용(즉, 관점, 세부 논점) 면에서 각각 어떤 식으로든 관계를 맺게끔 글 내용을 구성한다는** 것이다. 이를 다음 예를 통해 설명하면 다음과 같다. 제시문(가)에 담긴 두 관점을 (가)–a, (가)–a'라고 하자. 이때 (가)–a는 세부 비교 기준 A의 관점에서 볼 때 제시문(나)–b와는 '이런저런 측면에서' 유사점을 보이는 반면, (가)–a'는 세부 비교 기준 A'의 관점에서 볼 때 제시문(나)–b'와는 또 '이런저런 측면에서' 차이를 보일 때, 둘은 아래의 ㈑의 기술 방식(앞장에서 설명한 비교 기준별 기술 방식(3)#)처럼 비교될 수 있다. 이는 연세대 '비교하라' 논증 지시어 해결을 위해 답안에서 가장 보편적으로 나열하는 비교 기술 방식이라 할 수 있다.

㈑비교 기준별 기술 방식(3)

- 비교 기준 A에 따라… [대상 (가)의 a, 대상 (다)의 b] vs. 대상 (나)의 c
- 비교 기준 A를 다시 상세한 세부 비교 기준 A'에 따라… 대상 (가)의 a' vs. 대상 (다)의 b' #
- 비교 기준 C에 따라… '대상 (가)의 a' vs. 대상 (나)의 b'', 대상 (다)의 c'

양립하는 두 관점이 공존하는 것을 두고 '딜레마의 상황'이라고 하는데, 연세대 '비교하라' 논증 지시어 해결의 가장 큰 특징의 하나가 바로 이것이다. 말하자면 연세대는 특정 제시문 안에 딜레마의 상황을 만들어 놓은 다음, 그 양립하는 상황(주장)과 다른 제시문 내용과의 논리상의 차이점을 찾은 후, 제시문들을 서로 견주어 가면서 세밀하게 비교하라고 묻는다. 그렇게 되면, 딜레마의 상황을 담은 제시문은 비교 기준별로 각기 다른 비교 대상과 차이점을 견주게 되는데, 이때 **그 제시문에 함축된 논리상의 미묘한 차이점(이를테면 '숨은 전제'나 '함축'을 내포한 글 내용)을 갖는 문장들을 찾아 글 내용을 체계적으로 비교하면서** 논증하기란 여간 쉽지 않다.

연세대 논술에서 '삼자 비교'를 위한 형식적인 틀이라든가, 방법적 요령으로써의 공식 내지는 비법은 없다. '삼자 비교'라는 것도 결국에는 제시문을 세 개 주고 그것에 실린 논의점을 비교 기준에 맞게 글 내용을 찾아 밝히면서 체계적으로 정리하라는 요구일 뿐이다. 그 논의점은 주제 개념을 따르되, **철저히 비교 기준에 부합해야** 한다. 논제의 논의점이 특정 비교 기준에 부합하고, 비교할 대상에 맞게 적절하고 타당한 논거로 뒷받침할 수 있으면, '비교 기준별 기술 방식'은 다양한 형태로 비교의 틀을 형성한다.

이런 이유로 굳이 제시문을 둘씩 억지로 나눠가며 도식화한다거나, '특정 관점, 대립하는 관점, 둘을 종합하는 관점'의 식으로 애먼 변증법적 논리를 들먹이며 글 내용을 유형화하려 든다면, 이것이야말로 특정 사고에 얽매여 자칫 올바른 논증을 망칠 수 있음을 분명히 알고 있어야 한다. 오직 정확한 독해력으로부터 비롯되는 올바른 판단 능력만이 문제 해결의 관건으로, 논술에서 괄호 넣기 식으로 유형화한 수준 낮은 글쓰기는 절대 금물이다.

따라서 연세대 논술 답안 작성을 위해서는 비교 기준을 적절히 잘 설정하고, 그것에 맞게 각각의 제시문 내용을 꼼꼼히 찾아 살피면서 비교 대상(즉, 제시문 특정)을 구분 짓고, 대상별로 비교할 내용을 논리에 맞게 체계적으로 서술하면 된다. 당연히 비교할 대상은 전적으로 비교 기준을 따르며, 이를 따라 저마다의 다양한 비교 스펙트럼을 설정하면 된다.

105

연세대 '비교하라' 논증 지시어 풀이 요령(3): 비교 기준 설정이 중요하다

'비교하라'는 논제 서술형 논제를 풀 때 알고 있어야 할 중요한 것이 있다. 그것은 '디테일의 힘'이 크게 작용한다는 사실이다. 이를 이해하려면, 연세대 논술의 가장 큰 특징이 바로 '다면사고'형 논술이란 사실을 깨달아야 한다.

그 핵심은 개별 교과 과정에서 습득한 지식을 창의적으로 통합하고 다면적으로 사고함으로써, **출제자의 의도를 정확히 포착하는** 것에 있다. 그런데도 많은 학생은 "제시문의 논의점(들)을 적극 비교·대조하기보다는 세 제시문을 단순 요약하고 병렬적으로 나열"하는 것에 급급함으로써, 제시문 내용을 다면적·심층적으로 파고들지 못하면서 자신의 논리적인 추론 능력이 부족함을 스스로 드러내고 있다.

연세대의 '비교하라'는 논증 지시어의 해결은 주제 개념을 상세하여 이를 심층적으로 파고들며 답할 것을 그것도 비교 기준에 맞게 대상별 비교 내용을 보다 구체적이면서도, 체계적으로 서술할 것을 요구하는 경우가 일반적이다. 연세대 비교 서술형 논제를 해결하기 어려운 이유가 이 때문으로 비교 기준을 추론한 후 이를 적절한 어휘로 개념화해야 하기에, 그 체감 난이도는 상당하다.

그런데 학생들은 논의의 핵심이자 판단의 준거가 되는 '비교 기준'을 어떤 식으로 파악하고 또 이것을 어떠한 용어(와 어휘)로 개념화하여 서술하고 있을까? '비교 기준'을 애매하게 설정할 경우, 답안은 다음과 같은 문제점을 드러낸다. 먼저 **비교 기준을 명확하게 설정하지 못하면서 비교할 대상의 내용 면에서의 중첩 또는 실기가 일어나고**, 그로 인해 같은 내용을 거듭 되풀이하면서 설명하는 '동어 반복'의 오류를 범하거나 꼭 필요한 내용을 빠뜨리면서 논리의 부실로 이어진다. 그 결과 비교 대상별 비교 내용, 즉 유사점과 차이점이 분명하게 드러나지 않으면서 논의의 '공정성'을 훼손하고 만다.

일반적으로 비교와 대조의 대상들은 **'같은 범주에 속하는' 것이어야 하며, '하나의 기준을 적용'해야** 함을 원칙으로 한다. 이를테면 동물의 범주에 속하는 개와 고양이, 곤충의 범주에 속한 나비와 거미를 비교해야 한다. 또 개와 고양이의 울음소리를 기준으로 비교하거나 외양을 기준으로 비교해야지, 두 기준을 혼용하여 '개는 멍멍하고 짖는데, 고양이는 잘록하니 날렵하다'는 식으로 비교하는 것은 잘못된 비교에 해당한다. 좋은 비교와 대조를 활용하기 위해서는 비교 대상의 특성을 세밀히 관찰하고 분석해야 한다. 그래야만 비로소 대상별 유사성과 차이가 선명해지며, 대상을 비교하는 이유와 의의가 뚜렷하게 드러난다.

다음으로, 비교 기준이 불분명하고 부정확할수록 비교 대상은 동등하고, 공정하며, 일관되게 기술하기 어렵다. 제시문에 드러난 비교 기준을 정확히 살피면서 논점을 좀더 심층적으로 그리고 다각적으로 논증해야 하는데도 불구하고, 그렇지를 못하고 대충 어림짐작으로 비교 기준을 설정한 후 그것에 맞게 답안을 작성하게 되면 자칫 논리는 겉돌고 논증은 공허하게 흐르고 만다.

중요하고 또 중요하기에 거듭 강조하는 것이지만, **연세대 '비교하라' 논제의 해결은 '비교 기준' 설정 능력에 달렸음**을 분명히 알아야 한다. 특히 추상적·형이상학적인 주제를 주고 글 내용을 '비교하라'고 묻는 유형의 논제일수록, '비교 기준'이 명확해야 논의를 구체화하면서 체계적으로 논증할 수 있다는 사실을 반드시 기억할 것.

106

연세대 '비교하라' 논증 지시어 풀이 요령(4): 비교 대상을 동등하고, 공정하며, 일관되게 써라

그렇다면 '비교하라'는 논증 지시어는 답안을 어떤 식으로 작성해야 할까? 공통 주제가 묻는 다양한 비교 기준에 맞게끔 비교 대상별로 비교할 내용(관점, 세부 논점)을 찾아 밝혀가며 심층적으로 논증할 때는 **글의 논리적인 흐름과 답안의 체계적인 구성에** 무척 신경을 써야 한다. 그만큼 논리가 도출되는 과정이 복잡하기 때문으로 특히 **비교 기준인 세부 논점들을 개념적으로 규정하고 적절한 용어로 찾아 밝히는** 것은, 논리 수준이 낮은 학생들에게 있어서는 가장 해결하기 어려운 과제이다.

이제까지 설명했듯이, 연세대 인문 논술 1번 문제 '비교 분석'하라는 논증 지시어의 요구를 충족하는 답안은 크게 다음 두 형식으로 기술된다. 그 하나는 제시문 전체를 관통하는 논의의 구심점이 되는 공통 주제의 하위 개념이자 소주제의 역할을 담당하는 비교 기준을 설정한 후, 그것에 맞게 비교 대상별 비교 내용을 담은 논의점들을 찾아 밝히되, **특히 차이점에 주목하여 글 내용을 서술하는** 것이다.

다른 하나는 비교 기준을 생략하고 비교 대상별로 비교할 내용, 즉 공통점과 차이점을 찾아 밝히면서 글 내용을 서술하는 것이다. 그렇더라도 첫 번째 방법으로 답안을 작성하는 것이 좀더 높은 평가받을 수 있음은 물론이다. 다시 말해 비교할 논점을 명확히 제시하면서 답안을 작성해야 좀더 잘된 논증을 구성하고 체계적인 논술 답안을 작성할 수 있다.

이때 두 번째 서술 방법은 특히 다음을 주의해야 한다.

첫째, 논리적인 오류를 피하고 논리의 흐름을 따라 답안을 구성하기 위해서는 반드시 **'비교 기준(세부 논점)+ 비교 대상별 논의점(논지와 논거)' 순으로 글 내용을 기술해야** 한다. 만약 그렇지를 않고 이를 뒤바꿔 '비교 대상별 논의점+비교 기준(세부 논점)' 순으로 답안을 서술한 경우에는 글의 체계가 제대로 잡히지 않고, 전체적인 맥락에서 글의 논리적인 흐름을 깨뜨릴 수 있다.

다시 말해 합격 답안으로 이끌기 위해서는 **'공통 주제→비교 기준(관점·논점, 세부 논점)→(비교 대상별) 비교 내용(공통점과 차이점)'의 순서로 답안을 구성해야** 논리의 체계가 제대로 잡힌다. 이때 비교 기준을 명확히 설정하고 이를 어떻게 적절한 용어로 정리하여 서술할 수 있는가가 답안의 평가에서 플러스알파를 받는 요인으로 작용한다. 그 플러스알파가 무엇을 의미하는지는 굳이 말하지 않아도 알 수 있을 것이다.

둘째, '비교 기준'과 '비교 내용' 간에는 **논리의 정합성과 논의의 일관성을 유지해야** 한다. 무슨 뜻인가 하면, 비교 기준과 비교할 내용은 주제가 논의하고자 하는 주된 관심사 내지는 주제 개념의 지향성('관점·논점'이라고 보면 된다)을 특정한 방향으로 깊게 끌고 들어가면서 논증하기 위해 구분해 놓은 사고 체계로 '비교 기준'과 '비교 내용' 간에는 특정 관점에 맞게 논의해야 할 비교 내용이 논리적·체계적으로 연결되게 마련이다.

따라서 둘 사이에는 반드시 내용 면에서 연관을 이루고 또 논리적으로 일관해야 하며, 개념적으로도 '상위 개념(유개념)–상위 개념에 종속된 하위 개념(종개념)'으로 체계적으로 질서 있게 연결되어야만 한다. 그래야 잘된 논증을 이끌 수 있다.

107
연세대 '비교하라' 논증 지시어 풀이 요령(5): 논거의 충실성에 달렸다

거듭 연세대 논술 문제의 특징에 대해 살펴보자. 연세대 인문 논술은 일반적으로 형이상학적인 물음을 주제로 하여 논제를 구성하기에, 그에 따른 논의 역시 다분히 관념적이고 추상적인 방향으로 흐를 수 있다. 하지만 논제의 물음에 대한 논증은 구체적이고 명확해야 하며, 특정 비교할 기준이자 판단의 근거에 맞게끔 논점을 심층적으로 이끌고 나가면서 글 내용을 기술할 수 있어야 한다.

공통 주제가 특정하는 제 비교 기준에 맞게, 때에 따라서는 세부 논점과 논지까지 찾아 구체적으로 논증해야 하는 이유가 여기 있다.

주제 개념이 형이상학적이라는 것은 곧 논제를 구성하는 핵심 개념(공통 주제+제 관점)을 인식론·존재론·가치론 등 철학적 근본 물음에서 가져온 것이라고 보면 된다. 때문에 철학적 전문용어가 내포한 개념 이해와 개념 규정의 어려움으로부터 학생들의 고민은 시작되는데, 관련한 지식 수준이 낮은 학생에게는 발문의 물음을 이해하고 논제의 요구에 맞게 논술 답안을 작성하는 과정이 무척 버거울 수밖에 없다. 그렇더라도 당황할 것은 없다.

그 이유는 제시문의 난이도가 그리 크지 않기 때문이다. 만약 주제 개념이 형이상학적 물음을 묻는 데다 제시된 지문까지 어렵다면, 십중팔구의 학생들은 제시문에 담긴 내용조차 제대로 파악하지 못하면서 급기야는 논제의 요구와는 동떨어진 답안을 기술하고 만다. 하지만 최근의 연세대 논술 시험은 지문 난이도를 크게 떨어뜨렸기 때문에 이제 제시문을 해석하지 못해서 논점 이탈로 빠지는 등의 오류를 겪는 학생들은 거의 없다. 적어도 합격권에 근접한 답안을 작성할 수 있는 수준인 학생의 경우에는 그렇다.

그런데도 아직도 많은 학생이 연세대 논술 문제를 어렵다고 생각하는 이유는 무엇 때문일까? 이는 크게 다음 두 가지 이유 때문이다.

첫째, 제시문을 세 개 주고 이것들을 **다중 비교하면서 논증할 것을 요구하고** 있기 때문이다. 그렇게 해서 비교 기준을 잘 세운 후에 세부 논지까지 심층적으로 파악하여 답하라고 요구하는데, 그 어려움은 이미 앞에서 설명했다.

둘째, 1,000자의 비교적 긴 답안을 작성해야 하기에 **답안 전체를 일관되게 논증하기가 상당히 까다롭다.** 전제에서 결론으로 나가는 과정까지의 논증을 여하히 잘 구성해 나가면서 긴 글로 답안을 작성하려면, 그만큼 글솜씨가 빼어나야 함은 물론 논리적 사고 체계가 잘 잡혀 있어야 한다. 문제는 이게 어렵다는 것이다.

따라서 적어도 연세대 논술의 경우에는 일찍부터 폭넓게 독서 습관을 쌓는 것에 더하여, 뛰어난 논리력을 바탕으로 체계적으로 글을 작성하는 연습에 매진한 학생이어야 올바른 논술 답안을 작성할 수 있다. 실제 합격한 학생들의 답안을 보면 '논거의 충실성' 면에서 빼어난 답안을 작성한 경우가 특히 많은데, 이것이 의미하는 바를 굳이 말하지 않아도 이해할 수 있을 것이다. 논거가 충실하다는 것은 곧, 논증 글이 내용 면에서 빼어남은 물론, 글 흐름의 일관성 및 논리성, 문장력과 적확한 어휘 선택 등 형식 면에서도 남다름을 보여주는 척도이다.

이런 이유로 충실하게 논거를 제시할 수 있는 능력은 연세대 논술 합격을 위해 꼭 필요하며, 또한 기필코 해결해야만 하는 또 하나의 중점 과제라고 말할 수 있다.

108

연세대 '비교하라' 논증 지시어 풀이 요령(6): 비교 논증에 정답은 없다

여기까지의 설명을 통해 강조할 것은 다음과 같다. 연세대 논술 답안 작성의 핵심은 비교의 기준이 되는 논의점들을 명확히 설정해야 하며, 이에 부합하는 비교 내용(세부 논지) 역시 논리적으로나 개념적으로나 내용은 물론이고 범위와 속성 면에서 일치하고, 일관되며, 동등하고, 타당해야 한다. 이때 전제에서 결론으로 나가기까지의 논증 과정에 **형식적인 오류가 없어야 할 뿐더러**, 설득력 있고 타당한 뒷받침 근거를 논거로 제시함으로써 **내용 면에서도 충실해야** 한다. 실제, 연세대 논술 시험의 합격·불합격은 이 부분에서 갈린다.

따라서 연세대 '비교하라' 논제 서술 과제를 해결하기 위해서는 '논거'는 구체적이고, 설득력 있으며, 충실하고, 타당해야 한다는 사실을 절대 명심해야 한다. 즉 논리의 정합성과 일관성, 논거의 타당성과 적절성을 갖춰야 논증은 형식적 오류를 피하고 내용 면에서도 충실해진다.

논거의 충실성에 덧붙여 반드시 알고 있어야 할 것이 또 있다. 논술 문제 풀이에서의 가장 큰 관건이자 중점 해결 과제는 출제 의도를 얼마만큼이나 정확히 꿰뚫고 그것에 적절히 대응할 수 있는가에 달렸다. 그 핵심은 앞서 누차 강조했듯, 논술 시험을 통해 출제자가 묻고자 하는 것들을 문제와 제시문을 통해 밝혀내는 것으로, 이것이 곧 '논제 분석'이다.

그런 점에서 볼 때, 출제 의도의 파악은 곧 문제와 제시문, 제시문과 제시문 간의 연관 관계를 파악하려는 노력과 일맥상통한다. 즉 문제와 제시문에 들어있는 연결 고리(논제의 주제 개념, 그리고 그 주제 개념을 논증할 거리로 구체화한 소주제인 관점 또는 세부 논점)를 따라서 **제시문들을 서로 견주면서 핵심 내용을 논증하는** 것이다. 그리고 이것들을 문제의 지시와 요구에 맞추어 글 내용을 적절히 요약하면서 글의 핵심 논지를 논리적으로 연결하면, 그것이 곧 출제자가 요구하는 답안이다.

이때 발문의 물음에서 연세대 '비교하라'는 논증 지시어를 제시한 경우에는 주어진 세 지문 가운데 어느 한 지문 속에 '딜레마의 상황'을 담았기 때문에 글 내용을 해석하기 상당히 까다롭다고 거듭 강조했다. 바로 이 제시문에 출제자의 의도가 집약되었다고 보면 틀림없다. 따라서 학생들은 이 **제시문을 거듭 세밀히 읽으면서 내용을 완전히 파악할 수 있도록** 노력해야 한다. 실제 연세대 '비교하라' 논제 해결의 성패는 이 제시문의 독해 능력에 달렸다고 해도 과언은 아닐 것이다.

이상의 설명을 이해했다면, 논제 분석을 통해 발문의 물음을 '공통 주제(비교 목적)–관점·논점(비교할 기준의 세분: 세부 논점)–논지와 논거(비교할 대상별 핵심 내용)'로 재구성한 후, 각각의 대답이 개념적으로 일치하고 또 논리적으로도 오류가 없도록 글 내용을 기술해야 출제 의도에 맞게 잘 쓴 논술 답안을 작성할 수 있음을 이해할 수 있을 것이다. 이때 평가의 핵심은 출제 의도를 따라 논제의 핵심 물음인 공통 주제와 그것의 상세 개념인 관점(논의점)들을 개념화한 후 이를 체계적으로 잘 요약하면서 답안을 서술했는지를 살피는 데 있다. 논술에는 답이 있다는 의미가 이를 두고 하는 것일 정도로, 논술 답안 작성에서 비교 기준 설정(비교할 논의점 파악)은 무척 중요하다.

연세대 '비교하라'는 논증 지시어를 따라 답안을 작성한 예1

다음은 논술전형으로 합격한 학생이 작성한 답안이다.

사례 제시문 (가), (나), (다)에 공통된 주제어를 찾고, 이를 바탕으로 제시문 (가), (나), (다)를 비교하시오. (연세대 2013 인문 수시 문제1)

① 제시문 (가), (나), (다)의 공통 주제어는 아름다움이다. (가)는 매화의 아름다움, (나)는 부석사의 아름다움, (다)는 여성의 아름다움을 다루고 있다. 세 제시문은 공통적으로 아름다움에 관하여 논하지만, 각기 아름다움의 의미나 본질에 있어서는 차이를 보인다. 아름다움에 있어서의 인위성 개입 여부로 본다면, (가)는 (나), (다)와 대비되고, 그 인위성의 진정성 여부로 본다면 (나)는 (다)와도 구분된다.

먼저 아름다움에 있어서의 **인위성 개입 여부라는 기준에서** 본다면, 인위성을 철저히 거부하는 (가)는 그렇지 않은 (나), (다)와 구분된다. (가)는 문인화가가 매화를 인위적인 기준에 부합하기 위해 변형 또는 파괴하는 걸 비판한다. 즉 매화의 아름다움은 휘어지거나 틀어지거나 성기어야만 발현되는 것이 아니라고 보는 것이다. 매화는 순리대로 존재하는 것이 아름답다고 보며, 따라서 아름다움에 있어서의 인위성은 배격되어야 한다는 것이다. 반면에 (나)와 (다)는 아름다움에 있어서의 인위성의 개입을 인정한다. (나)에서는 부석사가 더욱 아름다울 수 있는 이유를 인간에 의한 인위적인 개입을 통한 부석사와 자연의 조화 때문이라고 본다. (다)에서는 우아함은 여성이 행하는 인위적인 행동을 통하여 구현된다고 본다.

하지만 (나)와 (다)가 모두 아름다움에 있어서의 인위성의 개입을 인정하지만, 그 **인위성의 진정성 여부라는 기준에서** 본다면, (나)와 (다)는 대비되기도 한다. 즉 철저하게 계산된 인위성인 (다)와 그렇지 않은 (나)로 대비된다. (나)는 자연과 건축물과의 조화를 중요시하는 입장이다. 따라서 이는 진정한 의미에서의 인위와는 거리가 있기 때문이다. 물론 부석사의 제작이나 배치 등은 분명히 인위성의 개입이지만, 궁극적인 의도는 자연과의 조화에 있으므로 인위성과는 다소 거리가 멀다고 볼 수 있는 것이다. 반면에 (다)는 여성이 타인에게 우아하고 아름답게 보이기 위하여 치밀한 계산을 한다고 보는 입장이다. 그러므로 진정한 의미에서의 인위성이 개입된다고 볼 수 있는 것이다. (출처: 대치동 ○○논술학원) … [연세대 수시 일반선발 합격 학생의 답안]

※합격 답안을 비교 기준을 따라 비교 내용의 핵심(또는 논점상의 차이점)을 도식화하면,

- 아름다움에 대한 인위성 개입 여부에 따라 … 인위성 거부(가) vs. 수용(나, 다)
- 인위성의 진정성 여부에 따라 … 계산된 인위성(다) vs. 자연과의 조화를 중시(나)

위 사례의 학생 답안을 통해 다음과 같은 중요한 사항을 미루어 짐작할 수 있다. 논술 전형을 뚫고 합격한 학생의 답안은 **'비교 기준'별 논점이 명확하다**. 그리고 그 **비교 기준을 중심으로 비교 대상별 비교할 내용, 즉 세부 논지 차이를 효과적으로 논증하고** 있다. 그렇게 해서 비교 기준에 대한 개념적 타당성 내지는 설득력, 용어의 적절성은 저마다의 차이를 달리하고 있는데, 그 정도 차이에 따라 논거의 타당성 내지는 설득력 또한 일정 부분 질적 차이를 드러내고 있다.

그 핵심은 바로 비교 기준이자 판단의 준거가 되는 제 **관점(세부 논점)을 추론하고 개념화하여 이를 적절한 용어로 찾아 밝히고**, 이를 근거로 '비교 대상별로 세부 논지(or 소주제) 및 논거별 차이점을 논증 형식에 맞게 얼마만큼 효과적으로 구성하고 있는가'다. 위 사례의 학생 합격 답안을 보면 이를 확인할 수 있는데, 연세대 논술 문제처럼 논의점들을 세밀하게 비교하면서 논증하는 경우에는 이제까지 강조한 내용이 반드시 답안에 구체적으로 드러나도록 글 내용을 기술해야 한다.

이는 한 단락에는 반드시 하나의 주장을 담아야 한다는 논증의 기본 원칙에 비추어 생각할 때도 그렇다. 단락을 구성하는 기준이 되는 것은 어디까지나 설정된 비교 기준을 담은 관점·논점이지, 결코 세부 논지(내지는 공통 주제에 종속된 소주제적 개념으로써의 그 무엇)와 논거가 아니다. 만약 이를 어길 때는 단락을 구성하는 논리 체계는 헝클어진다. 따라서 이를테면 다음과 같이 단락을 구성하여 글 내용을 기술함으로써 논리적으로도 개념적으로도 모순됨이 없어야 한다. 이는 연세대 논술 문제 풀이에 있어 가장 중요한 포인트다.

연세대 '비교하라'는 논증 지시어를 따라 답안을 작성한 예2

다음 〈연세대 2020 인문 편입〉 살펴보자. 앞서 누차 강조했듯, 발문 물음의 토씨 하나까지도 세밀히 살피면서 출제자가 왜 그렇게 표현했는지 되물어야 한다. 아래 [문제1, 2]에는 각각 '다양한 의견의 상이한 점을 비교·분석'하라는 요구와 '관점의 차이를 서술하라'는 지시가 들어있는데, 둘 다 '비교하라'는 논증 지시어다. 이때 '상이한 점'과 '관점의 차이'라는 용어에 주목한다면, [문제1]은 **비교할 논점을 세분화한 후 그 차이를 제시문에서 꼼꼼히 찾아 밝히라는** 요구이고, [문제2]는 주제 개념을 따라 비교의 위계를 이루는 '관점'을 찾아서 이를 적절한 언어로 개념화하면서 **글 내용을 포괄적으로 기술하라는** 지시임을 파악할 수 있을 것이다. 다음은 그 지시를 따라 논증하면서 기술한 필자 예시 답안이다.

문제1 제시문 (가), (나), (다)는 민족에 대해 다양한 의견을 보이고 있다. 각 입장의 **상이한 점**을 비교·분석하시오.

제시문들은 민족의 **'의미'**, **'성격'**, **'역할'**에 대해 다음과 같은 관점 차이를 보인다. 먼저 민족의 개념적 **'의미(실체)'**에 대해, (가)는 '혈연 공동체', (나)는 '의지 공동체', (다)는 '상상 공동체'로 규정하는 점에서 차이를 보인다. (가)에 따르면, 민족은 피와 역사를 같이 하면서 존재하는 독립적 실체로, 정치적·경제적 이해에도 불구하고 흥망성쇠를 함께 하는 혈연적 운명 공동체다. (나)에 따르면, 민족은 주권을 가진 존재들이 공통의 가치를 추구하면서 동일체라고 인식하는 의지 공동체이다. (다)에 따르면, 민족은 제한적이고 주권적이며 공동체적인 개념을 담은 상상의 정치적 공동체이다.

다음으로 민족의 **'성격'**에 대해, (가)는 '독립적, 영속적, 배타적' 결사체, (나)는 '정신적, 의지적, 비영속적' 결사체, (다)는 '제한적, 주권적, 공동체적' 결사체로 규정하는 점에서 차이 난다. (가)는, 민족은 혈통을 통해 영속해서 이어져 내려오는 것이기에 항구적이며, 순수하고 고유한 혈통만이 공동체를 구성하므로 독립성과 배타성을 띤다. (나)는, 민족은 하나의 영혼이자 정신 원리로, 종족처럼 천부적으로 정해진 게 아니라 구성원들의 자발적 결속 의지로 새롭게 결성되는 것이기에 가변적이다. (다)는, 민족은 한정된 경계를 바탕으로 하므로 제한적이며, 주권 재민 사상에 따라 수평적 동지애로 결속하는 공동체 지향 개념이다.

끝으로 민족 개념을 형성하는 핵심 **'동인'**에 있어서 (가)는, '혈통적 종족주의', (나)는 '자발적 의지', (다)는 '언어적 통합'을 강조한다. (가)는, 민족은 정치적·경제적 이해 충돌에도 불구하고 흥망성쇠를 함께 하는 운명 공동체이기에, 나와 국가의 발전을 위해서는 혈연을 중심으로 한 민족 개념의 강조로 사회 통합을 이루어야 한다고 주장한다. (나)는, 민족은 종족처럼 선천적으로 정해진 것이 아니라 구성원들의 주관적 의지로 새롭게 결성되는 것이기 때문에 공동체적 삶을 지속하고 공동체의 유산을 계승·발전시키기 위해서는 구성원들의 자발적 결속 의지를 다져야 한다고 주장한다. (다)는, 민족이란 개념의 형성에는 언어 통합이 크게 작용하였으며, 언어 공동체가 상상의 정치적 공동체 개념인 민족으로 발전해 나가는 핵심 동인으로 작용했다고 주장한다. 그 결과 민족 개념의 '역할'을 놓고, (가)는 '내적 결속' (나)는 '공동체적 가치의 계승·발전' (다)는 '국가 통합'을 강조한다.

문제2 제시문 (다), (라), (마)에 나타난 언어에 대한 **관점의 차이**를 서술하시오.

언어를 보는 시각에서 (다)는 '사회 결정론(상호 작용론)' 시각에서 언어의 사회적 선택과 상호 작용을 강조한다. 언어의 발생은 사회적 요구와 필요에 따라 결정되며, 인간을 주체로 하여 시간과 공간이 상호 작용하면서 발전한다. (라)는 '언어 결정론'의 시각에서 언어의 구속력과 독자성을 인정한다. 언어는 계층 관계를 형성하고 계급 차이를 불러오는 핵심 기제로, 특히 언어 제국주의는 국가 내 계급 격차를 넓히고, 문화 제국주의와 맞물리면서 국가 간 지배-피지배 관계를 확산시킨다. 이는 언어가 사고를 결정하고 현실을 규정짓는 핵심 기제로 작용함으로써, 언어적 영향력과 구속력이 사회 변동의 주요 원리로 기능함을 보여준다. 언어의 자율성과 독자성을 강조하는 (다), (라)와 달리, (마)는 '도구주의' 시각에서 언어 사용의 합목적성을 강조한다. 닫힌 민족주의로 민족어만을 사용할 것을 고집하면 언어의 자율성과 독자성을 불인정하면서 결국 소수민족이나 외국인을 억압하고 자신에게도 위해를 가할 뿐이다. 언어는 인간 목적을 위해 사용하지 않고 개인의 이익이나 특정 집단의 이해를 위해 악용되어서는 안 된다.
그 결과 (다), (라), (마)는 공용어 사용에 대해 다음과 같은 시각 차이를 보인다. (라)는 공용어 사용에 부정적인 입장을 취한다. 영어를 세계 공통어라고 부르면서 문화적으로 중립적인 매체로 이해하고 받아들이는 것은 언어 제국주의를 강화함으로써 국가 내 계급 격차를 넓힐 뿐 아니라, 문화 제국주의와 맞물리면서 국가 간 지배-피지배 관계를 확산시키는 등으로, 계층 갈등 및 국가 분쟁을 일으킬 뿐이다. 그에 비해 (다), (마)는 공용어 사용을 적극 지지한다. 공용어 사용은 동일한 언어 공동체를 구성하는 핵심 동인으로 작용하며, 이 언어 공동체가 내적 결속을 높이면서 사회 통합 및 사회 발전에 기여한다. 이를 위해서는 열린 민족주의 자세로 영어를 공용어로 지정하여 구성원들이 다양하고 폭넓은 현대 지식을 접할 수 있어야 한다.

109
설명하라(1): 설명의 다양한 진술 방식

'설명(說明)'은 사물이나 개념을 알기 쉽게 풀이하는 진술 방식으로, 내용 이해와 지식 전달을 목적으로 한다. 어떠한 대상, 즉 사물이나 개념, 대상이나 현상, 사실이나 사건 등을 기술하면서 그 본질을 밝히는 것이 설명으로 '~은 무엇인가'에 대한 대답에 해당한다.

설명은 어떤 문제나 물음에 대한 해설 또는 대답(의 진술)이다. 사물의 본질, 의미, 구성, 작용, 현상, 이유, 근거, 가치, 중요성, 기능, 목적 등 여러 물음에 대한 대답이 곧 설명이다. 설명을 위해서는 일반적으로 정의와 지정, 예시와 인용, 비교와 대조, 분류와 구분, 인과 분석, 묘사적 설명과 서사적 설명, 논증 등 다양한 글쓰기 방법(설명의 진술 방식)을 활용한다.

이를 부연하면 '설명'한다는 것은 상대가 알지 못하는 사항이나 설령 안다고 해도 어설프게 알고 있는 사항에 대해 '정의'를 내리거나, 이미 알고 있는 것과 '비교'하거나, 실제 '사례'를 제시하거나, 통계 자료를 '인용'하거나, 이유나 원인의 순서를 세워 주장을 '증명'하거나, 인과 관계를 '분석'하거나, 자신의 주장과 생각을 수긍하고 이해하게 만들어서 그 타당성을 인정받도록 '논증'하거나 하는 등으로, 설명의 다양한 진술 방식을 사용하여 글을 읽는 독자의 이해에 호소하는 것이다.

여기서 알고 있어야 할 중요한 것이 있다. 설명과 논증의 관계가 그것이다. 설명과 논증은 각각 설명문과 논술문의 기본 서술 방식, 즉 글쓰기의 방법을 구성한다. 설명은 주제(논제)를 해설하거나 이를 분명히 밝히는 문장 기술 방식의 한 종류이다. 설명은 '이해'에 호소한다. 설명은 주제를 풀어 밝혀서 이해로 이끈다. 한편 논증 역시 이해를 포함하지만, 그것은 어떤 진리나 주장을 '설득'하는 것을 목적으로 한다. 그 목적은 설득이지 단순한 설명에 있는 것이 아니다. 논증의 기본은 어디까지나 증거에 의한 논리적인 호소, 즉 설득에 있다.

설명과 논증은 긴밀히 관계한다. 대입 논술은 설명과 논증의 진술 방식(서술 방법)을 사용한 설명적 글쓰기다. 설명적 글쓰기는 어떤 특정한 정보를 전달하는 언술 행위로써, 무엇보다 정확한 사실 전달과 자기 견해의 논리적인 전개가 중요하다. 즉 대입 논술은 먼저 제시된 지문을 읽고 그 안에 실린 어떤 사실(이를테면, 주제 개념)에 대한 객관적인 설명을 기술한 다음, 이를 바탕으로 **특정 조건(논제의 물음이 그것이다)에 맞게 그 사실을 입증할만한 이유나 근거를 제시하도록** 출제의 방향이 설정되어 있다.

논증은 어떤 문제에 대한 의견이나 판단의 대립을 담는다. 이때 그 판단의 대립은 논증을 다른 진술 방식과 구별하는 조건이다. 그렇더라도 순수한 형태의 논증만으로 된 것은 거의 없으며, 다른 진술 방식, 특히 '설명'의 도움을 크게 받는다. 논증이 다른 진술 방식의 도움을 받더라도 그 주된 의도는 독자에게 확신을 주도록 설득하는 데 있다. 따라서 논증의 방법을 주된 진술 방식으로 하는 논술 답안 속에는 설명글이 반드시 포함된다. 즉 대입 논술 답안은 **'설명할 부분은 설명하고, (이해시킬 부분은 이해시키고) 논증할 부분은 논증하는 (설득할 부분은 설득하는)'** 복합적인 진술 방식을 따른다.

'설명하라'는 논증 지시어를 해결하려면 제시문의 '통합 및 적용' 능력이 필요하다. 제시문과 제시문의 핵심 내용(논지)을 주제 개념을 따라 통합·전이·적용하면서 효과적으로 서술해야 한다. 글(답안)의 처음부터 끝까지 일관된 주제 의식을 따라 대상의 여러 측면을 정확하고, 명료하며, 간결하게 설명해야 한다. 만약 이를 어기면 설명의 일관성과 통일성, 논리성은 깨지고, 더불어 설명은 피상적인 수준에 머물면서 논제의 물음에 대한 이해 자체를 그르친다.

110
설명하라(2): '설명하라' 지시어의 의미

만약 발문에 '설명하라'는 논증 지시어가 있으면, 이는 설명의 진술 방식을 논증의 방법으로 끌어와 글 내용을 기술하라는 요구다. 논증은 '어떤 주장이 옳다는 것을 근거를 들어 증명하거나 정당화하는 서술 방식'이란 점을 고려할 때, '설명하라'는 논증 지시어는 **주장(논제)에 대한 '증명'을** 전제한다. 그것도 그 누구라도 글 내용을 이해하고 수긍할 수 있도록 '객관적'으로, '공정'한 근거를 들면서 입증해야 한다. 다만 특정 정보에 대한 정확한 사실 전달에 더 무게를 둔다는 점에서 '비판하라', '평가하라', '견해를 제시하라'처럼 자기 견해의 논리적인 전개, 즉 설득을 중시하는 논증 지시어와 차이난다.

그런 점에서 볼 때, '설명하라'는 논증 지시어는 '논증하라'는 요구라기보다는 '논의하라, 논술하라'는 요구에 더 가깝다. '논의한다'는 것은 자기 의견이나 주장이 옳고 바르다는 사실을 굳건한 근거나 이유를 내세워 기술하는 것으로, 이때 말하는 논의는 설명(이해)과 설득(논증)의 중간 성질을 띤다. 따라서 논술에서 요구하는 '설명하라'는 논증 지시어는 설득적 논증이라기보다는 '설명적 논증'에 더 가깝다. **철저히 제시문 내용에 근거하여**, 어떤 명제를 증거에 의하여 논리적·객관적으로 서술하는 것이 '설명하라'는 논의, 즉 설명적 논증이다.

무엇인가를 논의할 때는 사실(과 논리)에 바탕을 두고 대상(과 개념)을 객관적으로 냉정히 서술해야 하므로, 설득의 경우처럼 감정을 갖고서 상대에게 호소하지 않는다. 수학의 증명이나 판사의 판결문과 같이, 사실을 입증하고 추론함으로써 그 결과를 상대의 판단에 맡기는 것이다. 오직 제시문 내용에 근거하여 그 안에 들어있는 사실적 진술을 논제의 물음에 맞게 타당하고, 충실하며, 설득력 있게, 객관적으로 서술하면(설명하면) 그것으로 충분하다. 따라서 '설명하라'는 논증 지시어를 해결하기 위해서는 정확한 지문 독해력, 합리적 추론 과정, 그것을 뒷받침할 수 있는 객관적 논거, 이 모든 것들을 설명의 방법으로 정확하고 논리 정연하게 표현할 수 있는 능력이 필요하다. 이를 통해 지식을 정확하게, 조리 있게, 쉽게 표현할 수 있는 기술적인 능력을 중점적으로 살피는데 논술 평가의 주된 목적을 둔다.

이런 이유로 설명적 논증을 하기 위해서는 다른 무엇보다, 글쓴이인 화자가 **설명하는 대상(즉, 제시문 내용)에 대해 잘 알고 있어야** 한다. 그 이유는 대상의 성격과 본질 그리고 그 대상을 구성하고 있는 여러 가지 요소들 사이의 인과 관계 등에 대해 깊이 이해하지 못하고서는 글 내용을 요령 있게 설명하기 어렵기 때문이다.

대입 논술에서 '설명하라'는 논증 지시어의 해결을 위해서는 다음을 염두에 두어야 한다. 먼저 모든 설명의 근거는 제시문에 들어있음을 깨닫고, **글 내용의 핵심을 정확히 파악해야** 한다. 제시문 내용을 효과적으로 설명하기 위해서는 무엇보다 '정확하고(Correct), 명료하고(Clear), 간결하라(Concise)'는 이른바 '3C의 원칙'을 준수한다. 다음으로 논술자의 주관을 배제한다. 아무리 객관적인 태도를 유지하려고 노력해도 설명 과정에서 주관이 개입하는 것을 막을 수는 없다. 하지만 설명의 진술 방식은 그 자체가 읽는 이의 이해를 돕기 위한 것이므로, **가능한 객관적이고 공정한 입장에서 글 내용을 기술해야** 한다. 끝으로 강조할 것은 일관성과 논리성의 문제이다. 글의 처음부터 끝까지 일관된 주제의식을 갖고 대상의 여러 측면을 설명해야 한다. 대상에 대한 지식을 조리 있고 요령 있게 서술할 수 있는 능력 또한 중요하다. 이러한 조건들을 제대로 갖추지 않으면 설명은 피상적인 수준에 머물며, 결국에는 대상에 대한 이해 자체를 그르치는 결과를 불러오면서 글 내용은 뒤죽박죽 엉망이 된다.

111
설명하라(3): '설명하라'는 다양한 지시어

'설명'이란 용어는 다양한 의미로 사용된다. 설명은 단어의 의미, 용어의 정의, 과학적 원리, 사건의 경위, 사회적·경제적 현상의 원인과 결과에 대한 해설이나 대답은 물론이고, 넓게는 사물이나 대상 혹은 인물에 대한 묘사('묘사적 설명'이라 한다), 사건 혹은 상황의 인과 관계에 대한 서사('서사적 설명'이라 한다), 심지어는 자신의 견해나 입장에 대한 해명('논증'이라 한다)까지를 모두 포함하는 언어적 개념이다.

따라서 '설명하라'는 논증 지시어는 다음과 같은 다양한 지시어를 포괄한다. '설명하라'는 직접적인 지시어는 물론이고 '기술하라', '서술하라', '논술하라', '추론하라', '해설하라', '해석하라', '근거를 제시하라'는 지시어 역시 '설명하라'는 논증 지시어와 궤를 같이한다.

■ **설명하라 논증 지시어 예시**

①(가)에 제시된 장소의 개념을 바탕으로 (다)의 도표를 설명하시오. (건국대 인문 수시)
②아래 〈자료〉가 보여주는 현상을 상세히 해석하고, 해석을 활용하여 [문제1]의 한 입장을 옹호하시오. (성균관대 인문 모의)
③제시문(라)에 나타난 국가 A의 인공지능 사용 정책에 대한 찬성률 추이와 그 원인을 제시문(나)에 근거하여 설명하시오. (연세대 사회 수시)
④제시문(라)의 〈그림1〉과 〈그림2〉에 나타난 특징들을 분석하고, 이를 제시문 (가)와 (나)에 근거하여 해석하시오. (연세대 사회 수시)
⑤제시문[가]의 내용이 초래할 수 있는 사회문제를 설명하고 그 해결 방법을 제시문[나]에 근거하여 제시하시오. (경희대 사회 편입)
⑥[나]~[사]는 [가]에 나타난 사회 문제와 관련된 설명이다. [가]의 사회 문제가 발생하는 원인과 그 해결 방법을 드러내는 제시문을 찾아 일대일로 대응하여 논술하시오. (예: 발생원인 [A]에 대응하는 해결 방법 [B]) (서강대 인문 수시)

⑦제시문(마)의 사례를 바탕으로 제시문(라)의 '비평'에 나타날 수 있는 특성을 서술하고, 이러한 특성을 고려하여 20세기 미술을 감상할 때 요구되는 태도를 제시문(바)에 근거하여 서술하시오. (중앙대 인문 수시)
⑧제시문 [가]와 [나]의 핵심어를 찾아 맥락상의 공통적인 주장을 기술하시오. (동국대 인문 수시)
⑨제시문 [가]~[다]를 바탕으로 영화 '명량'의 허구성을 추론하여 기술하고, 제시문 [라], [마]를 참조하여 역사적 사실을 바탕으로 한 영화의 허구적 표현에 대한 수용 태도에 대하여 논하시오. (동국대 인문 모의)
⑩[그림1]을 〈제시문4〉의 (나)와 〈제시문5〉의 (가)를 바탕으로 해석하고, 〈제시문4〉의 관점에서 볼 때 [그림2]에서 야기될 수 있는 문제를 추론하시오. (한국외대 인문 수시)

'설명하라'는 논증 지시어는 다양한 의미로 해석될 수 있는데, 이는 **문제와 제시문, 제시문과 제시문의 연관 관계에 따라** 규정된다. 문제에서 '설명하라'는 논증 지시어가 제시된 경우, 학생들은 그것이 논제의 물음에 대한 단순한 '설명'을 요구하는 것인지(설명적 논증), 아니면 설명에 더해 '비판'적인 평가까지 논증해야 하는 것인지, (설명적 논증+설득적 논증) 아니면 설명과 비판에 더해 '자기 견해'까지 추가로 제시해야 하는지(설명적 논증+설득적 논증) 등등을 문제와 제시문을 거듭 읽으면서 간파할 수 있어야 한다. 참고로 문제에서 '논하라', '논술하라'는 지시어가 제시된 경우, 이 역시 **'설명하라'는 논증 지시어의 외연을 확장하여 '분석하고 평가하라'라는** 요구로 받아들이고 그것에 맞게 답안을 작성해야 한다. 중요하고 또 중요한데, 실제 이 부분에서 논술 답안은 평가가 갈릴 수 있다.

'설명하라'는 논증 지시어의 해결이 생각 밖으로 어려운 이유가 이 때문인데, 그 '설명하라'는 지시어를 따라 얼마만큼 깊게 그리고 체계적으로 생각하면서 논증하느냐에 따라 개별 답안의 충실성과 완성도는 차이를 보일 수밖에 없다. 이 점을 학생들은 반드시 알고서 '설명하라'는 논증 지시어를 살펴야 한다.

‘설명하라’는 논증 지시어를 따라 답안을 작성한 예

문제 지문 (1)에서 제시된 논리를 이용하여 지문 (2)와 (3)의 SNS와 큐레이터가 대중의 의사결정에 미치는 영향에 대해 설명하시오. (고려대 2019 사회 편입)

(1)에 근거하여 (2)의 SNS와 (3)의 큐레이터가 대중의 의사 결정에 미치는 영향에 대해 고찰하면 다음과 같다. (2)는 SNS가 대중의 올바른 의사 결정을 돕는 기제로 작용한다고 주장한다. SNS의 확산은 사이버 공간에서 다양한 사람들이 다양한 사고를 접할 수 있도록 연결함으로써 대중의 폭넓은 연대를 강화하고, 대중의 원활한 소통을 도우며, 그 결과 대중의 의사 결정은 올바른 방향으로 나아간다. 하지만 (1)에 따를 때, 이는 대중이 현명하게 판단하고 행동할 때 가능하다. 현명한 대중이 SNS의 개방적 특성을 최대한 활용하여 자유롭게 자신의 의견을 펼칠 때, 다수의 협력인 집단 지성을 바탕으로 올바른 여론은 형성되고 발전한다. 만약 대중이 현명하지 못한 경우에 SNS는 대중의 올바른 의사 결정을 가로막을 수 있다. 이때 SNS를 통한 다수결의 원칙의 급속한 확산은 대중의 올바른 판단 능력을 저해할 수 있으며, 대중은 옳은 정보임에도 그것에 편견을 갖거나 착각·무능함을 보이면서 결과적으로 나쁜 결정을 내릴 수 있다.

(3)은 현대 미술에서 예술 작품의 위용을 창작하는 존재인 큐레이터의 역할을 예로 들면서, 대중의 올바른 의사 결정에서의 특정 분야 전문가의 영향력이 크다고 주장한다. 이를테면 예술가는 특정 대상을 작품으로 창작하는 역할을 담당할 뿐이며, 예술 작품에 의미를 부여하고 예술적 본질을 드러내어 이를 대중에게 밝히는 것은 큐레이터가 담당하는 영역이라고 강조한다. 하지만 (1)에 따를 때, 전문가의 견해가 대중의 의사 결정에 미치는 영향력은 제한적이며, 어디까지나 예술 판단에 대한 대중의 현명함의 정도에 달렸다. 전문가라고 해서 반드시 옳게 판단할 것이라고 단정할 수 없으며, 만약 그가 자신의 분야에 대해 편견에 사로잡혀 있거나 무척 어려운 사안을 다루는 때는 잘못된 선택을 대중에게 강제할 수 있음은 물론이다. 설령 큐레이터와 같은 전문가의 견해에 대한 수용을 놓고 다수결 원칙을 따르거나, 또는 심의 과정을 거치는 경우더라도, 그렇게 해서 결정된 대중의 의사를 전적으로 옳다고 믿고 받아들여서는 안 된다. 전문

지식이 없는 상태에서의 대중의 심의 과정은 판단의 왜곡을 가져올 수 있으며, 오히려 심의 과정을 생략한 채 다중이 선택한 견해를 따를 때 더 좋은 결과를 거둘 수 있다. … [필자 예시 답안]

'설명'은 정확한 사실 전달에 그 목적을 둔다. 이것을 염두에 둔다면, 그 전제가 되는 **'판단 준거'에 대한 올바른 '이해'가 선행해야** 한다. 그리고 그 판단 준거를 따라 이를 뒷받침하는 근거를 제시문에서 찾아 충실하고, 타당하며, 설득력 있게 전개해야 한다. 참고로 이 문제에 앞서 제시문(1)을 '요약하라'는 문제가 추가로 제시됐는데, 이는 그만큼 글 내용이 어려워 논의점을 찾기 어렵고, 게다가 지문 내용을 추론하여 '숨은 전제나 숨은 결론'을 찾아서 논의점을 명확히 설정해야 이후의 '설명하라'는 논증 지시어에 답할 수 있음을 암시한다.

그런 점에서 발문 물음의 '지문(1)에서 제시된 논리를 이용하여'란 문구는 그만큼 함축적 의미가 있다. 아래 제시문(1)의 숨은 결론은 "대중이 올바른 의사결정을 하려면 스스로 현명하게 판단할 수 있어야 한다"로 지문 어디에도 이를 직접 드러내는 단어나 문구, 문장이 없다. 출제자의 의도는 이것을 찾아 밝히라는 암묵적 요구에 집약된다.

제시문[1]의 내용을 정리하면 …

- 대중의 결집된 의견은 일반적으로 옳다. 이때…
- 현명이 대중이 많이 모여 숙의할수록, 그들의 결집된 의견은 **집단 지성**으로 확대 재생산된다.
- 반대로 현명치 못한 대중이 모여 숙의하면, 그 과정에서 대중의 편견·착각·무능함이 작동하면서, 대중은 **집단 사고**에 함몰되어 잘못된 결정을 내릴 수 있다. 이는 전문가나 유능한 사람이 모여 숙의한 때도 마찬가지다. (예: 관료제의 폐단)
- 따라서 대중이 옳다고 생각하는 것을 그대로 믿고 따라서는 안 된다. 이는 심의 과정을 거친 결정인 경우에도 마찬가지다. 심의 과정에서 대중이 **집단 사고**에 빠져 잘못된 결정을 내릴 수 있기 때문이다.
- 결국, 대중의 의사 결정에서 중요한 것은 다시 말해 대중이 올바른 의사 결정을 내리기 위해서는 스스로 사리를 분별할 수 있는 능력을 갖추어야 한다, 즉 **대중이 현명해야** 한다. … 숨은 결론

112
자료를 해석하라(1): '자료를 해석하라'의 의미

자료 해석 문제는 크게 '자료 해석'과 '상황 판단'을 묻는 출제 유형으로 나뉜다. 특히 '연세대 사회계열 2번 문제'는 상황 판단을 요구하는 자료를 중심으로 발문의 물음을 구성한다. 즉 논리적 추론을 요구하는 상황 자료를 제시하고, 그 상황에 맞게 대상을 이해하고 적용하여 새로운 문제점을 발견토록 유도한다. 그리고 그 과정에서 문제 해결 능력까지 평가할 수 있도록 함으로써, 학생들의 수준 높은 사고 능력을 측정한다. 물론 자료 해석과 상황 판단을 복합적으로 묻는 때도 있다.

상황 판단형 문제는 인문·사회·경제·자연과학 등 다양한 분야에서 접하게 되는 현실의 시대 상황, 구체적인 사회 이슈, 각종 정책에 대한 의사 결정 관련 사례 등을 소재로 삼아 출제한다. 따라서 학생들은 평소 사회 문제에 관심을 두고서 문제의 본질, 그 대안 및 실행 전략, 그리고 실행과 집행에서 나타날 수 있는 결과 등을 예측하면서 글을 읽고 쓰는 연습을 해야 한다. 특히 다양한 분야의 독서를 통해 정보 속에 숨어있는 내재적 요인들을 끌어내고, 이들 간의 논리적인 관계를 추론을 통해 밝혀낼 수 있도록 훈련할 필요가 있다.

학생들이 상황 판단형 논술 문제를 풀기 어려워하는 것은 다음 이유 때문이다.

첫째, 가치 판단의 제 관점에 따라 자료가 달리 해석될 수 있도록 유도하는 이른바 **딜레마의 상황을 자료에 담아 출제하기** 때문이다. 딜레마의 상황이란 자료를 해석하는 데 있어서의 판단 근거가 되는 것들을 어떠한 기준에 맞추어 설정하고 또 그것에 맞게 서술해야 할지를 헷갈리게 만듦으로써,

그에 따라 '해석의 오류'를 일으킬 수 있는 여지를 제시된 자료 곳곳에 장치해놓은 경우를 일컫는다. 자료를 구성하는 변인을 세 개 제시함으로써 판단과 해석의 기준을 흩뜨리는 경우가 그것인데, 그렇게 해서 학생들은 선뜻 판단을 못 내리고 혼란에 빠지고 만다. 이때 자칫 판단 기준을 잘못 잡아 해석한 경우에는 순환의 오류와 같은 논리 체계의 혼동이 일어나면서 잘된 논증을 망치고 만다.

둘째, 표와 그래프로 이루어진 자료를 해석하면서 논제의 물음에 답하고, 또한 그 물음에 합당한 논거를 제시해야 하기 때문이다. 표와 그래프는 비언어적 표현으로 구성된 것이 일반적이어서, 내용의 핵심을 언어를 사용하여 표현하기는 쉽지 않다. 따라서 이를 해결하기 위해서는 그만큼 논리적인 사고력은 물론 **뛰어난 서술 능력이 뒷받침되어야** 한다. 특히 〈연세대 사회계열 2번〉 문제처럼 '1000자 답안'을 써야 하는 경우 학생들이 느끼는 중압감은 상당하다. 자료 해석 문제는 자료의 핵심 요지만을 압축하여 해석할 수 있어야 하며, 그 해석한 내용을 주제 개념을 따라 재해석한 후, 다시 이를 논제의 요구에 맞게 재구성하면서 논리적·체계적으로 글 내용을 서술해야 한다. 이러한 문제 풀이 과정은 생각 이상으로 까다롭다. 더군다나 자료에 담긴 해석된 내용을 논증 지시어에 맞게 논리적으로 서술한다는 것은, 평소 글쓰기 연습에 숙달되지 않은 학생에게는 여간 곤혹스럽지 않다.

따라서 평소 이런 유형의 문제를 많이 접해가며 철저히 대비하지 않으면, 논술 답안 작성은 그만큼 힘겨울 수밖에 없다. 이때 염두에 둘 것은, 상황 판단을 요구하는 자료해석 문제 역시 인문 논술 문제와 마찬가지로 먼저 논제에 담긴 '개념(즉, 주제 개념과 관점을 담은 세부 개념)'부터 살피고, 그것에 맞게 제시 자료를 해석해야 한다.

만약 그렇지를 않고 자기 멋대로 자료를 해석하다가는 자칫 논점을 이탈하거나 중언부언하는 답안으로 이어질 수 있다.

113
자료를 해석하라(2): 핵심만을 단순명료하게 해석하라

자료 해석 문제는 인문·사회·문화·경제 등 다양한 영역의 자료를 다룬다. 다양한 분야의 폭넓은 자료들이 제시되므로 이것들을 전부 살피면서 공부하기는 현실적으로 어렵다. 따라서 이보다는 논술 시험으로 빈번히 출제되는 핵심 주제 및 특정 개념어를 중심으로 관련한 다양한 배경 지식을 쌓는 것이 더 효과적인데, 이때 그 개념어·주제어와 관련한 여러 자료를 접하면서 내용 이해와 분석 능력을 함께 쌓는다.

먼저 논술 문제로 출제하는 '자료'부터 이해할 필요가 있다. 자료 해석 문제 역시 논술로 자주 출제되는 주제나 개념·이론을 토대로 하여, 이를 특정 자료에 담아 출제한다. 논술에 등장하는 모든 자료는 출제를 위해 선택된 것들로, 당연히 제시 자료에 실린 내용(논제와 관점에 담긴 개념을 반영한, 말하자면 제시문의 핵심 내용과 같다)에는 그 자료를 작성하고 출제한 평가자의 생각이 반영되어 있다. 그렇기에 그 자료들은 **출제에 필요한 모든 정보를 담게 마련이며, 논제 역시 자료의 세부 내용과 긴밀히** 관계한다.

이처럼 자료 해석 문제 역시 일반 논술 문제와 마찬가지로, 문제에서 주어진 지시와 정보를 이용하여 논제를 해결할 수 있도록 글 내용을 구성하면 된다. 따라서 문제 안에 포함된 추가적인 정보, 이를테면 설명이나 개념, 판단 기준, 공식, 규칙 등을 정확히 파악할 수 있어야 한다. 결국, 모든 자료 해석 문제는 자료 자체에 대한 이해력을 전제한다는 사실을 알 수 있다. 즉, 주어진 자료에 대한 이해력을 갖추고 있지 않으면 이를 정확히 해석할 수 없다. 따라서 이 능력을 기르는 것은 논술 문제 해결의 중요한 과제다.

자료 해석 문제로 빈번하게 출제되는 관련 개념이나 핵심 이론은 해마다 반복 출제되고 있으며, 앞으로도 계속해서 출제될 가능성이 크다. 논술 기출 문제를 통해 그것들을 자연스럽게 익혀둔다면, 이를 담아 출제한 그 어떤 자료와 마주쳐도 거뜬히 해결할 수 있을 것이다.

자료를 정확히 이해하고 올바르게 해석하기 위해서는 축적된 폭넓은 배경 지식을 현실에 적용하고, 이를 통해 자료를 객관적으로 분석·판단할 수 있어야 한다. 그리고 그 과정에서 해석된 결과와 이를 뒷받침하는 근거를 논제 서술 과제에 맞게 작성하되 이를 논증 형식의 문장으로 바꿔 서술할 수 있어야 한다. 이것이 자료 해석 문제 해결의 실질적인 포인트다. 자료 해석 문제는 **'자료의 핵심 요지만을 크고 굵게 추려 해석→해석된 결과를 제시된 근거에 맞게 재해석→이를 논제의 물음에 맞게 논리적으로 재구성'하면서** 논술하는 과정을 밟아가며 체계적으로 답안을 서술(논증)하는 것이 포인트다.

아래 필자 예시 답안은 자료의 해석된 결과를 바탕으로 각 단락을 구분한 후, 각각의 내용을 '㉮→㉯→㉰'의 순서로 서술하면서 논증(설명)하고 있다. 이런 논증 과정을 거치면서 논리는 체계적이며, 내용은 충실하며, 논증은 강화되고 있음을 확인할 수 있을 것이다.

사례 제시문 (라)의 국가 A가 국가 B보다 평화 지수가 낮은 이유 또는 국가 B가 국가 A보다 평화 지수가 높은 이유를 제시문 (가), (나), (다)의 주장을 근거로 하여 설명하시오. (연세대 2017 인문 수시)

먼저 ㉮ 국가A는 평화 유지를 위해 비록 많은 국방비를 지출하고 있음에도 평화 지수는 낮다. (가)는 그 이유가 어디에서 비롯되는가를 보여준다. ㉯ (가)처럼 국내외적인 갈등 요소가 상존하면서 정치적으로 불안정하게 되면, 국가가 평화 유지를 위해 아무리 많은 국방비를 쏟아 붇더라도 결코 타국의 무력 위협으로부터 벗어날 수 없으며, 그에 따라 국민들의 불안감은 좀처럼 해소되지 않는다. ㉰ 경제력이 아무리 뒷받침되더라도 정치적으로 혼란하고 국론이 한 방향으로 결집되지 않는다면, 그 국가가 평화를 유지할 수 있는 능력으로써의 평화 지수는 크게 낮아진다. 이런 이유로 …(중략)…

114
자료를 해석하라(3): 통계 자료 해석의 포인트

학생들은 표나 그래프가 나온 논술을 싫어한다. 너무 어렵고 복잡해서 문제를 풀 엄두가 나질 않는다고 토로한다. 학생들이 표나 그래프를 어렵게 느끼는 이유는 그것들을 읽는 방법에 익숙지 않아서다. 낯섦이 어려움으로 다가오는 것이다. 하지만 출제자가 논술 제시문으로 표나 그래프를 출제하는 이유는 **정보를 이해하기 쉽게 제시하기** 위해서다. 통계 자료는 객관적이고 설득력 있는 근거로 자주 인용된다. 하지만 통계와 관련한 자료를 정확히 해석하여 이를 글로 설명하기 쉽지 않다. 제시된 자료의 핵심 내용을 객관적으로 해석한 후 이를 논증 형식을 따라 체계적으로 서술해야 한다. 통계 자료의 정확 해석을 위해서는 다음을 염두에 두어야 한다.

첫째, 통계 자료는 출제 의도에 맞게 계량화한 객관적 수치다. 통계 자료의 분석은 출제 의도에 맞게 의미 있는 결과를 도출하는 과정이다. 논제가 거시적인 관점을 지향하고 있음을 고려할 때, 통계 자료의 분석 역시 자료의 세부적인 내용에 집중하기보다는 **전체적인 경향을 이해하면서 크고 넓게 조망하여 파악해야** 한다. 통계 자료의 해석을 통해 밝혀진 결과는 곧 제시문에 실린 논의점 및 논제가 묻는 관점에 부합하는 수준이어야 하기 때문이다. 특히 표나 그래프의 '제목'에 주목할 필요가 있는데, 정보를 구체화해 주는 중요한 장치이기 때문이다.

둘째, 통계 자료 속 변인들의 관계를 파악하면 논제의 핵심 물음에 좀더 가까이 접근할 수 있다. 따라서 **통계 자료의 변인들 사이의 관계를 정확히 파악할 수 있어야** 한다. 그 관계는 강한 상관성과 약한 상관성으로 나뉘는데, 특히 전자에 주목해서 자료를 파악해야 한다. 그렇게 해서 관계성을 한두 개 정도로 좁혀나가면서 분석하면, 논의(논지)와 논증의 핵심(논점)이 분명하게 드러난다. 만약 표나 그래프에서 변인들이 여러 개 중첩되어 나타나거나 복잡하게 제시되어 있을 때는, 그것에 나타난 각각의 항목에 주목해야 한다. 이들 항목은 표나 그래프의 정보를 나누는 분류 기준이 된다. 분류 기준들의 관계를 이해하면 표를 해석하기 쉽다.

셋째, **통계 자료가 예측과 크게 어긋나는 경우, 그 이유를 찾아 밝혀야** 한다. 자료의 내용이 일반적인 통념이나 상식 수준에서 예측한 수치 결과와 크게 차이 날 경우, 그것이 논제가 묻고자 하는 내용일 가능성이 크다. 또는 자료 해석을 통해 논제에 담을 핵심 주장(논지)을 반박하는 근거가 되는 것이기에 이를 재반박하여 논증을 강화할 수 있는 재료로 사용할 수도 있다. '창의적 적용' 능력을 묻는 문제에서 이런 유형의 통계 자료를 많이 출제한다.

넷째, 자료에서 급격한 수치 변화에 그 증감에 유의할 필요가 있다. 자료로 제시한 정보들 가운데 유의미한 차이를 나타내는 지점이 어디인지, 무엇인지를 읽어야 한다. 급격한 변화에는 이를 유발하는 별도의 원인이 있을 수 있는데, **때로는 그것이 논제가 묻는 핵심 논점·논지일 가능성도** 있다. 따라서 단순히 주어진 자료만으로 변화 추이를 분석하기보다는, 관련한 배경지식을 동원해서 그러한 현상이 왜 발생했는지를 파악하기 위해서, 자료를 사회현상 및 사회적인 문제와 연결하여 생각할 수 있어야 한다.

다섯째, 통계 자료를 분석할 때 중요한 것은 변화의 절대적인 수치가 아니라 상대적인 비교치이고, 변화하는 발화 지점에 대한 맥락적인 이해를 요구한다는 점이다. 이는 논점이탈을 막기 위해서도 중요한데, **제시 자료에서 두드러지게 나타나는 그 어떤 특정 요인을 그 밖의 다른 요인과 연계해서 분석할 수 있어야** 한다. 이를테면 그 제시 자료와 함께 출전한 다른 지문, 또는 그 제시 자료에서 드러나는 어떤 특정 관점이나 쟁점, 견해를 지지하는지, 아니면 반박하는지를 서로 연계해가면서 세밀히 파악할 필요가 있다.

115

자료를 해석하라(4): 논증 구조를 단순화하라

자료 해석형 문제는 현황·비교·변화를 나타내는 다양한 자료를 제시하고, 표·그래프·그림을 활용하여 단일 또는 복합적인 유형으로 논제의 물음을 구성한다. 자료를 피상적으로 읽어 살피거나, 단순 적용하여 논제의 물음에 대답하기보다는, 개별 자료와 정보를 결합하고 통합하여 새로운 차원의 자료나 정보를 구성하면서 답할 것을 요구한다. 나아가 이를 바탕으로 어떤 특정한 결론을 도출해 내는 능력이나, 합리적이고 올바른 의사 결정 및 판단 능력을 측정하는 형식으로 문제를 구성하여 출제한다.

자료 해석 문제 역시 문제와 제시문, 제시 자료의 연관 관계를 살피면서 논증해야 한다. 발문 물음과 제시 자료를 견주면서 '개념–관점–논증'을 찾아 살피는 일련의 논제 분석 과정을 통해 자료를 정확히 해석하고, 답안을 논리적으로 서술해야 한다. 이때 **자료의 핵심 내용을 논제의 물음에 맞추어서 두세 가지 포인트로 정리할 수** 있어야 한다. 이것이 곧 논제의 관점·쟁점·논점으로, 문제 해결을 위한 가장 큰 관건이자 핵심 해결 과제다. 이후 이를 갖고서 제시문의 해석된 내용을 논증 지시어를 따라 체계적으로 서술하면, 완성도 높은 논술 답안이 된다.

자료 해석 문제는 특히 다음을 염두에 두고서 자료를 해석한 후, 그 핵심을 체계적으로 정리하면서 글 내용을 기술한다.

첫째, 자료를 정확히 분석하여 그 해석된 결과를 논증 형식에 맞게 기술하되, 어디까지나 문제에서 지시하는 논제의 요구와 지시를 따라 자료를 해석한 후 **그것에 들어있는 관점(논점, 더 나아가 논지)부터 파악하고**, 이어서 그 핵심 내용을 요약·정리해야 한다. 즉, 주어진 자료를 해석한 후 이를

'주장'과 '근거'의 형식을 따라 요약하는데, 먼저 제시된 자료의 의미(즉, 논지)를 정확히 해석한 다음, 이를 따라 뒷받침 논거를 제시해 나가는 게 효과적이다. 이때 중요한 것은 **'개념–관점–논증'의 내용적인 일치다.**

둘째, 논증 구조를 단순화할 필요가 있다. 논점(논지)을 한두 포인트로 압축하되, 논점에 맞게 타당하고 적절한 논거를 펼치면서 한두 문장으로 짧게 요약하는 것이 좋다. 그렇지 않을 경우, 논증 구조가 뒤섞여 자칫 자료의 해석을 불분명하게 만들고 또 논거는 초점을 잃을 수 있다. 자료 해석형 문제는 그다지 높은 수준의 해석을 요구하고 있는 것은 아니다. 그보다는 **정확한 해석 및 이에 근거한 타당하고 적절한 논거 제시가** 중요하다.

셋째, 종합 평가형의 자료 해석 문제는 복합적인 논증 구조로 답안을 작성할 것을 요구하는 경우가 일반적이다. 즉 둘 이상의 자료(및 제시문)를 주고서 그것에 들어있는 여러 논지와 논거를 결합하여 새로운 주장을 구성할 수 있는 능력을 묻거나, 어떤 주어진 기준에 맞게 제시 자료에 실린 주장이나 결론 자체를 평가할 것을 묻는 것이기에, 그만큼 복합적인 논증 구조를 갖는다. 복합 논증의 물음에 대한 진술은 **'주장–근거–반론–재반론'의 형식으로 작성하는** 게 효과적이다. 어느 한 관점을 담은 자료를 활용하여 다른 한 관점을 비판하거나 평가하는 식의 물음으로, 이때 자료 안에 딜레마의 상황을 갖는 논지를 구성함으로써 학생들에게 고도의 논리 전개 능력을 묻는다. 이 경우 그러한 딜레마의 상황이 주장하는 논거의 '반론'이 되기에 이것을 반드시 해결해야 만이 전체 논증 구조는 매끄럽게 연결될 수 있다.

정리하면, 자료 해석 문제에서 염두에 두어야 할 것은 제시된 자료의 핵심 논지부터 파악한 후 논의의 전체적인 방향을 잡아나가는 것이다. 이후 그 논지를 뒷받침하는 논거들을 설명글로 기술하면서 논증을 체계적으로 끌고 나간다. 이때 그림과 도표에 나타난 내용 가운데 제시문들의 중심 생각을 지지, 옹호, 반박하는 것들을 구체적으로 인용하면서 논증을 강화한다.

116
자료를 해석하라(5): 비교 기준을 잘 세워라

자료 해석형 문항은 독립적 문제로 출제되기도 하지만, 때에 따라서는 '설명형'이나 '평가형' 또는 '대안 제시형' 등의 문항들 안에 포함되어 복합적으로 출제되기도 한다. 논술에서 통계표, 그래프 등의 자료를 활용한 자료해석 문제가 출제되는 이유는 수험생들에게 다양한 종류의 텍스트를 해석할 수 있는 능력이 있는지, 또 해석된 자료와 이론 혹은 원리 간의 연관성을 파악하는 능력이 있는지를 검증하기 위해서다.

자료 해석형 문제는 대체로 다음 세 가지 방식으로 출제된다. 자료 분석을 통한 현상의 변화 혹은 그 추이를 파악하는 방식, 관련 자료를 해석해서 특정한 견해나 이론을 지지 또는 비판하는 방식, 관련 자료를 활용하여 주어진 문제 상황에 대한 해결책을 제시하는 방식이다.

통계 수치 및 그림과 같은 자료에 대한 분석 및 해석 능력을 묻는 문항에 효과적으로 대비하기 위해서는 수험생은 평소 아래의 사항들을 고려하면서 학습에 임해야 한다.

첫째, 통계 자료에 대한 체계적인 분석과 평가를 위해서 **수학의 '확률과 통계' 분야의 기본 지식을 습득하고** 있어야 한다.

둘째, 자료에 대한 올바른 해석을 위해서는 **폭넓은 배경 지식이** 필요하다. 이러한 배경 지식은 평소 개별교과 내용에 대한 심화 학습을 통해 체득해야 한다. 그리고 이렇게 학습된 지식을 관련 자료에 투영하는 연습을 해야 한다. 자료에 드러나 는 수치적 정보의 해석만으로는 그 안에 내포된 의미들을 충분히 알 수 없기 때문이다. 이를 위해 각 교과의 교과서에 나오는 다양한 통계 자료를 꼼꼼히 분석해 보는 것도 한 가지 방법이 될 수 있다.

셋째, 평소에 **언론 매체나 정부에서 제시하는 여러 자료를 주의 깊게 살피고** 이를 분석, 평가하는 습관을 기를 필요가 있다. 이를 위해 자료들을 비판적으로 검토하는 연습이 필요하다.

넷째, 주어진 자료에서 **숨겨진 가정이 무엇인지를** 추정해 보는 연습도 필요하다. 또 관련 자료가 의미하는 바를 자신의 말로 기술하는 연습도 필요하다. 단순히 제시된 자료의 의미를 파악하고 있는 것과 그 의미를 명료하게 서술하는 것과는 차이가 있기 때문이다.

자료 해석 문제에서 추가로 강조할 사항은 다음과 같다.

첫째, 자료 해석 문제일수록 **판단의 기준을 명확히 설정하면서 논리를 단선적으로 명쾌하게 끌고 나가야** 한다. 상황 판단 자료 해석 문제의 경우에 특히 그런데 비교 기준을 명확히 설정하지 않으면 논증한 것들은 내용 면에서의 논리적 오류를 일으킬 수 있다. 특히 세 개의 변인으로 이루어진 상황 자료를 해석할 경우, 자료 전체를 해석하는 기준점을 명확히 설정해야 하고, 단선 구조의 논증을 이루어야 한다. 무슨 말인가 하면, 한 논증에서 하나의 단어나 어휘를 서로 다른 의미로 사용할 때 발생하는 오류인 '이중 의미의 오류'를 피해야 하듯이, 서로 다른 의미를 이루는 전제를 섞어 넣고서 자료를 해석하려 들어서는 안 된다.

둘째, 그렇게 해서 전체 논증에 오류가 없도록 해야 한다. 전제에서 결론으로 나가는 과정이 일관되고, 타당하며, 설득력 있어야 하며, 해석된 자료를 논리적·논증적으로 풀어 서술할 수 있어야 한다.

셋째, 이런 문제일수록 자료 해석은 옳고 그름을 떠나 **해석의 타당성과 설득력에 보다 무게를 두어야** 한다. 논리란 일단 '옳으냐, 그르냐' 하는 문제(이것을 논점 이탈이라고 한다)를 걸러내고 나면, 이후부터는 그 논증에 대한 타당성, 즉 '좋음과 더 좋음'에 대한 선택의 문제로 전환되고, 이를 갖고서 답안의 적절성은 평가된다.

'자료를 해석하라'는 논증 지시어를 따라 답안을 작성한 예

문제 제시문 (다)를 바탕으로 CCTV설치와 범죄감소의 **인과 관계**를 논하시오. (연세대 2016 사회 편입)

〈제시문 다〉 다음은 CCTV의 범죄 감소 효과를 검토한 연구 결과를 요약한 표이다. 표에 포함된 숫자는 각 유형 지역에서 일어난 강도, 절도, 주택 침입의 범죄를 합친 건수이다. 이 연구를 위하여 도시 S의 거리 40개가 다음과 같이 구분된다.

- A : CCTV를 설치한 10개의 거리(street)
- B : CCTV를 설치한 유형 A지역 바로 옆 10개의 거리
- C : CCTV를 설치하지 않았지만, 거주자들의 인구통계학적 특성(나이, 성별, 소득 등)과 거리의 크기가 A지역과 매우 유사한 10개의 거리
- D : CCTV를 설치하지 않았지만, 거주자들의 인구통계학적 특성(나이, 성별, 소득 등)과 거리의 크기가 B지역과 유사한 10개의 거리

구분	CCTV 설치 1년 전	CCTV 설치 1년 후	변화(변화율)
A지역	982	963	−19 (−1.9%)
B지역	755	865	+110 (+14.6%)
C지역	560	622	+62 (+11.1%)
D지역	751	740	−11 (−1.5%)

필자 예시 답안

〈표〉에 따르면, CCTV를 설치한 A지역은 1년 후 범죄가 소폭 감소한 반면, CCTV를 설치한 A지역과 이웃한 B지역은 범죄가 크게 증가했다. 이는, CCTV 설치와 범죄 감소 간에 어느 정도의 정(正)의 상관관계가 있음을 보여준다. 한편, 동일하게 CCTV를 설치하지 않은 지역임에도 불구하고, 거주자들의 인구통계학적 특성 및 거리의 크기가 CCTV를 설치한 A지역과 매우 유사한 C지역은 CCTV를 설치하지 않은 B지역처럼 범죄가 증가한 반면, 거주자들의 인구통계학적 특성 및 거리의 크기가 CCTV를 설치하지 않은 B지역과 유사한

D지역의 경우에는 CCTV를 설치한 A지역처럼 범죄가 소폭 감소했다. 이는 CCTV 설치 여부와 관계없이 범죄는 다른 요인들에 의해 영향을 받아 늘어날 수도, 줄어들 수도 있음을 보여준다.

따라서 〈표〉의 결과는 CCTV 설치와 범죄 감소 간에는 어느 정도 상관관계를 갖더라도, 그것이 둘 사이의 인과 관계를 주장하는 충분조건이 되지 못함을 의미한다. CCTV 설치와 범죄 감소라는 두 요인 간에는 어떤 필연의 관계가 있는 듯하지만, 실제로는 원인과 결과에는 필연적인 논리 관계가 없다. 다시 말해, CCTV 설치가 원인이 되어 범죄 감소라는 결과를 가져왔다는 논리는 두 변인 사이에 단지 그럴 가능성이 발생할 수 있음을 나타내는 것일 뿐, 둘 사이가 반드시 논리적인 인과 관계로 묶여 있음을 의미하는 것은 아니다.

만약 CCTV 설치라는 원인변수(종속변인)와 범죄 감소라는 결과변수(독립변인) 간에 인과 관계가 성립하려면 다른 변인에 의한 영향은 배제되어야 한다. 하지만 〈표〉의 연구 결과는 CCTV 설치라는 종속변인은 물론이고, 거주자들의 인구통계학적 특성과 거리의 크기와 같은 제3의 변인과의 상호 관련성에 의해 범죄 감소라는 독립변인이 영향을 받을 수 있음을 보여준다. 즉, CCTV설치보다 거주자들의 인구학적 특성이나 거리의 크기가 범죄 감소에 오히려 더 크게 영향을 주었을 가능성도 있다고 한다.

이상을 고려할 때, CCTV 설치와 범죄 감소의 관계는 비록 상관관계는 높을 수 있을지 모르지만, 그렇다고 범죄 감소가 CCTV설치 때문이라는 식의 인과론적인 주장을 펼치는 것은 타당하지 않다. 상관관계를 인과 관계로 판단하는 오류를 범하고 있기 때문이다.

이 문제 해결의 핵심은 발문 물음 속 주제 개념인 '인과 관계'의 의미를 정확히 파악한 후, 이를 따라 자료를 크고 굵게 해석한 다음, 이를 주제 개념에 맞게 재해석하면서 타당하고 설득력 있는 근거를 제시하는 것이다. 하지만 많은 학생은 그렇지를 못하고 단순히 자료를 해석하는 데만 매달리면서, **자료의 내용을 쓸데없이 장황하게 설명하고,** 그에 따라 논점을 이탈하는 우를 범하고 말았다. 참고로 '인과 관계'의 핵심 개념을 짧게 설명하면 다음과 같다.

변인(변수) 간에 인과 관계가 충족되려면 다음 세 가지 요건이 충족되어야 한다. 첫째, 원인변수의 발생이 결과변수보다 시간에서 앞서야 한다. 둘째, 원인변수와 결과변수 간에 상관성이 있어야 한다. 셋째, 해당 결과는 원인으로 꼽은 변수만으로 설명 가능해야 하며, 다른 변수에 의한 영향은 철저히 배제되어야 한다.

117 비평하라(1): '비평'의 두 기능을 이해하고 글을 써라

'비평(批評)'은 어떤 대상(과 개념)에 관한 선택, 분석, 판단 행위이다. 비평은 대상의 의미를 해석하고 분석하는 과정을 통해, 그 대상이 좋고 나쁨과 같은 일련의 가치 판단을 실행하는 지적 활동이다. 이를 위해 비평은 텍스트의 표면적인 의미를 파악하는 '이해'에서 한 걸음 더 나아가 그것에 담긴 심층적 의미를 적극 '해석'하는 한편 대상의 가치를 '판단'하고 '평가'하는 과정을 거친다.

비평에는 두 가지 기능이 있다. **'해석'과 '판단'이** 그것이다. 비평은 해석에서 한 걸음 더 나아가 '가치'의 문제를 고민해야 한다. 즉 비평은 해석에만 머무르지 않고, **가치 판단에 의한 평가가 이루어져야** 한다. '해석'이 대상의 내용을 밝히는데 주력하는 행위라면, 그 대상이 대체로 어떤 가치를 지니고 있는가를 판단하여 그것에 합당한 가치를 부여하는 것은 '평가'에 해당한다. 이때 판단이나 평가를 위한 원리나 기준이 제시되어야 할 필요가 있다. 좀 더 범위를 좁혀서 말하면, 대상에 대한 가치 평가는 물론이고, 이에 대한 **이론적 근거가 적절하게 제시될 때** 비평은 정당화될 수 있다. 강조하면, 가치 평가는 비평을 비평답게 만드는 궁극적 기능이라 할 수 있다. 올바른 가치 평가를 위해서는 반드시 타당한 준거나 기준을 제시해야 한다. 그리고 이를 뒷받침하는 근거를 명확하고, 충실하고, 타당하며, 설득력 있게 제시해야 한다.

가치 판단의 어려움은 그 기준 설정 및 그것에 합당한 논거 제시의 어려움에서 비롯된다. 글쓴이의 비평적 자질과 냉정하고 객관적인 사고력을 요구하는 이유가 이 때문이다.

대입 논술에서 '비평하라'는 논증 지시어에 답하기 위해서는 어떤 글쓰기를 해야 할까? 이는 학술 비평 글쓰기처럼 논증 글쓰기의 형태를 취하는 한편 대중 평론 글쓰기가 자칫 간과할 수 있는 평가의 객관성을 엄격히 유지하는 글쓰기라 할 수 있다. 이를 위해서는 다음을 특별히 고려하면서 글을 써야 한다.

어떤 대상을 비평하기 위해서는 먼저 그 대상에 대한 올바른 이해(특히, 개념적 이해)가 따라야 한다. 글을 쓸 때 대상의 단순한 해설에 그치고 마는 것이 아니라, 그 **대상의 내용과 정보를 확실히 알고 그 의미를 정확히 풀어낼 수 있어야** 한다. 다음으로 확고한 이론적 근거와 판단 기준을 갖고 대상을 논의해야 한다. 자칫 주관적으로 흐를 수 있는 가치 판단의 결과를 객관화하면서 독자를 설득해야 하기 때문이다. 이를 위해서는 다른 무엇보다 자신의 경험과 주관적 지식에 대한 나름의 비판적인 시각을 지니고 있어야 한다.

비평에서 엄격한 가치 기준, 합리적인 판단은 평가의 객관성을 위해 무엇보다 중요하다. 제시된 자료를 종합하고 상황을 판단하는 능력은 모두 논리적인 사유에서 비롯된다.

논리적으로 생각한다는 것은 대상에 대해 객관적으로 이해하고, 대상을 이치에 맞게 판단하고 추론함을 의미한다. 따라서 대입 논술의 '비평하라'는 과제를 수행하기 위해서는 다음을 특히 염두에 두고 글을 써야 한다. 즉 **문장은 간단명료하고, 논지는 분명하며, 용어는 개념을 명확히 규정하고, 논증은 객관적이고 실증적이어야** 한다.

118
비평하라(2): ‘비평하라’ 지시어의 의미

대입 논술에서 ‘비평하라’는 논증 지시어는 논증 글쓰기의 형태로 구현된다. (그 점에서는 ‘설명하라’, ‘비교하라’는 지시어 역시 마찬가지다.) 즉, 논증의 과정을 거치면서 논리적으로 타당한 순서를 밟으면서 체계적으로 글을 기술해야 한다.

‘설명하라’ 또는 ‘비교하라’는 논증 지시어는 어떤 명제(즉, 논증의 결론과 주장)를 합리적인 근거(논거)에 의하여 객관적으로 서술하는 단계에까지 이르는 의미로써의 ‘설명적 논증’에 해당한다. 이에 비해 ‘비판하라, 평가하라, 견해를 제시하라’와 같은 ‘비평하라’는 의미의 논증 지시어는 설명적 논증에서 한 걸음 더 나아가 독자(평가자)에게 논술자(수험생)의 의도를 받아들이도록 설득하기 위해 자기주장을 좀더 확실히 내세운다는 점에서 ‘설득적 논증’에 가깝다.

이런 이유로 ‘비평하라’는 논증 지시어는 비평의 근거로써의 자기 견해를 확실히 내세울 수 있어야 한다. 그렇더라도 그 견해는 논술자인 **학생 자신의 주관에 따른 것이 아니라, 출제자의 의도에 부합할 수 있도록 철저히 문제(논제의 물음)와 제시문의 입장을 따라야** 한다. 반드시 제시문 논지가 드러내는 시각에서 비판하고 평가해야 한다. 출제자는 이를 염두에 두고, 비평의 근거를 담은 제시문을 제시하는 한편 제시문별 관점(논점)에 맞추어 논제의 물음을 논리적으로 비평할 것을 요구한다. 따라서 문제의 물음은 다음과 같은 형태로 구성된다.

…를 바탕으로

근거하여

고려하여 … 비판하라.

평가하라.

지지하라, 옹호하라, 반박하라.

견해를 제시하라.

문제를 해결하라.

'비평하라'는 논증 지시어는 일반적으로 글(제시문) 내용의 옳고 그름, 좋고 나쁨과 관련한 판단은 물론이고, 그 글이 지향하는 바는 무엇이고 한계는 또 무엇인지를 분명하게 규정할 것을 요구한다. 따라서 '비평하라'는 논증 지시어를 해결하기 위해서는 먼저 **비판적 평가를 위한 가치 판단 기준부터** 세우는 한편, 이를 통해 자신이 받아들여야 할 내용이 어디까지인지를 검토하여 **그 한계를 분명히** 할 필요가 있다. 이런 이유로 비판적 사고를 '비판하는 내지는 비난하는 사고'와 혼동하여, 비판을 반박과 같다고 오해하면 안 된다. 다시 말해 비판적 평가 역시 내용 면에서의 객관성을 유지해야 한다.

비판적으로 평가할 때에는 다음을 특히 유의해야 한다. 제시문 내의 주장 가운데 틀린 부분이 없는지를 살피고, **틀린 것에 대해서는 왜 틀렸는지에 대한 이유와 근거를 명확하게 제시해야** 한다. 단지 어떤 부분이 틀렸다고만 주장한다면 이는 그만큼 근거가 떨어지는 주관적인 주장일 뿐이며, 결국에는 좋은 논증을 방해할 뿐이다.

이런 이유로 평가의 날카로움을 뒷받침할 적절한 근거를 제시하는 것은 무엇보다 중요하며, 나아가 더 좋은 대안을 제시할 수 있는 부분이 있다면 그것을 찾아내고 **더 나은 해결책을 제시할 수** 있어야 한다. 이때 역시 자신이 제시하는 대안이 왜, 어떻게 더 나은지에 대한 든든한 근거를 뒷받침하여 제시해야 좋은 평가를 받을 수 있다.

119
비평하라(3): '비평하라'의 다양한 지시어

'비평하라'는 논증 지시어는 '평가하라', '비판하라', '지지하라', '옹호하라', '반박하라', '견해를 제시하라', '문제를 해결하라'와 같은 다양한 지시어를 포괄한다.

■ **비평하라 논증 지시어 예시**

①제시문 (라)를 바탕으로 제시문 (가), (나), (다)의 논지를 평가하시오. (연세대 인문 수시)

②제시문 (라)의 르블롱 씨가 경험하는 내적 갈등을 분석하고, 이를 바탕으로 제시문 (나)와 (다) 각각의 주장이 지닌 한계를 서술하시오. (연세대 인문 수시)

③제시문 (다)의 요지를 제시문 (가)와 제시문 (나)의 관점에서 비판하시오. (연세대 인문 편입)

④(가)와 (나)의 논지를 바탕으로 (라)의 견해에 대한 자신의 입장을 논술하시오. (건국대 인문 모의)

⑤〈보기〉를 참고하여 〈사례 1〉과 〈사례 2〉를 비교 설명하고, 각각의 사례를 이용하여 [문제 1]의 〈제시문 2〉의 견해를 지지 또는 반박하시오. (성균관대 인문 수시)

'비평하라'는 논증 지시어는 크게 다음 두 유형으로 구분하여 살필 수 있다. 첫째, 글쓴이 각자의 관점에서 자유롭게 평가하고 따져 보는 접근 방식이다. 그렇더라도 그것이 논술자 마음대로 평가해도 된다는 뜻은 아니다. 각자 자신의 주관적인 견해를 밝히되, **출제자가 충분히 동의할 수 있는 객관적 근거를 들면서** 논증할 내용을 설득력 있게 평가해야 한다. 둘째, 문제 안에 특정 관점(논점)을 설정하여 제시한 후, 그것을 바탕으로 논증 지시어에 답해야 한하라는 접근방식이다. **특정 제시문(들)의 관점이나 견해를 다른**

제시문의 관점이나 견해를 활용하여 비평하게 된다. 이러한 논술 방식은 학생들이 문제를 읽고 평가 대상인 논제와 제시문 내용을 정해진 관점에 따라 파악한 후, 그것에 맞게 일련의 과제를 논증할 수 있도록 만들기 위해서, 출제자가 문제를 그렇듯 의도적으로 구성하고 배치한 이른바 출제 의도에 따른 것이다. 즉 학생들이 논점 이탈 없이 제한된 출제 범위 안에서 답안을 작성하도록 유도하면서 논술 평가의 객관성과 변별력을 높이고자 한 것에서 비롯된 결과다. 다음은 그 예시인데, 대입 논술은 대학을 불문하고 하나같이 이와 같은 유형으로 문제를 구성하여 출제한다.

- (가)의 관점을 토대로 (다)의 대립을 그림2를 활용하여 설명하고, 이를 바탕으로 (나)를 비판하라(숙명여대) ▶ 특정 관점에서+비판하라
- (라), (마)에 담긴 개념의 공통된 특징을 제시하고, 이를 (다)의 관점에서 비판하라(이화여대) ▶ 특정 관점에서+비판하라
- 제시문 (라)를 바탕으로 제시문 (가), (나), (다)의 논지를 평가하시오. (연세대) ▶ 특정 관점에서+평가하라.
- (가)와 (나)의 논지를 바탕으로 (라) 글의 견해에 대한 자신의 입장을 논술하시오. (건국대) ▶ 특정 관점에서+견해를 제시하라.

이때 특정 관점을 활용하여 논증하라고 요구하는 두 번째 유형은 다시 다음 둘로 나뉜다. 하나는 상반된 입장(관점)이 들어있는 제시문들을 주고, 이것들 가운데 어느 한 입장을 학생들이 자유롭게 선택하여 다른 입장을 비평하도록 유도하는 경우다. 다른 하나는 출제자가 상반된 입장 가운데 어느 하나를 지정한 후 이것에 근거하여 학생들에게 다른 한쪽의 입장을 비평하도록 유도하는 경우이다. 전자의 경우에는 자신의 판단에 유리한 관점을 자유롭게 선택하여 논술할 수 있는 이점이 있지만, 후자의 경우에는 **특정 관점에 종속된 자기 견해를 나타내야 하기에** 그만큼 제한적이다. 그렇더라도 논술하기 까다롭기는 두 경우 모두 마찬가지다.

120
비평하라(4): 비판하라

'비판하라'는 논증 지시어는 양립하는 견해를 담고 있는 제시문들을 활용하여 어느 한 견해의 문제점이나 한계를 밝히는 것에 중점을 둔다. 제시문들의 논리적 연관성을 살피면서 견해의 옳고 그름을 논증해 나가야 한다.

'비판하라'는 서술 논제(논증 지시어)를 해결할 때 주의할 것이 있다. 그것은 답안 작성자인 학생의 입장에서가 아니라, **반드시 제시문의 입장에서 '옳고 그름'을 판단하여 답안을 작성해야** 한다는 것이다. 즉 비판의 근거는 문제 안에 주어진 '전제 조건(~을 바탕으로, ~을 활용하여, ~에 근거하여)'을 담은 제시문의 관점이나 견해에 따른 것이어야지, 결코 자기 견해가 위주가 되어서는 안 된다. 설령 "다음 제시문들에 나타난 …의 특징을 분석하고, 그것이 내포하는 공통된 논리를 자신의 관점에서 비판하시오"라는 발문의 물음에 답할 때, 그 비판의 근거가 전적으로 자신의 주관적인 관점에 따른 것이어서는 안 된다. 어디까지나 **문제가 특정하는 제시문에서 비판점을 찾아낸 후 그것에 근거하여 비판해야** 한다. 말하자면 이때의 '비판하라'는 논증 지시어는 '특정 조건에 따라 주어지는 비판점을 찾아야 한다는 점에 구속된 자기 견해'이기 때문이다. 만약 제시문 내용에서 벗어난 비판을 한다면, 이것이 곧 자의적 해석에 따른 논점을 흩트리는 식의 비판이다.

다음 〈사례〉의 답안 구성 프레임을 보면 글 전체의 논리가 하나의 생각(주제 개념)을 중심으로 일관되게, 체계적으로 서술되고 있음을 알 수 있을 것이다. 이때 관건은 ⓑ와 ⓒ의 '논거'에 해당하는 부분을 얼마만큼 중심 생각(주제 개념)에 맞게 통합하여 서술하는 것으로, 이것이 잘못되면 전체 글 흐름은 두서없이, 제각각 딴 방향을 향하게 된다.

사례 제시문 (다)의 요지를 제시문 (가)와 제시문 (나)의 관점에서 비판하시오. (연세대 2013 편입 논술)

[ⓐ공자는 진정한 의미의 사변철학을 펼친 철학자가 아니기에 그의 명성은 상당 부분 거품에서 비롯된 것이라는 (다)의 주장은(비판 대상), ⓐ특정 관점에서 단순히 피상적으로 판단하고 상대방을 폄하하는 학문적 자세이기에 옳지 않다.] … (글 전체의 결론). [ⓑ왜냐하면 (가)의 '상대주의' 관점을 따를 경우(비판 근거1– 주장, 논점) … 이런저런 이유로 …(중략)… (근거, 논거), ⓒ또한 (나)의 지식의 '가치중립성'의 관점에서 볼 때(비판 근거2– 주장, 논점)… 이런저런 이유로 …(중략)… (근거, 논거) 비판받을 수 있다.] … (결론의 뒷받침 근거)

'비판하라'를 포함한 비평적 논증에 있어 주의해야 할 중요한 다른 한 가지는, 단순히 제시문의 의견에 찬성한다거나 반대한다거나 하는 식으로 흘러서는 안 된다. 지지와 반박 역시 일종의 주장이기 때문에 이것을 표현하는 과정에서도 반드시 지지와 반박의 근거를 제시할 수 있어야 한다. 대상을 효과적으로 지지하기 위해서는 이미 밝혀진 근거를 강화하는 사례를 찾거나 새로운 근거를 찾는 것에 주력한다. 한편 효과적으로 반박하거나 반론을 펼치기 위해서는 상대방의 주장과 근거의 관계가 부적절함을 밝히거나, 근거가 주장을 충분히 지지하지 못하고 있음을 지적할 수 있어야 한다. 그 근거가 명시적이든, 숨은 전제이든 관계없이 그렇다.

반론 글쓰기의 유형

- 자신의 주장 제시– 예상되는 반론을 정리하여 제시– 이를 재반박
- 상대방의 주장이나 의견을 요약– 상대방 주장의 모순점을 지적하고 비판– 그에 대한 자신의 반론 제시
- 논제가 묻는 다양한 관점(논점)의 장점을 서술– 논제가 묻는 다양한 관점(논점)의 단점을 서술– 장점 및 단점을 분석하여 종합적인 결론 제시

121
비평하라(5): 평가하라

'평가하라'는 논증 지시어는 양립하는 견해를 담는 제시문들을 활용하여 평가 기준을 설정하고, 그것에 맞게 평가할 대상의 가치나 유용성, 효과, 중요성 등을 판단하는 것에 중점을 둔다. 이를 위해서는 제시문들의 논리적 연관성을 자세히 살피면서 견해의 옳고 그름을 논증해야 한다. '평가하라'는 논증 지시어는 그 해결 방법에서 '비판하라'는 서술 과제와 크게 다를 바 없다. 다만 평가하라는 논증 지시어는 단순히 평가 대상을 '비판하는' 것에서 더 나아가 '옹호하라', '지지하라', '반박하라', '견해를 제시하라'와 같은 유형으로 외연이 확장된다. 그렇더라도 논제를 해결하는 방법은 근본적으로 같다.

'평가하라'는 논증 지시어를 해결할 때 역시 '비판하라'와 마찬가지로 논술자의 입장에서가 아니라, **반드시 제시문의 입장에서 '옳고 그름'을 판단하여** 답안을 작성해야 한다. 즉 비판의 근거는 문제 안에 주어진 '전제 조건(~을 바탕으로, ~을 활용하여, ~에 근거하여)'을 담은 제시문의 관점이나 견해에 따른 것이어야지, 제시문 내용과 관계없는 자기 견해를 위주로 기술해서는 안 된다. '평가하라'는 논증 지시어의 해결에서 가장 중요한 것은 평가 기준, 즉 **'가치 판단'의 준거를 잘 세워서 그것에 맞게 논제의 물음에 답하고**, 논증을 구성해야 한다는 것이다. 만약 그렇지 않고 판단의 준거를 잘못 잡을 경우, 이어지는 논증은 깨지고 만다.

다음 [사례]는 이를 잘 드러내는 문제이다. 제시문(다)의 연구 결과는 '인과 관계와 상관관계의 혼동에 따른 오류' 가능성을 다루고 있다. 이 연구 결과를 바탕으로 제시문(라)의 주장을 평가하란 것이 논제의 요구이다. 참고로 (라)는 '영어 지문'이지만, 학생들이 글 내용을 이해하는 것은 어렵지 않다. 그런데 문제는 많은 학생은 글을 읽어 눈에 확 들어오는 부분, 다름 아닌 "약탈적 범죄는 '동기화된 범죄자(가해자), 적당한 목표물(피해자), 보호자의 부재'라는 세 요인이 특정 시간 및 공간과 맞닥뜨릴 때 발생할 가능성이 크다"라는 글 내용에 함몰된다는 사실이다. 그러고는 이 세 요인을 어떻게든 답안에 끌고 들어와 이를 중심으로 서술할 것인가를 골몰한다. 하지만 이 부분에 바로 출제자가 파 놓은 함정이 있다. 말했듯이, '평가하라'는 논증 지시어를 해결하기 위해 염두에 두어야 할 것이 바로 **평가 기준, 즉 판단의 준거부터 따져 살피는** 것이다.

따라서 학생들은 약탈적 범죄를 유발하는 이 세 요인이 판단의 준거인 '인과 관계와 상관관계의 혼동'과 어떤 관계 맺음을 하는지를 깊게 생각해야 한다. 그러고는 이 세 요인이 다름 아닌 '범주의 오류(개념 범주화의 오류)', 다시 말해 특정 대상(개별 요인)에 국한된 사례를 대상 전체에 확대 적용하는 오류를 범하고 있음을 간파해야 한다. 그리고 그것에 맞게 논증을 끌고 나가야 한다. 실제 논술 평가는 바로 이 부분에서 갈렸을 것이다.

사례 제시문 (다)의 연구결과 바탕으로 (라)의 주장을 평가하시오. (연세대 2016 사회 편입)

(라)의 약탈적 범죄는 …(중략)… 약탈적 범죄는 …(중략)… (다)의 연구결과는 (라)의 주장이 인과 관계와 상관관계를 혼동하여 사용하는 오류를 범하고 있다. (라)는 '동기화된 범죄자(가해자), 적당한 목표물(피해자), 보호자의 부재'라는 세 요인이 원인이 되어 약탈적 범죄가 발생하게 된다고 주장한다. 하지만 이 세 요인은 모두 '개인(가해자, 피해자, 보호자)'에 국한되는 것으로, 따라서 (라)는 약탈적 범죄의 발생 원인이 특정 '개인', 즉 인적 요인에서 비롯되는 것으로 판단하는 오류를 범하고 있다. 약탈적 범죄를 유발하는 원인을 개인적 요인으로 한정하여 설명할 수는 없다. 예를 들어 성범죄나 금융사기와 같은 약탈적 범죄의 경우에는 사회·문화적인 요소나 환경적인 요인이 원인이 되어 일어나는 경우가 빈번하다. 게다가 생물학적 원인, 심리학적 원인, 사회학적 원인이 복합적으로 작용하여 발생하는 경우가 일반적이기에 …(중략)…

122
비평하라(6): 견해를 제시하라, 해결하라

'견해를 제시하라', '문제를 해결하라'는 논증 지시어는 '비평하라'에서 더 나아가 학생들의 창의적 문제 해결 능력을 확인하기 위해 출제한다. 그렇더라도 논술에서 요구하는 창의성은 문학·예술에서 요구하는 창의적 발상이 아닌, 새로운 문제를 해결하기 위해 **기성 지식을 최대한 활용하고 응용할 수 있는** 사고력을 말한다. 이는 기존의 습득 정보를 다른 관점에서 새롭게 해석하고, 그 지식 가치를 극대화할 수 있는 운용 능력으로써의 창의적인 문제 해결 능력이다. 이런 맥락에서 볼 때, 창의성 발현을 위해서는 새로운 관점(사고의 태도나 지향점을 의미한다)에서 논제의 물음에 접근할 필요가 있다. 즉 논제를 재해석하고 논점을 새롭게 활용할 수 있는 독특한 사고 전환 능력이 필요한데, 이는 **한 영역에서 배운 내용을 다른 영역에 응용해서 생각하는 영역 전이 능력과도** 부합한다. 따라서 학생들은 교과목을 통합하면서 비판적으로 사고하고, 다양한 영역으로 관점을 전환하고 영역을 융합해서 생각할 수 있어야 한다.

'견해를 제시하라'는 식의 창의적 평가를 묻는 논증 지시어는 제시문을 분석하는 능력과 논제의 요구를 합리적으로 해결하는 능력을 동시에 평가할 수 있기에, 논술 문제의 마지막 문항에 그것도 복합 논제로 구성하여 출제하는 경우가 많다. 이를 해결하기 위해서는 제시문의 핵심 내용을 파악하는 능력은 물론, 이것에서 한 단계 더 깊이 들어가 눈에 보이지 않는 본질적인 문제까지 파악하고 접근할 수 있도록 깊게 사고하는 능력을 길러야 한다.

그렇더라도 이러한 논증 평가 유형을 담은 지시어가 요구하는 창의력은 특별난 그 무엇이 아니다. 즉 대학이 학생들에게 요구하는 창의력은 어디까지나 주어진 논제의 지시와 범위 안에서, 그것도 **자신이 내세우는 주장에 부합하는 타당한 근거를 좀더 참신하게 제시하라는** 것이지, 논제의 요구와 지시를 무시하고 자신만의 엉뚱한 답안을 작성하란 의미가 아니다. 현행 대입 논술에서 요구하는 창의력은 뜬금없는 새로운 지식이 아니라, 이미 세상에 드러난 기성 지식에 자기 생각을 좀더 보탤 수 있는가의 능력을 묻는 것이다. 제시문이 함축한 의미를 파악하여 이를 교과목의 핵심 개념과 연결하는 것만으로도 충분히 창의적인 사고로 평가받는다. 이를 아래의 서강대 설명을 통해 확인할 수 있을 것이다.

> 자신만의 독창적인 생각은 출제자의 의도로부터 벗어난 것이어서는 안 된다. 대부분의 학생들이, 독창적인 답안이란 이제까지 누군가 한 번도 생각하지 못했던 것을 내놓는 것이라고 오해하는 경우가 많다. 자칫 이러한 생각은 학생들로 하여금, 전혀 엉뚱한 주제를 시험 문제 밖에서 찾게 만드는 실수를 범하게 하기도 한다. 논술 고사가 학생들에게 그처럼 전에 없었던 파격적인 생각을 요구하는 것이 아니라는 사실을 이해할 필요가 있다. 논술 고사에서 높게 평가받는 독창적인 답안은, 학생이 자신의 문제의식(주제)에 대해 얼마나 깊게 천착할 수 있는가, 얼마나 진지하게 성찰하고, 그것을 어떻게 논리적으로 풀어낼 수 있는가에 있다.

따라서 '견해를 제시하라'는 논증 지시어의 해결을 위해서는, 자신의 견해를 담은 확실한 근거를 제시하고, 그 적절한 해결책을 모색할 수 있어야 한다. (물론 이는 '문제를 해결하라'는 과제가 제시됐을 경우이다.) 따라서 그 견해란 것은 어디까지나 **논제의 요구에 철저히 귀속되는 것이기에** 출제 의도를 벗어난 채 자기만의 생각에서 자기 멋대로 서술해서는 안 된다. 많은 학생이 출제 의도를 무시한 채 자기 생각만 일방적으로 주장하는 경우가 많은데, 그런 경우 단락과 단락의 연결이 자연스럽지 못하고, 때론 반락 별로 논리의 흐름이 단절된 양상으로 치닫는다. 논증이 일관되지 못하면서, 논리가 깨지고 만다. 이를 적극적으로 피해야 한다.

'비평하라'는 논증 지시어를 따라 답안을 작성한 예

문제 제시문 (가)와 (나)는 가족과 관련된 딜레마를 보여준다. 각 제시문에 나타난 딜레마를 설명하고, 이를 해결하기 위한 행위가 **각각 옳은지 평가**하시오. (연세대 2018 인문 편입)

(가), (나)는 가족과 관련된 딜레마의 상황 앞에서 어쩔 수 없이 결정해야만 하는 '윤리적 가치 판단'의 어려움을 보여준다. (가)의 요서 태수로 부임하게 된 조포는 자신의 가족들을 임지로 불러들이는 도중에 어미를 포함한 일가족이 적국인 선비족에게 인질로 사로잡힌다. 적군의 인질로 마주한 어미 앞에서 조포는 자식으로서의 도리보다는 신하로서의 충절이 앞설 수밖에 없다고 말하면서 슬프게 탄식한다. 조포는 사적 감정을 뒤로 하고 전투를 벌여 적군을 격파한 후, 어미를 죽이고 의를 이루는 것 또한 효가 아니라면서 끝내 자살하고 만다. (나)의 빌과 화이티는 형제지간으로, 동생 빌은 대학 총장으로, 형 화이티는 암흑가의 보스로서 각자의 세계에서 권력을 잡는다. 동생 빌은 살인 혐의로 수배자 명단에 올라 도피중인 형 화이티와 연락을 주고받으면서도, 가족을 밀고할 수는 없다는 이유로 수사 당국의 체포 협조 요청을 거절한다. 동생 빌은 비록 수사 방해죄로 기소되지는 않았지만, 형을 체포하는데 협조하지 않는다는 대중의 압력을 받아 결국 총장지에서 물러난다.

(가), (나)의 딜레마 해결을 위한 당사자들의 행위가 옳은 결정이었는지를 도덕 이론을 통해 평가하면 다음과 같다. 먼저 (가)의 조포의 행위는 **'동기주의(의무론적 윤리설)'와 '결과주의(목적론적 윤리설) 관점'** 모두에서 옳은 행위로 평가될 수 있다. "사사로운 정 때문에 충의를 더럽힐 수는 없다"라는 그의 말에서 알 수 있듯이, 조포는 행위의 결과나 목적을 따져 결정하기보다는 오직 행위 그 자체의 도덕적 가치를 따르는 명령으로써의 '정언명령'을 따라 행동했기에 '동기주의' 관점에서 볼 때 옳다. 한편 대(전체)를 위해 소(가족)를 희생한 그의 행동은 곧 사회 전체의 이익을 높인 행동이기에, 공리(功利)를 중시하는 결과주의 관점에서 볼 때 역시 '옳은' 행동이자 '좋은' 행동으로 평가될 수 있다.

다음으로 (나)의 빌의 행위는 '**동기주의**' 관점에서 결코 옳은 행위로 평가될 수 없다. 또한 '**결과주의**' 관점에서는 일견 옳은 행위로 인식되지만, 궁극적으로는 이 역시 옳은 행위로 평가받기 어렵다. 동기주의 관점에서 볼 때, 형의 소재를 알면서도 이를 발설하지 않는 빌의 행위는 정직하지 않은 태도이기에 정언명령이라는 도덕법칙을 위배하는 옳지 않은 행위이다. 한편 결과주의의 한 종류인 '이기주의 윤리설'의 관점에서 볼 때, 빌의 행위는 '자신에게 궁극적으로 이익이 되는 행위가 옳은 행위'라고 인식하는 점에서 일견 옳을(좋을) 수 있다. 하지만 그의 이러한 행동은 장기적으로 보면 사회에 나쁜 폐해를 끼치고, 결국 자신에게도 손해를 끼치게 될 것이기에 옳지(좋지) 않다. "그는 올바른 규범을 택하기보다 거리의 규범을 선택했다"라는 글에서 알 수 있듯이, 빌이 동기주의 관점에서 행동하기보다는 '다수'가 선택하고 받아들이는 결과주의 관점에서 행동한 결과, 끝내 공직에서 물러나고 만 것이 이를 입증한다. … [필자 예시 답안]

위 문제는 발문에서 '판단 준거'를 제시하는 지문을 특정하지 않은 탓에, 많은 학생이, 심지어는 합격생들도 예외 없이 (가), (나)의 어느 한 지문 속 논점(공익 추구 vs. 사익 추구)을 자의적으로 설정하면서, 다른 한 지문을 비판하는 형식으로 논증을 끌고 나갔다.

논술자인 학생들은 제시문에 드러난 각각의 해결 행위에서의 판단 준거(논의점, 관점, 이론적 토대)부터 설정한 후, 그것에 맞춰서 논증해야 한다. 참고로 이 문제는 윤리적 가치 판단, 즉 도덕 판단에 대한 물음으로, 철학의 한 갈래인 가치론, 즉 윤리학적 물음을 다른 것이다. 이때, 그 윤리적 물음에 대한 해답은 없다. 각자 자신이 생각한 관점을 따라 그것에 타당하고, 충실하며, 설득력 있는 근거를 제시하면 그것으로 충분하다. 중요한 것은 그 판단 근거를 머릿속에서 잘 떠올리고, 그것에 근거하여 논증하는 것이다. 논증해야 할 것은 오직 **가치 판단의 준거를 설정하고 그것에 맞춰서 타당하고, 일관되며, 충실하고, 설득력 있게 논증하는** 것이지, 다른 것 없다. 그런 점에서 사례는 '평가하라'는 논증 지시어 해결의 핵심인 '판단 준거'를 학생 스스로 잘 세워서 답할 수 있는지를 묻는 수준 높은 문제라 할 것이다.

논술 Tip 7

논술로 대학에 합격하고 싶으면 출제자의 말을 귀담아 들어라!

비판·평가형 문제 해결의 포인트

비판·평가형 문제를 풀 때 반드시 기억해야 할 점 두 가지가 있다. 첫째, 수험생의 평소 견해보다는 문제에 주어진 기준과 관점에 입각하여 대상을 비판·평가할 수 있는지를 측정한다. 둘째, 비판·평가의 대상이 구체적으로 한정되어 있다. 즉 제시문 전체에 대한 비판·평가보다는 제시문에 나타난 특정 대상을 지정하여 이에 대해 비판·평가할 것을 요구하는 경우가 많다.

비판·평가형 문제 해결 과정

1단계 미션: 비판·평가의 기준이 되는 핵심 논지를 파악하라.

[해법–1] 제시된 논지에 근거하지 않은 평가는 배제하라.

[해법–2] 비판·평가의 기준을 제공하는 제시문을 찾아라.

[해법–3] 제시문의 핵심 논지를 파악하라.

[해법–4] 핵심 논지를 한 문장 정도의 압축된 형태로 기술하라.

2단계 미션: 비판·평가 대상의 속성을 파악하라.

[해법–1] 비판·평가할 대상에 대해 소개하는 제시문을 찾아라.

[해법–2] 문제에 제시된 핵심어를 중심으로 제시문을 읽어라.

[해법–3] 비판·평가할 대상의 속성이나 특징을 가급적 구체적으로 파악하라.

[해법–4] 파악한 대상의 속성이나 특징을 압축된 형태로 기술하라.

3단계 미션: 비판·평가의 기준과 대상을 연결하여 비판·평가하라.

[해법–1] 비판·평가의 기준과 대상 간의 접점을 찾아라.

[해법–2] 기준의 관점에서 대상을 비판적으로 바라보면서 한계/문제점들을 도출하라.

(중앙대 2021 논술가이드북)

Part 8

문장 표현 요령

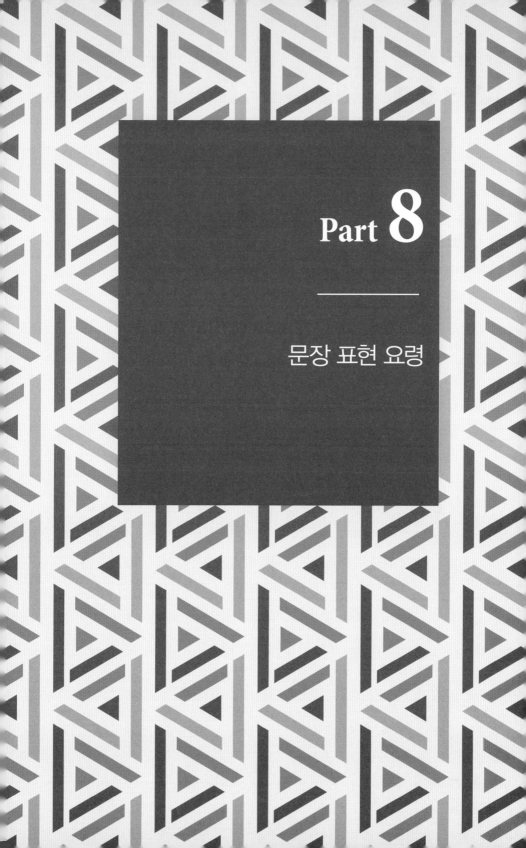

123
쉽게 써라

좋은 글, 잘 쓴 글이란 글쓴이의 생각과 감정과 논리를 효과적으로 표현하고 전달하는 글이다. 논술문은 독자인 평가자의 이해를 전제하므로 **쉽게, 명료하게 써야** 한다. 쉽고 간단히 쓸 수 있는 내용을 굳이 복잡하고 어렵게 표현함으로써 글을 길게 늘어뜨리고 글의 의미를 파악하기 어렵게 만드는 경우가 많다. 글쓴이인 논술자의 의도가 무엇인지, 글의 주제가 무엇인지를 평가자가 파악하기 어렵거나, 문장 구조가 복잡해 평가자의 머리를 정신없게 만든다면, 그 글은 실패한 글이 되고 만다.

글은 단박에 읽혀야 한다. 단박에 읽히는 문장이 좋은 글이다. 좋은 문장은 독자가 단박에 읽고 이해할 수 있는 글이다. 무슨 뜻인지 모르게 문장을 비비 꼬아 놓은 탓에 그 문장을 이해하기 위해 다시 글 앞으로 되돌아와서 읽어야 한다거나, 부적절한 단어로 인해 글 내용의 해석을 어렵게 만든다면, 그것은 결코 좋은 글이 아니다. 글 주제와 구성 체계를 아무리 훌륭하게 짰더라도 생각의 단위라 할 수 있는 문장을 올바르게 쓰지 않으면 헛일이다.

쉽게 써도 될 것을 일부러 어렵게 쓰는 것은 자신의 어설픈 지식을 자랑하는 가벼운 짓이다. 난해한 용어나 불필요한 단어, 외래어나 속어 등을 남발해서는 안 된다. 추상적이고 현학적인 표현은 평가자의 이해를 가로막을 뿐이다. 모호한 문장 역시 피하도록 한다. 그러려면 한 문장에는 하나의 의미만을 담아야 한다. 한 단락에는 하나의 중심 생각만을 담아야 한다.

예문1 시행착오를 반복할 것이 명약관화하다.

▶ 같은 잘못을 거듭할 것이 뻔하다.

예문2 공장 책임자는 그 사실에 대해 언급을 회피했다.

▶ 공장 책임자는 그 사실에 대해 말하기를 꺼렸다.

자신이 가장 잘 알고 있는 것, 가장 쓰고 싶은 것을 쓴다는 기분으로 글을 써야 한다. 의식적으로 잘 쓰려고 하지 마라. 그럴수록 글쓰기는 힘들어진다. 자신의 글에 스스로 지치게 된다. 나중에는 자기가 쓴 글을 자기도 무슨 소리인지 모르게 된다. 자신감 없이 억지로 쓴 글은 표가 난다. 어설프고 힘이 없다. 글을 쓸 때 한꺼번에 많은 것을 담아야겠다는 욕심에서 무리수를 두는 학생들이 많다. **많은 것을 한 문장에 담으려는 욕심을 버려야** 한다. 한 문장에 많은 것을 담아 표현하려다 보면 제대로 하나를 담지도 못한다.

논술자인 학생이 평가자인 교수를 깜짝 놀라게 할 만한 내용을 담아 글로 표현하기란 쉽지 않다. 논술 답안에 심오한 내용을 담기는 힘들다. 그렇다고 뻔한 결론으로 평가자의 입맛을 맞추려고 해서도 안 된다. 적당히 쓰지 말고 최선을 다하되, '나'를 보여준다는 기분으로 써라. 글쓴이의 진정성이 우러나오는 글이 좋은 글이다. 글자 수를 채워야 한다는 강박에 짧은 글을 길게 늘이려 들어서는 안 된다. 오히려 **주어진 분량보다 조금 더 쓰면서 문장을 다듬어 깎는다고** 생각하라. 그러면 글 전체에서 군살이 빠지고, 요점만 남으며, 글의 짜임을 강화한다.

잘 쓴 글은 **형식 면에서 잘 짜이고, 내용 면에서 잘 다듬은** 글이다. 이를 위해서는 먼저 글 내용에 대해 충분히 구상한 다음, 그 구상한 내용을 한 편의 개요로써 짧게 정리하면서 체계적으로 논리의 틀을 잡아나간다. 이어서 독자(평가자)가 쉽게 이해할 수 있도록 용어를 정확히 구사하면서 글을 쓰고, 글 내용에 모순이 없도록 문장을 다듬을 필요가 있다. 좋은 글을 쓰고 싶다면, [예문 1, 2]처럼, 적절한 어휘를 선택하여, 가능한 이해하기 쉽게 써라.

124
짧게, 간결하게 써라

좋은 문장, 쉬운 문장은 어휘, 구문, 표현 면에서 단박에 이해될 수 있는 바른 문장을 일컫는다. 바른 문장은 표현이 온전하고 글의 흐름이 적절한 문장을 말한다. 쉽고 바른 문장을 쓰기 위해서는 **문장을 짧게 써야** 한다. 좋은 문장, 쉬운 문장은 주제, 구성, 표현이 모두 뚜렷해야 한다. 그러려면 **짧고 간결하게** 써라. 자신의 주장을 명확히 전달하는 데 목적을 둔 논술문은 가능하면 짧고 간결한 문장으로 써야 한다. 길어지면 자칫 의미의 혼동을 불러일으킬 뿐 아니라, 자신의 견해와 의미를 정확히 전달하지 못한다.

문장을 길게 서술하면 문법적으로 오류를 범할 가능성이 크며, 정작 다뤄야 할 내용은 뒷전으로 밀리거나 설 자리를 잃는다. 서툰 수식을 하려 들 때 문장은 장황해지고 글 내용은 모호해진다. 내용이 중복되거나 불필요한 부분은 과감하게 제거하면서 문장을 가능하면 짧게 쓰되, 내용을 간결하게 정리하여 표현할 수 있어야 한다. 문장이 짧다는 것은 곧바로 논의의 핵심부터 치고 들어간다는 의미와도 같다. 장황한 표현을 피하고 곧바로 요점을 말하는 것이다.

문장이 간결하지 못하고 길어지는 것은 다음 세 가지 이유 때문이다. 샛길과 돌아가는 길이 많고, 주제가 도중에 분열하며, 정해진 글자 수를 채우기 위해 글에 쓸데없이 사족을 덧붙이기 때문이다. 특히 수식어를 지나치게 사용한다거나, 문장에 삽입구를 넣는다거나, 하나의 문장 속에 다른 내용을 잔뜩 구겨 넣으려 든다거나, '–하여서, –하는데, –했더니' 등 용언의 연결어미를 많이 사용하는 경우에 문장은 좀처럼 짧아지지 않는다. 이 모든 것들이 글의 이해를 방해하고 논리의 흐름을 깨뜨리는 요인으로 작용한다는 사실을 잘 알고 있어야 한다.

예문 2010년은 전통적인 중국 세수로 호랑이 해이며 인류가 21세기로 진입한 두 번째로 10년이 시작되는 첫해로, 이 한 해는 세계적으로도 중요하지만 중국에도 매우 중요하다. (상상과 창조의 글쓰기, 경희대학교 출판문화원)

▶ 2010년은 전통적인 중국 세수로 호랑이 해다. 인류가 21세기로 진압한 뒤 두 번째 10년이 시작되는 첫해이기도 하다. 이 한 해는 세계적으로도 중요하지만 중국에게도 매우 중요하다.

[예문]의 문장은 23개의 어절로 이루어져 있다. 문장 이해를 위한 핵심 성분은 서술어다. 한 문장 안에 서술어가 몇 개가 있다는 것은 정보가 그만큼의 개수로 담겨 있다는 뜻이다. 한 문장 안에 서술어가 지나치게 많으면 독자는 그 정보를 한 번에 다 기억하기 어렵고, 글을 읽는 동안 뒤에 새롭게 오는 정보 때문에 앞 정보를 잊고 만다. 이를 피하려면 예문의 교정 글처럼 문장을 나누고 쪼개야 한다.

한 문장의 길이는 어느 정도가 적절할까? 20~50자 정도가 적당하며, **한 문장이 50자를 넘지 않도록** 해야 한다. 보통 30자 안팎의 문장이 가장 좋다고들 한다. 문장 길이가 원고지 두세 줄을 넘기면 문맥을 파악하기 어렵다. 워드프로세서를 기준으로 2줄(50자 전후)을 꽉 채우거나 초과하는 문장 역시 마찬가지다. 문장을 길게 늘여가며 한 문장에 두 개 이상의 생각을 담으면, 논의의 방향이 흩어져 문맥이 늘어지고 논점을 벗어나기 쉽다. 글이 길어질 것 같으면 이를 두세 문장으로 나누어라. 단박에 읽힌다.

누구나 읽어서 쉽게 이해할 수 있을 정도의 문장을 작성해야 한다. 글을 쓸 때 될 수 있으면 단문을 많이 사용하라. 복문이 많으면 어휘와 어구가 서로 어떻게 관계하는지 파악하기 어렵고, 글 내용은 선뜻 이해되지 않는다. 명확한 문장을 쓰는 첫걸음은 올바른 어휘의 선택과 문장들의 상호 관계에 주의하면서 쓰는 것이다. 그러려면, 짧게 써라.

125
명확하게 써라

좋은 글, 잘 쓴 글은 글 내용이 명확하다. 일반적으로 다음을 가리켜 명확한 문장이라 말한다. 글쓴이가 의도하는 바가 독자에게 정확히 전달되는 문장, 글 내용이 막히지 않고 술술 잘 읽히는 문장, 논리가 일관되고 글의 체계가 질서정연한 문장, 사용한 소재 및 제재가 주제와 부합하고 논지에 적절한 문장이 그것이다.

글 내용이 명확한 문장을 기술하기 위해서는 우선 머릿속에서 글 전체의 윤곽을 그려낼 수 있어야 한다. 만일 글을 쓰다가 어딘가에서 막히게 되면, 전부를 버리고 다시 시작하는 것이 오히려 효과적일 수 있다. 그만큼 글의 구상과 논리의 체계가 들어맞아야 명확하고 명쾌한 문장을 만들 수 있다. 이때 문장을 명확히 기술하는 첫 번째 조건은 **알기 쉬운 용어를 사용하는** 것이다. 그리고 **문장의 길이를 짧게 하는** 것이다. 문장 길이와 더불어 문장의 명확성을 좌우하는 것은 단락 구성으로, **단락을 적절하게 나누어가며** 글을 써야 글 내용은 더욱 명확해진다. 단락을 명확히 구분하면서 글을 쓰는 것은 논술 답안 작성에서 무척 중요하다.

단호한 문장이 좋다. 자신 없는 문장보다는 확신에 찬 문장이 좋다. 애매하고 모호하며, 자신 없이 머뭇거리며 쓰는 글은 글쓴이의 겸손함이나 예의 바름을 보여주기보다는 글의 신뢰도를 떨어뜨릴 뿐이다. 단호하게 쓴 글이라고 해서 그것이 건방지단 의미는 아니다. 판단은 독자인 평가자가 한다. 그러므로 짐짓 자신의 주장을 흐리게 하는 표현을 삼가라.

문장을 명확히 쓰려면 다음 사항에 특히 유의할 필요가 있다.

첫째, **추측 표현을 쓰지 않는다.** '~인 것이다', '~인 듯하다'와 같은 추측성 표현은 글쓴이가 자기 글에 확신이 없다는 느낌을 줄뿐더러, 독자의 판단을 흐리게 만드는 요소다. 둘째, **부정확한 표현은 삼가라.** 글은 정확해야 한다. 불확실한 내용을 자신의 상상력에 기대어 추측하면서 쓰면 안 된다. 글은 반드시 사실 확인 과정을 거치면서 내용(의미)을 정확히 기술해야 한다. 셋째, **지시대명사의 사용은 될수록 피한다.** 만약 글에 '이것은', '그것은'이라고 적혀 있으면 독자는 '이것, 그것이 무엇을 가리키는가'를 생각하며 읽어야 하므로 번거롭고, 글을 잘못 이해하는 경우가 많다. 넷째, **주제가 불분명한 피동 표현은 피한다.** '~이 주목된다', '~으로 생각된다'와 같은 피동형 표현은 주체를 불분명하게 설정함으로써 글을 모호하게 만들므로, 이를 고쳐 바로 잡는다. 다섯째, **다의적, 중의적인 단어는 의미가 명확한 단어로 바꾼다.** 한 문장이 두 가지 뜻으로 해석되면, 그 문장은 정확한 표현을 바탕으로 글 내용을 바로잡아야 그 뜻이 명확해진다. 어순을 조절하거나, 정보를 추가하거나, 불필요한 정보를 삭제하거나, 쉼표를 적절하게 사용하면 중의성은 제거된다. 여섯째, **과장되거나 주관성이 농후한 문장은 피한다.** 글은 객관적으로 기술되어야 한다. 이를 위해서는 과장되거나 주관이 담긴 단어는 피한다. 일곱째, **불필요한 '~적'은 사용하지 않는다.** 없애버려도 의미가 달라지지 않는 접미어는 붙이지 않는다. 예를 들어 '형식적'은 '형식'으로, '내용적'은 '내용'으로 고쳐도 글의 이해에 전혀 문제가 되지 않는다. 글을 읽어 불필요하다고 생각되는 낱말 또는 형태소는 과감히 삭제한다. 여덟째, **'것이다'를 남용하지 않는다.** '것이다'라는 표현은 어떤 대상과 사물을 대신 지지하거나, 자신의 주장이나 정보의 확실성을 강조하는 기능을 한다. '~것이다'라는 표현이 중복되면 오히려 글이 부자연스럽고 경박해 보인다. 따라서 '~것이다'라는 문구는 문장 앞에서 한 말을 다시 부연해서 설명하거나, 주어와 술어의 호응을 위해서 필요한 경우, 그리고 문장에 힘을 주고 의미를 강조할 때에만 제한적으로 쓰는 것이 좋다.

126
불필요한 정보를 담지 말라

잘된 논술 답안을 작성하려면 논제에서 요구하는 사항을 모두 충족해야 한다. 평가자가 이해하기 쉬운 글을 쓰려면 논제의 물음과 관련한 부분만을 체계적으로 정리하여 글을 쓰고, 그 외의 군더더기는 가차 없이 제거해야 한다. 논의의 핵심과는 무관한 정보를 나열하면, 이것이 평가자가 글 내용을 올바르게 이해하기 어렵게 만드는 요인으로 작용한다.

학생들이 불필요한 정보를 답안에 담는 가장 큰 이유는 글(제시문)의 중요한 부분과 중요하지 않은 부분을 구별할 수 있는 능력이 달리기 때문이다. 이는 많은 경우 지문 독해 능력 부족에서 비롯된다. 논의의 핵심만을 답안에 담으려면, 글의 중요한 부분과 그렇지 않은 부분을 구분하면서 읽으면서 핵심 내용에 집중하고, 글의 '부분–전체' 구조의 짜임을 살피면서 중심 단락과 중심 문장을 정확히 찾아내야 한다.

하지만 많은 학생은 그렇지를 못하다. 글(제시문)의 불필요한 부분을 답안에 그대로 담거나, 글 내용을 이해하지 못해 글의 중심 생각을 논제의 물음에 맞게 재구성하지 못하면서 논의의 핵심에서 벗어나고, 글의 중요한 부분을 찾지 못해 요약할 부분이나 강조할 부분을 구분하는 데 실패하고 만다. 게다가 요약으로 간단하게 넘어가도 되는 부분과 충분히 설명해야 하는 부분을 구분하지 못하면서, 글 전체의 맥락을 고려하지 못한 채 서둘러 답안을 작성한다.

그렇게 해서 많은 학생에게서 나타나는 현상은 다음과 같다.

먼저 '용두사미'이다. 학생들은 무엇을 어떻게 써야 할지를 모르겠기에 지문의 특정 구절을 마구잡이식으로 따와 두서없이 나열하는 데 급급하다. 그렇게 해서 **정작 밝혀야 할 핵심은 뒷전인 채 서론만 장황하게** 기술한다.

다음으로 '두루뭉수리'이다. 지문에서 논제를 해결하는 데 도움이 되는 정보와 부적절한 정보를 분리할 수 있어야 한다. 그런데 지문을 읽고 그것을 판별해 낼 수 있는 능력이 떨어질 경우, **전체 논증은 하나로 뭉뚱그려져 두루뭉술하게 기술되는** 양상을 보인다.

그리고 '횡설수설'이다. 그렇게 해서 작성한 답안은 애매하고 모호해진다. 그만큼 자기주장이 글에 명확히 드러나지 않으며, 구체적으로 전달되는 정확한 정보 또한 딱히 없다. 이때 학생들은 자신의 부족함을 만회코자 안간힘을 쓰게 된다. 그리고 급기야는 **있는 말 없는 말, 되지도 않는 온갖 주장을 하면서 글에 한껏 멋을 부리려** 든다. 어디서 주워들었을 법한 개념어를 마구잡이식으로 글에 끼워 넣는다거나, 이해하지 못할 관념적인 수식어를 들먹이며 그것이 마치 절대 지식인 양 호도한다. 그럴수록 글은 더욱 애매하고 모호해지기 마련이다.

끝으로 '중언부언'이다. 그렇게 해서 작성한 답안은 **읽어도 무슨 말을 하는지 도무지 사리 분별이 안 되며,** 글의 주장과 그 근거가 무엇인지 파악할 길이 없다. 한데, 자기만의 사고에 갇혀 자기만의 언어로 작성한 동문서답하는 식의 글을 평가자가 읽어 후한 점수를 줄 것으로 생각하면, 이는 참으로 커다란 착각이자 오산이다. 이런 식으로 작성한 답안은 채 읽기도 전에 걸러지고 만다.

이런 식으로 답안을 작성하는 학생일수록 독해와 요약 공부에 좀더 힘을 쏟아야 한다. 제시문의 올바른 독해를 위해서는 다른 무엇보다 지문에 담긴 중요 개념이 어떻게 사용되고 있는지를 잘 살펴야 한다. 이는 글을 좀더 심층적으로 분석하고 글을 좀더 잘 이해하기 위해서도 필요하다.

127
설명과 논증에 적합한 문체를 구사하라

문체(文體)는 '글쓴이가 자신이 전달하고자 하는 것에 독자를 되도록 가까이 끌어들여, 그들이 글 내용을 충분히 이해하고 공감하게끔 배려하는 표현적인 수사법' 정도로 생각하면 된다. 그런 의미에서 볼 때, 문체는 '표현하기' 기술을 뜻한다고도 볼 수 있다. 같은 내용을 전달하더라도 어떤 단어들을 선택하고 또 그 단어들을 어떻게 적절히 배열할 것인가, 그리고 관련한 수사법을 얼마만큼 효과적으로 활용할 것인가에 따라 글 내용의 전달 효과는 크게 달라지게 마련이다.

이때 글쓴이가 언어의 의미 전달 효과를 극대화하기 위해 사용하는 표현 기술 일체를 문체라고 생각하면 된다.

글은 우선 언어 규범을 지키고, 논리적인 하자가 없어야 한다. 규범에 맞으면서도 일정한 논리 체계를 지닌 글을 쓴다는 것은 논술에서 매우 중요하다. 규범에 맞지 않거나 글이 논리성을 잃을 경우, 글쓴이 자신이 글로써 말하고자 하는 바와 독자가 그 글을 통해 받아들이는 것은 서로 일치할 수 없다.

그러나 정확성이나 논리성만으로는 글쓴이와 독자 사이의 거리를 더는 좁힐 수 없는 경우가 많다. 정확하고 논리적인 글에 적절한 표현 기술까지 더해야만 글쓴이와 독자의 거리는 크게 좁혀진다.

논술문을 쓸 때 글쓴이는 감정이나 주관을 배제하고 중립적이며 객관적인 입장을 지키도록 노력하지 않으면 안 된다. 이를 통해 사실은 사실 그대로 전달되고, 제시하는 주장이나 의견은 객관적인 타당성을 얻을 수 있어야 한다. 이를 위해 글쓴이는 될 수 있으면 **비유적인 표현이나 현학적인 수**

사를 자제하는 한편 **사전적이며 지시적인 언어를 사용토록** 한다. 문장의 길이는 되도록 짧은 편이 좋으며, 문장의 통사 구조 역시 겹문장(복문)보다는 홑문장(단문)을 위주로 구사하는 것이 바람직하다.

짧고 간결한 문장, 지시적 단어의 사용, 쉽고 대중적인 언어의 선택, 짜임새 있는 단락 구성, 일관성과 통일성을 갖춘 글 구조 등, 설명글과 논증글의 문체가 공통되게 지닌 특징을 잘 살려 한편의 잘 된 논술문을 작성해야 한다.

설명의 방법(글의 진술 방식이자 글 내용의 전개 방법)이 적절하면 **논증의 뼈대와 곁가지가 튼실하고 글의 질적 수준이** 높아진다. 글의 도입부부터 주제 개념을 올바르게 규정하고, 적절한 용어를 구사하면서 글 내용의 핵심을 깔끔하게 기술(설명)할 때, 그 답안은 높게 평가받는다. 만약 그렇지 않고 답안 도입부부터 중언부언하면, 평가자는 이를 논제의 물음조차 제대로 파악하지 못한 답안으로 간주하면서 나쁜 평가를 하게 된다.

논제의 주요 개념을 정확히 규정하는 한편 '비교·분류·분석'이라는 설명의 진술 방식을 적절하게 사용하여 핵심어의 의미를 명확히 서술하는 것이야말로 올바른 논술 답안을 쓰는 관건이자 논술 문제 풀이의 핵심이다. 또 이는 이후의 이어지는 제시문별 '관점'을 파악하는데 올바른 방향성을 제시함으로써, 잘된 논증을 위한 논증 글쓰기의 질적 수준을 높인다. 논술 답안 평가자들이 반드시 지적하는 사항의 하나가 있다. 그것은 바로 **맥락에 맞지 않는 용어를 사용하는** 답안이 많다는 것이다.

실제 많은 수험생이 용어의 의미를 제대로 이해하지 못한 채 답안을 작성함으로써, 굳이 밝히지 않아도 될 결점을 스스로 내보여 감점을 당한다. 이것을 절대 피해야 한다.

128
용어를 일관되게 사용하고, 용어의 의미를 구체화하라

잘된 글은 글의 의미 전달에 꼭 필요한 용어만을 골라 이를 적절히 반복하면서 기술되는 반면, 잘못된 글은 여러 생각을 떠올릴 때마다 새로운 용어를 두서없이 사용하면서 기술된다. 예를 들어 아래 [예문1]의 '잘못된 사례'를 보면, '학생들의 비문학 독해 점수가 올라가지 않는 이유'는 '… 이런저런 이유로 문제를 찍기 때문이다'라는 식으로 새로운 언어를 계속 나열하고 있다. 그 결과 주어와 서술어가 호응하지 않음은 물론, 전제와 결론 사이의 연결이 끊어지면서 결론의 근거(전제이자 이유)가 불투명해지고 말았다.

물론 동일한 중심 구절을 거듭 사용하면서 글을 이어나가는 것은 글 내용이 반복된다는 느낌을 줄 수 있다. 그렇더라도 논리는 전제들 사이나 전제와 결론 사이의 분명한 연결에 의존한다는 사실을 고려한다면, **각각의 생각에 대해 하나의 용어를 일관되게 사용해야** 한다. 가장 긴밀하게 짜인 언어적 표현을 구사하는 것이 좋은 글임을 고려한다면, 신중하게 선택된 용어들로 생각을 분명하게 표현하고, 그 용어들을 그대로 반복하면서 글을 전개해 나가야 한다.

예문1 학생들의 비문학 독해 점수가 올라가지 않는 이유의 하나는 지문이 길고 어려워 이해해가며 읽는 법을 몰라 몇 번씩 읽다가 시간이 모자라서 결국 문제를 푸는 것이 아니라 찍기 때문이다. (대치동 모 국어논술학원 소개 전단 내용의 일부)

▶ 비문학 독해 성적이 오르지 않는 가장 큰 이유는 지문이 길고 난해하여 학생들이 이를 읽어도 쉽게 이해되지 않기 때문이다.

평가자들이 반드시 지적하는 사항의 하나가 있는데, 그것은 바로 **맥락에 맞지 않는 용어를 사용하는 답안이 많다는** 것이다. 실제 많은 학생이 용어의 의미를 제대로 이해하지 못한 채 답안을 작성함으로써, 굳이 밝히지 않아도 될 결점을 스스로 내보여 감점을 당하고 있다. 용어나 어휘의 의미를 제대로 모른다는 것을 평가자인 채점위원들에게 알릴 이유는 하등 없다. 학생들이 어려운 용어를 답안에 드러내려는 태도는 자신의 지적 수준이 높고 답안이 질적으로 뛰어나다는 것을 과시하기 위해서다. 그렇더라도 글의 맥락적인 이해에서 벗어난 용어의 오용과 남발은 평가자들이 싫어하는 표현 오류이기에 점수를 까먹는 요인이 될 뿐이다. 제대로 이해하지 못한 용어나 어휘는 답안에 쓰지 않아야 한다.

모호한 용어보다는 **구체적이고 분명한 용어를** 사용하라. 용어의 의미를 지나치게 넓히거나 좁히려 들지 말고 의미 그대로 정의하라. 다의성의 오류를 저지르면 안 된다. 예를 들어 [예문2]는 용어의 개념 규정이 잘못됐으며, 게다가 글 내용에 감정이 실렸다. 태아와 아기는 분명 같지 않은데도 불구하고 같은 의미로 사용하고 있으며, 더군다나 '살해'라는 단어를 사용함으로써 다분히 판단하는 사람의 논증을 흐리게 만들 소지를 열어두었다. 모호한 용어를 사용한 개념 규정은 이른바 '설득적 정의의 오류'에 빠지게 만든다. 용어가 확실하지 않으면, 이때 내릴 수 있는 선택은 두 가지다. 사용하지 않거나, 구체화하여 밝히거나.

예문2 낙태는 아기를 살해하는 것을 의미한다. (잘못된 예)

▶ 낙태는 아기가 태어나기 전에 인위적으로 임신을 중단시키는 것을 의미한다. (이 보다는 잘된 예)

▶ 낙태는 태아가 아직도 생활능력을 갖지 않은 시기에 어떠한 이유로 임신이 중절 또는 사산되어 인공적으로 태아를 제거하는 것을 말한다. (더 잘된 예)

129
쉼표를 적절히 활용하라

쉼표는 문장 속에서 짧은 휴지(休止)를 표시하는 문장 부호로, 호흡 조절과 글 읽기의 편의를 위해 사용된다. 문장 부호에서 가장 중요한 것은 쉼표다. 쉼표를 찍지 않거나 잘못 찍으면 어려운 문장이 되거나 잘못 읽힌다.

예문1 지금까지 후분양 아파트는 수도권 이외의 지역에서만 철골조 아파트는 25~28평을 초과하는 평형에 대해서만 분양가 제한을 받지 않았다.

▶ 지금까지 후분양 아파트는 수도권 이외의 지역에서만, 철골조 아파트는 25~28평을 초과하는 평형에 대해서만 분양가 제한을 받지 않았다.

예문2 이 씨는 작년 4월 대한그룹 대출비리 사건과 관련한 홍길동 회장으로부터 1억 원을 받은 혐의로 구속됐다.

▶ 이 씨는 작년 4월 대한그룹 대출비리 사건과 관련, 홍길동 회장으로부터 1억 원을 받은 혐의로 구속됐다.

예문3 그녀는, 비가 많이 내리는 날이었지만, 동생과 함께 수영장에 갔다.

▶ 비가 많이 내리는 날이었지만 그녀는 동생과 함께 수영장에 갔다.

예문4 김 씨도 당황해서 내가 조사한 자료를 읽었다.

▶ 김 씨도 참, 당황해서 내가 조사한 자료를 읽었다. (당황한 것은 나)

▶ 김 씨도 당황해서, 내가 조사한 자료를 읽었다. (당황한 것은 김씨)

위 [예문1]은 '지역에서만' 뒤에, [예문2]는 '관련' 뒤에 쉼표를 찍으면 금방 이해되는 글로 바뀜을 알 수 있다. 쉼표는 가려 찍어야 한다. 쉼표를 찍어야 할 곳에 찍지 않는 것도 문제지만, 굳이 필요하지 않은데도 아무 곳에나 마구 찍는 것도 문제다. 독자는 글을 읽을 때 쉼표가 있는 곳에서는 무의식적으로 한 박자 쉬게 마련으로, 필요 없는 쉼표 사용은 오히려 속독을 방해하고 글 내용을 어지럽힌다. 따라서 글에 쉼표를 찍을 때는 이로 인해 글 뜻을 잘못 이해하게끔 만들어서는 안 된다. 또 읽는 사람의 편의를 생각해서 **꼭 필요한 부분에만 쉼표를 찍도록** 한다. 글을 쓸 때는 쉼표를 찍지 않음으로써 오독(誤讀)이 되지는 않을지, 쉼표를 잘못 찍음으로써 의미가 달라지지는 않는지 등을 잘 살펴야 한다.

일반적으로 **긴 수식어의 경계에서, 역순일 때, 글쓴이가 꼭 필요하다고 생각하는 곳에** 쉼표를 찍으면 글의 의미는 더 분명해진다. 긴 수식어의 경계란 일반적으로 문장에서 동사를 포함한 중심적인 부분(술부)을 뺀 나머지를 뜻한다. 단 수식어의 길이와 상관없이 술부와 바로 앞의 수식어 사이에는 쉼표를 찍지 않는다. 이때 역시 수식어가 길지 않으면 굳이 쉼표를 찍을 필요 없다. 위 [예문3]은 수식어의 경계에 쉼표를 찍었다. '그녀는' 뒤에 쉼표를 찍었는데, 이는 글 구조가 '역순일 때 찍는다'는 원칙에 따른 것이다. '그녀는'이라는 주어를 강조하려고 이를 앞에 위치시켰는데, 이 경우 글이 역순이 되므로 쉼표가 필요하다. 반면 [예문3]의 바로잡은 글에서는 수식어가 길지 않아 굳이 쉼표를 찍지 않아도 의미 전달에 무리 없다.

한편 오해 방지를 위해 쉼표를 찍는 경우가 있다. 오해 방지란 글의 의미 단위를 잘못 분류할 가능성을 방지한다는 것이다. 아래 [예문4]는 두 개의 해석이 가능한데, 당황한 것이 김 씨인가 '나'인가 하는 부분에 오해 소지가 있다. 의미를 바르게 전달하려면 바로잡은 글의 둘 중 어느 한 곳에 쉼표를 찍어야 한다.

130

병치 구조로 글을 써라(1): 병치 구조로 글의 의미를 명확히 전달하라

병치(竝置)란 글자 그대로 '나란히 짝짓기'라는 표현이다. 병치 문맥이란 문장을 나란히 벌려 맞세운 표현이다. 논술문에서 문장은 간단할수록 좋고 표현은 명료할수록 좋다. 그 방법은 간단하다. **병치 구조로 문장을 기술하면** 된다. 병치 문장은 주로 접속어를 사이에 두고, 단어와 단어, 구절과 구절이 균형을 이루며 나열된 문장을 뜻한다.

또는 하나의 문장 내에서 비슷한 문법적 구조의 유사 어구를 잇달아 연결한 것을 말한다. 문장은 맞세운 말이 서로 조화를 이뤄야 자연스럽다. 병렬 구조로 이어진 문장은 길고 복잡하다.

병치 구조로 글을 써야 하는 이유는 **문장의 의미를 간결하면서도 명확하게 전달하는** 데 있다. 즉 글 내용의 중요한 부분을 부각하고, 중복되는 부분 혹은 공통되는 부분을 생략하여 글의 이해력을 높인다.

논술 답안에서 논증한 내용을 확실히 드러내려면 병치 문맥으로 글 내용을 기술할 필요가 있다. 논제의 물음에 효과적으로 답하려면 제시문을 '분류·비교·분석'하는 과정을 요구하는데, 이는 **병치 문장을 사용하여 글 내용의 핵심을 체계적으로 기술하라는** 요구와도 같다. 따라서 논술 답안을 쓸 때는 병치 구조로 문장 안의 구절은 물론이고, 단락 안의 문장과 문장을 기술함으로써 평가자의 이해를 높여야 한다. 병치 구조로 글 내용을 기술함으로써 글 내용을 명확히 전달할 필요가 있다. 병치 구조로 글을 쓰려고 노력하자.

■ **단어, 구절, 문장의 병치 구조**

남자와 여자

한국 또는 중국 … 낱말의 병치

산다는 것, 그리고 죽는다는 것.

문장은 예술이고 문자는 배우다. … 구절의 병치

뇌로 쓰라. 가슴으로 쓰라. 또한 눈물로 쓰라. … 문장의 병치

■ **문장에서 병치 구조를 드러내는 방법**

(1)운율의 맞세움

맑은 공기. 온갖 화초

파도는 바람의 시, 바람은 시골의 노래

(2)어절의 맞세움

맥주는 찰수록 좋고 커피는 쓸수록 좋고 사랑은 뜨거울수록 좋다.

(3)부호의 맞세움

예술적 문장을 쓴다는 것, 실용적 문장을 쓴다는 것, 출발부터 다르다.

(쉼표로 맞세우기)

쓰기 위해 많이 '읽는다', 읽히기 위해 많이 '짓는다'는 교훈을 마음에 새겨라.

(' '라는 드러냄표로 맞세우기)

131
병치 구조로 글을 써라(2): 대등한 요소로 문장을 접속, 나열하라

■ **대등한 요소로 문장을 접속하라.**

한 문장 안에서 성분을 나열하는 경우, **대등한 자격을 가진 성분으로 글 내용을 구성하는** 것이 좋다. 이를테면 명사구와 동사구를 접속하면 의미의 균형을 잃는다.

예문1 예술 작품을 분석하려면 미적 감각과 작품을 새롭게 해석할 수 있어야 한다.
▶ 예술 작품을 분석하려면 미적 감각과 작품을 새롭게 해석할 수 있는 능력을 갖추어야 한다.

예문2 외국인 인구의 증가로 문화적인 갈등이나 정체성을 상실하는 문제가 발생한다.
▶ 외국인 인구의 증가로 문화적으로 갈등하거나 민족의 정체성을 상실하는 문제가 발생한다.
▶ 외국인 인구의 증가로 문화적인 갈등이나 정체성 상실의 문제가 발생한다.

[예문1]은 '미적 감각'이라는 명사구와 '작품을 새롭게 해석할'이라는 동사구가 접속되어 글의 균형이 깨진 경우다. **접속되는 성분이 대등한 자격을 갖도록** 수정한다. 또 [예문2]에서 알 수 있듯이, 명사구(절)은 명사구(절)끼리, 동사구(절)은 동사구(절)끼리 접속하는 것이 좋다.

■ **같은 것은 같은 형태로 나열하라.**

예문3 뉴욕과 서울시는 세계를 대표하는 도시다. (모 일간신문)

▶ 뉴욕시와 서울시는 세계를 대표하는 도시다. 또는, 뉴욕과 서울은 세계를 대표하는 도시다.

예문4 논리적 생각, 통일된 생각을 형성, 그리고 그 생각의 선명하게 표현하는 것, 이것이 좋은 글이 세 요소를 갖는 것이다.

▶ 논리적인 생각, 통일된 사고, 그리고 그 생각의 선명한 표현, 이것이 좋은 글이 갖추어야 할 세 요소다.

[예문3]에서 '뉴욕'에는 아무것도 붙이지 않았는데, '서울'에는 '시'를 붙였다. 나열되는 명사의 구조가 이처럼 일관성이 없으면 문장이 엉성해 보인다. 어떤 문장이든 **같은 것은 같은 형태로 나열토록** 한다. [예문4]는 병치 기법을 따랐다. 몇 개의 유사한 성분이 나열되어 다른 성분과 결합하는 방식을 따랐다. 그런데 이 글은 문법상 일관성을 잃고 있다. 열거한 주어구와 서술어의 호응 면에서 일관성을 잃었다. 수정 글처럼 바꿔야 한다.

병치 문장의 진수를 보여주는 것이 김훈 선생의 글이다. 아래 글을 보면, 특히 명사 상당 어구를 사용하여, 그리고 동일한 서술어를 반복하면서 병치 문장으로 글 내용이 펼쳐지고 있는데, 여기에 표현의 간결함을 더하여 묘사함으로써 현장감을 극대화하고 있다.

길은 생로병사의 모습을 닮아 있다. 진행 중인 한 시점이 모든 과정에 닿아 있다. 태어남 안에 이미 죽음과 병듦이 포함되어 있다. 길은 이곳과 저곳을 잇는 통로일 뿐 아니라 여기서부터 저기까지의 모든 구부러짐과 풍경을 거느린다. 길은 명사라기보다는 동사에 가깝다. 소백산맥을 넘어가는 문경새재는 산맥의 모습을 닮아 있고, 섬진강 하류를 따라 내려가는 19번 국도는 물을 닮아 있으며, 구부러진 논두렁길이나 밭두렁길은 그 흙에 코를 박고 일하는 인간의 노동을 닮아 있다. (《밥벌이의 지겨움》, 생각의 나무, 김훈)

132
병치 구조로 글을 써라(3): 문장의 서술 구조는 같거나 엇비슷해야 한다

예문1 어휘, 어법 문제는 모든 학생이 어려워하는 유형이므로 신경을 많이 써야 한다. 지난해 시험에는 속담과 어려운 한자성어가 많이 출제되었다. 매년 6~7문항 가량 출제되는 어휘, 어법 문제는 단기간에 익히기 어렵기 때문에 문법 교과서를 활용해 미리미리 보충, 심화학습을 하는 게 좋다.

▶ 어휘·어법 문제는 모든 학생이 어려워하는 분야이므로 신경을 많이 써야 한다. 지난해 시험에는 까다로운 속담과 어려운 한자성어가 많이 출제되었다. 매년 6~7문항가량 출제되는 어휘·어법 문제는 단기간에 익히기 어렵기에 문법 교과서를 활용해 미리미리 보충·심화 학습을 하는 게 좋다.

[예문1] 첫 문장의 '유형'은 '분야', '부문' 따위의 말로 바꾸어야 한다. 그대로 두면 '문제는 ~유형이다'가 되므로 어울리지 않는다.

둘째 문장의 '속담'과 '어려운 한자성어'의 서술 구조(문법적 구조)가 같지 않다. 전자는 '체언+조사'로 이루어졌는데 비해, 후자는 '관형어+체언+조사'로 이루어졌다. 물론 이대로도 안 될 것은 없다. 하지만 문장이 자연스러워지기 위해서는 **'구조적인 동일성', 즉 이어지는 두 성분의 문법적 가치가 같거나 비슷해야** 한다.

셋째 문장의 앞부분 '가량'은 앞말에 붙여 써야 한다. '가량'은 수량을 나타내는 명사 또는 명사구 뒤에 붙어 '정도'의 뜻을 더하는 접미사다. 첫 문장의 앞부분 '어휘, 어법 문제'와 셋째 문장의 끝부분 '보충, 심화'는 가운뎃점으로 연결해야 한다. 같은 계열의 단어 사이에는 가운뎃점을 넣는다.

예문2 이 책은 논리적으로 말하는 기술을 내용을 알기 쉽게 설명하려면 어떻게 할 것인가, 이야기를 빈틈없이 구성하려면 어떻게 할 것인가, 상대를 설득하려면 어떻게 할 것인가로 보다 구체적으로 설명하면서 PREP법에 접목했다.

▶ 이 책은 '내용을 알기 쉽게 설명하려면 어떻게 할 것인가', '이야기를 빈틈없이 구성하려면 어떻게 할 것인가', '상대를 효과적으로 설득하려면 어떻게 할 것인가'로, '논리적으로 말하는 기술'을 보다 구체적으로 설명하면서 PREP법에 접목했다.

[예문2]는 도입부가 약간 복잡하다. '기술을' '내용을' 하고 목적어가 연거푸 나왔기 때문이다. 그러나 잘 읽어보면 이 문장은, 주어는 '책'이고 목적어는 '논리적으로 말하는 기술'인 것을 알 수 있다. 서술어는 셋째 줄 끝부분의 '설명하다(설명하면서)'이다. 긴 목적어와 서술어 사이에 세 개의 조건절이 들어있어 복잡하게 보인다. 긴 목적어를 따옴표로 싸주고 서술어와 가깝게 끝부분으로 옮기면 훨씬 쉬운 문장이 된다.

세 조건절의 서술 구조(문법적 구조)가 같거나 비슷하지 않은 것도 문제다. 즉 '알기 쉽게 설명하려면 어떻게 할 것인가'와 '빈틈없이 구성하려면 어떻게 할 것인가'는 '부사+조건+의문'의 형식을 취하고 있으나, 그다음은 '상대를 설득하려면 어떻게 할 것인가'로 부사어의 수식 없이 바로 의문으로 연결되었다. **문장의 서술 구조는 대등하게 만들어야** 혼란스럽지 않다. 문장을 나열할 때는 서술 구조를 같게 한다. 세 가지 조건절을 따옴표로 싸면 좀 더 시원한 문장이 된다.

133
병치 구조로 글을 써라(4): 설명은 같은 순서, 같은 형태로 한다

예문1 요즘 학생들에게 부족한 것이 있다. 그것은 '세심하게 설명하는 능력' '읽는 사람에게 이해시키고자 하는 의지' '읽는 사람이 쉽게 이해할 수 있도록 하기 위한 연구'이다. 읽는 사람이 쉽게 이해할 수 있도록 하기 위한 연구가 부족해 대의(大意)의 요약이 필요한 글을 써놓고 태연하고, 작문이 소설조가 되는 것은 세심하게 설명하는 능력이 부족하기 때문이다. 또한 읽는 사람에게 이해시키고자 하는 의지가 부족하기 때문에 별다른 설명도 없이 상대가 결론을 받아들여주기만을 강하게 압박하게 된다.

[예문1]은 첫 문장과 둘째 문장이 총론이고, 그 뒤가 각론이다. 총론(둘째 문장)에서는 학생들에게 부족한 것 세 가지를 언급하고 각론에서는 이에 대해 구체적으로 언급했다. 이처럼 짧은 글이라도 총론을 먼저 말하고 그 총론에 따라 상세한 설명을 해나가면 이해하기 쉽다.

그러나 각론은 총론에서 언급한 순서를 따르지 않고, 앞에서는 세 가지 중 세 번째(읽는 사람이 쉽게 이해할 수 있도록 하기 위한 연구)를 먼저 설명하고(셋째 문장) 뒤에서 첫 번째(세심하게 설명하는 능력)를 설명했다. 그리고 넷째 문장에서 두 번째(읽는 사람에게 이해시키고자 하는 의지)를 설명했다. 글은 앞에서 언급한 순서대로 뒤에서도 언급해야 한다.

3개의 각론을 말하는 형태도 같지 않다. 첫 번째와 세 번째는 '~ 때문에 ~이다'의 형태로 언급했는데, 두 번째(셋째 문장의 마지막 줄)는 '~은 때문이다'의 형태로 기술했다. **나열되는 서술은 같은 형태를 이루어야** 읽기가 편하다. 같은 순서, 같은 형태로 나열하면 정보의 소화·흡수가 쉽다.

요즘 학생들에게 부족한 것이 있다. '세심하게 설명하는 능력', '읽는 사람에게 이해시키고자 하는 의지', '읽는 사람이 쉽게 이해할 수 있도록 하기 위한 연구'가 그것이다. 세심하게 설명하는 능력이 부족하기에 작문은 소설조가 된다. 또한 읽는 사람에게 이해시키고자 하는 의지가 부족하기에 별다른 설명도 없이 상대가 결론을 받아들여 주기만을 강하게 압박하게 된다. 그리고 읽는 사람이 쉽게 이해할 수 있도록 하기 위한 연구가 부족해 대의(大意)의 요약이 필요한 글을 써놓고 태연하게 있는 것이다.

[예문2]에서 '일'과 '사례'는 중언부언이고, '그리고·및'도 군더더기라서 뺐다. 옹골지지 못하고 느슨한 것을 다듬었다. 끝 문장(76자)을 둘로 쪼갰다. 전체 145자에서 111자로 줄었다. 4분의 1은 낭비였던 셈이다. 여기서 '~고'와 '~어'의 차이를 살펴보자. '~고'는 '~이며/~이요'와 쓰임이 같다. **'~고'는 내용상 앞뒤가 끊기는 면이 많다.** 병렬·순차 형식으로 쓰이며, **대등절+대등절**의 잇매임을 나타낸다. 한편 '~어'는 '~아/~여'와 쓰임이 같다. 내용상 앞뒤의 붙임성(밀착의 정도)이 높고, 형식상 뒤엣것의 '조건'일 경우가 많다. '병립·나열'일 때는 '방법'에서 '행동'의 순서, 또는 '결과'에서 '발생'의 순서로 쓰인다. (《글 고치기 전략》, 다산초당, 장하늘)

예문2 구제금융 위기 사태, 지방자치단체 선거, 월드컵 정치에 가려져서 어느 사이에 일이 벌어지고 관련된 시민들을 당황하게 하는 사례가 늘고 있다. 아동 보육 문제가 그 한 사례다. 이것은 오랫동안 소관부처, 그리고 영유아 보육 및 교육에 관련된 사회세력들, 유아교육자 훈련기관, 사회복지법인, 유치원, 보육기관 및 그 관련자들의 이해가 첨예하게 대치되어 온 영역이다.

▶ 구제금융 위기 사태, 지자체 선거, 월드컵 정치 등에 가리인 채, 시민들을 당황케 하는 대형사고가 늘고 있다. 아동 보육 문제가 그 하나다. 이것은 오랫동안 관련자들끼리 이해관계로 날카롭게 맞서 온 일이다. 영유아 관련 단체들, 유아교육자 훈련기관, 사회복지법인, 유치원·보육기관 단체 ….

134

병치 구조로 글을 써라(5): 대구와 대조를 잘 활용하라

대구(對句)란 문장의 구조가 서로 같거나, 비슷한 두 문장을 짝을 지어 나란히 배열함으로써, 의미가 서로 조응하거나 동일한 의미를 강조하는 문장 표현이다. 대구 표현을 쓰면 문장은 더욱 간결하게 다듬어진다. 대구에서 짝을 이루는 두 구절의 글자 수는 대체로 같아야 하고, 품사도 같아야 한다.

예문1 내 몸이 허락할 때, 나는 내 맘에 드는 글을 쓸 수가 있고 내 몸이 허락하지 않는 글을 나는 쓸 수가 없다. 지우개는 그래서 내 평생의 필기도구다. 지우개가 없는 글쓰기를 나는 생각할 수 없다. 지워야 만 쓸 수 있고, 지울 수 있다는 희망이 있으므로 나는 겨우 두어 줄씩 쓸 수 있다. 그래서 원고지 몇 장 쓰고 나면 내 손은 새까맣게 더러워진다. 나의 글쓰기는 아날로그의 글쓰기다. (《밥벌이의 지겨움》, 생각의 나무, 김훈)

예문2 … (가), (나)는 삶의 의미를 '공존'의 가치에 두고 있는 점에서 공통되지만, 다음 면에서 차이를 보인다. (가)는 공존을 추구하는 삶의 방식을 인간 본성적 측면에서 찾는 반면, (나)는 이를 생물 진화론적 관점에서 인식한다. (가)는 '이타심'을 추구하는 인간의 사회적 본성이 타자와 협력하고 공존하는 삶으로 이어진다면서, 인간의 사회적 행위에 초점을 두고 구성원들의 상호 작용에 주목한다. 반면 (나)는 장래의 보답을 기대하며 남에게 도움을 주는 '호혜적 이타주의'가 결과적으로 공생이라는 바람직한 결과를 가져온다면서, 공존을 적자생존을 위한 생태계의 자연스런 현상이라고 받아들인다. (이화여대 2017 사회 수시, 필자 예시 답안의 일부)

예문3 …(중략)… (가), (다)는 결핍을 주로 물질적 측면에서 바라보는 반면, (나)는 이를 정신적 차원에서 인식한다. (가)의 눈앞의 작은 이익을 경계하는 무욕의 삶도, (다)의 경제권을 확보하지 못한 상태가 초래하는 소유가 결핍된 삶도, 최소한의 물질적 기본 욕구는 충족할 수 있어야만 가능하다고 본다. 물질적 결핍은 개인의 삶의 질을 낮추는 요인으로 작용한다. 한편, (나)의 산사의 객이 풍경 소리에 잠 못 이루는 것은, 세상만물에 연연하고 집착하면서 완전한 정신의 자유를 얻지 못한 때문이다. 정신 수양이 결핍된 탓에 세속의 욕망을 좇는 것도 괴로움이요, 욕망을 끊는 것도 괴로움으로 다가오는 것이다. (연세대 2017 인문 편입, 필자 예시 답안의 일부)

[예문1]의 '-있고, -없다' 형의 대조 표현이나 '-있고, -있다' 형의 대구 표현처럼, 중요한 의미를 지닌 어구나 음을 이렇듯 대조, 대구로 만들면 그 문장(들)은 강조의 효과가 있을 뿐 아니라 리듬감도 생긴다. 중요한 의미를 지닌 두 개의 생각을 문법적 형식에서 유사 또는 대조되는 **한 쌍의 단어나 어구, 또는 단락으로 나타내면** 대비적인 표현 형식, 즉 대구(對句)와 대조(對照)가 된다. 이 형식을 사용하면, **생각은 강조되고 표현은 강화되면서** 글쓴이의 생각을 독자에게 더 잘 전달할 수 있다.

[예문2, 3]에서 알 수 있듯이, 답안을 작성할 때에는 특히 대구와 대조의 표현 형식을 잘 활용할 필요가 있다. 이때 '병치 문맥'에 맞게 글 내용을 체계적으로 쓰면, 평가자로부터 높은 점수를 받을 수 있다. 말했듯이, 논술 답안에서 병치 문장을 사용하여 글을 써야 하는 이유는 설명할 부분과 논증할 부분을 일정한 순서를 따라서 그리고 내용은 물론이고 형식 면에서 대구를 이루도록 질서 있게, 그리고 체계적으로 기술할 필요가 있다. 특히 **주제 개념을 나타내는 핵심어와 관점을 드러내는 용어 및 서술은 언어적으로 명확하게** 밝힐 필요가 있는데, 단어와 문장이 개념적으로 범주화를 이루면서 병치하면, 한편의 좋은 논술 답안으로 이어진다.

135
비문을 만들지 말라(1): 주어를 빠뜨리지 말라

비문(非文)은 '문법에 맞지 않는 문장'을 일컫는다. 특히 문장의 기본 구조가 잘못됐을 때는 글 내용의 이해가 어렵고 글이 어딘가 모르게 어색해 보이게 된다. 글을 쓰다 보면, 또는 글을 읽다 보면 자신이 보기에도 왠지 어색하고 무슨 뜻인지 잘 모르는 문장이 나올 때가 있는데, 이런 문장의 경우에는 거의 예외 없이 비문이라고 생각하면 된다.

우리말은 외국어와 비교할 때 주어가 자주 생략된다. 하지만 우리말(글)이라고 해서 아무 때나 주어를 생략할 수 있는 것은 아니다. 필요한 주어를 빠뜨리면 문법적으로 어색한 문장이 되거나 뜻이 제대로 전달되지 않는 경우가 많다. 문장에서 주체를 알 수 없으면 이를 밝혀야 의미는 뚜렷하게 전달된다. 말에서는 주어를 쉽게 생략하지만, **글에서는 이를 밝혀야** 한다. 생략한 목적어도 글에서는 찾아 밝히도록 해야 한다. 이는 **문장을 짧게 쓰면** 모두 해결된다.

논술문을 쓸 때는 필요한 주어를 찾아 이를 명확히 밝히거나, 또는 이를 채워야 의미 전달은 확실하고, 글 이해의 혼란을 막을 수 있다. 서술어의 경우 역시 이와 다르지 않다. 서술어는 대다수 문장에서 가장 핵심이 되는 부분이므로, 서술어가 생략되는 일이 없게 더욱 주의를 기울여야 한다.

다음 [예문1]은 그 예로, 주어가 생략되면서 의미 전달이 잘 안 되는 경우이다. 따라서 각 문장에 '성취동기'라는 주어를 채워 넣어야 글의 의미는 더 분명해진다.

예문1 이러한 성취동기는 국가 경제의 성장을 위해서뿐만 아니라 개인의 진취적 생활을 위해서도 반드시 필요하다. 그러므로 개인 생활의 밑바탕에서 작용하여 그 근본을 좌우하는 생활 철학의 기본 문제라고 할 수 있다. 아닌 게 아니라 개인의 성취를 현실화하는 토대로써도 필수적인 존재인 것이다.

▶ [이러한 성취동기는 국가 경제의 성장을 위해서뿐만 아니라 개인의 진취적 생활을 위해서도 반드시 필요하다. 그러므로 성취동기는 개인 생활의 밑바탕에서 작용하여 그 근본을 좌우하는 생활 철학의 기본 문제라고 할 수 있다. 아닌 게 아니라 성취동기는 개인의 성취를 현실화하는 토대로써도 필수적인 존재인 것이다.

한편 한 문장 안에서 주어를 바꾸는 것은 삼가야 한다. 어쩔 수 없이 주어를 바꿔야 할 때는 그 주어를 생략하지 말고 분명히 드러낸다. [예문2]는 쉼표를 경계로 하여 앞 절과 뒷 절의 주어가 바뀌고 있다. 곧 앞 절의 주어는 '목표는' 인 것에 비해, 뒷 절의 주어는 표면화되어 있지 않다. 물론 전후 관계로 보아 '제롬은'이 주어라는 것을 알 수 있지만, 그것이 명백하게 드러나 있지 않으면서 좋지 않은 글이 되고 말았다. [예문3]과 같이 비문법적인 문장을 이루는 때도 있으므로 주의한다. [예문3]의 주서술어인 '묵살하고'와 '방문했다'의 주어는 '소련은'인 것처럼 보인다. 그러나 뒷 절의 주서술어인 '방문했다'의 주어가 '소련은'이 될 수 없음은 명백하다. '방문했다'의 주체인 '세바르드나제 장관이'를 문장에서 명시해야 한다.

예문2 제롬의 노력의 목표는 오로지 알리사의 덕(德)에 견줄 만한 청년이 되는 것뿐이었고, 그러기 위해서 속세의 온갖 즐거움을 내버리고 성서에서 가르치는 '좁은 문'으로 들어가는 괴로움을 따르지 않으면 안 되었다.

예문3 구 소련은 당초 7일로 예정된 세바르드나제 외무장관의 방북을 연기해 달라는 평양의 요청을 묵살하고 오히려 남북 총리회담의 북측 대표단이 출발하기 하루 앞서 평양을 방문했다.

136

비문을 만들지 말라(2): 주어와 서술어를 일치시켜라

좋은 글은 무엇보다도 **문장 성분 간의 호응을 이루어야** 한다. 호응은 문장에 한 요소가 나타나면 다른 요소 또한 반드시 나타나야 하는 '제약 관계'를 말한다. 주어는 그것에 합당한 서술어가 있어야 하고, 목적어나 부사어 역시 마찬가지다. 그리고 서술어는 그것에 맞는 주어가 반드시 있어야 하고, 때에 따라서는 목적어와 부사어를 요구하기도 한다. 이때 가장 크게 문제가 되는 것은 주어와 서술어의 호응 관계다.

주어와 서술어는 문장을 이루는 기본 요소이다. 어떤 문장이든 주어와 서술어를 갖추어야 하며, 이들은 서로 짝을 이루면서 호응 관계를 유지해야 한다. 주어와 서술어의 어느 한쪽이 없거나 두 요소가 호응 관계를 유지하지 못하면 결코 온전한 문장을 이룰 수 없다.

주어와 서술어가 일치하지 않으면 **글이 부자연스럽고, 의미 전달에 문제가** 발생한다. 문장을 길게 만들면 주어와 서술어가 일치하지 않거나 주체가 모호해지기 쉽다. 주어와 목적어의 호응 관계가 분명하지 못한 경우에 이런 현상은 자주 발생한다. 따라서 이를 해결하기 위해서는 주어와 서술어 사이에 될수록 다른 말(글)들을 많이 끼워 넣지 않아야 한다.

글을 쓰다 보면 자신도 모르게 글을 생략하는 경우가 많다. 다음 [예문1] 글에서, 주어와 서술어 사이에 호응을 이루지 못하는 것은 서술어 부분을 지나치게 생략했기 때문이다. 따라서 문장 내의 '공통분모였다'를 '공통분모가 작용했기 때문이다'로 고치는 것이 좋다. 이처럼 '서술어' 부분을 너무 생략할 때 주어와 서술어의 불일치는 자주 일어난다.

예문1 시드니의 명물 하버브리지를 오르면서 문득 뉴욕의 슬럼가 코스가 생각난 것도 희소성과 스릴감이라는 공통분모였다. (▶ 공통분모가 작용했기 때문이다.)

아래 [예문2]의 '담겨져 있다'의 주어는 '상흔'이므로, 상위 문장의 주어인 '사실은'에 해당하는 서술어가 없다. 따라서 '사실은' 다음에 콤마(,)를 두르면서 주어인 '상흔'을 명확히 밝히거나, 또는 '사실은'을 주어로 하되 '…는 것이다' 정도의 서술어를 문장의 맨 뒤에 보충해 주어야 한다.

예문2 한데 주목할 사실은 그렇게 약간 냉소적으로 말하는 그 억양들 속에는 하나같이 지나간 세월의 상흔(傷痕)이 담겨져 있다. (▶ 사실은, … 상흔이 담겨 있다. 또는, 사실은 …담겨 있다는 것이다.)

한편 주어와 서술어가 호응하지 않는 문장은 많은 경우 '조사' 사용에 문제가 있음이 발견된다. 아래 [예문3]은 '구속했다'와 '구속 영장을 신청했다'를 동일한 서술 형태로 생각함으로써 문장 구성상의 오류를 범했다. 여기서 '2명'을 '2명에 대해'로 바로 잡아야 한다.

예문3 서울 관악경찰서는 1일 장홍양 씨 등 2명을 특수강도 혐의로 구속 영장을 신청했다. (▶ 2명에 대해)

137
비문을 만들지 말라(3): 복잡한 주술 관계를 구성하지 말라

복잡한 주술 관계도 의미 전달의 왜곡과 불일치를 불러오는 주된 요인이다. 문법적으로 잘못된 문장을 쓰는 것도 문제지만, 설령 문법적으로 잘못이 없다고 할지라도 주어와 서술어의 관계가 복잡한 경우에는 **그 문장의 뜻을 파악하는데 상당한 어려움을 겪게** 된다. 이는 긴 문장에서 특히 많이 일어나는데, 문장이 너무 길어지게 되면 글을 읽는 도중에 앞 내용을 놓쳐버리거나 심지어는 주어가 무엇인지조차 잊고 마는 경우도 발생하게 된다. 따라서 글을 쓸 때 주술 관계가 너무 복잡하지 않도록 해야 한다. 특히 다음 세 경우에 주의할 필요가 있다.

첫째, 주어와 서술어의 간격을 좁혀야 한다. 주어와 서술어의 간격이 너무 떨어져 있으면 **글을 쓰거나 읽는 도중에 무엇이 주어였던가를 잊는 경우가** 생길 뿐만 아니라, 어느 서술어의 주어인지 판단하기 힘들다. 그 점에서는 목적어 또한 마찬가지다. 대개는 겹문장(복문)을 만들 때 이런 문제가 자주 발생한다. 문장에서 주어가 나오고 이어서 작은 문장을 안은 다음 글 말미에다가 서술어를 붙이니까, 주어와 서술어가 멀어진다. 그럴 때는 서술어의 대상(주어와 목적어)을 호응하는 서술어 앞쪽으로 옮겨 놓는 것이 좋다(예문1). 또는 문장을 몇 개로 갈라, 될 수 있는 한 주어와 서술어를 가까이 놓는 것이 좋다.

예문1 우리는 여성들이 더 적극적으로 사회 활동에 참여할 수 있도록 그들의 능력을 인정해야 한다.

▶ 여성들이 더 적극적으로 사회 활동에 참여할 수 있도록 우리는 그들의 능력을 인정해야 한다.

둘째, 문장 도중에 주어를 바꾸지 말아야 한다. 한 문장 안에서 주어를 바꾸는 것은 읽는 사람의 이해를 방해하므로 되도록 삼가야 한다. 만약 어쩔 수 없이 주어를 바꾸어야만 할 때는 그 주어를 생략하지 말고 분명하게 나타내는 것이 좋다.

예문2 제롬의 노력의 목표는 오로지 알리사의 덕(德)에 견줄 만한 청년이 되는 것뿐이었고, 그러기 위해서는 속세의 온갖 어려움을 내버리고 성서에서 가르치는 '좁은 문'으로 들어가는 괴로움을 따르지 않으면 안 되었다.

▶ …그러기 위해 제롬은 속세의 온갖 어려움을 내버리고 성서에서 가르치는 '좁은 문'으로 들어가는 괴로움을 따르지 않으면 안 되었다.

[예문2]는 쉼표를 경계로 하여 앞 절과 뒷 절의 주어가 바뀌고 있다. 곧 앞 절의 주어는 '목표는'인 것인데 비해 뒤 절의 주어는 명시되어 있지 않다. 물론 글의 전후 관계로 보아 '제롬은'이 주어라는 것을 알 수 있지만, 이것이 명백하게 드러나지 않으면서 좋지 않은 글이 되고 말았다. 이 경우에는 비문이라고까지는 할 수 없겠지만, [예문2]처럼 비문법적인 문장을 이루는 경우가 있으므로 주의해야 한다.

셋째, 불명확한 주술 관계를 피해야 한다. 주술 관계가 비교적 명확하다 할지라도 그것이 여러 번 되풀이되면, 그 문장의 내용 파악은 그만큼 어려워질 수밖에 없다. 주술 관계가 글에 명확히 드러나 있지 않을 때 역시 독자를 혼란에 빠뜨린다.

138
비문을 만들지 말라(4): 너무 긴 수식어를 피하라

글이 좋고 나쁨은 상당 부분 어휘력에 의해 좌우된다. 글을 쓸 때 생각의 흐름이 자주 끊기거나 생각이 막히는 것은 **어휘력 부족에서 비롯되는** 경우가 많다. 단어를 많이 아는 것도 어휘력이지만, 단어를 정확하게 사용하는 것 또한 어휘력이다. 논술문에서 자신의 견해와 주장을 올바로 전달하기 위해서도 적절한 어휘나 개념어 사용은 필수다.

따라서 문장을 정확히 하려면 그 문장을 구성하는 기본 단위인 **단어를 적절히 선택해야** 한다. 문장에 필요한 요소를 빠뜨린다거나, 반대로 불필요한 군더더기를 덧붙인다면 결코 온전한 문장이 되지 못한다. 또 어순을 틀리게 해도 문법적으로 옳지 않은 문장이 된다. 단어 하나를 잘못 써도 문장 전체가 부적절한 문장이 될 수 있다.

아래 [예문]은 '용공적으로'라는 부사어가 잘못 쓰여 비문이 되었다. 그 표현으로 인해 '반미적인 분자들같이 몰려고 하는 것이 용공적'이라는 뜻이 더 강해진 것이다. '몰려고 하는'의 주체는 정부 당국일 텐데, 정부 당국이 용공적인 것은 아니므로 고쳐 바로잡는 것이 좋겠다.

예문 내가 총리에게 질의를 한 것은 미 문화원 농성 학생들을 어째서 무슨 이득이 있다고 <u>용공적으로</u> 반미적인 그러한 분자들같이 몰려고 하느냐는 것입니다.

▶ [내가 총리에게 질문한 것, 미 문화원 농성 학생들을 어째서, 무슨 이득이 있다고 <u>용공적이고</u> 반미적인 분자들로 몰려고 하느냐는 것입니다.

어떤 단어가 문장 안의 어떤 다른 요소(단어 및 어구)와 어울릴 때, 그 단어는 선택의 제약을 받는다. 이때 단어를 잘 못 선택하여 좋지 못한 문장으로 만드는 경우가 많은데, 한편의 빼어난 글을 쓰기 위해서는 무엇보다도 어휘를 신중하게 선택해야 한다. 적절한 단어 하나하나가 결국 좋은 문장을 만들고 좋은 글을 이룬다는 사실을 반드시 알고 있어야 한다. 특히 문장 성분의 무분별한 생략이나 지나친 중복으로 문장 구조가 어색해져서는 안 된다. 그 이유와 해결 방법은 다음과 같다.

너무 긴 수식어는 피한다. 우리말 가운데 관형어, 부사어와 같은 수식어는 문장의 뼈대를 이루는 주어나 서술어를 적절히 꾸며주고 또 그 의미를 한정하는 역할을 한다. 수식어에 의해 꾸밈을 받는 말글, 곧 피수식어는 수식어가 있어야 그 글의 내용은 좀더 구체적으로, 자세히, 제한적으로 표현된다. 그러나 이는 수식어를 적절히 구사했을 때 그렇다는 것이고, 만일 문장을 아름답게 꾸민답시고 수식어를 마구 남발한다면 문제는 심각해진다. 그렇게 되면, **문장이 길어져 내용 파악이 힘들 뿐 아니라**, 그만큼 잘못된 문장이 될 가능성도 커진다. 이를테면 우리말과 우리글에서는 주어와 서술어 사이에 부사적 수식어가 오게 되는데, 이 부사적 수식어가 길어질 때 주어와 서술어의 간격이 벌어지면서 이해하기 어려운 문장이 된다.

요컨대 수식하는 글이 너무 길면 **문장의 핵심이 흐려져서 글의 집중력이 떨어지고**, 비문이 될 가능성은 훨씬 커진다. 그러므로 어쩔 수 없는 경우가 아니면, 문장을 몇 개로 나누고 수식어도 적절하게 배열하여, 읽는 사람이 혼란을 일으키지 않도록 해야 한다. 한 문장에 하나의 개념 또는 사실을 담아야 한다는 글쓰기의 기본 원칙을 잊어서는 안 된다. 수식어의 지나친 남발은 문장을 쓸데없이 늘리는 요인이 될 뿐만 아니라, 그로 말미암아 글의 이해를 어렵게 만들 수 있으므로 각별한 주의가 요구된다. 이밖에도 **수식어의 어순이 잘못된 경우라든지, 부사어가 체언을 수식하는** 등의 잘못이 따를 수 있다. 그러므로 수식어를 쓸 때는 그것의 적절성 여부와 함께 문법적 요소도 고려해야 한다.

139
비문을 만들지 말라(5): 어휘를 지나치게 생략하거나, 반복하지 말라

글을 쓸 때, 머릿속 생각의 흐름에만 지나치게 의존한 나머지 정작 글에 반드시 들어가야 할 문장 성분을 빠뜨리는 경우가 많다. 하지만 문장에서 필요한 성분을 구성하는 필수 단어를 생략하게 되면, 이것이 글의 자연스러운 흐름을 가로막음으로써 글을 이해하기 어렵게 만든다. 꼭 있어야 할 문장 성분을 생략하면 **뜻이 불분명하고 이해하기 어려운** 문장이 된다.

글을 짧게 써야 한다는 강박 관념이 지나치면 문장 성분을 무분별하게 생략하려 들고, 이것이 결과적으로 문장 구조를 어색하게 만든다. 하지만 그래서는 안 된다. 말했듯이, 모든 글에서는 글의 뼈대를 이루는 성분, 즉 주어와 서술어, 목적어가 분명하게 드러나야 그 뜻이 명확히 이해된다. 이를 염두에 두고, 글을 쓸 때 **문장에서 필요한 성분은 반드시 드러내야** 하며, 그것도 정 위치에 배열할 수 있도록 힘을 쏟아야 한다. 이를 위해서는 먼저 단어와 어휘를 지나치게 생략하지 말아야 한다.

예문1 인위적으로 단시일 내에 <u>바꾸려면</u> 많은 문제가 생길 수밖에 없다.
(▶ 바꾸려 들면)

[예문1]은 '바꾸려면'의 목적어가 없는 탓에 '바꾸려면'의 대상이 되는 단어를 주변 문맥에서 찾거나 추론해야 하므로, 독자가 글을 자연스럽게 읽는 데 방해를 준다. 또 문장 안에 목적어를 집어넣더라도 '바꾸려면'을 '바꾸면' 또는 '바꾸려 들면'으로 바로잡아야 글의 의미는 더 명확히 전달된다.

다음으로 **동일 의미의 어구 반복을 피한다.** 동일한 의미를 지닌 어구의 반복은 피하도록 한다. 같은 단어를 반복하거나 비슷한 어휘를 중복해서 쓰는 것은 바람직하지 못하다. 이런 식으로 글을 쓰면 문장에 군더더기가 많아진다. 글의 군더더기가 없어야 평가자에게 깔끔한 인상을 줄 수 있을뿐더러, 의미 전달은 더 확실하다.

예문2 이 같은 발상은 멀리 내다보지 못하는 근시안적인 태도다. (▶ 멀리 내다보지 못하는, 또는 근시안적인)

예문3 그러므로 사회구조가 도대체 무엇을 의미하는가를 전문적으로 깊이 다루려고 하면 할수록 도리어 혼미의 벽에 부딪치는 느낌을 주는 딜레마를 맞게 된다.
▶ 그러므로 사회구조가 도대체 무엇을 의미하는가를 깊이 다루려고 하면 할수록 도리어 혼미의 벽에 부딪히는 느낌을 맞게 된다. 또는 그러므로 사회구조가 도대체 무엇을 의미하는가를 전문적으로 다루려고 하면 할수록 도리어 딜레마의 상황을 맞는다.

[예문2, 3]은 한 문장 안에 같거나 비슷한 의미를 지닌 어구를 반복하여 사용함으로써, 글 내용을 불필요하게 반복하고 있는 문장들이다. [예문2]의 '멀리 내다보지 못하는'과 '근시안적인', [예문3]의 '전문적으로'와 '깊이', '혼미의 벽에 부딪히는 느낌을 주는'과 '딜레마'는 의미가 중복되는 표현들이다. 자연스러운 표현을 위해서는 둘 중 어느 하나를 빼는 것이 좋다.

140
비문을 만들지 말라(6): 얽힌 구문을 피하라

하나의 문장에서 주어와 서술어의 관계가 한 번만 이루어진 것을 '단문'이라 하고, 두 번 이상 이루어진 것을 '복문'이라 한다. 복문은 주어진 문장이 절(節)의 형태로 다른 문장 속에 안겨 있는 경우와 여러 문장이 나란히 이루어져 있는 경우로 나눌 수 있다. 전자를 '내포문'이라 하고, 후자를 '접속문'이라 한다. 내포문과 접속문은 문장의 길이를 늘이는 주된 요인일 뿐 아니라, 각각의 어미 하나하나마다 고유한 뜻이 있고 또 문법적인 제약을 받으므로, 그 사용에 특별히 주의할 필요가 있다.

글에는 단문과 복문이 뒤섞여 있는 것이 일반적이다. 주어와 서술어가 하나로 이루어진 단문은 단일 명제를 담고 있어 개념을 명확히 전달할 수 있는 이점이 있다. 그러나 단문이 연속하여 계속되면 자칫 생각의 흐름은 단절되고 글을 읽는 데 방해될 수 있다. 이런 이유로 논술문을 작성할 때는 복문을 자주 쓰게 되는데, 복문은 논리적인 인과 관계를 따라 여러 명제를 하나의 문장 안에 넣어 표현할 수 있는 장점이 있다. 그러나 복문 역시 여러 명제를 나열하는 데 급급하여 적절한 접속 어미를 선택하지 못하게 한다든지, 여러 명제를 연결하는 과정에서 자칫 흐름을 놓쳐 **호응을 이루는 성분 중 어느 하나를 빠뜨리는** 오류를 범할 수 있다.

이는 결과적으로 단어와 단어, 문장과 문장을 얽히게 만듦으로써, 글의 흐름을 자주 끊을뿐더러, 글의 이해를 어렵게 만든다. 그러므로 복문의 장점 및 단점을 고려하여 생각을 정확히, 효과적으로 표현할 수 있도록 **문장 구성에 특별한 주의를 기울여야** 한다. 특히 글을 효과적으로, 체계적으로, 질서 있게 나열할 수 있도록 신경 써야 하는데, 이를 위해서는 다음을 고려할 필요가 있다.

■ 적절한 접속어미의 사용

접속 어미는 여러 명제를 하나의 문장 속에 엮어 넣을 때 가장 중요한 역할을 담당한다. 접속 어미는 절과 절을 연결하여 한 문장 안에 몇 개의 명제를 담아내는 수단이기도 하지만, 사건이나 상황이 어떤 식으로 얽혀 있는지를 알려주기도 한다. 만약 접속 어미의 사용이 적절치 않으면, 글의 흐름은 깨지고 논리는 제각각 흩어진다.

■ 문법적으로 대등 것의 병치(동질성이 파괴된 문장)

둘 이상의 문장을 접속하거나 나열할 때 그 구조는 같거나 비슷해야 한다. 둘 이상의 문장이 병치할 때는 문법적으로 대등한 자격을 갖는 글을 연결해야 자연스럽다. 접속문을 구성하는 두 문장이 동질적으로 접속되지 않음으로써 비문법적인 문장을 만들지 않도록 조심해야 한다. 이는 문장이 길어질 때 자주 나타나는 것이기에, 문장을 단문으로 잘라 서술하면 문제는 대부분 해결된다.

■ 문장 성분의 공유 관계(부당하게 생략된 접속문)

접속되는 두 문장 가운데 어느 일부를 잘못 생략한 때도 비문이 된다. 동일한 내용이 겹칠 때 어느 하나를 생략하는 것은 자연스러운 일이다. 그러나 글 일부를 생략한 이후의 문장 나열과 접속은, 문장 성분의 공유 관계에 맞게 새롭게 조정되어야 한다. 따라서 문장 성분의 공유 관계가 올바로 성립할 수 있도록 나열·접속되는 두 구절의 문장 구조를 확인하는 글쓴이의 세심한 배려가 필요하다. 접속문을 만들면서 공통 요소가 아닌 것조차 생략하는 실수를 범하지 말아야 한다.

■ 논리적인 흐름을 고려한 나열(부적절한 어순의 문장)

여러 명제를 연결할 때에는 이들 사이의 논리적인 흐름을 고려해야 한다. 글을 쓰기 위해 개요를 짜고 그것의 논리적인 흐름이 맞는지를 몇 번씩 고민했다면, 실제 글을 쓰면서 앞뒤 문장의 흐름을 자연스럽게 만들려고 노력해야 한다는 사실에 쉽게 수긍할 수 있을 것이다.

141
비문을 만들지 말라(7): 접속 어구를 남발하지 말라

국어는 접속 어미가 상당히 발달한 언어로, 접속 어미를 적절히 선택하여 사용하는 것은 문장 기술에서 무척 중요하다. 접속문이나 내포문을 잘 이용하면, 단문만을 나열했을 때 주는 지나치게 딱딱한 느낌을 줄 뿐만 아니라, 상당히 세련된 언어를 구사할 수 있다. 그렇더라도 접속문과 내포문은 문장을 길게 만드는 주된 요인일 뿐만 아니라, 각각의 어미 하나하나마다 고유한 뜻과 문법적 제약을 지니고 있으므로, 그 사용에 각별한 주의가 필요하다. 접속 어미 사용에 신중할 필요가 있다. 특히 문장을 접속하는 과정에서는 반드시 **접속 관계뿐만 아니라, 그것에 상응하는 문장 전체의 주어와 서술어까지도 함께 살펴 바로잡아야** 한다.

예문1 증권 회사의 영업부장이 증권 투자의 초심자인 원고에 대하여 자기에게 돈을 맡기면 원고를 위하여 유망한 주식을 적시 매수, 매도하여 이익이 남도록 관리 운영하여 주겠다고 하여 원고로부터 돈을 받아 보관하던 중 이를 횡령한 경우에 원고는 증권 거래나 그로부터 파생되는 법적인 문제에 대하여 경험과 지식이 별로 없는데다가 증권 회사 측에서 원고가 맡긴 돈이 수탁(受託) 계약 준칙에 따른 위탁(委託) 증거금이 아니라는 이유로 책임을 회피하자 자칫하면 이를 한 푼도 못 찾게 될지도 모른다는 급박한 상황에 이르렀고 한편 증권 회사의 대주주 3인이 원고가 맡긴 돈의 3분의 1만 지급 받고 나머지 권리를 포기할 것을 제의하면서 이를 수락하지 않으면 한 푼도 변제받지 못할 것이라고 정신적 압력을 가하였기 때문에 원고가 위 돈만 지급받고 나머지 권리를 포기한다는 약정을 하였다면, 이러한 약정은 증권 회사 및 그 대주주들이 원고의 궁박한 상태를 이용하여 체결한

현저히 공정을 잃은 계약으로서 무효라 할 것이다. (《민사상고 사건 판례》, 《판례 민법전》)

[예문1]은 한 문장으로, '-면, -도록, -고, -여(서), -자' 등의 접속 어미를 다양하게 구사하고 있지만, 그것이 지나치게 많이 쓰이는 바람에 그 내용을 파악하기가 몹시 힘들다. 특히 사례 글과 같은 판결문의 경우에는 개인이나 집단의 분쟁거리를 해소하는 것이 그 목적이라 할 수 있으므로 더욱 그 의미가 분명해야 한다. 그럼에 불구하고, [예문1]은 접속문을 지나치게 남발하여 의미 파악에 상당한 어려움을 주고 있다. 예문에서 알 수 있듯이 **접속 어구를 남발하면 독자가 상당한 혼란을 느끼므로** 주의해야 한다. 이것을 해결하는 방법은 간단하다. 될수록 짧게, 단문으로 쓰면 된다.

특히 도저히 한 문장으로 결속할 수 없는 내용을 무리하게 묶어 놓는 문장을 만들어서는 안 된다. 다음 [예문2]의 문장이 그러한 대표적인 경우이다. 이러한 문장은 차라리 두 토막 이상으로 나누어 여러 문장으로 표현하고, 그 사이를 알맞은 접속 부사나 부사구를 넣고, 글 내용을 매끄럽게 다듬는 것이 더 효과적이다. 이해하기 쉽게 다시 엮은 것이 수정 글이다.

예문2 주인공 박준과 우희가 사막을 횡단하다가 자동차가 모래에 빠져 차를 빼내는 장면 촬영을 위해 사막 중간까지 차를 몰고 가다가 차가 빠지는 장면을 찍기도 전에 촬영차가 빠져 1시간 동안을 모든 사람이 촬영차에 달라붙어야 했으나, 이내 또 10m를 전진하지 못하고 모래에 빠져 버리고 말았다.

▶ 주인공 박준과 우희는 사막을 횡단하다가 모래에 빠진 자동차를 빼내는 장면 촬영을 위해 사막 중간까지 차를 몰고 갔다. 하지만 자동차가 빠지는 장면을 제대로 찍기도 전에 촬영차가 빠져 버리는 사태가 벌어졌다. 그 바람에 1시간 동안을 모든 사람이 촬영차에 달라붙어야 했으나, 이내 또 10m를 전진하지 못하고 모래에 빠져 버리고 말았다.

논술 Tip 8

논술로 대학에 합격하고 싶으면 출제자의 말을 귀담아 들어라!

글(논술 답안)은 어떻게 써야 할까?

논술은 논리적 글쓰기가 아니라 논증적 글쓰기라는 점을 잊지 말자! 따라서 논술문을 쓴다는 것은 단순히 자기의 생각을 표현하는 것이 아니라 논제의 요구에 따라 내용을 구성하는 것이다. 물론 평소에 글을 많이 써보는 것이 중요하지만 엄밀한 논증을 갖춘 글을 쓰기 위해서는 특별한 훈련이 필요하다.

평소 글쓰기를 위해서는 세 가지 주제로 세 편의 글을 쓰는 것보다는 하나의 주제로 세 번을 고쳐 써보는 훈련을 하도록 한다. 대부분 사람들은 글을 잘 쓰건 못 쓰건 간에 자신의 글은 논리적이라고 생각한다. 완성된 글을 다시 읽어 보아도 자신의 글에서는 논리적 허점을 잘 찾지 못한다. 왜냐하면 글을 쓸 때의 생각으로 그 글을 다시 읽기 때문이다. 따라서 글은 한 문장 한 문장 꼼꼼히 생각해 보고 다시 고쳐 쓰는 훈련을 되풀이해야 한다.

단락 구분과 함께 단락 간의 논리적 연관을 생각하면서 글쓰기를 하는 훈련을 한다. 만약 다섯 단락으로 이루어진 글을 썼을 경우, 그중 한 단락의 순서를 바꾸었는데도 그 글의 내용에 있어 변함이 없다면 그 글은 결코 잘된 글이라고 할 수 없다. 글은 처음 문장부터 마지막 문장까지 서로 밀접한 연관 속에서 이루어져야 한다. 그 경우 한 단락이라도 순서가 바뀐다면 전혀 다른 글이 될 것이다. 특히 내용을 쓸 때는 '제시문'에서 제시된 중심 문장들을 찾아 자신의 어휘와 문장으로 재구성하는 훈련을 한다.

모든 글에는 항상 독자가 있다는 것을 명심하자! 다시 말해 글쓰기를 할 때는 예상되는 반론을 염두에 두고 자기의 생각을 정리하면서 쓰는 훈련을 한다.

(숙명여대 2021 논술가이드북)

Part 9

글 고치기의 기술

142
글 고치기의 기본 원칙(1): 스스로 쓰고, 스스로 고쳐라

논술 첨삭은 작성한 답안의 전부 또는 일부를 보태거나 삭제하면서 더 나은 글로 만들어나가는 작업이다. 첨삭은 논술 평가 기준에 맞게 글의 내용과 형식을 분석하고 평가하는 작업으로, 작성한 답안을 꼼꼼하게 살피면서 글 내용을 고치고 다듬어야 한다.

하지만 평소 글쓰기 훈련이 제대로 되어있지 않은 학생의 경우, 자신이 쓴 글을 직접 읽고 이를 논리적으로 분석하면서 글 내용의 잘못된 부분을 고치기란 쉽지 않다. 그렇더라도 잘 쓴 논술 답안을 작성하기 위해서는 자기 스스로 하는 것이 더 효과적이다. 짧은 시간에 좋은 글을 쓰기 어렵다. 여러 번 글을 다듬고 고치기를 반복하는 과정에서 더 나은 글은 탄생한다. 글쓰기 자체가 하나의 과정이므로 **고쳐 쓰고 다시 쓰기를 반복한다.**

글쓰기는 '생각하기–쓰기–고쳐 쓰기'의 과정이라 할 수 있다. 글에 최종본이란 없다. 자신이 쓴 글은 항상 부족하며 미완성이라는 생각을 가져야 한다. 글을 고치고 가다듬는 과정을 싫어하고 멀리하는 학생들은 결코 좋은 글을 쓸 수 없다. 글쓰기는 글 고치기의 과정이라 해도 과언은 아닐 정도로 중요하다.

글 고치기의 목적은 무엇보다 글의 완성도를 높이는 데 있다. 고쳐 쓰기는 단순히 틀린 글자를 바로잡거나 문장의 표현을 고치는 정도에서 끝나서는 안 된다. 글자 교정과 같은 작은 부분에서부터 글의 맥락, 단락 구성, 논의 방향, 글 전체의 구조를 재구성하고 변화시키는 것에 이르기까지, **글 전체를 대상으로 해야** 한다. 그런 점에서 볼 때, 고쳐 쓰기는 자신의 글을 독자의 눈으로 보는 최초의 '거리 두기'라 할 수 있다. 자신의 글을 냉정하게, 새로운 시각에서 바라보고 생각하는 과정에서 글 내용은 좀더 객관적으로 파악되고, 이를 토대로 여러 번 다듬고 고쳐 쓰는 과정에서 글의 완성도는 좀더 높아지고, 더 잘 된 글로 거듭난다.

고쳐 쓰기(다시 쓰기에서 고쳐 쓰기로 가는 과정)는 **여러 번의 절차를 거쳐야** 한다. 단어 수준에서의 고쳐 쓰기, 문장 수준에서의 고쳐 쓰기, 단락 수준에서의 고쳐 쓰기, 글 전체 수준에서의 고쳐 쓰기가 그것이다. 이 가운데 **글 전체 수준에서의 고쳐 쓰기가** 가장 중요하다. 이는 글의 초점, 글의 형식과 내용, 단락과 단락의 연결, 문장의 배열 등 글의 모든 영역에 걸쳐 이것이 애초 설정했던 목표를 효과적으로 달성하고 있는가를 확인하고, 필요하다면 글을 완전히 다시 쓸 정도로 수정하는 과정이기 때문이다.

그에 비해, 문장 구조, 단어 선택, 문법, 문장 부호를 가다듬는 것과 같은 문장 수준에서의 고쳐 쓰기는 일종의 편집 과정에 해당한다. 편집 과정 역시 글 전체의 논리적인 흐름을 명확히 하고 문장의 의미를 보다 정확하게 만드는 효과가 있지만, 그 정도로는 글 전체 수준에서의 고쳐 쓰기에 못 미친다. 실제, 글 전체 수준의 다시 쓰기를 반복하다 보면 문장 수준의 고쳐 쓰기를 할 필요가 없을 정도로 글의 완성도는 높아진다.

이때 중요한 것은 많은 문제를 풀어가며 잘못 쓴 부분을 대충 다시 쓰는 것보다는 **같은 문제를 반복해서 풀고 다듬으면서 글의 완성도를 높여나가는** 것이 실력을 향상하는데 훨씬 효과적이다. 글 내용의 잘못된 점을 근본적으로 해결하지 않은 채 그저 많은 문제를 푼들, 실력은 늘지 않는다. 오히려 대충 얼버무리면서 끝내려는 잘못된 글 습관을 불러올 뿐이다. 이런 식의 글쓰기를 습관화한 경우에는 실력은 절대 늘지 않는다. 첨삭은 스스로 하는 것이다. 논술 실력을 끌어올리고 싶다면, 아무리 많은 시간과 노력이 필요하더라도 스스로 하라.

143
글 고치기의 기본 원칙(2): 다시 쓰고, 고쳐 쓰기를 거듭하라

글을 내용 면에서 일정 수준 이상으로 끌어올리기까지는 학생 스스로 머리 싸매고 노력하는 것밖에는 달리 방도가 없다. 그 과정에서 글의 형식 면에서의 완성도도 높아진다. '다시 쓰기(Re-writing)'는 논술자인 학생 자신이 온전히 힘을 쏟아야 하는 자기 주도 학습이다.

구성 및 표현의 오류 등 주로 글의 형식적인 면을 바로잡기 위한 '고쳐 쓰기(Re-script)'가 가능한 단계에 이를 때까지 '다시 쓰기'를 거듭하면서 글쓰기 수준을 끌어올려야 한다. 고쳐 쓰기는 논증을 더 좋게 표현하고 더 낫게 구성할 수 있도록 글 내용을 가다듬는 과정이면서 동시에 자기 생각을 점검하여 더 좋은 생각으로 발전토록 하기 위한 과정이다. 고쳐 쓰기 역시 한 번에 끝내서는 안 되며, **거듭 반복하여 글 내용을 고치고 다듬는 과정을 거치면서** 훨씬 더 좋은 글로 거듭나게 만들어야 한다. 글쓰기에 완벽함은 없다.

고쳐 쓰기를 할 때는 **'글 전체→단락→문장→단어' 고쳐 쓰기 순으로** 작업을 진행한다. 물론 이 모든 작업은 동시에 한꺼번에 이루어지는 것이 일반적이다. 때문에 고쳐 쓰기는 부분보다는 전체를 살피는 작업이 선행되어야 한다. 그 이유는 문장 또는 단락 수준에서의 고쳐 쓰기부터 먼저 매달리다 보면 이후의 전체 수준에서의 고쳐 쓰기 단계에서 이전에 애써 고친 문장이나 단락을 통째로 들어내야 하는 경우가 발생할 수 있기 때문이다.

다시 쓰고 고쳐 쓰는 첨삭 과정에서 강조할 것은 다음 두 가지다. 먼저 글은 마치 파동과도 같아서 문장이나 단어의 어느 일부를 고치게 되면 주변의 다른 문장, 심하게는 **글 전체를 고쳐 바로잡아야 글 전체가 한 방향을**

이루며, 논리적으로도 일관될 수 있다. 많은 경우 일단 작성한 글은 이를 새롭게 다시 쓰는 것보다 글 일부를 고쳐 바로잡는 것이 더 어렵다. 내 생각과 남의 생각을 바꿀 수 없듯이, 생각의 흐름을 담은 글은 남의 힘을 빌려도 그 근본을 바꾸기는 어렵다. 첨삭은 스스로 머리를 싸매가며 하는 것이지, 절대 남이 해주는 것이 아니다.

다음으로 글의 질적 수준을 높이려면 **자기 글의 '나쁜 버릇'부터 찾아 이를 바로잡아야** 한다. 이때 가장 효과적인 방법은 자신이 쓴 글을 직접 소리 내어 읽는 것이다. 자기 글을 자기가 모르고 있는 경우가 의외로 많다. 자기가 쓴 글을 읽어 이를테면 '것이다'라는 문구가 자주 반복되는지, '너무'라는 단어를 너무 많이 사용하는지, '~것이다'를 빈번히 쓰는지, 수식어가 과한지, 접속사가 많은지, 나열이 많은지를 찾아보라. 자기 글에서 나쁜 점을 발견할 수 있으면, 그 학생은 이미 글을 잘 쓰는 학생이다. 자기 글에서 문제점을 발견할 수 있는 수준에 이르러야 한다. 이때 자기가 직접 쓴 글을 소리 내어 읽어본다면, 글 솜씨는 크게 향상할 것이다.

글 전체 수준에서 고쳐 쓰기

- 글에 나타난 주제 및 관점이 문제의 물음과 논제의 요구와 일치하는가?
- 글 전체가 일관된 주제로 통일되어 있는가?
- 글에 암묵적으로 내포된 관점(논점)은 올바로 파악되고, 적절한 용어로 기술되어 있는가?
- 설명할 부분과 논증할 부분을 명확히 구분하고, 각각의 진술 방식에 맞춰 서술되고 있는가?
- 주제, 제재, 소재가 상호 관련되어 있는가?
- 개념과 개념의 위계와 흐름이 적절하게 이뤄지고 있는가?
- 글 전체가 논제의 요구에 맞게 균형 있게 서술되어 있는가?
- 단락과 단락의 긴밀성이 유지되고 있는가?
- 글의 흐름은 매끄러운가?

144
글 고치기의 기본 원칙(3): 고쳐 쓰기의 4원칙을 따르라

문장 고쳐 쓰기가 언어적인 면, 곧 글의 형식적인 면에서의 자구 수정이라면 글 전체 수준에서의 고쳐 쓰기는 글의 내용 면에서의 문장 교정이다. 그런 점에서 볼 때, 글 전체 수준에서의 고쳐 쓰기는 '다시 쓰기'라 할 수 있다. 글 내용이 잘못됐으면 처음부터 다시 써야지, 어느 일부분만 고친다고 해서 글 전체를 바로잡을 수는 없다. 고쳐 쓰기를 제대로 수행하기 위해서는 마치 글을 처음 대하면서 읽듯이 자신의 글을 읽을 필요가 있다. 이때 독자의 시각에서 읽어야 한다. **자기 글에 거리를 두면서 객관적으로 검토해야** 글의 허점을 찾을 수 있다.

글 전체 수준에서 하는 고쳐 쓰기는 **'삭제, 첨가, 구성, 조화'를 원칙으로** 한다. 논증 구성에 부족한 부분이 있다거나, 논지 전개상 필요한 내용이 빠졌다고 판단되는 경우에는 고쳐 쓰기를 하면서 이를 채워 넣는다. 글의 논지에서 벗어나는 내용, 생략해도 의미 전달이나 해석에 영향을 미치지 않는 부분, 표현만 바뀌었을 뿐 실제로는 같은 내용이 반복되는 부분은 고쳐 쓰기를 하면서 삭제한다. 문장과 단락의 전개가 논리적으로 맞지 않아 글의 흐름이 끊어지거나, 복잡한 문장과 문단 구성으로 배열 순서가 어색한 경우에도 고쳐 쓰면서 바로 잡는다.

■ **빼기_ 삭제의 원칙**

글을 쓰다 보면 불필요한 문장이나 단어를 사용하는 경우가 많다. 글 내용 면에서도 주제와 무관한 내용을 전개하는 때가 있다. 이는 한꺼번에 많은 내용을 글에 담으려는 욕심에서 비롯된다. 강조하지만, 고쳐 쓰기의 핵심은 '빼기'다. 불필요한 내용은 남김없이, 과감하게 제거한다. 그 자체로는 의미를 담고 있을지 모르지만 글 전체에 기여 않는 내용은 과감하게 지운다. 힘들여 쓴 부분을 지우는 일은 감정적으로 견디기 어렵지만, 견뎌내야 한다. 그렇게 해서 불필요한 내용이나 문장을 삭제하면 글에 꼭 필요한데도 불구하고 빠진 것들이 무엇인지 알아내 이를 채워 넣는다. 그런 노력을 통해 글 내용의 충실성은 물론이고 글 전체의 통일성과 긴밀성을 유지할 수 있다.

■ **더하기_ 첨가의 원칙**

글에서 필요한 내용은 추가로 더하거나 보태가며 꽉 채워 넣어야 한다. 그러려면 먼저 불필요한 글부터 과감하게 삭제해야 한다. 혹자는 그렇게 되면 글이 지나치게 짧아지고 글 내용은 형편없다고 걱정한다. 하지만 그럴수록 불필요한 내용부터 전부 삭제해야, 새롭게 채워 넣어야 할 것들이 머릿속에 떠오른다. 그런 다음, 주제가 충분히 부각하지 않거나 논제의 물음에 대해 좀더 설명해야 할 부분, 논리적으로 비약이 되거나 근거가 좀더 필요한 부분을 찾아 이를 보충한다. 글을 고칠 때 추가적인 서술이 필요하면 그 부분을 첨가토록 한다.

■ **다시 배열하기_ 재구성의 원칙**

글 고치기에서 가장 중요한 것은 글 내용을 체계적으로 잘 구성했는지 여부이다. 문장 표현과 단어 사용이 아무리 정확하더라도 글의 체계를 잡지 않으면 결코 좋은 글이 될 수 없다. 특히 단락을 적절히 나누어가며 글 내용을 구성하는 것이 중요하다. 단락을 잘 나누어 쓴 글은 독자가 부담 없이 글을 읽게 한다. 따라서 글 고치기에서는 글 구성과 단락 구분부터 먼저 확인하는 것이 좋다. 글 구성과 단락 구분이 올바르지 않다고 생각되면 문장이나 단락을 재구성하여 이를 바로 잡는다. 흐름에 맞지 않는 문장이나 단락은 재배열한다. 글의 흐름이 끊기거나 논리 전개가 뒤엉켜 있는 부분을 흐름에 맞도록 재배열한다.

■ **앞뒤 잇기_ 조화의 원칙**

글의 처음과 끝부분은 서로 조화를 이루어야 한다. 글의 끝부분은 처음에 언급했던 것과 맥락으로 연결되어야 한다. 그렇게 해서 단어와 단어의 연결에 신경 쓰다 보면, 문장과 문장, 단락과 단락의 흐름은 매끄럽고 자연스러워진다. 특히 단락과 단락의 연결 흐름이 좋아야 하는데, 이때 문장 수준에서의 고쳐 쓰기는 그리 신경 쓸 필요 없다. 글 전체의 논리와 논증 구조를 염두에 두고 한편의 완성된 글을 만든다는 생각으로 수정하기를 거듭하라.

145
다시 쓰고 고쳐 쓸 때 확인할 사항

논술 답안을 다시 쓰고 고쳐 쓸 때는 크게 **'논제 파악력, 지문 독해력, 논증 구성력, 문장 표현력, 사고의 오류'**와 관련한 부분을 집중적으로 살펴 바로잡는다. 이 다섯 가지 항목을 크고 넓게 살피되, 내용 면에서의 미흡함이 드러난 때는 다시 쓰기를 거듭하면서 글 전체를 바로잡고, 형식 면에서의 문제가 드러난 때는 고쳐 쓰기를 하면서 글 내용의 세세한 부분까지 바로잡으면서 논술 답안의 완성도를 높여나간다.

'논제 파악'과 관련해서는 **'출제 의도'를 정확히 파악했는지, '논제의 물음'을 올바르게 이해하고 있는지를** 중점적으로 살핀다. 문제와 제시문을 읽어 논제의 주제 개념을 이해하고, 그 개념적 이해에 근거하여 논제 물음을 담은 핵심 쟁점이자 서로 대립하는 관점·논점을 정확히 파악했는지를 살피고, 그 밖의 논제의 요구 사항을 빠짐없이 찾아 밝혔는지를 살핀다.

'지문 독해'와 관련해서는 제시문의 정확한 '독해 능력'을 검증하고, 특히 **제시문에 담긴 개념 및 그 개념이 의도하는 '관점'에 대한 올바른 이해와 해석 능력을** 중점적으로 살핀다. 제시문의 해석된 결과를 통해 문제가 요구하는 바를 정확하게 이해하고 있는지, 논제가 묻는 핵심과 본질에 대해 얼마만큼 잘 이해하고 있는지를 판별한다. 올바른 지문 독해를 위해서는 문제와 제시문, 제시문과 제시문 간의 연관 관계 및 제시문들이 순차적으로 배치된 의도를 파악할 수 있어야 하는데, 이것이 곧 출제 의도의 파악이다. 지문 독해 능력은 곧 '내용의 충실성'으로 연결되기에, 논증 구성 및 요약 훈련과 함께 논술 공부에서 가장 중요한 부분이다.

'논증 구성'과 관련해서는 **'논리의 정합성과 일관성', '논거의 타당성과**

적절성'을 중점적으로 살핀다. 주제 개념 및 핵심어, 제시문의 중심 생각을 정확히 파악했는지를 살핀다. 그래야만 논지와 논점, 논거의 올바른 파악은 물론, 글의 흐름과 논리를 무리 없이 전개할 수 있다. 답안 작성 시에는 주제어·핵심어가 내포하는 개념적 범주에서 벗어나 논의를 비약해도, 논거 부족을 드러내도 안 된다. 주제 개념을 따라 일관되면서도 체계적으로 논의를 전개하고, 논증을 구성하고, 논지와 논거를 제시했는가를 살핀다.

'문장 표현'과 관련해서는 **'문장 구성의 논리 정연함'**과 **'표현의 명료성'을** 중점적으로 살핀다. 문제의 지시 사항과 논제의 요구 조건에 맞춰 문장을 체계적으로 구성하면서 답안을 서술하고 있는지, 글의 기본 골격에 맞게 논리의 연결 흐름을 무리 없이 전개하고 있는지, 논제의 물음을 따라 단락을 적절하게 나누면서 글 전체의 흐름을 체계적이고 매끄럽게 전개하고 있는지를 중점적으로 살핀다. 이와 함께 설명과 논증 글쓰기의 형식과 어법에 맞는 문장을 사용하여 글 내용을 정확히 서술하고 표현하고 있는지, 적절한 어휘를 구사하고 있는지를 꼼꼼히 살핀다. 특히 결론 부분을 어떻게 구성하면서 글을 끝맺을 것인지를 치열하게 고민해야 한다.

'사고의 오류'를 살피는 것 역시 중요하다. 오류는 '좋은 논증'을 방해하는 것으로 논증이 체계적이지 못하고 무언가에 잘못이 있음을 스스로 인정하는 행위와 다름없다. 논술에서의 오류는 내용적 오류와 형식적 오류 모두를 포함한다. 이를테면 같거나 유사한 논의를 반복하는 '순환의 오류', 근거를 제시하지 않고 자기 멋대로 식으로 결론을 내리는 '흑백 논리', 부분적인 것을 갖고서 전체인양 호도하는 식의 '성급한 일반화의 오류'와 같은 내용적 오류는 물론, 군더더기 표현, 부적절한 어휘사용, 균형을 잃은 문장 등 형식적인 면에서의 표현의 오류를 바로잡아야 한다. 이때 형식 논리에 얽매이지 말고 **오직 논증의 타당성과 설득력, 일관성에 문제가 되는 오류만을 묻고 따져 바로잡으면** 그것으로 충분하다.

논술 Tip 9

논술로 대학에 합격하고 싶으면 출제자의 말을 귀담아 들어라!

논술 평가 항목별 중점 확인 사항

평가 항목		중점 확인 사항
내용면	논제 파악	•논제에 대한 정확한 이해 및 출제 의도 파악 •논제에 담긴 개념 이해 및 관점(쟁점 및 문제 상황) 파악 •논제의 요구 사항에 대한 빠짐없는 이행 •논점 이탈 여부
	지문 독해	•제시문에 대한 정확한 독해 •제시문에 담긴 개념과 관점(쟁점 및 문제 상황)에 대한 올바른 해석 •문제와 제시문 간의 연결 관계 및 배치된 의도 파악
	논증 구성	•논지와 논점을 올바르게 파악했는지 여부 •논거가 충분하고 적절한지 여부 •논거가 구체적이고 설득적이고 타당한지 여부 •전체 논의 전개의 정합성 및 일관성 유지 •논의 전개에서의 논리의 비약 •논의 전개에서의 논리성 결여 •주장이나 논거에 대한 반론가능성 고려 •추론을 통한 숨은 전제와 함축의 해결 가능성
형식면	문장 표현	•문제의 요구 사항에 맞춰 답안의 논리적 연결 흐름을 적절하게 전개하는지 여부 •글의 전체적인 흐름을 체계적이고 매끄럽게 전개하고 있는지 여부 •제시문을 자기 언어로 재구성하여 간명하게 요약하고 있는지 여부 •문장 표현의 매끄러움, 자연스러움, 간결함, 적절한 비유와 예시 •단락 구성 및 어휘 사용의 적절성 •결론의 압축성과 완결성
	사고의 오류	•흑백 논리 •자의적 해석 •성급한 일반화의 오류 •감정적이고 극단적인 논조 •한 얘기 또 하고를 반복하는 동어 반복의 오류 •범주의 오류

Part 10

답안을 체계적으로 작성하는 요령

146
논술 평가 항목에 맞게 서술하라

대학은 논술 평가 항목인 '분석적 이해–비판적 평가–창의적 적용' 능력을 묻고 측정하기 위해, 여러 제시문을 갖고 이를 문제별 문항과 연계하면서 엮어나가는 형태로 문제가 출제되고, 발문의 물음을 구성하는 유형적인 특징을 보인다.

그 유형은 **문제별 문항을 통해 단계적으로 해결하도록** 제시되어 있다. 문제의 문항별로 하나의 평가 항목을 제시하면서 그것에 답할 것을 지시하거나, (단순 논제) 또는 여러 평가 항목을 한꺼번에 제시하고 그것들을 복합적으로 해결하도록 지시한다. (복합 논제) 어느 것이든 '이러저러한 식으로 서술하라'는 논증 평가 항목별 해결 과제를 담은 논증 지시어를 따라, 주어진 문제를 설명하거나, 비판하거나, 평가하거나, 대안을 제시하면서 답해야 한다. 따라서 논제를 분석할 때 '문항 분석'까지 적절하게 이루어져야 학생들은 올바른 논술 답안을 작성할 수 있다.

대입 논술에서는 일반적으로 한 문제만을 출제하지 않는다. 공통된 주제를 주고서 평가 항목을 달리하는 논제를 여러 개 만든 후 이를 개별 문제에 담아 순차적으로 출제하거나 또는 논제별로 주제를 달리하는 문제로 출제하되 평가 항목을 따라 발문의 물음을 구성한다. 어떤 유형의 문제로 출제하든, 문제에는(발문의 물음에는) 여러 질문 항목(편의상, 이것을 '문항'이라고 하자)이 주어진다.

이때 어느 문제이든 관계없이, 그리고 문항이 단순하든 복잡하든 상관없이, 각각의 문제 안에 실린 논제의 물음을 항목별로 분석한 형태를 일컫는 제 문항을 분석할 때 반드시 알고 있어야 할 중요한 것은 다음 두 가지다. 첫째, 문항 분석은 논술 답안의 **단락 구성은 물론, 그에 따른 적정 글자 수 배분에 있어 아주 중요한** 역할을 담당한다. 논술 답안을 작성할 때 한 단락을 구성하는 여러 문장은 곧 문제의 물음과 논제의 지시에 맞게 작성할 내용을 구분하면서 서술한 결과물이기 때문이다. 즉 논제의 물음에 대한 대답(진술)에서 개념 규정을 중심으로 글 내용을 기술하는 설명 글쓰기는 물론이고, 논증 평가 항목에 맞추어 논증을 펼치는 논증 글쓰기는 모두 단락을 구분하면서 서술해야 한다.

이때 글의 내용적인 측면은 물론이고 글자 수, 구성 방식 같은 형식적인 측면 전체를 놓고 가장 역점을 두고 살펴야 할 것이 바로 논증 평가와 관련한 것으로, 단순 논증이냐 또는 복합 논증인가에 따라 글 전체의 구조와 글 내용의 구성은 크게 차이 난다. 이런 이유로 문항 분석을 할 때 단락과 단락을 연결하는 논리의 흐름은 물론이고, 전체 구성과 배열, 글자 수 등 완결된 논술 답안을 위해 필요한 많은 것들을 충분히 고려해야 한다. 그렇게 해서 **논증은 일관성·완결성·통일성을 이루어야** 한다.

둘째, 모든 문제와 문항에는 "발문의 물음을 따라+제시문들을 읽고+이를 비교·분류·분석하여"라는 일련의 요구와 지시가 깔려있음을 이해하고, 이를 "논증 지시어에 맞게 글 내용을 객관적으로 기술"해야 한다

여기서 객관적이라는 의미는 이렇다.

글의 요지를 전달하거나 설명할 때는 전달자의 주관이 개입할 여지는 없다. 심지어는 '자신의 관점'에서 비판하라는 지시적 요구 역시 **'반드시 비판점을 찾아내야만 한다거나, 또는 반드시 비판해야 한다는 점에 구속된 자기 견해'이기에** 단순히 주관적인 견해만을 서술해서는 안 된다. 이것 앞에서 거듭 강조했다.

147
단락 구성과 논리 연결에 신경 써라

논술 답안을 작성할 때는 단락을 명확히 나누면서 글 내용을 기술해야 한다. 단락을 나눈다는 것은 곧 '내용 전환'을 의미한다. 발문의 물음은 그것이 지시하고 요구하는 사항에 맞게 글 내용(논지와 논거에 해당하는 부분)을 설명과 논증으로 명확히 구분하여 기술하거나 또는 논점별로 핵심 내용을 구분하면서 글 내용을 체계적으로 정리할 필요가 있다. 이때 그 지시적 물음의 핵심 내용을 어떻게 설정하고 논리적으로 이어갈 것인가에 대해, 이를 어떤 형식적인 구조 틀로써 구분 짓는 행위라 할 수 있다. 따라서 단락을 적절히 나눈다는 것은 그만큼 **자기 생각을 체계적이고 논리적인 방향으로 전개하고** 있음을 뜻한다.

단락은 하나의 핵심 개념(논제의 관점이 지향하는 세부 주제 또는 논점·쟁점은 물론 논지까지도 포괄하는 의미이다)을 중심으로 여러 문장이 모인 것이다. 하나의 단락에는 반드시 핵심 개념(중심 생각)이 들어있으며, 이 핵심 개념을 표현하는 부분 이외의 요소들은 이를 뒷받침하거나 부연하는 요소들이다. 따라서 단락을 구성할 때 가장 유의할 사항은 핵심 개념이 들어있는 중심 문장과 그것을 뒷받침하는 문장들을 여하히 잘 결합하느냐에 달렸다. 중심 문장은 그 문단에서 말하고자 하는 중심 생각이나 주장을 표현한 문장이다. 뒷받침 문장은 중심 생각이나 주장을 구체적 근거를 들어 설명하는 문장이다. 중심 문장이 그 단락의 주장(결론)이라면, 뒷받침 문장은 근거(전제)가 된다.

그렇게 해서 단락은 통일성을 가져야 한다. 단락의 통일성이란 **한 단락 안의 모든 내용이 하나의 핵심 개념(관점·쟁점·논점·논지)에 집약될 수 있어**

야 함을 뜻한다. 한 단락의 핵심개념은 하나여야만 한다. 단락의 통일성을 확보하기 위해서는 무엇보다 개념의 한계를 명확히 해야 한다. 하지만 단락이 통일성을 갖추고 있다고 해서 그 글이 완전함을 갖추는 것은 아니다. 단락 내의 각각의 문장들이 통일성을 이루더라도 그것이 일정한 순서 없이 비논리적으로 나열되어 있다면, 그 단락은 그만큼 일관성을 잃은 것이다.

단락은 또한 완결성의 의미도 갖는다. 단락의 완결성이란 단락의 핵심 개념이 뒷받침 문장을 통해 구체적으로 해명되어야 함을 뜻한다. 핵심 개념은 중심 문장 안에서 표현되고, 중심 문장 안의 중심 주장 글에 담아 서술된다. 따라서 **핵심 개념은 중심 문장을 통해 전체 단락의 내용을 어디까지 전개할 수 있는지가** 결정되고, 그 안에서 단락의 의미는 명확히 드러난다.

단락의 연결성 또한 중요하다. 단락 안의 각 문장은 유기적으로 관련되고 순차적·체계적으로 연결되어야 하는데, 이를 위해서는 단락 안의 여러 문장이 그 의미와 논리를 서로 맞물어야 한다. 그리고 각 문장 간의 연결 관계는 겉으로 분명하게 드러나야 한다. 그렇게 해서 문장과 문장, 단락과 단락은 연결성을 갖는다. 연결성이 없는 단락은 관계없는 문장들의 무의미한 집합에 지나지 않는다. 흔히 맥락이 통하지 않는다는 의미가 이를 두고 하는 것이다. 특히 **단락과 단락을 연결하는 논리의 흐름에 유의하면서 답안을 작성해야** 하는데, 이때 역시 적절한 접속 표현을 사용해가며 글 내용을 논리적으로 매끄럽게 연결해 나갈 수 있어야 한다.

논술 답안에서 어느 한 단락을 이루는 문장들의 기술은 곧 개별 제시문의 핵심 개념을 중심으로 이를 문제의 물음 및 논제의 지시를 충실히 따르면서, 글 내용을 논증 방법(추론 방식)에 맞게 체계적으로 구성하는 것이다. 이때 단락과 단락 역시 문제의 지시와 요구를 따라 적절한 접속 표현을 사용하면서 그리고 논리적인 관계에 맞게끔 구성하고 배열하면서, 글 내용 전체의 통일성과 논술 답안의 형식 면에서의 일관성을 유지해야 한다.

148
글 내용을 장황하게 기술하지 말라

논술 답안을 작성할 때는 특히 다음에 유의한다. 첫째, 답안은 철저히 문제의 지시에 맞게 써야 한다. 만약 그렇지를 않고 '서론–본론–결론'이라는 형식적인 틀에 맞추어서 답안을 기술한다고 생각해선 안 된다. 논술 답안을 작성할 때는 철저히 본론 위주의 답안을 작성해야 한다. 답안의 **처음부터 끝까지 오직 문제의 요구와 지시를 따르면서** 논리적으로 답안을 기술한다.

그렇더라도 글의 도입부에서 특히 주의해야 할 것이 있다.

첫째, 많은 경우, 답안의 도입 부분은 논제의 개념을 효과적으로 드러내거나 논의의 주된 관점(논점)을 찾아 밝히는데 할애되며, 그렇게 해서 **설명글의 형식에 맞게 객관적으로 기술해야** 한다. 이때 글의 핵심 내용을 제대로 요약하지 못하면서 글 전체의 분량에 비해 도입부가 너무 길어질 경우, 평가자는 그만큼 답안의 완성도가 떨어졌다고 생각하고는 그 답안을 낮게 평가한다.

글의 도입부에 주로 들어갈 내용

㈎주제 개념을 '정의'하면서 논의의 대상(논제)을 환기하는 경우

- 개념을 정의하고 설명하는 문장(피정의항과 정의항)
- 이를 상세 설명하는 뒷받침문장(즉, 또는, 다시 말해 ~이다)
- 개념과 논제를 연결하거나, 한정·지시하는 문장

㈏주장(논지)을 통해 쟁점을 제기하는 경우

- 논의할 내용의 핵심을 제시하는 문장
- 자신의 주장과 상반되는 견해나 사실을 제시하는 문장
- 이를 반박하는 문장

둘째, **문장과 문장, 단락과 단락의 논리 연결과 논리의 흐름에 신경 쓰면서** 답안을 기술해야 한다. 답안 가운데는 한 문장 안에 여러 주장을 담고 있거나 논의의 핵심을 제대로 드러내지 못하는 경우가 많다. 또 표면적으로는 한 문장이지만, 사실은 그 안에 몇 개의 지시어(또는 연결어미)를 사용하여 제시문에서 따온 여러 문장을 두서없이 연결하면서 기술한 때도 있다. 그렇게 되면 각 문장은 짜임새를 잃고, 내용 면에서도 논리가 흐트러지고 만다. 이러한 문장 구조는 단락의 구조와 글의 구성을 애매·모호하게 만듦으로써, 결과적으로 전체적인 논의의 흐름과 논리의 인과 관계를 엉망으로 만든다.

셋째, **단락별 글자 배분에** 유의한다. 단락별 글자 수 역시 출제자가 요구하는 적정 답안 분량은 물론, 문제의 지시 및 논제의 요구에 철저히 귀속된다. 따라서 그 지시와 요구를 따라 단락을 구성하고 적정 글자 수를 배분하면서 답안을 작성해야 한다. 만약 문제의 요구와 지시를 따라 단락을 구성하고 또 그것에 맞게 적정 글자 분량을 채우질 못할 경우, 평가자는 지시사항 불이행은 물론이고, 글 내용 면에서도 그리 충실하지 못한 것으로 여긴다. 논제가 요구하는 바를 정확히 파악하고, 그 요구에 맞게 답안 분량을 지켜가며 충실히 작성해야 한다.

답안을 작성할 때에는 논제 분석 과정에 맞게 글 내용을 구성하되, 논술할 분량 역시 개요 짜기를 한 결과에 맞춰서 적절히 안배해야 한다. 만약 답안 분량이 논제의 물음별로 균형을 이루지 못하면, 글의 어느 부분에선가는 반드시 내용 면에서의 빈약함을 보이게 마련이다. 강조할 것은, 논의해야 할 논점·쟁점에 대해서는 빠짐없이 대답해야 함은 물론, 논점별로도 균등하게 글자 수를 배분해야 한다는 사실이다. 이때 특별히 중요하다고 생각되는 논의에 대해서는 좀더 많은 답안 분량을 할애해야 전체적으로 무난한 평가를 받을 수 있다.

149
결론을 잘 끝맺어라

학생들이 글을 깔끔하게 마무리 짓지 못하고 쩔쩔매는 것은 크게 다음 두 가지 이유 때문이다. 첫째, 논의를 적절히 전개해 나가지 못함으로써, 마무리 역시 그냥저냥 흐를 수밖에 없는 상황으로 치닫는 경우이다. 문제가 요구하는 것들을 정확히 파악하고 글의 논의를 적절히 전개할 때는 결론 역시 충실히 마무리되겠지만, 그 반대일 경우에는 마무리 역시 그만큼 빈약할 수밖에 없다. 둘째, 문제의 지시와 요구를 따라 답안 분량을 적절히 배분하면서 글을 쓰지 못하고 도입부부터 장황하게 서술함으로써, 핵심 해결 과제인 논증 지시어에 맞게 글 내용을 온전히 기술하지 못한 경우이다. 많은 학생이 논제의 개념을 정확히 규정하지 못하거나, 제시문의 핵심 내용을 논증 지시어를 따라 체계적으로 기술하지 못하거나, 제시문에서 글 내용을 무분별하게 따와서 두서없이 기술한 결과다.

어느 쪽이든, 발문의 물음에 제대로 답하지 못할 때 답안 분량은 턱없이 모자란다. 학생들은 뒤늦게 글의 마무리 부분에서 문장을 늘리려 들지만, 그럴수록 더 나쁜 상황으로 치닫는다. 쓸데없이 앞에서 쓴 내용을 글 끝 부분에 다시 집어넣고, 그것도 단어 몇 개만 살짝 바꿔가면서 늘려 쓴다. **꼭 필요한 추가적인 내용 이외의 것은 절대 글에 담지 말라.** 글을 제대로 끝맺었다는 인상을 주지 못하고, 동어 반복으로 글 내용이 부실해진다.

결론 쓰기에서 유의할 점이자 좋은 결론의 요건은 다음과 같다. 첫째, **앞에서 서술한 내용을 그대로 반복해서는 안 된다.** 답안 앞부분의 내용을 단어 몇 개 살짝 바꿔 재진술하는 것은 동어 반복에 불과할 뿐이다. 둘째, **새로운 내용을 담아서는 안 된다.** 글의 마무리 부분인 결론에서 앞글에서 논의하지 않은 새로운 내용을 언급한다면, 전체적으로 글 구조가 어색할 뿐 아니라 글 내용이 명쾌하지 않은 인상을 준다. 셋째, **지나치게 상식적이거나 상투적인 내용으로 끝맺어서는 안 된다.** 상식적이고도 상투적인 내용을 결론에서 다룬다거나, 두루뭉술한 추상적인 결론을 내려서는 결코 좋은 평가를 받을 수 없다. 넷째, **부언·첨언을 결론에 붙일 때는 신중해야 한다.** 결론을 쓸 때쯤 되어 앞 내용과 관련하여 좋은 생각이 떠오를 때 이것을 결론에서 부언하거나 첨가하면, 글이 끝맺지 못한 느낌을 줄 뿐이다. 끝으로, 결론을 제시할 때의 추가적인 요령은 **답안의 끝맺음 부분에서 논제의 핵심 질문을 재정리하여 기술하는** 것이다. 글의 의미 관계를 한층 체계적으로 기술할 수 있고, 글의 논리가 탄탄하게 드러난다. 특히 답안을 끝마쳤음에도 불구하고 분량이 약간 짧은 듯한 느낌을 준다거나, 마무리가 어딘가 모르게 미흡하다고 생각되거나, 나열식의 논증으로 결론이 드러나지 못할 때 효과 있다.

결론을 구체적으로 끝맺는 방법

■ 논제의 중요성을 거듭 강조하면서 끝맺는 방법

▶ '요약하라', '설명하라', '해석하라'와 같은 '이해–평가–적용' 능력을 복합해서 논증 지시어로 제시하는 경우

■ 구체적인 결론(논점)을 도출하면서 끝맺는 방법

▶ 주로, '비판하라', '평가하라'와 같은 비판적 평가능력과 관련한 논증 지시어를 제시하는 경우

■ 핵심 내용(논지와 논거)을 강조하는 방법

▶ 주로, '요약하라', '비교하라'와 같은 분석적 이해력과 관련한 논증 지시어를 제시하는 경우

■ 대안이나 해결 방안을 제시하면서 끝맺는 방법

▶ 주로, '문제를 해결하라', '대안을 제시하라'와 같은 창의적 적용 능력과 관련한 논증 지시어를 제시하는 경우

150
원고지 사용법에 맞게 바르게 써라

학생들은 평가자의 시각에서 자신이 작성한 답안지를 냉정히 살펴야 한다. 논술 답안을 채점할 때 겪게 될 평가자의 고된 수고를 생각하면서, 그들의 부담을 덜 수 있도록 답안 작성에 열과 성을 다한다. 이를 위해서는 원고지 사용법과 글씨체에 특히 주의를 기울일 필요가 있다.

어떤 답안지는 너무나도 무성의하고 부주의하게 기술된 탓에, 글 내용은 둘째 치고 글자를 판독하기 어려울 지경이다. 또 어떤 답안지는 평가자가 힘들여 읽을 수는 있지만, 글씨 판독에 너무 많은 신경을 쏟은 나머지 정작 글 내용에 관심을 기울일 여유가 없을 지경이다. 깨끗한 글씨체로 작성한 답안은 평가자의 채점 부담을 덜어주고 그들에게 호감을 준다. 하지만 알아볼 수 없을 정도로 글씨체가 엉망인 답안일 경우에는 그렇지를 못하고 평가자를 힘들게 만든다. 평가자가 내 글씨를 알아보지 못하면 결국 내가 손해 볼 뿐이다. 명필은 못되더라도 깨끗하고 읽기 쉬운 글씨체로 정성껏 답안을 작성하자. 글씨 때문에 불이익을 받거나 평가자가 나쁜 선입견을 품지 않도록 글씨를 또박또박 깨끗하게 쓸 수 있도록 최선을 다하자.

최소한의 원고지 사용법조차 지키지 않은 논술 답안을 접할 때, 평가자들은 글 내용은 둘째 치고 자기 멋대로 글을 쓰는 불성실한 학생이 작성한 답안으로 오해할 것이다. 논술 답안 평가 '규칙'의 하나인 원고지 사용법과 원고지 교정 부호 원칙을 반드시 준수하면서 글을 써야 한다. 답안 작성을 위한 원고지 사용 규칙에서 가장 중요한 것은 다음 두 가지다. 하나는 **단락을 명확히 '구분'하면서 글을 쓰는** 것이고, 다른 하나는 **제시문을 '특정'하면서 글을 쓰는** 것이다. 이 두 가지가 중요한 이유는 오로지 평가자의 채점

편의를 위해서다. 그렇더라도 그리 걱정할 필요는 없다. 글씨체와 띄어쓰기, 맞춤법이 논술 평가의 핵심은 아니기 때문이다. 자기 생각과 견해가 무엇인지를 답안에서 확실히 밝히고, 그것들을 얼마만큼 설득력 있게 풀어낼 수 있는지가 더 중요하다. 글쓰기에 필요한 최소한의 규칙을 준수하면서 글을 쓰는 것만으로도 충분하며, 평가자들로부터의 나쁜 선입견을 막을 수 있다.

그 최소한의 규칙은 다음과 같다. 먼저 **단락(글의 처음 부분 포함)의 첫 칸은 띄어야** 한다. 단락의 첫 칸을 제외하고는 어떤 경우에도 원고지 첫 행의 첫 칸을 띄어서는 안 된다. 원고지의 첫 칸을 비운다는 것은 새로운 단락이 시작된다는 약속이기 때문이다. 다음으로 **제시문 특정 역시 중요하다.** 제시문이 명확하지 않으면 논제의 물음에 맞게 답안을 정확히 기술했는지 살피기 어려우므로, 반드시 제시문을 특정하면서 글을 써야 한다. 이때 굳이 '제시문(가), (나)'라고 제시문이라는 단어를 쓸 필요 없이 그냥 '(가), (나)'로 번호만 표기하면 그것으로 충분하다. 번호만 표기함으로써 원고지 칸을 낭비하지 않는 게 평가자에게 더 좋은 인상을 줄 수 있다. 끝으로 쓸데없이 지우개로 지워가며 시간 낭비하지 말라. 학생들은 교정 부호를 준수하면서 답안을 쓰기보다는 지우개로 열심히 지워가며 글의 잘못 쓴 부분을 고치려 든다. 물론 이런 방법이 나쁜 것은 아니다. 글이 전체적으로 내용 면에서 잘못 기술됐을 때는 이를 지우개로 지우고 새롭게 다시 쓰는 것이 좋다. 하지만 문장의 일부 또는 자구의 어느 한 부분을 고치고 다듬을 때는 굳이 그럴 필요 없다. **교정 부호에 맞춰서 글을 정성껏 고치고 다듬으면** 그것으로 충분하다. 고친 내용을 알아볼 수 있게만 하면 평가자들은 이를 전혀 문제 삼지 않는다. 글을 다 쓰고 난 다음 교정 부호에 맞춰서 고쳐 쓴 답안에 대해, 평가자는 학생이 글의 완성도를 높이기 위해 끝까지 노력한 것으로 여기면서 오히려 더 높게 평가할 것이다.

논술 답안 작성 포인트

논술 답안은 설명글과 논증글로 글 내용을 구성한다. 각각의 글 묶음은 설명의 방법, 곧 설명의 진술 방식과 논증의 진술 방식을 중심으로 글과 글, 문장과 문장을 이어가며 단락별 글 내용을 전개한다. 논증의 진술 방식 역시 설명 방법의 하나로, 다만 '주장과 근거'라는 논리 체계를 담은 글이라는 점에서 다른 설명의 진술 방식과 차이를 보일 뿐이다. 다시 말해 논증의 진술 방식을 중심으로 글 내용을 전개하는 논증글 역시 설명글에 포섭되기는 마찬가지다.

설명글은 객관적인 사실 전달을 통해 독자(평가자)의 '이해'를 구하는 글이고, 논증글은 이치에 맞게 주장함으로써 독자로부터의 '설득'을 얻고자 하는 글이라는 점에서 차이를 보일 뿐, 설명글이나 논증글이나 둘 다 추상적인 개념들 사이의 논리적인 관계를 풀이하고 따져 살피는 글이란 점에서 본질 면에서 같다. 대입 논술에서 설명글은 '정의', '상술', '예시'의 진술 방식을 중심으로 글(제시문)의 중심 내용을 '해설'하는 글이라면, 논증글은 그 해설(설명글)을 바탕으로 논술자가 자신의 '주장'을 '뒷받침 근거'를 들어가며 논리적으로 '입증'하는 글이다.

대입 논술은 문제, 즉 발문의 물음을 통해 '무엇'에 대해 이를 '어떻게' 해결할 것인가를 묻는다. 이때 '무엇'에 해당하는 부분이 논제의 물음을 담은 주제 개념과 관련한 내용이고, '어떻게'에 해당하는 부분이 논증 지시어의 해결(진술, 대답)과 관련한 내용이다. 문제를 읽어, 그와 동시에 제시문과의 연관 관계를 살펴 읽으면서, '무엇'에 해당하는 물음과 '어떻게'에 해당하는 물음을 찾아 밝힌 후 이를 하나의 문장으로 바꾸어 서술한 것이 곧 '논제'다. 말하자면 논제는 발문의 물음을 재해석하여 논술 답안 작성에 편리하도록 재구성한 진술이라고 보면 된다. 발문의 물음을 논제의 진술로 확정하는 과정을 '논제 분석'이라고 한다.

'무엇'에 해당하는 부분은 '정의'의 진술 방식을 중심으로 글(제시문)의 핵심 내용(주제 및 관점과 관련한 부분)을 설명글로 기술한다. 그 작성 포인트는 **글의 핵심 내용만을 간략하게 '요약'하면서 체계적으로 기술하는 것에** 있다. 한편 '어떻게'에 해당하는 부분은 '논증'의 진술 방식을 중심으로 논의할 내용을 조리 있게 정리하고, 순차적으로 질서 있게 '배열'하면서 논증글로 작성한다. 그 작성 포인트는 **논의에 맞는 적절한 논증 방법(추론 방식)을 선택하여 글의 구성 체계를 확립하고, 문제에서 제시한 논증 지시어의 속성 및 문장 기술의 기본 원칙을 따라 글 내용을 논리적으로 전개해 나가는** 것이다.

논증에는 일정한 규칙과 절차가 있다. 논증에서의 규칙은 논증의 방법, 즉 '추론 방식'을 말하는 것이고, 절차는 어떤 명제를 논거(즉, 전제)를 활용하여 결론을 도출하기까지의 일련의 사고 과정, 곧 논리적 '추론 과정(논리 전개 방식)'을 일컫는다. 이러한 규칙이나 절차를 무시한 논증은 불완전하거나 잘못되어 타당성을 얻지 못한다. 불완전하거나 잘못된 논증은 설득의 효과를 발휘할 수 없다. 규칙과 절차를 지킬 때 논증은 타당하고 설득력을 얻는다.

논증 글은 ㉮'주장–근거(주제와 소주제를 담은 중심 문장과 그 뒷받침 문장)'의 글 묶음으로, 이를 ㉯**논증 지시어의 속성 및 문장 기술의 기본 원칙을 따라 기술하면서** 논증을 이끌되, ㉰**논리적 순서에 따라 뒷받침 문장들을 체계적으로, 질서 있게, 순차적으로 배열한** 글 묶음이다.

㉮의 논증 글 묶음을 이끄는 논리 전개 방식은 '결론(주장)–전제(근거)', **'주장–정당한 이유–근거', '주장–근거–해설(정당한 이유–뒷받침 설명)', '주장1–근거1–주장2(반론)–근거2(재반론)'의 유형으로** 구조화할 수 있다.

㉯의 논증 지시어의 요구에 대한 해결 방법을 '비교하라'는 지시어를 예로 들어 설명하면 다음과 같다. 먼저 비교의 설명 방식을 결정해야 하는데, 이는 비교 대상별 기술 방식(일괄 비교) 또는 비교 기준별 기술 방식(항목 비교) 가운데 어느 하나를 선택한다. 다음으로 비교의 속성에 맞게, 논증할 내용을 공통점과 차이점을 따라 구조화하면서 체계적으로 기술한다. 이때 글 내용은 비교의 기본 원칙을 따라 기술한다. 즉 비교 대상별 개별 속성의 범주가 공정하고, 층위가 동등하며, 배열이 일치하고, 내용 면에서의 양적·질적 수준이 같거나 엇비슷하도록 글 내용을 기술한다.

㉰의 글(논증) 내용의 논리적인 배열은 추론 방식, 즉 논리 전개 방식과 긴밀히 관계된다. 이는 기본적으로 **'일반화(연역 추론)', '구체화(귀납 추론)', '반박 재우기(반론–재반론)'의 세 가지 방식으로** 실행된다. 어느 것이든 가장 자연스럽고 합리적인 순서로 소주제문(결론 또는 관점)과 뒷받침 문장들을 펼쳐야 한다는 사실이 중요하다.

대입-편입 논술 합격 답안 작성

핵심 요령 150

지은이 김태희
펴낸이 최봉규

1판 1쇄 인쇄 2021년 3월 12일
1판 1쇄 발행 2021년 3월 22일

책임편집 최상아
북코디 밥숟갈(최수영)
편집&교정교열 주항아
본문디자인 이오디자인
표지디자인 이성자
마케팅 김낙현

펴낸곳 지상사(청홍)
등록번호 제2017-000075호
등록일자 2002. 8. 23.

주소 서울 용산구 효창원로64길 6(효창동) 일진빌딩 2층
우편번호 04317
전화번호 02)3453-6111 팩시밀리 02)3452-1440
홈페이지 www.jisangsa.co.kr
이메일 jhj-9020@hanmail.net

ISBN 978-89-6502-301-2 03800

대입-편입 논술에 꼭 나오는 핵심 개념어 110

김태희

논술시험을 뚫고 그토록 바라는 대학에 들어가기 위해서는 논술 합격의 첫 번째 관문이자 핵심 해결 과제의 하나인 올바른 '개념화'의 능력이 필요하다. 이를 위해서는 관련한 최소한의 배경지식을 습득해야 하는데, 이는 거창한 그 무엇이 아니다. 논술시험에 임했을 때…

값 27,000원 신국판(153*225) 512쪽
ISBN978-89-6502-296-1 2020/12 발행

독학 편입논술

김태희

이 책은 철저히 편입논술에 포커스를 맞췄다. 편입논술 합격을 위해 필요한 많은 것들을 꾹꾹 눌러 채워 넣었다. 전체 8장의 단원으로 구성되었지만, 굳이 순서대로 공부할 필요는 없다. 각 단원을 따로 공부하는데 불편함이 없도록, 겹겹이 그리고 자세히 설명했다.

값 45,500원 사륙배판(188*257) 528쪽
ISBN978-89-6502-282-4 2018/5 발행

입신이 본 입시 명문고의 진학비책

김혜남

학종에 대한 일선 고등학교의 의지는 예전과 확연히 다르다. 진학역량이 남다른 학교의 프로그램을 벤치마킹하면서 다양한 프로그램을 설치하여 학생들의 역량과 끼를 발산하도록 유도한다. 수학과학경시대회는 기본이고 각 교과별 활동과 관련된 경시대회도 기본이다.

값 14,800원 신국판(153*225) 252쪽
ISBN978-89-6502-270-1 2017/3 발행

창의융합 교실 허생전을 파破하다

한민고등학교 창의융합팀

'단순하게는 여러 학문 영역을 균형 있게 이수하도록 하는 수준에서부터, 교과 내 및 교과 간 연계성을 높여주는 교과 교육과정의 개발, 주제 통합형 교과목의 개발, 간학문적 교과목의 개발, 더 나아가 새로운 융·복합 지식을 학생들이 스스로 창출해 낼 수 있도록 했다.

값 22,000원 신국판(153*225) 287쪽
ISBN978-89-6502-202-2 2015/8 발행

학원 김익달 평전

윤상일

문화 세력의 한가운데에는 전쟁으로 온 강토가 잿더미로 변한 폐허 속에서도 꿈과 희망을 가지고 미래를 설계하고 정진한 이른바 '학원세대'가 있다. 꿈과 희망을 주기 위해 《학원》이라는 잡지를 창간함으로써 이른바 '학원세대'를 창조했다. 그 중심에는 학원 김익달이 있다.

값 24,000원 신국판(153*225) 464쪽
ISBN978-89-6502-266-4 2016/9 발행

외로움은 통증이다

오광조

몇 해 전 영국에서 외로움 담당 장관을 임명할 정도로 외로움은 이제 국가 차원의 문제가 되었다. 이 책은 여러분처럼 외로운 시대를 사는 누군가의 외로움과 고독에 대해 생각하고 정리한 내용이다. 부디 여러분의 고민에 조금이라도 도움이 되기를 바란다.

값 15,700원 신국판(153*225) 245쪽
ISBN978-89-6502-297-8 2021/1 발행

생생 경매 성공기 2.0

안정일(설마) 김민주

이런 속담이 있죠? '12가지 재주 가진 놈이 저녁거리 간 데 없다.' 그런데 이런 속담도 있더라고요. '토끼도 세 굴을 판다.' 저는 처음부터 경매로 시작했지만, 그렇다고 지금껏 경매만 고집하지는 않습니다. 경매로 시작했다가 급매물도 잡고, 수요 예측을 해서 차액도 남기고…

값 19,500원 신국판(153*224) 404쪽
ISBN978-89-6502-291-6 2020/3 발행

아직도 땅이다 :역세권 땅 투자

동은주 정원표

부동산에 투자하기 전에 먼저 생각하고 또 짚어야 할 것들을 살피고, 이어서 개발계획을 보는 눈과 읽는 안목을 기르는 방법이다. 이어서 국토와 도시계획 등 관련 개발계획의 흐름에 대한 이해와 함께, 부동산 가치 투자의 핵심이라 할 수 있는 역세권 개발 사업에 대한 설명이다.

값 17,500원 신국판(153*224) 320쪽
ISBN978-89-6502-283-1 2018/6 발행

리더의 神신 100법칙

하야카와 마사루 / 김진연

리더가 다른 우수한 팀을 맡게 되었다. 하지만 그 팀의 생산성은 틀림없이 떨어진다. 새로운 다른 문제로 고민에 휩싸일 것이 뻔하기 때문이다. 그런데 이번에는 팀 멤버를 탓하지 않고 자기 '능력이 부족해서'라며 언뜻 보기에 깨끗하게 인정하는 듯한 발언을 하는 리더도 있다.

값 15,000원 국판(148*210) 228쪽
ISBN978-89-6502-292-3 2020/8 발행

영업은 대본이 9할

가가타 히로유키 / 정지영

이 책에서 전달하는 것은 영업 교육의 전문가인 저자가 대본 영업 세미나에서 가르치고 있는 영업의 핵심, 즉 영업 대본을 작성하고 다듬는 지식이다. 대본이란 '구매 심리를 토대로 고객이 갖고 싶다고 "느끼는 마음"을 자연히 끌어내는 상담의 각본'을 말한다.

값 15,800원 국판(148*210) 237쪽

ISBN978-89-6502-295-4 2020/12 발행

전부, 버리면

키나카노 요시히사 / 김소영

'집도 차도 없는 괴짜 사장'의 미니멀라이프, "연 매출 1000억 원 … 생활비 빼곤 수입 대부분 기부한다. 저자에게 책을 출판하고 싶다는 오퍼가 지금까지도 셀 수 없을 만큼 왔지만, 그때마다 모두 거절했다. 전혀 흥미를 보이지 않았다는 이유는…

값 15,000원 신국판(153*224) 208쪽

ISBN978-89-6502-294-7 2020/11 발행

주식의 神신 100법칙

이시이 카츠토시 / 오시연

당신은 주식 투자를 해서 좋은 성과가 나고 있는가? 서점에 가보면 '주식 투자로 1억을 벌었느니 2억을 벌었느니' 하는 책이 넘쳐나는데, 실상은 어떨까? 실력보다는 운이 좋아서 성공했으리라고 생각되는 책도 꽤 많다. 골프 경기에서 홀인원을 하고 주식 투자로 대박을 낸다.

값 15,500원 국판(148*210) 232쪽

ISBN978-89-6502-293-0 2020/9 발행

세상에서 가장 쉬운 통계학 입문

고지마 히로유키 / 박주영

이 책은 복잡한 공식과 기호는 하나도 사용하지 않고 사칙연산과 제곱, 루트 등 중학교 기초수학만으로 통계학의 기초를 확실히 잡아준다. 마케팅을 위한 데이터 분석, 금융상품의 리스크와 수익률 분석, 주식과 환율의 변동률 분석 등 쏟아지는 데이터…

값 12,800원 신국판(153*224) 240쪽
ISBN978-89-90994-00-4 2009/12 발행

세상에서 가장 쉬운 베이즈통계학 입문

고지마 히로유키 / 장은정

베이즈통계는 인터넷의 보급과 맞물려 비즈니스에 활용되고 있다. 인터넷에서는 고객의 구매 행동이나 검색 행동 이력이 자동으로 수집되는데, 그로부터 고객의 '타입'을 추정하려면 전통적인 통계학보다 베이즈통계를 활용하는 편이 압도적으로 뛰어나기 때문이다.

값 15,500원 신국판(153*224) 300쪽
ISBN978-89-6502-271-8 2017/4 발행

만화로 아주 쉽게 배우는 통계학

고지마 히로유키 / 오시연

비즈니스에서 통계학은 필수 항목으로 자리 잡았다. 그 배경에는 시장 동향을 과학적으로 판단하기 위해 비즈니스에 마케팅 기법을 도입한 미국 기업들이 많다. 마케팅은 소비자의 선호를 파악하는 것이 가장 중요하다. 마케터는 통계학을 이용하여 시장조사 한다.

값 15,000원 국판(148*210) 256쪽
ISBN978-89-6502-281-7 2018/2 발행

통계학 超초 입문

다카하시 요이치 / 오시연

젊은 세대가 앞으로 '무엇을 배워야 하느냐'고 묻는다면 저자는 다음 3가지를 꼽았다. 바로 어학과 회계학, 수학이다. 특히 요즘은 수학 중에서도 '통계학'이 주목받는 추세다. 인터넷 활용이 당연시된 이 시대에 방대한 자료를 수집하기란 식은 죽 먹기이지만…

값 13,700원 국판(148*210) 184쪽
ISBN978-89-6502-289-3 2020/1 발행

영업의 神신 100법칙

하야카와 마사루 / 이지현

인생의 고난과 역경을 극복하기 위해서는 '강인함'이 반드시 필요하다. 내면에 숨겨진 '독기'와도 같은 '절대 흔들리지 않는 용맹스러운 강인함'이 있어야 비로소 질척거리지 않는 온화한 자태를 뽐낼 수 있고, '부처'와 같은 평온한 미소로 침착하게 행동하는 100법칙이다.

값 14,700원 국판(148*210) 232쪽
ISBN978-89-6502-287-9 2019/5 발행

설마와 함께 경매에 빠진 사람들

안정일 김민주

경기의 호황이나 불황에 상관없이 경매는 현재 시장의 시세를 반영해서 입찰가와 매매가가 결정된다. 시장이 나쁘면 그만큼 낙찰 가격도 낮아지고, 매매가도 낮아진다. 결국 경매를 통해 수익을 얻는다는 이치는 똑같아 진다. 그래서 경매를 잘하기 위해서는…

값 16,800원 신국판(153*224) 272쪽
ISBN978-89-6502-183-4 2014/10 발행

공복 최고의 약

아오키 아츠시 / 이주관 이진원

저자는 생활습관병 환자의 치료를 통해 얻은 경험과 지식을 바탕으로 다음과 같은 고민을 하게 되었다. “어떤 식사를 해야 가장 무리 없이, 스트레스를 받지 않으며 질병을 멀리할 수 있을까?” 그 결과, 도달한 답이 ‘공복’의 힘을 활용하는 방법이었다.

값 14,800원 국판(148*210) 208쪽

ISBN978-89-90116-00-0 2019/11 발행

의사에게 의지하지 않아도 암은 사라진다

우쓰미 사토루 / 이주관 박유미

암을 극복한 수많은 환자를 진찰해 본 결과 내가 음식보다 중요시하게 된 것은 자신의 정신이며, 자립성 혹은 자신의 중심축이다. 그리고 왜 암에 걸렸는가 하는 관계성을 이해하는 것이다. 자신의 마음속에 숨어 있는 것이 무엇인지, 그것을 먼저 이해할 필요가 있다.

값 15,300원 국판(148*210) 256쪽

ISBN978-89-90116-88-8 2019/2 발행

혈관을 단련시키면 건강해진다

이케타니 토시로 / 권승원

이 책은 단순히 ‘어떤 운동, 어떤 음식이 혈관 건강에 좋다’를 이야기하지 않는다. 동양의학의 고유 개념인 ‘미병’에서 출발하여 다른 뭔가 이상한 신체의 불편감이 있다면 혈관이 쇠약해지고 있는 사인임을 인지하길 바란다고 적고 있다. 또한 관리법이 총망라되어 있다.

값 13,700원 사륙판(128*188) 228쪽

ISBN978-89-90116-82-6 2018/6 발행

주식의 차트 神신 100법칙

이시이 카츠토시 / 이정은

저자는 말한다. 이 책은 여러 책에 숟가락이나 얻으려고 쓴 책이 아니다. 사케다 신고가를 기본으로 실제 눈앞에 보이는 각 종목의 움직임과 조합을 바탕으로 언제 매매하여 이익을 얻을 것인지를 실시간 동향을 설명하며 매매전법을 통해 생각해 보고자 한다.

값 16,000원 국판(148*210) 236쪽
ISBN978-89-6502-299-2 2021/2 발행

부동산 투자術술

진우

자본주의 시스템이 의해 자산과 물가는 계속 오르고 있지만 상대적으로 소득은 매년 줄어들어 부익부 빈익빈 상태가 전 세계적으로 더욱 심화되고 있기 때문이다. 물론 돈과 물질적 풍요가 우리 삶의 전부가 아니며, 그것만으로 인간의 진정한 행복과 만족감…

값 16,500원 신국판(153*225) 273쪽
ISBN978-89-6502-298-5 2021/2 발행

경매 교과서

설마 안정일

저자가 기초반 강의할 때 사용하는 피피티 자료랑 제본해서 나눠준 교재를 정리해서 정식 책으로 출간하게 됐다. A4 용지에 제본해서 나눠준 교재를 정식 책으로 출간해 보니 감회가 새롭다. 지난 16년간 경매를 하면서 또는 교육을 하면서 여러분에게 꼭 하고 싶었던…

값 17,000원 사륙배판(188*257) 203쪽
ISBN978-89-6502-300-5 2021/3 발행